万紫兽

荣生/著

中国铁道出版社有限公司
CHINA RAILWAY PUBLISHING HOUSE CO., LTD.

图书在版编目（CIP）数据

万紫兽 / 荣生著 . -- 北京 ：中国铁道出版社，
2018.3（2022.1重印）
ISBN 978-7-113-24158-2

Ⅰ . ①万… Ⅱ . ①荣… Ⅲ . ①散文集－中国－当代
Ⅳ . ① I267

中国版本图书馆 CIP 数据核字（2017）第 325534 号

书　　名：**万紫兽**

作　　者：荣 生

责任编辑：王晓罡　曾山月　　　　**电　话**：（010）51873343

装帧设计：闽江文化

责任印制：赵星辰

出版发行：中国铁道出版社有限公司（北京市西城区右安门西街 8 号　邮编 100054）

印　　刷：佳兴达印刷（天津）有限公司

版　　次：2018 年 3 月第 1 版　　2022 年 1 月第 2 次印刷

开　　本：880mm×1230mm　1/32　**印　张**：11.75　**字　数**：280 千

书　　号：ISBN 978-7-113-24158-2

定　　价：45.00 元

自　序

　　我是一个无聊的人。麻将不精，偶尔上一次牌桌凑数，别人打得难解难分，我顶多看上几眼，再提不起精神；烟卷无趣，看到别人吞云吐雾、欲飘欲仙，也抽过几根，全无得道的美妙，只有咳嗽的福分；美酒没福，小酒眠过几盅，他人一餐无酒，便抓耳挠腮茶饭不思，这样的奢好，于我无论如何不可思议；其他一些特殊的场合，更是望而生畏、敬而远之。如此这般格格不入，便成了怪人。别人再有什么好吃好喝好玩好乐，自然少你的安排，自己也生怕扫了别人雅兴，道谢三番，退避六舍，但也从未感觉到冷清孤寂。与其活受洋罪，何如逍遥自在，这样也就暗暗庆幸，有了闲暇可以做自己喜欢做的事情。

　　我又是一个认真的人。早些年工作繁重，常常睡五更起半夜，一切让步于工作，一方面性情使然，一方面责任所系，向来兢兢业业，从不偷奸耍滑，其中的重头就是和文字打交道，一干就是很多个年头，而这些平常熟悉的文字常常无中生有、忙中添乱，甚至背向而行，簇拥纠缠得自己难受，一副案牍劳形，以至一度到了看见文字就厌一说材料就烦的程度。

　　某年，我终于清闲下来。有了大把的时间，不知拿什么来填充，浑浑噩噩之中，有幸结识了几位高人，得以参加一些高大上的沙龙，倾听教诲，亲近高雅，交流思想，拓展视野，既口头发言，也书面表达。

常就某些热点问题交流辩论，积习使然，便又拿起了笔，直面生活，码砌文字。忝列其中，虽自惭形秽，但过去没有时间思考的问题，没有精力书写的故事，没有兴致触碰的东西，没有能力整理的材料，一股脑儿喷涌而出，让你不敢喘息，不可懈怠，不能敷衍，同时又感到兴致勃勃，在释怀之时难以自拔，在安慰之中欲罢不能，得到了乐趣、愉悦、满足，甚至有了小小的得意。

久而久之，一些凑数的戏作、应景的唱和以及一些个自娱自乐的东西，也就有了让自己难以置信的可观字数，隔三岔五翻将出来，在百无聊赖之时把玩，于酸楚苦涩之中咀嚼，看到自以为是的妙处，品到似是而非的甘味，也会情不自禁向隅而乐，敝帚自珍，聊以自慰。甚以为憾的是，早年随性而为有感而发的大量文字，因几次搬家，皆已散佚，扼腕叹息，于事又复何补哉？

风正气爽的一天，我将这些颇不自信的文字，忐忑不安地恭请一些大腕雅正，不想意外得到几顶高帽，让我诚惶诚恐，手足无措。他们居然说：

"文字鲜活，生动感人，立意高远，早就应该出版。"

当然，和高人们混上几天，不敢说有什么开窍、精进，起码的自知之明还是有的，高帽之下，其实难副，但终归给了我自信和勇气，使我不敢懒惰丝毫，继续喘息着前行。

如今思考和写作已然成为一种习惯，虽然难说有什么意义，有什么深度，更不是什么生活的方式、生命的状态，却也和生活密不可分，深深地融入到了生命之中。我想也罢，即使无聊的爱好，也远胜爱好的无聊，不为那些虚无缥缈的东西，只要做一个忠实的记录者便可。如果大家都是忠实的记录者，那么留给后人的文字就是有生命、有价值、有意义的东西，无聊也便有聊了。

二〇一七年三月六日

于北京林语斋

目　录

第二辑　淡墨尘世

第一辑　闲梓学海

蛙鸣是春天的咏叹，

蝌蚪是春哥哥的祈盼。

那不是一个遥远的传说，

你瞧！白云在蓝天上守望。

揪心的护宝锤

喜欢古玩，而苦于没有余钱去玩，便常常揣着千儿八百，去逛琉璃厂、潘家园、华威路上的古玩城；也上网，浏览收藏界新闻，学习古玩的知识；也去各种各样的博物馆，看望一个个神交已久的国宝文物珍奇古玩，因此也结交了几个有同样喜好的朋友，好在北京的博物馆多了去了，网络也快捷得很，古玩城一类的所在也来去方便。闲暇时也看电视里名目繁多的收藏类节目，常常因痴迷陶醉乐此不疲而误了正事，多次做饭忘搁了盐，烧糊了锅，被太太痛扁，比如我对北京台的《天下收藏》就情有独钟。

栏目由王刚主持，几个藏友将自己心爱的宝物，委托专家鉴定，倘若是真正的古玩，自然价格不菲，甚至价值连城，大家各自欢喜，欢呼雀跃。而不幸持有的是赝品，主人的宝贝就被判了死刑，藏品在一文不值的同时，主人也遭到了极大的打击和羞辱。每一个赝品不管什么器型什么图案，都被执法如山的王主持，在现场用一把六棱流星护宝锤，"当啷"一声砸得粉碎。失落的主人，尽管怀抱着的老大希望顿时化为绝望，但因为签了愿打愿挨的生死文书，众目睽睽之下，没有半寸回旋的余地，虽然满腹五味杂陈，眼前是稀烂一堆的宝物，耳畔回响着清脆的锤声，这时却也没有半句话说。

电视里，王刚每每露出独特的王氏坏笑，吐着低沉悠缓的王氏话语，那把令人既解恨又悲催的护宝锤，在王主持的手里或高举，或缓转，或轻捻，不断把玩着。每到关键时刻，王和珅故弄玄虚，故装深沉，故作姿态，极尽忽悠把玩之能事，那把让人心惊肉跳的护宝锤，在价值连城与不值一文之间，撩拨着观众脆弱的神经，考验着藏友承受的极限。但在义无反顾、毫不畏惧、信心百倍的藏友面前，在真诚期待、急切热望、一探究竟的千千万万个观众面前，专家舒展玉指，巧点藏界江湖，口吐莲花，妙说真伪虚实，这时的王刚，神色严峻，表情庄严，高高擎起护宝神锤，绝不悲天悯人，更不怜香惜玉，而是严格执法，铁面无情，脆响一声，一锤定音，藏友或重金购得，或宝物换得，或祖上传得，或捡漏而得的爱物，寄托着主人身家性命的宝贝，便粉身碎骨，身首异处。此时的藏友往往一脸无辜，两眼迷茫，还得接受戏弄式的采访，谈心得，讲体会，说心情，经济蒙受巨大损失，情感遭受极大羞辱。

我没有藏品，无缘捧着宝贝到电视台接受专家的夸奖，也无须心惊胆战于王刚的金锤，但我在首都博物馆，有幸参观了"假如这样——"的展览，对比见识了真假瓷器的真身，学习了瓷器鉴赏的相关知识，近距离目睹了《天下收藏》栏目的道具，尤其是那柄金光闪闪的护宝金锤，和两个精巧但杀伤力同样巨大的护宝小锤。那些赝品的尸骸躺在展柜里，被人们指指戳戳，继续受辱受刑，而真正的宝贝则在灯光下高昂着头，接受着人们的赞美膜拜。

而今的藏品，赝品何其多也哉，真乃躲不胜躲，防不胜防，砸不胜砸，锤不胜锤，看着那一堆一堆的碎片，我突然有了恻隐之心。挨砸的赝品或许罪有应得，但说代人受过更为恰当。该砸的岂止是赝品本身，真正该砸的是唯利是图制造赝品的手、那些销售赝品的人，该砸的实际上是那一颗颗无厌的贪婪之心。

博物馆的展区，高悬着两幅王刚手持护宝锤的宣传画，望着那熟悉的王氏笑脸，我感觉异样，一会儿觉得是满面春风式的欢迎微笑，一会儿感觉是对无知和贪婪的无情嘲笑，一会儿又觉得分明是和珅式的揶揄奸笑，那眼镜后面的双眼，盯着进进出出的人，迎来送往，似乎有满心的话儿要说，假如这样，他要说什么，假如他真有话说，他能说什么呢？当我有了这个想法，我的思绪立刻飞扬起来。

王刚浑厚顿挫、磁性十足的声音随之在博物馆的上空久久回荡。

各位观众，谢谢你们一贯的厚爱，其实我没有你们想象的完美可爱，砸向赝品的不是那个寒光闪闪的护宝神锤，也不是我王刚的手，而是端坐于大堂的那几个专家，我只是奉命行事而已，也就是说我和护宝锤不过都是道具而已，对不起，得罪了您哪。

问题是专家的话也未可尽信，如今把假的说成真的，把真的说成假的，指鹿为马，鱼目混珠，黑白颠倒的现象，屡见不鲜，又何其多也，收藏界水深水浑已是不可想象。专家有捡漏的时候，就肯定也有打眼的时候，甚至可以说，专家有作套的时候，专家也有设局的时候。一件当代的仿品，可以被鉴定成为汉代的金缕玉衣；一件当代的玉器，也可以鉴定为汉代的玉凳。以中国当下收藏界之乱象，已是积重难返，我王刚纵有三头六臂，浑身是手怕也不行。你们敢说我砸下的锤子，没有猫腻？该不会砸烂真的，留下假的，来个去真存伪？！

假如那个流星锤，再包裹上一块海绵，砸向赝品也罢，锤向真品也罢，已全无力道，又有什么意义呢？

观众朋友们，《天下收藏》仅仅是一档收藏节目，我们不过是做节目，在赢得收视率的同时，顺便提醒人们在混乱的收藏界，如何练就一双火眼金睛，在你们准备掏腰包的时候，谨慎一些，少打眼不打眼，正面的意义还是应该充分肯定的。

　　但是现实社会中，要比预先彩排过的电视节目复杂得多，精彩得多。不仅在收藏界有赝品，在社会各界都有赝品，而且花样翻新，层出不穷。社会上既有各种各样危害更剧烈，更恶毒的赝品、劣品、毒品，也有威力更刚猛、更持久、更无情的护宝锤，护国锤，护神锤。各个江湖都有坐镇一方的大佬、大腕，大亨、大爷，他们有能力随时请出护宝神锤，来保护自己认为的宝物，无情摧毁应该摧毁的一切。

　　不过我和你们看到的一样是失望，这些金光闪闪的护宝锤，要么好歹高低不出手，要么胡乱在空中挥舞一通，要么有选择地护宝，要么在护宝锤上裹上了海绵，使护宝锤的神威大减，更有甚者，将护宝锤砸向了真品宝物，而使真正的赝品堂而皇之得享荣光。

　　观众朋友们，现实社会中，一个个"护宝锤"高悬于人们的头顶，大至长枪短炮，国之重器，小到门首保安，防盗铁门，不胜枚举，但"护宝锤"正如孙猴子手里的金箍棒，抓在大圣手里，是降妖伏魔的神器，放在龙王府，是浪息水晏的定海神针，假如到了白骨精的手里，就是坑害乡民的凶器。社会太需要神勇无敌的"护宝锤"，但是，谁高擎着"护宝锤"，谁手捂着"护宝锤"，"护宝锤"准备砸向哪里？这才是一个个大问题。

人民教授何时拍出天价

　　近日，雾霾弥漫，飞机基本停飞，火车大部晚点，市内发生多起交通事故，怪兽般的都市，倍感压抑。朋友喜欢收藏，开着一个小小的门店，经常参加培训，星期天，他邀我一同前往。由傅老先生主讲书画名家作品，收获很大。然后到酒店参加拍卖会，是日属于古代书画专场，拍卖现场灯火通明，温暖如春。展柜琳琅满目，皆金银钻戒首饰和世界名表，拍卖大厅满满当当，两侧挂有二十多幅古代书画，拍卖师情绪激昂，声音洪亮，甚是煽情，但拍品拍况差异较大，有些无人跟拍，有些扶摇直上，但总体相对平稳，最高拍品三四百万。不由想起傅老先生的教诲：古代的书画最好别碰，无人说得清真假。在大厅外侧休息区喝水时，又翻看了一些拍品图片，并与一藏友简短交谈，不乏真知灼见，颇有收获。人们出出进进，个个挺胸叠肚，油头粉面，服务员来回穿梭，果然是富人的游戏。16 时左右，朋友别有它事，便一同提着十来本图册回返。事情很快搞定，朋友又邀我到北大听课。

　　19 点开课，我们 18 点就到了校园，我颇为不解。待找到教室，见偌大的教室里学生黑压压一片，座无虚席。挤到后排，方勉强找到一座位。学生依然三三两两地进来，站在两侧和后面。18点40许，老师驾到，是著名教授老孔，果然气宇轩昂、一派醉侠风范。

今天讲的是现代通俗小说研究，重点是平江不肖生。老师介绍了平的生平、名字的由来、他的三部代表作品以及平在现代文学中的地位。两节课时间，老师旁征博引，妙语连珠，寓庄于谐，引经据典，口吐莲花，妙趣横生，课堂不时爆出阵阵笑声。孔老师解析了什么是侠，什么是不肖，批评了现在将顺作为孝的错误观念，指出当前继承传统孝文化的国家，非中日韩，乃朝鲜也。

讲解作品《留东外史》时，阐述了留日学生的四类人员，公费者、私费勤学者、挟资经商者、不学不商鬼混者。指出当前的中国留学生也大致如此，大把大把的金银流入他国。同时指出，当年的日本经济一般，人民生活低于中国，以鲁迅为例，家道中落，还能东渡日本。日本是世界红灯区最发达的国家，以妓为立国之本。是中国60年的赔款割地壮大了日本。

在讲解《近代侠义英雄传》时，指出练功重在练内功，说明少林武当内外功之分的出处，强调要内外兼修，重在内。就像铁皮柜子装玻璃，外强中干，又像小吨位舰艇装大炮，一发而自沉。人们多化妆抹粉涂脂，甚至隆胸抽脂，而不知内脏的养生，可悲之极。

朋友是老孔的粉丝，课后与孔老师握手致意，并请孔老师在几本书上签名，我们本欲向孔老师请教一些问题，苦于没有更多的时间，我们与孔老师一同步出校门，依依惜别。

次日一早，报纸报道，晚间的拍卖会拍出天价作品，徐悲鸿的晚年代表作，国家一级文物《九州无事乐耕耘》，以1.5亿起拍，在七分钟内经20多轮竞价，以2.32亿元落锤，加上15%的佣金，最终以2.668亿元成交。该画150cm×250cm，是徐悲鸿晚年最大的作品。遗憾当时我们已经离场，没有亲见这一盛况。朋友问我有何感受，我一时语塞。朋友说，就两个字，"真"和"准"。即作品要真，眼力要准，满足这两条，想不发财也难。

想孔老师三尺讲台忧国忧民，而商人逐利斗富于拍卖场，真天壤之别。一幅作品动辄拍出天价，不知该喜还是该忧，资本的影子无处不在，不知收藏作品该算作收藏和投资，算作爱国、弘扬祖国传统文化，还是为祖国争光，抑或兼而有之？一般而言，大凡被资本盯上的东西，总要变味。徐悲鸿当年可曾想到自己的一幅作品，多年之后，令人如此疯狂。不知是资本厉害，还是艺术厉害，不知是商家厉害，还是艺术家厉害，不知是历史厉害，还是时代厉害？中国出富翁容易，或一夜之间，而出大师、泰斗、思想家何难也哉，一幅不知真假的画作，有人不惜重金疯狂追捧炒作，而人民教授，群众导师，一流学者，正义卫士，却往往不知珍惜，甚至令其斯文扫地，真国之不幸也。

马未都为何受人敬重

　　昨日得闲，去了如雷贯耳的观复博物馆，该馆乃马未都先生创办，是中国首家私人博物馆，内设陶瓷馆，油画馆，家具馆，艺术馆，窗户馆，多功能馆等多个展馆，馆内展有一件件价值连城的宝物珍藏，每个展品皆有不凡的来历，都有独特的传承，极富历史文化内涵。

　　一件件系列的稀世展品，静静地摆放在展室、展柜中，无语自重，不言自矜。很难想象，马先生是如何将他们归于麾下，不论是辛苦淘得，重金购得，宝物易换，都要有独特的艺术敏感，必须慧眼独具在前，千辛万苦于后。搜寻，鉴别，筹款，购买，运输，保存，哪个环节都不是一般的劳心费神，但人爱其宝，宝得其所，人得其宝，宝归其主，一切付出也就值了。正如马先生所说："收藏，会对你有个知识与智力上的挑战，会考验你的分析、归纳、演绎种种能力，就是猜谜也行啊。还有对文化的理解、认识，对历史的亲近等等，乐趣正在这里。"

　　观复馆门票 50 元，比较适中，但参观人员不是很多，据说大多博物馆并不盈利，但有政府补助，财政拨款，不愁运营。而马先生以一己之力，开办国内首家私人博物馆，肯定未指着靠参观者的门票赚钱，作为学者和收藏家，这里应该是马先生供奉宝物的雅斋，安放心灵的灵台，道友交流的道场。不过我私下暗忖：单靠博物馆的房产和藏品的升值，都是天文数字，我想这也是马先生作为文化商人经济智慧的体现吧。

博物馆内，设一商店，销售当代工艺品，和马家团队开发的具有浓郁马氏风格的手包衣物，但最吸眼球的还是马先生的著作，摞起来也有一尺多高。马爷是业界大佬，京都达人，传奇人物，在收藏界炙手可热，鉴定藏否，更是字字珠玑，一言九鼎，一句顶一万句，大忙人一个，行踪不定，经商、收藏、鉴定、著作、讲学、写博客，样样没有落下，敬仰之情油然而生。

据说整个展馆，都是马先生根据自己的藏品，亲自参与设计、布置的，整个展馆门窗的造型，是在厚厚的墙壁上，深嵌着的窑洞式半圆弧型，有山西曹家大院的影子，显得古朴雄浑、安稳持重。即使装潢的材料，也是匠心独具，油画馆屋顶水泥素面，使得馆内的油画和雕塑更加卓然不群，而门窗馆则将一扇扇雕刻得精美绝伦的门窗，直接镶嵌在展馆墙壁之中，馆顶则横竖高挂一根根普通的竹竿，经济实用，通透穿风，全无压抑之感，而且寓意高节，大方雅致，古色古香，情调独具。整体风格，雅俗天成，相映成趣。

件件藏品，就是个个孩子，市场有价，在马先生的心中都是无价之宝。但馆内珍藏的观复五宝：清乾隆紫檀木夔龙蝠庆纹象首兽足大宝座，明晚期黄花梨百宝嵌罗汉床，《三国演义》十八扇隔扇，北宋磁州窑唐草纹梅瓶，清乾隆官窑粉彩霁蓝描金四季花卉瓶，无疑是这些孩子中的佼佼者，马爷肯定会把更多父爱的目光投向他们。我们近距离地与这些宝物亲近，与历史拉近了距离，开了眼界，长了知识，更觉得馆主马爷，才是这里的镇馆之宝。

钱怎么挣，怎么花，平时做什么，有什么爱好，结交什么人，从这些方方面面的细节观察，人的品位可以展露无遗，每个人的品位自然也有了高下之分，雅俗之别。所以富翁有精神富翁、物质富翁之别，一般而言，成为物质富翁相对容易，成为精神富翁相对较难。因为成为物质富翁有个人奋斗、家族积累、意外获得、非法而来等等渠道和方式，一夜暴富的故事屡见不鲜，而要成为一个真正的精神富翁必须经过艰苦的个人修行，完全囿于个人的心灵。现实中物质富翁常见，精神富翁不多，而将物质富翁和精神富翁合二为一的更少，马未都先生正是达到这种传奇境界的高人。

目前，收藏如日中天，热浪滚滚，扶摇直上，但也泥沙俱下，鱼目混珠，丑闻频发，想当年，大清帝国以一国之力，皇室之尊，在宣统的垂范下，大量的珍宝尚且被太监偷偷换了银两，而马先生以一己书生之力，犹能尽国家之责，不知马爷百年之后，观复馆命运如何？听服务员介绍，马先生正在为博物馆新址奔忙，有意在身后将博物馆捐献给国家，便打消了些许忧虑。马先生说过，文化靠大众去传播，但文化是精英所创造。我想中国所谓的精英人士，不在少数，如果中国的一半精英有马先生的胸怀，中国的文化就大有希望，中国也会大有希望。

韩朝宗致李白的信

小白：

你好！

自从你给我递了那封著名的书信之后，我们就结下了不解之缘，思之感慨万千，不胜唏嘘。往事越千年，飞机已满天，在纪念了 N 个世纪，两个千禧年后，放眼世界已然天翻地覆：子息繁茂，时尚天壤悬殊，美酒醇厚，人生随意穿越。大开眼界啊。特别是神舟飞船一朝登月，那可是你的梦中情人啊；千里江陵须臾而还，再不是夸张的诗呓梦境，只是庐山人满为患，日照游客频擦汗，遥先争睹后脑勺，小儿撒尿般的瀑布，大跌眼镜，太不给力了。但时间即便如此之久，人们对我们结下的梁子依然不依不饶，非要讨要说法，恼得是常常借题发挥，滥挖内幕，横加解读，探秘窥私，乐此不疲。当然都是夸你的文采绝世，侠义干天，而贬我有眼无珠，吝惜阶前盈尺之地。从我老韩的角度来看，黑白完全颠倒了过来，这千年以来，我默默忍受着向我泼来的脏水和丢来的狗屎，恨不得抓起几块板砖，自我了断，痛痛快快把自己拍死算了。谁让千年生不出你第二个小白来呢！

小白，那天你呈上信札后，我粗略看了一眼，就知道你绝非浪得虚名。不瞒你说，你走后，我又展开你的诗文行卷，认真学习深刻领会，依老夫的年龄和阅历，早不应该喜形于色，但那晚看了你酣畅淋漓、字字珠玑的大作后，老夫有如打了他们现代人的吗啡，兴奋不已，击节顿足，在丫鬟们面前很是失态。我一下被你的诗文俘虏，变成了你的铁杆粉丝，当下就做了把你留在身边的决策。鉴于看了你的诗文就莫名地兴奋，我以一个老干部的名义，郑重建议你的粉丝团队，应该昵称为"白粉"。

过了个把来月，我激动的心情终归于平静，特别是邻近州县发生了几个贪污受贿、渎职犯上的案子，将当年举荐案犯的人员也一律革职查办（内部通报到刺史以上，你不知道的），惊愕间我再次展开你的书信，温故而知新，品味咀嚼后有了更深的感悟，灵魂深处激起了点点浪花，举荐的事便搁置起来。

今天，咱们打开窗户说亮话，让我也吐一吐心中的酸水，搬一搬胸中的块垒，汇报一下心得体会。

首先允许我再次向你表示敬意，你一封短短六百余字的信，也足以孤篇压千年。你的雄文骈散并用，长短错落，气势磅礴，情绪激昂，字里行间有浩浩荡荡、万夫莫当之势，但好像又溢满夸饰阿谀之词，尽现自吹自擂之态，隐有招摇撞骗之嫌。你狂妄自大、放荡不羁、傲昂自负、率性轻狂的性格，锋芒毕露，跃然纸上，如此文风前无古人，后无来者。老夫按照文如其人的定理，不难想象你生活中的为人。衙门乃布政令、颁律法之所在，公文乃经国济世之术，安危系于一字，性命关乎片言，朝野上下共仰止，必须实事求是，简短明了，规范森严，通俗易懂，岂酒肆歌馆吟唱、青楼瓦肆戏作哉？勿须自慰者卖弄风情的伴奏，焉能随性而为于外，夸夸其谈于文，概此类者断然进不得庙堂。惜乎，时无辞赋专属机构，如文联、作协之类，老夫对此只能深表遗憾，并强烈谴责圣上在衙署设置方面的重大失误。

小白，在书信中你自表："十五好剑术，三十成文章，有日试万言，倚马可待之才，虽不满七尺，抱心雄万夫之志，也曾遍干诸侯，历抵卿相"。奇怪的是，你贵为神童，少小成名，然至而立之年，终为陇西布衣，不惑之年，尚流落楚汉，令老夫百思不得其解。你四处游历，从四川到江淮，从荆楚到晋冀，从齐鲁到京师，过黄河跨长江，大唐州县基本都储存下你风尘仆仆的靓影，此侯门进，彼豪宅出，马大人、李长史、裴长史、苏尚书、张宰相等等达官显贵均有据可查，历历在目，他们可谓真正的制作侔神明，德行动天地，笔参造化，学究天人之辈，尤其苏颋、张说被敕封为"燕、许二公"，文名盖世，权倾朝野。他们为什么没有对你接之以高宴，纵之以清谈，进而隆重推荐，使你一登龙门，声誉十倍，贵为龙盘凤逸之士？使你扬眉吐气，激昂青云，得以脱颖而出呢？

我一人打了眼，难道众人都打眼不成？

今人曰：实践是检验真理的唯一标准，有人用实践这把尺子，把太宗、玄宗、武后等二八开、三七开、四六开，量出一身的不是，今天咱们就借了这个现代工具，把你也量上一量。

你贵为皇室同门、宰相孙女快婿，以为官二代富二代，便有恃无恐，所交皆游手好闲之徒，终日弹剑作歌，豪饮狎妓，东城斗鸡，西城逐马，挥金如土，玩物丧志，满腹经纶而蹉跎岁月，社会对你早已议论纷纷，有众多群众的信函举报你：卖弄斯文，招摇撞骗，冒充宗室王孙，拐带良家妇女，甚至疑似畏罪潜逃之杀人凶手，只是当时苦无 DNA 技术，证据不足罢了。

你在四十三岁该当爷爷之时，赖朋友帮助，终于咸鱼翻身，一步登天，贵为李办、书记处大臣，入华清池，伺候玄宗贵妃于左右，进未央宫，比肩国忠力士于殿堂，洋洋自得，飘飘然也，而全无感恩之心，不谙庙堂无德、江湖险恶，天赐之机毫不自珍。居然"天子呼来不上船，自称臣是酒中仙"。令御手调羹，贵妃捧砚，力士脱靴，为泄一己一时之私愤，于金銮殿之上，悍然戏耍国君重臣，而全不知鬼头刀之将问候于汝也。

适"安史作乱"之时，你已五十六岁，按说这都是二线下课的年龄，可你年近花甲，而毫无政治嗅觉，以书生意气凭赤诚之心，贸然进入永王幕府，被政府宣布为叛军战犯，镇反大军寒剑一亮、所向披靡，尔辈即刻土崩瓦解、灰飞烟灭。你急急如丧家之犬，忙忙似漏网之鱼，和一群乌合之众，闻风丧胆，溃逃保命，被四处捉拿，下入大狱。好在国家元首，名为严肃之宗，实为仁慈之主，念你是个人才，先免斩你于大狱，再流放你于夜郎，三赦免你于巫山，而你依然故我，以老迈之年，病躯之身，欲请缨再入幕府，用一把老骨头去再赌明天，竟不知死期之渐近也。

今人有谚曰：出来混迟早要还。你一而再再而三，要挤进干部队伍，当那国家领导人，不厌其烦，屡败屡战，几成千古笑柄，而一旦得逞，便猖狂放肆。想庙堂之上，众人皆如临深渊，如芒在背，如履薄冰，冤魂野鬼何其多也。司马迁的悲叹，言犹在耳，而你犹能独得善终，真乃千古奇迹也。

小白，你在信中说我："有周公之风，躬吐握之事"，记得超一流白领曹操先生也曾如此自夸，说什么"周公吐哺，天下归心"，你不是把我比周公，而是把我比曹操啊，奸雄曹操何许人也，你莫非要把我往绝路上逼吗？

小白，以我从政多年的经验，为官和作诗纯粹两码子事，俗话说：隔行如隔山。这些俗话毫无诗意，比咱们唐诗的境界格调远了去了，但话糙理不糙，姑妄用之。老夫以为，你进了衙门，于小处对你要酿成官场悲剧，于大处对国家将是灾难，于民族必将失去你这个千古诗帝。而这样的经典悲剧在以后的官场长演不衰、屡见不鲜，如一代球王高俅，书法大师秦桧，一代书圣蔡京，设计师明熹宗、情歌王子陈后主、艺术泰斗宋徽宗，如此不胜枚举。

或许有人云：小白是慢热型选手。但长安不相信激情，洛阳不相信眼泪，我以为慢热最要命，乃官场大忌，每要投篮被盖帽，每要射门被铲断，每要出拳被读秒，每要拦网先闪腰，没人再和你玩。你老婆的爷爷，总理当得好好地，怎么就到了湖北？夸你的苏颋，曾贵为尚书，而在成都屈就，你想过为什么吗？

你和很多人知道，老夫素有爱才惜才举才之名，曾"荐严协律，入为秘书郎"。因"崔宗之、房习祖、黎昕、许莹之徒，或以才名见知，或以清白见赏"而举荐。更因他们忠义奋发、仁慈宽厚、谦虚内敛，德才兼备耳。并非你说的求"衔恩抚躬，以图推赤心于诸贤腹中。"你有这些品德吗？

从你的信件中，我读懂了你的每一个字，就是你骨子里与生俱来的纯正十足的傲气、霸气和豪气，此天性耳，不可违也。但我也看到了江湖的无情无义，看到了你的无助无奈，也看到了千年之后的今天。

强烈的自信是另类的自卑，强烈的自信正如强烈的自卑，都是病态。所谓满纸激昂言，一把无奈泪。性格决定命运，你的失败，你的忧愁，你的悲哀，出于此。你的伟大，你的侠胆，你的豪迈，也出于此。

小白，有一种陈词滥调，说我没有举荐你，是我嫉妒羡慕恨，事实恰恰相反。你的血脉里本身流淌着游牧人的基因，在田野牧歌的游历中，牧诗、牧文、牧鸟、牧剑是你的生活，而驰骋官场非你所长。我们可以为朋友，不可为同僚。老夫们未举荐你进入官场，正是扬你所长，避你所短，是对你实行保护式冷漠，冷漠式关爱。你难道理解不了吗？

而现代人抱着看热闹不嫌事大的态度，围观娱乐于你我，老夫以为：和谐方为大原则，稳定才是硬道理，希望我们摒弃前嫌，团结一致向前看。

　　小白，老韩为官多年，曾留遗书警告后代，再莫涉足官场。而若远离官场，只在艺术圈里厮混，也能优哉游哉、衣食无忧。不过，老夫要祝贺你李家，代代都有高官出啊。

　　小白，在职时我略有积蓄，离休后我承包了华清池，还开了个九头鸟度假村，经营荆楚风味、川渝特色美食，羊肉泡馍、汉中面皮也很正宗，一般谢绝自带酒水。欢迎光临指导！夜郎茅台管够，具时你我会须一饮三百杯！

　　另外，我想换个酒店牌匾，欲求你墨宝，千万莫要推辞哦。

你的"白粉"：老韩

××年××月××日

不解风情说风月

如果把汉语世界比作一个王国，"风"便是这个王国中的一个庞大古老的家族，正如人类社会一样，风这个大家族，在其生存繁衍的过程中，与时俱进，适者生存，子嗣众多，瓜瓞绵延，成分复杂，脉息多变，但不管如何变化，只要是风的后代，都保留有风的基因，或明或暗或多或少地隐藏着风的遗传密码。

风繁体作：風，从造字结构上看，属于形声字，从虫，凡声。虫动而生风，春天万物复生时节，风也正是刮的猛力欢快的时候。所以风的原意本义就是指流动的空气。古人认为，风者，气也，阴阳之气相吹拂也。万物皆分阴阳，按八卦之说，风来自八个方向，有八风之分。此即风的根祖开山义项。如风雨凄凄；风萧萧兮，易水寒；山雨欲来风满楼。

在现代汉语中，风有多项词义，派生出众多的词汇，但在口头语中一说到风，我们的第一反应恐怕还是：刮风下雨、飓风台风、风暴风雪、风雨交加等自然现象，由此可见，风的血统依然非常正宗，脉络清晰可视。这在汉语的历史中，犹如家族的历史一样，嫡系一族，根正苗红，血统纯正，没有过继，没有抱养，没有上门女婿，也没有将亲生骨肉送人或卖将出去，更没有让人贩子拐走。这在千变万化的汉语史中实属难能可贵。

随着社会和汉语自身的发展变化，风家族逐渐家丁兴旺，其词义在不断地扩充变化之中，源源不绝地衍生出新的词义，自是家丁兴旺，儿孙满堂，开辟出了自己的江山社稷。

这里只浅谈一下风的孙子辈的重要词义之一，动物的发情之义。也即"牝牡相诱谓之风"的"风"。

食色性也，生存繁衍是动物的两大天性。春天万物复苏，虫动而生风，天气转暖，水草丰茂，一派生机，动物的食物逐渐丰富，各种动物在进化的过程中，为了家族的繁衍生息兴旺发达，几乎统一选择在春天进入新一轮的发情期，以确保宝宝的健康发育和生长。

很多动物的雌性，通过散发特殊的气味，来告知异性，自己进入发情期，有求必应。雄性则通过嗅觉来判定雌性是否一切准备就绪。为了让更多的异性知道这一特大喜讯，必须将气味广而告之，远而播散，而这个免费广告，通常是借助自然的力量——"风"来完成的，所以说，风是动物爱情的媒介，动物爱意信息的发送、接收借助于风这个喜庆的红娘。也就是说，动物的彼此吸引、相亲相爱是在春暖花开春风荡漾的诗情画意中完成的。不管是阿猫阿狗猛虎恶豹，还是小羊小鹿壮牛高马，概莫能外。如果饲养宠物，不必多言，自然心领神会，倘若不然，看看《人与自然》《动物世界》这些电视栏目，听听赵忠祥绘声绘色的讲解，也可如临其境、一目了然。

我们的祖先，先猎后农。最早以打猎为生，个个是狩猎的高手，猎物增多后，充分发挥人的聪明才智，最先掌握了驯化和圈养的本领，而农耕还是后来的事情。

在狩猎、驯化和圈养动物的过程中，先民便发现了春天、春风、发情、食物、繁殖的内在规律。但动物的发情是一个异常复杂的心理现象和生理过程。从造字方面看，仓颉再聪明，再富于想象力、创造力，用尽象形、会意、指事、借代的手段，也无能为力，起初并无一字能准确表达这个义项。但车到山前必有路，天下事难不倒用心之人，这样神秘诱人的事情不可不述诸文字。在风这个指代自然气候现象的文字发明之后，先民再次发挥聪明才智，让想象像风一样驰骋，巧借妙用风这一介质媒体，来表述这一丰富的生理心理现象。于是乎，风无心插柳柳成荫，由味浓而色诱，由阴阳之气吹拂而牝牡之间相诱，实现了华丽转身，当仁不让，兼职起它的重要职责，义无反顾地承担起了它光荣神圣的历史使命。从此，风在他的家族中，有了它浓墨重彩的引申义——动物的发情。

这一义项的例证较多，而大名鼎鼎者，非"风马牛不相及"莫属。译成白话就是，马和牛在发情的时候彼此毫无兴趣，是不会相互追赶的。因为它们属于完全不相干的物种，气味之不投也，由此推而广之，风猪羊不相及，风狗猫不相及也是绝对成立的。

风在"发情"之后，被社会所广泛接受认可，先民也不妨在自娱自乐中，将其发扬光大，用以指代我们人类自己的情欲。作为高等动物，人在这个方面，情感更为复杂丰富、精神更为细腻活跃，欲望更为强烈夸张，但其表现却在直奔主题与含蓄隐匿间大幅摇摆，用其他动物的眼睛来看，行为或许更为怪异、荒诞、贪婪、乖张，难以理喻。

在追求情欲的过程中，每个人的表达方式、表现方法不尽相同，有的委婉，有的豪放，有的含蓄，有的粗鲁，有的文雅，有的强暴，温文尔雅与明火执仗、离经叛道与中规中矩的边界到底怎么掌握呢，人类社会自有其由野蛮到文明的发展演变过程，这也就是度的把握，包括礼的诞生。凡事皆有规矩分寸，情爱亦然，必须克制自己，婉转体面地表达，因为我们贵为人类，不能类同禽兽，进而有了"风度"一词。如果能够进退自如，适可而止，男女有别，宽严有度，像谦谦君子一般，大概就是有风度吧。相反，就是有失风度。不过所谓有无风度，不同时代、民族、国家有不同的理解，甚至同一个人在不同的时期，对风度的理解也完全不同，倘若非要搞出个子丑寅卯，论出个谁是谁非，恐怕很难，不妨扪心自问，答案自在心中，心安即可。

现代心理学揭示，爱情首先发端乎容貌，一个人，如果貌比潘安，或美如西施，所谓的高大全、高富帅、白美净，自然魅力四射，引人注目，令人砰然心动，一见钟情。在异性的眼里，人见人爱，攻击力一流，杀伤力超强，就是所谓的风流了，再进一步就是风流倜傥、风度翩翩了。由此可见所谓的风度就是指吸引异性的程度，进而也指对他人的吸引程度，也就是所谓的气场。

人对人的好感、仰慕和崇拜，不限于异性，同性当然亦可。如果有人才情一流，武功盖世，伟业惊天动地，功勋千古流芳，男女老幼崇拜，世世代代敬仰，那是另一种风流，毛泽东主席词："数风流人物，还看今朝。"即指后义。

俗话说，情人眼里出西施。人对缘分狗对毛，王八看绿豆对眼了，张生之于崔莺莺、牛郎之于织女、罗密欧之于朱丽叶即是风度翩翩的风流人物。而猪八戒之于嫦娥、高衙内之于林娘子、黄世仁之于白毛女非但不是风度翩翩的风流人物，自是犯罪嫌疑人，该到大理寺去说长论短了。

人对异性产生了兴趣，有了冲动，是在青春期之时。这是人生最美好的时期，年方二八，青春年少，精力旺盛，生机勃勃，如日之八九点，年之三四月，极富表现力和竞争力。女子不施粉黛自婀娜，男儿活力四射正阳刚，为了心中之爱，天不怕地不怕，可以将生死置之度外。风华正茂，意气风发，正是指这个朝气蓬勃的鼎盛时期。和这种无所畏惧的生命状态。

如果为了心仪之人，努力学习，勤奋工作，孜孜用功，抑或挖空心思，赢得了爱情果实；或者马失前蹄，铩羽而归，失意情场，饮恨美眉，但不气馁不消沉，不抛弃不放弃，而是愈挫愈奋，哪里跌倒哪里爬起，最后做出了一番事业。然后，赢得美人心，抱得美人归，一雪前耻，如愿以偿，这便是极为励志的"风发图强"。当然风发图强还有个近义词叫奋发图强，但"奋发"怎么个奋发，难道是在大田里狂奔吗？非常抽象，以风取而代之，两相比较，优劣自显，彼"奋发"哪有此"风发"来得勇敢、无畏、顽强、凶猛、发狠、给力！哪有此"风发"来得不折不挠，视死如归。其表现力之传神、之生动、之张扬无以复加，其感染力之强大、之浓烈、之持久无与伦比，令人击节叹赏，五体投地，怎一个高妙了得。

韬光养晦，当今很是时髦，甚至上升到国家战略层面。但在情爱世界里如果运用这一策略，无论如何是个昏招败计。在异性面前，如鼓足勇气，勇敢表白，扬长避短，一展风采，或叫一展风姿，进而乘胜前进，或许更能如愿。否则，当你瞻前顾后，一味韬光时，心仪之人早已当了父母，当你犹豫不决、继续养晦时，八成已是发白齿脱，有心无力，只有哀叹的份了。

绝世佳人，人见人爱，有如七仙女下凡、四美女再世，这样的妙龄女子，便是风姿绰约，勾魂摄魄。当然情人眼里出西施，到底什么是风姿绰约，一千个人怕有五百个答案，那是个人的权力和自由，别人无可干涉。

一颦一笑皆是情，顾盼有情，转盼有神，眉尖眼角都是情，让你骨酥腿软，神魂颠倒，不能自己，这种境界该是传说中的风情万种了。反之，冷漠无趣，古板木讷，油盐不进，不省男女之事，不食人间烟火，便是不解风情。而为男女之事，你来我往，明枪暗箭，处心积虑，钩心斗角，就是争风吃醋了。

如果不择手段，尔虞我诈，随性乱来，蝇营狗苟，干些偷鸡摸狗的勾当，必然有伤风化，这些风花雪月之事，为他人乐道而又不齿，一日拨云撩月，东窗事发，颠鸾倒凤，春光泄露，必引为笑谈，这种红杏出墙的风流韵事，就是传说中的风流冤孽。

而半老徐娘，姿色宛然，人老珠黄，花心不已，年过半百，清风徐来，人称其风韵犹存也，风字个中深意，自可揣摩。但如个别艺人，老黄瓜刷绿漆，一味装嫩，以纯情少女自许，搔首弄姿，矫揉造作，撒娇卖乖，忸怩作态，妖风频起也，里外透着恶心，谁看谁倒胃，谁看谁中风。

风既然和情色情事结了不解之缘，就少不了和肮脏之事为伍，无聊之人将指称声色犬马的烟花柳巷、寻欢问柳的青楼妓院这样的差事，亦生生安插在了风的身上，美其名曰：风月场。昔之八大胡同，十里秦淮即是。据说英雄如蔡锷者，当年韬光养晦，也潜伏在风月场所，与小凤仙演唱了一曲高山流水的知音情歌，佳话一段，至今为人津津乐道。

淫荡如西门金莲者，荒淫无度，糜烂无耻，背了一身的风月债，得了千古淫棍、第一淫妇的骂名，真是恶有恶报，时辰未到，千刀万剐，罪有应得。

打住，不说这些伤风败俗义愤填膺的事了。

俗话说十里乡俗不一般，在婚嫁方面更是如此，有抢婚的，有走婚的，有群婚的，这可能就是最初风俗的本义了。

世界最早的诗歌集《诗经》，录诗305篇，有风、雅、颂之分，其中《风》又叫《国风》，是其中感情最真挚、最朴素、最大胆的部分，根据地域的不同，又分为：郑、卫、魏、齐、陈、秦、唐等十五国风，多为爱情诗，也即两千多年前的民歌情歌。诗歌多描写大胆的爱情追求，抒发缠绵的浪漫情感，其爱恋之真，顾盼之态，洞房之喜，离别之恨，相思之苦，怨恨之情跃然纸上，情真意切的男欢女爱，已成千古绝唱。

据说，是孔夫子编辑收录的《诗经》，老圣人之所以把这样的情诗冠之于《风》这样的大名美称，我想联系风的义项，便自能领会圣人的用词之妙。

窈窕淑女，寤寐求之，求之不得，寤寐思服，悠哉悠哉，辗转反侧。（《关雎》）

桃之夭夭，灼灼其华，之子于归，宜其室家。（《桃夭》）

南有乔木不可休思，汉有游女不可求思。（《汉广》）

死生契阔，与子成说，执子之手，与子偕老。（《击鼓》）

爱而不见，搔首踟蹰。（《静女》）

一日不见，如三秋兮。（《采葛》）

今夕何夕，见此良人。（《绸缪》）

蒹葭苍苍，白露为霜，所谓伊人，在水一方。《蒹葭》

这些几千年前的古诗，如今读来，余音绕梁，耐人寻味，用心揣摩，令人叫绝。由此，后人将风和骚并称，或将风与雅并称，指人才高八斗，风流倜傥，但如今风雅还是那个风雅，风骚则早已不是那个风骚了。

由此，我们循着风的方向，跟着风的气味，踏着风的节拍，在风格、风光、风尚、风骨、风韵、风气、风味等风的后代中，都可以嗅到风的原始气息，虽然味道淡了些，风力低了些，辈分差了些，血缘远了些，但无一不继承着风的基因——最初的引申义——风情，仔细玩味，对理解词义大有裨益。

古人云处处留心皆学问，我们应该闻风而动。在生活上要检点，在学问上多用心，否则，便会遭人责骂、耻笑、揶揄，也就会饱受讥讽。

任凭讥讽、责罚、打骂，甚至蹲大狱，而一意孤行，荒淫无耻，无可救药，死不改悔，便是中了疯魔，大概、可能、确实、肯定就是疯了。

橘

　　现在正是橘子大量上市的时节，所有的水果摊上，橘子必是主打水果之一，或黄中带青，或青中带黄，或金光灿烂，油光发亮，橘身上的小标签，显示着主人高贵的门第身份，甚是诱人可爱，不贵，慷慨解囊的大有人在。当然在橘子之间还有赣南橙、柚子之类橘子的堂哥表姐一同分享着富贵。

　　因为从小生长在北方小城，只记得儿时吃橘子罐头喝橘子汁，偶尔才能得见橘子的芳容，吃上一个半个真正的橘子。大概在十多岁时，父亲可能帮了一个朋友很大的忙，朋友来感谢他，带着橘子和香蕉，这在北方的小城，是难得一见的佳果，尤其在隆冬季节，更是比九十年代市面上美国出产的猩红光亮的蛇果之类还要身价百倍，蛇果仅仅属于神秘中浑身透着富贵，却并不稀缺，想要超市里尽有，掏钱即可，而且味道不过尔尔。但那时的橘子，不贵，就是没货，稀缺之下，便与橘子的本色一样地金贵，尽管南方一带到处都是，便宜得很。

　　1981 年，我首次到江苏，才看到了大量的橘子，但囊中羞涩的我只是略微尝鲜，并没有大快朵颐。1982 年我和同事去成都出差，临行前有几个师傅同事，嘱我们给捎些橘子，便不知轻重地应允下来，火车上一合计，竟然二百多斤。记得在成都我们住在火车站附近的旅店，不远处就是一个很大的农贸市场，老乡们都挑着筐子，里面满满当当装着金光灿灿的橘子。到处都是做买卖的，经多轮讨价还价，最后以两毛一斤成交，大概买了四大筐，我们在旅店找了几个纸箱子将橘子分装。买是买了，装也装好了，临上火车时成了问题，尽管两人年轻力壮，但六七个箱子无论如何是不好进站上车的。好在同宿的一位是兰院的职工，主动请缨帮我们送到车站。在西安站倒车时，又烦请同车的旅客帮忙倒腾，方登上了北去的列车，那时是大冬天，我们哥俩却是肩扛手提满头大汗，一路上，睡眼朦胧中既要操心不要让其他旅客的重物压了，还要解释超重的理由，赔着小心，说着好话，辛苦忙乎难以尽言，但不时有从行李架上座位下面传出的丝丝清香，一切辛苦便都化为云烟。同事是太原的，由他押着几箱战利品继续北上，我则中途下车，带着两个箱子溜之乎也。

到达介休时，刚下过一场小雪，地上白花花一片，不厚但很滑，有几个旅客趔趄着差点摔倒，我肩扛手提着出了站，那时没有电话，没有出租，正在不知如何是好时，远远看到弟弟正一晃一晃地推着自行车向候车室走来，立马眼前一亮、如释重负。原来他是专程到车站购买当时很是紧俏的铁路油饼来着，那是专供旅客的，有时也外卖，油大个足，货真价实，香脆可口，很多人爱吃，现在我还记得那种香味。不过，如此地道好饼现在早已销声匿迹。

回了家，一家人围坐在炕头，边听我唠叨四川的风土人情，边剥吃着橘子，那是多大的享受啊。只是一路天冷挤压，几个橘子坏掉了，甚是可惜。时值年底，除分送了几家亲友外，老母把橘子放在了耳房的大瓮中，不冷不热，相当于天然的保鲜柜，橘子皮统统留下晒干，泡茶喝，别有清香，记得春节回去，家里还藏有橘子，甚是满足。

来年的秋天，我和同事又去了一趟湖南株洲，当时正是湘橘大量上市的时候，接待我们的车间主任非常热情，问我们有啥要求，师傅赶紧说要买橘子。第二天，橘子就买好了。湘橘真是太好了，和成都的橘子不可同语，一是颜色为绿色或黄绿色的，这是我首见。二是个头很大，是川橘的两倍，三是无核，号称无核蜜橘，水大味甜，不似以前吃过的橘子絮多发柴。时至今日，我确实忘了当时为啥要麻烦主任给我们买橘子，难道市场没有？是便宜吗还是为了要买到好货？

出差间隙，我和同事去了一趟长沙，看望了他的伯伯，实际是他爸的战友、老乡，是当年南下的山西干部。在老头那里吃到了形状更圆更大，颜色更黄更亮，橘瓣更甜更水的无核蜜橘。大概这要算我至今为止吃到的最好的橘子了。

年底回家时，父亲告我说，那个送我们橘子香蕉的叔叔死了，上吊自杀的，缘由是他和别人从广东贩卖橘子香蕉之类的水果，因为天寒地冻路远耽搁，一火车皮的水果运到山西时，大半已经冻坏，加之上下搬运，存储不当，大部分橘子烂掉，致使东挪西借的数千元钱，打了水漂，血本无归。亏蚀几千元，在当时来说，相当于一套很好的宅院没了，大概受不了这无情打击，他便自行了结了。父亲和我说这件事时充满了惋惜之情。

橘子树是八二年得识的，那是在湖北郧县的一个小镇，山坡上种满了橘子树，不高，但油绿油绿的很可爱。花刚谢，偶见星星点点的小白花。揪一片橘树叶撕烂揉碎就有浓烈的橘子味道。

某年我和媳妇在上海玩耍，口渴得很，正好路过一个农贸市场，地摊上摆着一个硕大的类似橘子一类的水果，问询得知此果名曰文旦，解渴的佳品，记得也不便宜，兴冲冲地买了打开要吃时，厚厚的海绵一般的皮怎么也剥不透、剥不完，小冬瓜样的文旦最后剥出个比鸡蛋还小的果瓤，酸涩异常，难以下咽。尽管没有解渴，算是品尝到了大上海文旦的滋味。

之后，橘子在市面渐渐多了起来，而且不止是橘子，还有橙子广柑柚子之类，当时除了柚子个头硕大很好分辨外，少见多怪的我们，经常把其他各色各样的橘子近亲们张冠李戴。以后见得多了吃得多了，才渐渐知道了青橘、黄橘，知道了柚子、文旦，柑子、甜橙，蜜橘、冰糖橘的区别。也知道了赣橙澳橙的不同之处。还知道了橘子有所谓公母之分，公的酸，母的甜，橘子吃多了上火，广柑败火之类。

我是没这么多讲究的，经常出门的我，包里如有水果总是橘子甜橙之类，一是喜欢这口，二是方便，剥皮即食，不用矫情地洗啊削啊那么麻烦。橘子还可以做菜，吃得较多的是拔丝橘子，几个人藕断丝连地撕扯着几瓣橘子，别有情趣。

随着健力宝的隆重问世，人们在追赶过时髦，满足了口腹的新鲜之后，如今大有物是人非的感觉，工业化使橘子一类的汽水饮料泛滥成灾，琳琅满目花花绿绿的饮料里，有橘子味，但不知还有多少橘子了。更有人感叹，橘子早已不是当年的味道。

不过像我一样喜欢橘子的人还是多了去了，但喜欢并不止于口腹之欲，而是别有缘由。因为橘子不仅美味可口，而且它还是吉祥如意的代言人。

国庆时参加了一个婚礼，新郎是留美博士，我们从小看到大的才子，新娘也是北京名校的博士，真是天生的一对。期间由我担当招待娘家亲友的重任，无非唠嗑家长里短，美言吉祥话语，提茶倒水，点烟递水果之类。红彤彤的中华烟无人问津，而一箩筐的水果干果最受欢迎。而果品主要是橘子、苹果、柿子、葡萄、火龙果、香蕉、枣子、花生、开心果之类。当然，这几样果品不是随意而为，而是大有讲究。分别取吉祥、平安、如意，生活甜蜜，多子多福，红红火火，开开心心，早得贵子之义。而鸭梨、草莓一类的水果，值此喜庆时刻，人皆厌之，是难登大雅之堂的。

正是因为具有了独特品性，橘子历来为文人骚客所题咏。唐无名氏的"圆似珠，色如丹。傥能擘破同分吃，争不惭愧洞庭山"。唐陆龟蒙的"良玉有浆须让味，明珠无颣亦差圆。"苏轼的浣溪沙《咏橘》："菊暗荷枯一夜霜，新苞绿叶照林光。竹篱茅舍出青黄。香雾噀人惊半破，清泉流齿怯初尝。吴姬三日手犹香。"均脍炙人口，情趣盎然，读之品之，一样地口齿留香，满嘴生津。而将橘子人格化、诗意化、理想化，赋予了神圣的力量，当属屈原的《橘颂》，他将"后皇嘉树"的品德推向极致，已成千古绝唱。

屈原不仅喜欢橘树"绿叶素荣，纷其可喜，曾枝剡棘，圆果抟兮，青黄杂糅，文章烂兮"的外表，更加折服橘树生南国兮，深固难徙，受命不迁，更壹志兮。闭心自慎，廓其无求。苏世独立，横而不流兮。秉德无私，参天地兮的高尚品德。在屈原的眼里，橘树已非人间凡物，而是："精色内白，类任道兮，年岁虽少，可师长兮，愿岁并谢，与长友兮。行比伯夷，置以为像兮。"这里屈原已自比于橘子，悲催的是类比橘子般高洁的屈原，空有"苏世独立，横而不流，秉德无私，参天地兮"的品德，但世不容之，徒唤奈何，只能投江自溺以表其志。

橘子的产量越来越大，品种越来越多，而屈原这样的人如今还有吗？

爱情圣地为何在永济

日前，我与表弟诸亲观戏，曲目乃历史名剧《西厢记》也，候场时，听几人叨咕，问：普救寺何所在？众皆不知。一人持手机百度，答：山西永济。众皆讶然，曰不知。一人道，从来未曾听闻，如此偏僻之处，焉能一波三折，整出如此缠绵情事。众皆面面相觑也。我和表弟一样，平素并不看戏，不过是闲来无事，附庸风雅，照顾领导情绪，陪同领导高兴而已。盖表弟也耳闻他人私语，问我道："永济可去过，普救寺可去过？"我说去过。便就我所知，给他普及了些个历史地理知识。作为山西人，永济于我，不算陌生，去过两次，路过多次，然毕竟陈年往事，且走马观花，所知一鳞半爪，零星散事，点点碎片，不免挂一漏万。那日观戏，园子是豪华剧场，班子是著名剧团，演员是当红明星，行头艳丽，剧情抓人，唱念做打样样精到，剧终之时，余音绕梁，叫好之声响彻剧场，我们借着戏台两侧的唱词提示，得享一场视觉盛宴，甚至有了再探西厢的冲动。前一阵子，乘机又赴永济一趟，故地重游，诚然不虚此行，使我的永济知识立体丰满起来，在破败歪斜摇摇欲坠的永济古城遗址前，我们感到是那样的无知与渺小，又是那样的满足与遗憾。那几天，气温很高，踮来跑去，我始终满脸大汗，但我深知，汗流浃背不仅仅是因为天热，更因为心虚羞臊。是的，我们所知太少了，应该汗颜。

永济雄踞山西南端，位于黄河东岸，是山西的南大门，与潼关隔河相对，中条山横亘市南，台塬沟壑排列市北，黄河浊水奔流市西，解州盐池波涌市东，其负山面河，沟壑交错，扼秦晋要冲，闻豫北鸡鸣，自古乃兵家要地。长久以来，周秦汉唐政治活动的中心在咸阳、长安、洛阳一带，也就是永济的对岸，而永济的身后，就是其属地，赫赫有名的解州盐池，盛产食盐的地方，以及运城、临汾广袤的沃土。永济距古城西安约150公里，距西岳华山约70公里，距洛阳约260公里，距运城约55公里，距太原约450公里，距离山西第二大城市大同800公里。就是说，永济人去人家的省会，比去自己的省会方便多了，不少山西人说起永济，就一个字："热"或者"远"。长久以来，永济就偏安于山西之南，与世无争，看黄河流淌，任中条云卷，闻古寺蛙鸣脆，观白日依山尽，随遇而安，憋不住就吼几嗓子蒲剧，想活动就走一趟五老峰顶。恬淡度日，自得自乐，但永济毕竟是永济，像熊猫一样，想低调隐居万万不行。

永济实际上来路不凡，祖上非一般之阔绰。永济的称呼是我们给人家后改的名字，呼此大号，不过二百来年，更长远之千年岁月，人家先后唤过蒲坂，蒲州等芳名，掐指一算，乃五千年文明孕育之地，两千年繁荣富庶之乡，在此交通要道，渡口要津，皇族大臣，商贾小贩，文人骚客，军汉骁勇，络绎不绝，古城与炎黄尧舜同喜忧，吉地同晋国李唐共荣辱。

蒲坂是古永济最著名的称谓之一，蒲即菖蒲，是生长在沼泽河边滩涂一带的植物。坂即对称的高地缓坡，顾名思义，蒲坂就是长菖蒲的河滩地。事实真是如此，既好解释，也好理解。任性漫淌啸奔不羁的黄河给永济打上了太深的印记，黄河成了蒲坂的首张名片，老话讲三十年河东四十年河西，指的就是这块地界。

黄河任着性子想东就东，欲西则西，挥着偌大的手笔，在大地上任意涂抹，除了给古蒲坂先民带来极大的恐惧之外，捎带造就了两岸大片肥沃的滩涂，滩涂上丛生着高大茂密的菖蒲，人们在菖蒲里嬉戏摸鱼，鱼虫在菖蒲里游弋觅食，飞禽在菖蒲里筑窝孵蛋，先民们用菖蒲织席子，盖房子，编器皿，作柴草，把蒲林当作乐园，把蒲苇当作财富，便干脆以"蒲"名之。

所谓"坂"者，前已述及，是指河边地形相近彼此对称的坡地，东岸弯曲西岸随之，西岸高突东岸随之，两岸在浊水的任性中，哥俩倔强地如影相随。所以在蒲字之后加坂字，俱以河水两岸的地貌、物产命名者也。"坂"者，乃多音字。现代字典标为"ban"音，而永济与我老家晋中调异音同，发为"fan"音。随着历史演变，行政区域时有析分并合，城方的名字也时有变更。古永济先后有蒲板、蒲反、蒲阪、蒲邑、蒲州、河东，但几乎从未离开一个"蒲"字。所谓阪，反，板，乃是坂的异体之字，州和邑者，是古代之地域称谓，类同今日之县市，行政名称也。而大名鼎鼎的"河东"，不过就是黄河东岸之地。永济真是跳进黄河里，怎么出也出不来，怎么洗也洗不清了。

永济之古名沿用至今的是蒲州。历史上不同时期的蒲州，其概念的外延内涵不同，其行政辖区差距甚大，大者州府一级，小者村镇一级，所谓的蒲坂就在今天的蒲州镇，位于永济市区正西方向 12 公里，已经洗尽铅华，风光不再。古城现存的残垣断壁，钟楼城门，为明代遗址，尚有踪迹可寻。当年雄踞河岸、辉煌无限的蒲州，萎缩成了一个拥有 32 个行政村、4.3 万人的小镇，全镇唯一拿得出手，引以为傲的是 6.2 万亩的黄河滩涂地，却已难觅大片菖蒲的芳影，代之以全国最大的芦笋生产基地。为避免混乱，这里把古永济称为蒲州时，是指作为都府州县的蒲州，其治所均在蒲坂而言。

自古以来，城市的规模与地理环境，经济规模，常住人口，行政级别，政治军事等要素密切相关。就今日之城市而言，有所谓国际性大都会，国家级特大城市，区域性重要城市，也有偏僻无名的小县城，永济可以说完整地经历过这种刻骨铭心的变化。

资料显示，永济在不同历史时期，曾经作过郡县州府的治所。它商代属缶邦，春秋时属晋，战国时属魏，称蒲邑，都是重要的食邑封地。秦汉时实行郡县制，蒲坂置县，为三十六郡之一的河东郡，只是王莽时改称蒲城，东汉复名蒲坂县。而在晋代将河东郡之治所由安邑移至蒲坂，政治、经济地位加升一格，成为重要的区域性城市。

唐朝时，全国废郡县，行道路制，代之以府州县，河东郡变为蒲州，起初，蒲坂归属蒲州，三年后，即公元 621 年将蒲州治所移至蒲坂，蒲州和蒲坂合二为一，归为一体，蒲州即为蒲坂，蒲坂即为蒲州，开始了蒲坂脱胎换骨的新纪元。开元八年即 720 年，蒲州与陕、郑、汴、绛、怀等并称天下六大雄城，显赫一时，成为有全国影响的重要城市。开元九年，又改蒲州为河中府，升为中都，等于连升两级，与长安（西京）、（洛阳）东京、太原（北京）齐名，地方长官府尹由皇帝直接任命。这无疑就是今天的直辖市，津沪渝之一了，以唐朝当时在国际上的巨大影响，独步天下的国力，说蒲州是国际性大都市毫不夸张。当年，著名政治家和书法家颜真卿在安史之乱之后曾任蒲州太守。

之后宋元明清，蒲州地位虽有所下降，但瘦死的骆驼比马大，依然长时期作为州府一级的行政中心，特别是明朝洪武年间，不断提升蒲州的政治、军事地位，扩建城区，加固城池，使其重新成为威名远播的北方重镇。

需要指出的是，清雍正六年（1728 年）将蒲州升为府，并将城区周边附设为永济县，即府县同城。这是古蒲坂地区首次因为境内的永济渠而得县名。资料显示，永济渠开凿于隋朝炀帝时，当时蒲州兵防坚固，开凿永济渠，主要是以利泄洪、灌溉、漕运，特别是盐运，千百年来，惠民利国，功莫大焉。

正因为永济在历史上的显赫地位，不论是蒲坂还是蒲州，城建的规模都非同一般，而大规模的筑城，有籍可考的是始于元魏。最辉煌的时期分别有三：

一为舜帝都城。传说黄帝、尧、舜、禹等古帝王都曾先后生活于此。舜帝将全国划分为十二州，蒲坂一带归属并州，并定都于蒲坂，换言之，早在部落联盟时期，蒲坂就是神州华夏的政治、经济、军事、文化中心了。当年秦始皇东巡郡县，至舜帝之都时，志得意满，意气风发，曾亲登蒲坂城以显神威。

二为李唐中都。据《蒲州府志》记载，蒲州古城高八丈、方圆一千六百步，内有二十五庙、一楼、两阁等建筑。风头盖过并州，比现今的平遥古城大 2 万余米，是山西境内最大的古城，繁华无比。城内最著名的建筑是舜帝庙和薰风楼。薰风楼比名闻天下的鹳雀楼还要高 6 米，堪称一绝。"手把鼓楼往南看，二十四家翰林院，对门三阁老，一巷九尚书，大大小小州县官，三斗六升菜籽多。"由此可见，当年的蒲州城该是何等的繁华。

三为朱明重镇。此时的蒲州城郭状峻而完固，巷陌纵横，甲宅连云，楼台崔巍，高接睥睨，一派大藩重镇景象。

正因为蒲州的城池坚固、繁华富庶，也给它带来了无尽的灾难。李渊太原起兵反隋时，势如破竹，但攻至蒲州，久攻难下，大唐立国三年之后即公元 620 年，李唐才攻下了隋将把守的蒲州城。最惨痛的是金蒙交战时期，彼时，蒙古铁骑所向披靡，金国皇帝眼见王朝难保，便将国都迁于蒲州，以求死守，然终究回天无力。1231 年，元太宗亲率大军来攻，双方拼命攻防，使蒲州遭到毁灭性破坏，在蒙古铁骑的蹂躏下，全城付之一炬，尽为瓦砾，惨不忍睹，无限辉煌的鹳雀楼就在此时毁于战火。

另一场灾难发生在明嘉靖三十四年（1556 年）农历十二月十二

日半夜时分，蒲州遭遇大震，文献记载：有声如雷，地裂成渠，城郭房舍尽倾，伤人难以计算，俗称"地陷蒲州"。而由于地势造成的山洪暴发，黄河漫城，更是时有发生，不胜枚举。

蒲州由巨无霸重量级的城市彻底衰落为一个小乡镇，还是新中国兴建水库之后的事情。正是因为黄河水患不断，国家计划兴建三门峡水库，将古城弃用，择址另建新城，由是，历代名城，没于尘埃。

好在永济有多处反映蒲州古城之盛的遗址、古建或文物。

唐朝蒲州黄河的铁牛浮桥，最能反映古代的蒲州之盛。1989年，在蒲州古城西门外的黄河东岸上，出土了唐朝的蒲津渡遗址。遗址上的铁器群，由4尊铁牛、铁人并2座铁山、7根铁柱等组成，重约350吨，用以系拉稳固两岸的铁索浮桥，是迄今为止我国发现的规模最大的铁器群。铁牛高约1.9米，长约3米，宽约1.3米，重约30吨，铁牛旁各有一尊铁人，如牧策之状，个个身高体健，以体貌来辩，疑似维吾尔人、蒙古人、藏人和汉人。铁牛和铁人下连重约40吨的底盘和铁柱，斜插入泥10余尺之深，以增加稳定度，铁牛分南北两组，两牛一组，面西前后排列，两排铁牛之间连以铁山，浑然一体，寓意牢不可摧，稳如泰山，并可增加地锚的总重量，其之所以选用铁牛造型是因为古人认为阴阳互补，五行相克。"牛象坤，坤为土，土胜水"，牛乃镇水之宝，充分体现了中国的传统文化。此组铁器群，含义之深、造型之美、体量之大，设计之巧，铸造之精，惊世骇俗，无出其右，举世无双，叹为观止。

实际上，早在公元前541年的春秋战国时期，黄河以西的秦国为了进取河东，就在蒲州的黄河两岸修建了首座大型浮桥——蒲津桥。以后历朝历代不断对浮桥翻修扩大加固。到了唐朝时期，政治和经济的发展使古老的蒲津竹索浮桥远远不能满足需要，必须代之以更牢固、更宽大、更宏伟的蒲津浮桥。唐开元十二年（724年），为了满足各地对山西铁、盐的需求，加强秦地长安与李唐龙兴之地并州、蒲州的联系，唐玄宗倾全国之力，决定以八尊铁牛为地锚，改"竹缆连舟"为"铁缆连舟"，方案是铸八头铁牛分置两岸，作为桥头地锚。铁牛系铁索、铁索连舟船。全国的能工巧匠齐聚蒲州，威武雄壮的八尊铁牛在黄河两岸开始了它们的千年镇守，一座举世无双的铁牛铁索连舟浮桥横空出世，横跨黄河两岸，成为沟通山西、陕西、河南三省的重要纽带，为巩固李唐的统治发挥了不可替代的作用，在世界的桥梁、冶金、雕塑、水利、民族事业多个方面留下了浓墨重彩的一笔。这个浮桥地锚工程，两岸耗铁 800 余吨，为当时全国年产铁量的 80％。可谓竭尽全力、倾囊而出，雄心壮举甚于今天的高铁建设、航母建造及三峡工程，完全是举全国之力的国家一号工程。既说明工程的重要，朝廷的重视，又显示了蒲州特殊的地位。然而，此等盖世无双的鸿篇巨制，历经战火洪水的破坏及河水改道，浪拍石摧，容颜不在，埋没在泥沙之中，被彻底废弃。只有东岸的铁牛铁人渡尽劫波今犹在，而西岸的铁牛铁人至今依然不知何往。

能够反映蒲坂之盛的名胜，还有赫赫有名的鹳雀楼。

黄河在山西的走势，总体由北而南，在风陵渡掉头向东，由于地质地貌之别，河水在小区域内，也是九曲回肠，绕来扭去，鹳雀楼就雄踞在黄河的拐弯之处。它是北国唯一名楼，黄河无双名胜，我国古代四大名楼之一，位于蒲州古城西面黄河东岸，因时有鹳雀栖其之上而得名。我国的名楼都建于江河之滨，大海之岸，或湖泊之畔，黄河岸边之鹳雀楼正是如此，既镇魔伏怪，增山河之胜，又登高望远，瞭望检阅，作军事之用。黄鹤楼之长江，滕王阁之赣江，岳阳楼之洞庭，蓬莱阁之东海，清渭楼之渭河，无不如此。

鹳雀楼始建于北周（557—580 年），一为镇河，二为军事之用。经历唐宋，后毁于元初，巍然屹立 700 年，由于楼体壮观，结构奇巧，加之周围风景壮丽雄阔，文人学士登楼赏景，留下许多不朽诗篇，尤以王之涣《登鹳雀楼》最负盛名。本人对唐代诗人畅当状景之句："迥临飞鸟上，高出世尘间"甚喜也。悲催的是此楼最后毁于蒙金的战火，此后，人们只能在古城的西城门楼上，登高望远，吟唱感怀，聊以自慰。

1997年，该楼择址复建，2002年，新楼落成，外观四层，内分六层，总高73.9米，总建筑面积33206平方米，再现了"五峰列嶂，九曲抱关，三省闻鸡，四围眺胜""一水黄分千里绿，层楼高拱万峰雄""凌空白日三千丈，拔地黄河第一楼"的壮美。新建的黄鹤楼是当今国内最大的仿唐建筑，也是国内唯一采用唐代彩画艺术恢复的唐代建筑，雄伟更胜前朝，坚固牢不可摧，壮观无与伦比，气势拔地凌空。

新鹳雀楼相当于20多层的楼房，所以楼内设有电梯，可一站到顶。楼内的文化陈设系统展现了五千年黄河文化的深厚底蕴。一层大厅正中绘制的就是雄城蒲州的盛景，城门街陌，危楼高塔，百工百姓，栩栩如生。各层分门别类，展示着诗歌、书法、蚕丝、酿酒、冶铁、雅乐、耕种等悠久的黄河文明，还有女娲、舜帝、风后、关公、杨贵妃、柳宗元、畅当，司马光，司空图，王之涣、马远等等历史文化名人。古蒲州含义有二，一是狭义的蒲州，二是广义的河东，如以河东指蒲州，那蒲州之名人数不胜数也。参观受教间，脑海里突然奔出了著名的俗语"河东狮子吼"，便探究起来，因杜甫有"河东女儿身姓柳"诗句，此狮吼主角恰巧姓柳，我想此女子大概也是河东人氏吧。由此可见，河东蒲州不仅有杨贵妃丰腴美丽的一面，还有她们面对不满时，倔强刚烈彪悍的一面。联想到"吃醋"的典故，和山西亦略有瓜葛，不禁哑然失笑。

话说参观鹳雀楼恰遇电梯故障。时近七月，烈日当空，焦土灼人，风休浪息，酷暑炎阳。拾阶登临之时，不胜汗蒸，越往上越累，越往上越热，只顾喝水擦汗，四角匆匆一看，只见远处有山，面前有河，前方定是西方落日之地，连看三周，大地茫茫，鹳雀啾啾，似有些感悟，然则河流东西兮？南北兮？不得而知，故心未旷神未怡诗兴未大发，只得悻悻然而返。途中请教了摆渡车司机，并到黄河岸边实地察看，当时好像明白了，但归返之后，又不甚了然。

是故欲观鹳雀楼胜景，领略"白日依山尽，黄河入海流，欲穷千里目，更上一层楼"的意境，一是攀登要层层而上，步步登高。二是天气最好是大雨之后，雨过天晴。三是时间要在少云或晴朗的黄昏时刻。四是好友佳人相伴。彼时也，彩云翻滚，凉风宜人，远山青黛，红日西沉，滔滔河水逐浪排空奔流向前，雅士佳人相伴左右吟诗唱赋，欣然陶醉，怡然自得，怎一个美哉痛快了得。然可遇不可求也，纵然土著之人，亦不可轻得之。

千年古刹普救寺，就在蒲州古城的东侧。普救寺原名西永清院，建于何年已不可考，但隋朝已有记载，故距今至少 1400 余年，传说五代时，有叛将据蒲州顽抗，追剿将领攻城不下，遵寺内僧人之嘱，城破得胜，并对城内百姓秋毫无犯，故而改为普救寺，明朝即 1555 年，毁于地震，1563 重修，中华民国九年，惨遭大火，后又遭日寇破坏，解放时，寺庙已是破烂不堪，唯余舍利塔一座，以及菩萨洞等建筑。

经千年春秋的普救寺，位于蒲州古城东的峨嵋塬头上。所谓塬，就是顶部平坦，四周壁立的黄土高地，山西、陕西很多地方都是这种地貌，著名小说白鹿原的原，改为塬更为恰当。普救寺所据之塬，高约 30 米，三面临壑，一面顺塬平延，寺院坐北朝南，依塬而建，居高临下，地势高敞，视野宽阔，规模恢宏，极其壮观。

现在的普救寺大部分建筑是 1986 年复建的。寺院的建筑向有定制，古往今来，大同小异，不可肆意而为，当时遗址尚存，基础犹辩，得见普救寺真容的善男信女或和尚僧人或许还在，加上典籍记载，循着张生莺莺这对痴情男女的爱情脚步，恢复起来不难。

普救寺建筑布局为上中下三大台阶，东中西分三个轴线，即西为唐代，中为宋金，东为明清形制，浑然一体，别具一格。从塬下到塬上，殿宇楼阁，廊榭佛塔，依塬就势，级级升高，给人以雄浑庄严、挺拔俊逸之感。和《西厢记》故事关联的建筑主要有：张生借宿的"西轩"，崔莺莺一家寄居的"梨花深院"，白马解围之后张生移居的"书斋院"等，均居于上台后面。还有张生逾墙处，莺莺小路等景点穿插其间。寺后修一园林，飞亭横桥，叠石范山，名曰后花园，小有情趣。

屹立在寺中的莺莺塔，是美丽爱情的见证，也是寺院的灵魂，昔日无比繁荣的蒲州大都市，不论沦落为一个末流乡镇，还是被踏为一片瓦砾废墟，唯有这座佛塔带着如来佛祖的慈悲，一直默默地坚守，俯瞰着这片土地，诉说着神圣爱情的故事。远处的黄河时隐时现，塔下的人们是那样的渺小，我不由双手合十，绕塔三周，以示敬仰，念念有词，祈求保佑。

塔为方形，唐代风格，属于大雁塔的精瘦版，明朝时震毁后复建。不仅形制古朴、蔚为壮观，而且因特殊的结构，还有奇特的回音效应。在塔的西侧置一大石，状如碌碡，中有凹坑，坑有卵石，游人以卵石扣击，塔上即会发出清脆悦耳的"哇""哇"蛤蟆叫声，游人无不亲试，持石击打，侧耳倾听，连连称奇也，方志称之曰"普救蟾声"。据说夜深人静之时，在塔内还能听到唱戏声、哭笑声，让人倍感神秘，浮想联翩，跃跃欲试。人们听西厢故事，闻宝塔蛙鸣，是为古蒲州八景之一，成就了几多痴男情女千古佳话。然则，或心不诚或不得法，有恋人模样者，持石乱击，尽发噗噗噗之音，二人为到底是否蛙鸣而争辩，正是手拙难作神蛙鸣，心诚不遂美人愿也。

循着《西厢记》的记载，寺内建筑依戏剧还原成为可能，尽管寺院里"法鼓金铎，二月春雷响殿角；经声佛号，半天风雨洒松梢"，庄严排列着大雄宝殿、大钟楼、藏经阁、菩萨洞，舍利塔，枯木殿等佛教建筑，无不告诉你，这是一个寺院，一个宗教场所。但扑面而来的密密麻麻的连心锁，神圣庄严的舍利塔被更名为"莺莺塔"，梨花深院完全按照《西厢记》的文字复原、布置，又无不告诉你，这不是一个普通的寺院，一个普通的宗教场所。在寺院东侧，还专设一座月老殿，供人们叩拜祈祷，随处可见"普愿天下有情，都成菩提眷属""佳人佳期佳梦，风情风月风流""是前生注定事莫错过姻缘，愿天下有情人都成为眷属"的楹联，一座花好月圆、有情有爱、皆大欢喜、终成眷属的寺院终于横空出世，使普救寺成了"天下寺院不谈情，唯有山西普救寺"的特例，从而蜚声遐迩，名头大噪，成了人们追求、回味甜蜜爱情的圣地。每年的情人节，乞巧节，天南地北的帅哥美女摩肩接踵，将象征忠贞爱情的连心锁，留在了古刹名寺之中，以祈爱情甜蜜、白头偕老，更有拄着拐杖的老叟阿婆，颤颤巍巍来此重燃激情，无限浪漫，怎一个炫目了得。

那天，我兴致盎然地听过普救蛙鸣之后，来到梨花春院，恰好碰到一队来自浙江的旅游团，这些老张生、老莺莺们虽然头发花白，眼昏齿脱，年岁早已超过了莺莺她娘，在导游煽情的讲解下，依然专心致志，兴致高涨，激情不减当年，两眼圆睁，双耳高耸，意似痴，心如醉，东厢房，西厢房，大门口，拷红处，细细检阅，与老伴牵手相拥，合影留念，金婚乎？银婚乎？令人动容，忍俊不禁。

不仅如此，永济还有中条第一禅林万固寺，道教名山五老峰，以及神潭大峡谷、雪花山等古迹名胜，尽可放飞心情，幽思怀古，畅怀追远。

知道了蒲州的历史自然就会明白，以蒲州城市之繁华，交通之繁忙，人文之荟萃，以其为背景创作一部感天动地的西厢爱情杂剧，就不足为奇，所有的疑惑自会迎刃而解了。

我们知道《西厢记》来源于唐朝的传奇《莺莺传》（又名《会真记》），其作者元稹（779—831年），字微之，今河南洛阳人，是唐朝著名诗人。为北魏昭成帝拓跋什翼犍十世孙，与白居易同科及第，并结为终生诗友，二人共同倡导新乐府运动，世称"元白"，诗作号为"元和体"，历任监察御史、尚书左丞等职，特别需要指出的是他21岁初仕河中府，也就是在昔日的蒲州，今天的永济做过小官。莺莺和张生的故事，据说就是元稹自己和一个芳名迎迎的姑娘之间的一段风流韵事。

元稹所在的蒲州，正是风光无限的时期，元稹不论是考试还是游历，如从洛阳到长安，蒲州是必经之路。可以想见，大唐名城里，风流倜傥的元稹，发生一些个花边故事，何得怪哉，最起码在蒲州的经历，为元稹创作《莺莺传》提供了创作的灵感和想象的空间。还可以想见，闲暇的元稹，访友饮酒，在酒楼歌肆，唱和吟赋，登鹳雀楼，凌风凭远，上莺莺塔，极目远眺，大发感慨，定然雄心壮志，意气风发。

元稹二十五岁时，撇下了山盟海誓的小迎迎，迎娶了另一个美女韦丛为妻，做了京兆尹（首都长安市市长）韦夏卿的快婿。元稹是个既念旧又花心的老干部，韦丛死后，元稹给韦丛写了很多悼亡诗，情真意切，动人心魄。其中以"曾经沧海难为水，除却巫山不是云。取次花丛懒回顾，半缘修道半缘君"最为著名。同时他还看望已为他妇的迎迎，欲再修旧好，重温旧梦，然未能如愿，便将自己和迎迎姑娘的隐情及一肚子的惆怅，以《莺莺传》的方式，公之于世。但元稹在传奇中不以始乱终弃而忏悔，反而污蔑迎迎姑娘妖孽淫乱，以致他英名折扣，饱受诟病。这里有一个问题，元稹之所以将张生莺莺的故事放在了普救寺这一特定的场景，而不是其他地方，一是作者对这里熟悉；二是便于故事展开；三是当时的寺院可以留宿给赴京赶考的儒生，供其读书学习。实际上，元稹把张生莺莺的故事，放到其他就近的有些特色的寺院、道观，甚至客舍，在理论上都是成立的。但在鹳雀楼这样的胜景却是绝对不成立的，因为这里军事色彩浓厚，白天在熟人朋友的引荐下，或许可以尽观胜景，得饱眼福，而让男男女女留宿于此，用功学习，谈情说爱，在持械守楼的军汉眼皮底下，置身巍巍乎高哉、岌岌乎危也的鹳雀楼上，做出"逾垣跳墙"的高难度动作，断无可能。

每个人心中都有自己的普救寺，每个人心中都有一座莺莺塔，每个人心中都有属于自己的张生或莺莺。四百多年之后，金国的董解元，根据元稹的传奇《莺莺传》，结合自己的人生感悟，改编创作了长篇说唱文学《西厢记诸宫调》，资料显示，董解元确切的生卒年代不详，约为金章宗时期，也即 1168—1208 年之人。而蒲州当时属于金国的国土，这一天下名城，在 1231 年蒙金大战时毁于一旦。董解元的时代恰巧赶上了蒲州的繁华，而且十有八九到过此地，登过鹳雀楼，游过普救寺。

大约又过了一百年后，历史已经迈入元代，莹莹和张生的故事，再次走进了戏曲家的心中。王实甫（约 1260—1336 年），大都（今北京市）人，据元稹《莺莺传》和董解元《西厢记诸宫调》将其改编为杂剧《西厢记》，使全剧真实可信，感人肺腑，情节更紧凑，细节更入微，唱词更典雅，乃至成为经典名剧，此后通过一座座戏台，通过无数观众的扩散，以及通过宝玉、黛玉的对白，走进了一代又一代痴情男女的心，为之痴，为之迷，为之醉，为之狂。对西厢故事最最倾心痴迷的，不是别个，正是王实甫自己。他把握人物心理如此细腻准确，环境描写如此细致精准，蒲州应该到过，莺莺塔该是登过，而且其中肯定还有他自己的情感体验。

正是因为蒲州的繁华，催生了不朽名剧《西厢记》，同时还使蒲州成为戏剧之乡。蒲剧，即因兴起蒲州而得名，它长于表现慷慨悲壮的英雄史剧，又善于刻画人物性格，是中国戏曲的一大瑰宝。此地还催生出蒲州独有的小剧种——道情。其词句浅显易懂，曲调优雅柔和，古往今来，广大群众喜闻乐见。

在冷兵器时代，永济的辉煌得益于他独特的地理位置——一条河，一座山，一池水，即浮桥横亘的黄河、天然屏障的中条山、财源滚滚的盐池。这条河、这座山、这池水，对一个部落、帝国，要多重要就有多重要。永济的辉煌还得益于他有几个好大哥——长安、并州、洛阳、运城为他站台，特别是大唐皇帝的恩宠。带着京畿重地，帝国屏障，交通要冲，帝国金库这些与生俱来的珠光宝气，自己也相对争气，得以飞黄腾达，傲视群雄，身上增加几枚荣誉勋章，那是太自然不过的事情了。

与繁荣辉煌交替上演的还有刀光剑影，杀伐雷鸣，火光冲天，一片瓦砾，浊浪排空，尸横遍野等无穷的灾难，当黄河带来的便利，不足以抵消滔滔黄河的肆虐凌辱时，无边无界茂密的菖蒲和一城的亭台楼阁，一次次被大火烧毁，一次次被黄汤吞没，当一场场天灾和人祸吞噬着他们的生命、家园之时，至高无上的统治者、无力回天的黎民百姓和威力无比的大铁牛终于都撑不住了，莺莺塔的声声蛙鸣，西厢房里的男欢女爱，再也无人惊叹、艳羡、聆听，一切都黯淡无光。好在普救寺坐落在一座30多米的塬上，否则感叹莺莺张生故事的就只有黄河的惊涛波澜、鲤鱼和菖蒲了。

历史进入新的世纪，社会发展突飞猛进，当北京、上海、天津的风头迅猛盖过昔日的长安、洛阳等地，蒲州的地位断崖式地极速下降，蒲州的沦落几成定局，正是荣也黄河，衰也黄河。

身在黄河两岸，欲办任何大事，必须征求黄河的意见，没有河神的同意，万万不行。欲求黄河同意，必须把黄河的事情办好。为使溃坝决口人为鱼鳖的悲剧不再重演，1952年毛泽东主席发出："一定要把黄河的事情办好"的指示。全国开展了大规模的黄河系统治理工作，蒲州结束了自己的历史使命，东移成了永济。新的永济，除了一座新城，更有座座铁桥飞架黄河两岸，使谈之色变、难以逾越的大河，成了一步跨越的水沟。1994年，永济获赠了一个高大上的称谓：市。这对沉寂已久的永济是莫大的安慰，毕竟"市"这一行政称谓属于繁华荣光之词，如今高速铁路，高速公路，更使那条坏脾气的母亲河性情大变，慈祥起来。

三十年河东四十年河西，这句发轫于蒲州的俚语，揭示了事物变化的永恒性。缘因人起，情因寺定，戏由寺成，寺由剧著。《西厢记》和普救寺这两个毫不相干的东西，就这样紧密地联系了起来，尽管理智告诉我们这不过是小说家之言，乃传奇、说唱、戏剧耳，但千百年来，人们在感情上就是相信它、迷恋它、传唱它，与张生莺莺同悲欢共喜忧。唐代诗人李益登鹳雀楼时留下了这样的感怀："事去千年犹恨速，愁来一日即为长"。事物的发展变化自有它的规律，人除了认识、研究、改造社会和自然之外，更多的是认识自己，适应社会，顺从自然，我们该吃饭就吃饭，该睡觉就睡觉，该谈情就谈情，该听戏就听戏，同时，还敬老爱幼，睦邻友好，努力工作，好好生活，不给单位、家庭、社会添麻烦，就是一个很好的同志，如果在国家、社会需要的时候，能够挺身而出，做出应有的贡献，一不小心就会成为历史人物，青史留名，像张生莺莺一样为人传唱了。不同的是一个是情真意切，贵在真，一个是义薄云天，贵在公。

垃圾

　　我们居住的小区不算太大，但几个不算太大的小区连接成片，小区前的一条小道，在进进出出间，便感到拥挤甚至压迫，加上周边几所高校的学生，原本还算宽绰的主街道，在人来人往中便倍感逼仄。到了傍晚时分，人行道上，卖烧烤的，煮饺子的，余麻辣烫的，各种大排档沿街一字排开，空气中立马弥漫着浓烈的生活气息，加上见缝插针兜售各类小商品的地摊，到处灯火通明，浓郁的商业味道中，一片繁荣景象。次日一早，街道上到处飘洒着一次性筷子、塑料袋子、饮料杯子、方便面桶子以及乱七八糟的残汤剩饭，叫人恶心反胃。这条百十来米的繁华街道，对于我们居民来说，每天既不能省略又不能绕行，必须耐心挪移方可回家，很少有人在此享受购物消费的快乐。所谓的人声鼎沸、车水马龙、熙熙攘攘、摩肩接踵等等等等，均疑似为灾难，苦并难受着。听说这里寸土寸金，一个不足十平米的门面房，也得二十多万的年租。各种生意的竞争十分激烈。

　　就在这条街道的四周，居然有四个收烂货的摊点，加上我们小区院子里的一家，最少有五家。收烂货的人都有一辆小型卡车，两家是厢式的，三家是敞式马槽型的。四面八方汇聚而来的塑料桶、草板纸、书本报纸、废铜烂铁堆在汽车旁边，大概在午后四五点钟进行分装，然后满满当当地运往他处。如果不是亲眼所见，很难相信我们每天能产生如此海量的有用的废品垃圾，难怪有所谓发了财的破烂王。

家里的废品之类，我们是从来不卖的，一般是将可以回收的垃圾，分类后丢弃于垃圾桶旁，很快就有人捡拾走了。我曾对老婆说：就算顺便做点不足挂齿的小慈善。老婆翻着白眼不屑道：伪善而已。

一日，惊见两人对骂，并有动手的冲动，却是小区内搞卫生的两个老哥。大概意思是张三负责前几幢楼区的卫生，李四负责后几幢楼的卫生，尽管工资不是很高，但每日能在垃圾桶里捡拾些破烂之类变卖，也是一笔可观的收入。正是因为有利可图，这里的垃圾也就成了香饽饽，按说两人各守自己的码头便可相安无事。但李四单方面破坏游戏规则，经常越界渗透到张三的势力范围内淘宝，使得张三情绪大坏，故而奋起抗议，赤膊相向，自卫反击。

多年以前，一位在伊拉克做过外劳的朋友跟我说，德国人对食品卫生有严格的标准，一般过了保质期就弃之不食。一次偶然的机会，他们发现了这个秘密，把丢在垃圾桶里，但包装袋还完好无损的肉制品，拿回去津津有味地美而餐之。有几个中国工友，竟然就此落下了病根，有了经常光顾垃圾桶捡拾丢弃食品的癖好。

随着经济的发展和收入的提高，如今外出劳务的国人，大概不会如此了。在众人倾倒的垃圾里，也早已不是一无用处的垃圾，里面可能就有不少留之无用弃之可惜的东西。

早年的一个腊月，四川的朋友送我一块腊肉，竹篾包装，体形较大，分量挺重，我以为腊肉保质期较长，加之当时家里食物丰富，而消化能力有限，便把腊肉搁在一旁，龙抬头的时候，才想到了这块腊肉。打开外包装一看，俨然一条猪腿轮廓，待把层层内包装撕掉，一家人都傻了眼，只见完整的猪后腿，青一块、黄一块、黑一块，长着一层厚实的霉斑，随之而出的还有一股穿脑的霉味，我们赶忙重新包裹严实，第一时间丢到了垃圾桶。心想朋友可能没有在意包装好坏、保质期之类，自己也没有及时查看品相，本来应该盛在精美器皿的佳肴良品，却归非其所，埋没进了藏污纳垢的所在，致使千里迢迢送来的祝福和美意，付之东流。半年之后，朋友问起腊肉的味道，我只能支支吾吾，答非所问，朋友见我遮遮掩掩，吞吞吐吐，情知生异，追问是否享用，我才如实以告。朋友连呼可惜，说：那才是真正上好的火腿，食用时只要将外表的霉斑去掉即可，清洗火烤都中。并说市场上的火腿多是不足月的"早产儿"，味道大打折扣。长霉斑的火腿，才是经过岁月积淀正宗地道的特产。我恍然大悟，长了见识，悔之晚矣。

　　这样的错误，我的同事也曾犯过。那是物资尚不丰富的二十世纪八十年代初，据同事讲，他在岳父家收拾卫生时，擅自做主，将一包干猪皮样的东西，扔进了垃圾堆。当时无人注意，更无人异议，几天之后，岳父问起那包"干猪皮"，同事才知道办了糗事，原来那是一包上好的辽参干，真正的海味，但哪里还有"干猪皮"的踪影！那时的山西，吃顿鸡肉猪肉就是改善了，海参之类绝对是稀罕之物，普通家庭干海参更是罕见。正因如此，才有了明珠暗投的笑话。此事同事讲过多次，本欲积极表现，谁知弄巧成拙，埋没了好东西，自然落了不少埋怨。现在每每吃到海参，就想到了同事一脸的懊丧。

　　记得有个报道，说的是在多年以前，故宫把一些残头碎脑的什物当作垃圾倒了出去，被有心人捡了起来，那些无人问津的垃圾，如今自是身价百倍千倍。但愿垃圾里的霉火腿、干猪皮，被识货的人捡去。

　　类似的故事曾疯狂地在某市一家电解铜厂上演，这家铜厂的原料之一是各地废品公司收集而来的废铜，在一堆堆杂七杂八的废铜中，孤寂地躺着锈迹斑斑的商周青铜器、秦汉铜像之类。价值连城的文物有的葬身熔炉化为铜水，有的则被有心人藏匿夹带了出来，侥幸重见天日，有人借此大发横财。由于此故，多年前铜厂一带居然形成了一个著名的古玩市场，各地的贩子慕名而来，大有斩获。如今铜厂早已破产倒闭，而在破败的厂子旁边，赫然筑起一个富丽堂皇的古玩城，端坐其中者，边品茶边鉴赏古玩，抽着烟斗捋着短须和客人讨价还价，这些老板之中，就有当年的"废铜"夹带者收购者。

据说现在有人专门守候在著名书画家的宅邸或办公场所，在垃圾里翻捡书画家可能丢弃的认为不佳的半成品，倘若能够捡一次半次的漏，还是完全可以演绎成"开张抵十年"的财富传奇。

近日，多家媒体报道，一家载有大量垃圾的英国货轮，开来我国后被拒绝上岸，折返回英国。一度时期，各种各样的洋垃圾，在我国借尸还魂，粉墨登场，一些地区俨然成了废旧垃圾处理中心，以环境污染的巨大代价，换取区区小利。那些所谓垃圾食品之类，每年又掏走国人几多银两，而地沟油之类，不仅要钱分明是要命。实际上现实中还有另一种垃圾炙手可热，那是铁板钉钉、早已扫进历史垃圾桶里的人物，如此垃圾，臭气熏天，贻害无穷，本该深埋处理，却被居心叵测的逐臭者翻捡了出来，似乎也成了废铜中的青铜器，如获至宝，奢望在他们的朽骨上发现几枚舍利子，一度甚嚣尘上，流毒甚广。

所以到底什么是垃圾，还真得好好研究一番。

放歌『寻常人家』

刘老弟新开了一个文化传播公司，主要搞书画收藏、文化投资。公司聚会邀请我参加。眼看年末岁尾已经进入聚餐季节，对于此类活动是能躲尽躲。但也乐与朋友们见面，再说还有美眉作陪，最后兴奋战胜了畏惧、情感战胜了理智。一声"谢谢啦"欣然应邀。

兄弟姐妹们按时到了公司，刘老弟与宾客一一寒暄握手。眼看人员来齐时间不早，副总老齐宣布："欢迎刘总讲话。"刘总就是我的朋友刘老弟，只见他缓步而出，气定神闲，一看就是大老板的派。他右手一摆，大家哗哗的掌声戛然而止。

刘老弟从小岗村的手印，到联产承包责任制的实行，从股票的羞涩诞生到股市的云波诡谲，从世界品牌的摩天价格到中国税收的崇高比例，从房地产的数轮调控到房地产的凶猛大鳄，从张大千与毕加索的作品，在拍卖会上此消彼长的较劲，到文化大繁荣大发展战略的确立，一一诠释着他对什么是政策、政策对经济的影响、政策对生活的影响、如何把握政策导向等等问题的思考和理解。

刘老弟从日本到美国，从欧盟到国内，从北京到上海，精准的数字，经典的案例，娓娓道来，如数家珍。深邃博大、高高在上的政策，原来是如此样式，深刻地影响着每个人的生活。最后，他大臂轻轻一挥，又回到了公司，简单回顾了公司的历程，取得的成就，存在的问题，解决的方案，并展望了美好的未来。洋洋洒洒，犹如一碗人参鸡汤，提神又补气。员工不时送上阵阵掌声，刘老弟致辞的时候，不时用眼神与我交流，我在频频点头致以敬意的同时，两眼紧盯着他那发亮的脑门以及与伟大领袖一样的发式，暗自琢磨，刘老弟牺牲了几根可多可少可有可无的青丝，却换来了如此的理念、智慧、谋略和辉煌，这买卖也太合算啦。在热烈的掌声中，刘老弟结束了讲话。

吉时已到，大伙一一上车，剑指"寻常人家"。话说这"寻常人家"并不寻常，门脸不大，内有洞天。而公司的午宴，设在装点考究的一个大包间，20人的大桌，气派，豪华，热烈。这首都人民怎么把恁大的饭店叫作寻常人家，变得和我们老西一样谦虚起来？

甫一坐定，冷拼热盘便竞相登场，将20人的大台围了个满满当当，顿时琳琅满目、香气扑鼻。我两眼放着光芒，只看到在什么鱼、什么参、什么菌菇中横卧着螃蟹、直立着龙虾、斜躺着烤鸭，不知谁猴急火燎将茅台、干红一一满上，居然挡了我的视线。

刘总简短致辞，一声令下，大伙集体起立，一饮而尽。老齐横刀立马，大家声敲桌沿，再举酒杯。副总小徐挺身而出，众人高举酒杯，酒过三巡。

趁这个空隙，我吃了几口菜，味道不错，和左右两边的弟兄们相互祝福，勉强喝了点红酒。有美眉拿了媚眼瞟我，似有让我敬酒之意，我知道还轮不到我，便停杯投箸看大伙喝酒吃菜。早先我看过一些营销的知识，所谓营销的ABC法则，怎么个"抬"、怎么个"藏"、怎么个"抑"我还略知一二。啥时候啥场合都得优先级别高的、花钱多的、官衔大的，脸庞靓的，本领强的，名头响的。这些规矩我自懂得。这么不寻常的场合，更得大腕先上。说时迟那时快，大腕轮番登场亮相。

歌唱家男一号，首先引吭一曲《祝酒歌》，将气氛调动起来。底气如此足、嗓音如此亮，果然了得，没有金刚钻谁敢揽文工团的老瓷器？

女一号桃姐高歌一首《再也不能这样活》并即兴跳了一曲伦巴，果然是中音院喝过墨水的高知，抬手投足有范有样，一颦一笑，妩媚传神，一板一眼，尽现风采。真恨不得我也要这样活。

电视台的张台长操起了他的老本行，临时客串起导演，并全方位展示了他的文字撰稿、音乐旁白、小品表演等才艺。浑厚磁性的中音，贴切幽默的台词，惟妙惟肖的表演，使场面更加活跃起来，一浪一浪啪啪的掌声响彻了寻常人家的房顶。

老齐大声问了三声："什么叫高潮？"全场鸦雀无声，大伙面面相觑，无人作答。老齐一举酒杯，失望地说："一起来，这就是高潮。"大家一饮而尽。小徐激情四射，声情并茂，朗诵了一首小诗，让人们穿越到了桃花盛开的春天。于经理充满黑土气息的小拜年，让人们想起了遥远的东北故乡。画家李老师，深情演绎了一曲《我把党来比母亲》，唱出了大家的心声，小柳一曲《爱拼才会赢》，倾诉了一个北漂的决心和信心。

李教授充分发挥老北京老教师的特长，先用英语邀请大家干杯，又献歌一曲《重整河山待后生》。果然是皇城根长大的人，样样都行。

在老齐盛情邀约并李姐温柔目光的注视下，我站了起来，给大家致以美好祝愿，借用了童安格的《把根留住》，希望留住东方艺术的辉煌、留住公司的兴旺，留住刘总的鸿运，留住大家的健康、快乐。谁知调既没有起高，也没有喝卤，却曲到唱时频走调，歌至情浓恨忘词，倾情献唱变献丑，遗憾之中多谐谑。正如小徐所言，没有工笔的精勾细描，绝对是不错的大写意，追求了一把童安格的神似。看来不单是谈生意搞营销要铺垫，敢情喝酒唱歌也得铺垫呢。

随后，歌唱家朗诵了原创的藏头诗要大伙猜，这边话音未落，那边李哥不等下咽为他量身特制的水煮牛肉，脆声曰：龙年大吉。而小徐和画家你一句他一句接龙对起了对联。

寻常人家被大伙拓展成了一场文化大笔会，顿时变成了诗歌、演唱、书画、收藏的艺术沙龙。

刘老弟带领大家齐唱《众人划桨开大船》《感恩的心》，寓意团结就是力量，众人拾柴火焰高，要求大家精诚团结，常怀一颗感恩的心，开开心心每一天。其乐陶陶之中，大家尽吐肺腑之言，共同畅想公司的美好未来，为公司的发展献计献策。李、刘二老弟，刘、纪等大姐，静、菲等美眉都口吐莲花，送给大家美好的祝愿。

刘总盛请财务总监黄美女进行才艺表演，黄姐没有送给大家惊喜，但送给了大家祝福。对于大家的赞美，黄姐动情地说："美什么？老了！"于经理接茬道："懂收藏的谁不知道老货才值钱。"黄姐溢满开心的笑靥，更加美丽了。

欢乐的气氛中，我愚朽的脑袋似乎开了窍。刘老弟常讲对接的概念，在这里，文化公司的美意和寻常人家的美味接了轨，人们的欢声笑语与美酒佳肴接了轨，在欢声笑语中人们的热情和相知接了轨，或许某个老粗还捡拾起了美眉遗失在秋天的菠菜。作为一个文化传播的公司，资本与文化的对接，肯定催生着文化商人和文化雅人的对接，进而促进雅人文化与商人文化的对接，对接的结果必然是文化的发展和繁荣，就是一大批齐白石、张大千、马未都、荣宝斋、琉璃厂的诞生。

刘老弟以上海人对他的热情和留恋为例说："都说上海人精明而排外，关键一点你得做出让上海人佩服你、不排你的事。如果做事诚信，日本不排你，欧美也不排你；做事不诚信，南极也排你，罗布泊也排你。"他反复说："高级的销售不是销售产品，而是销售服务、销售良心、销售诚信。"我要说的是，最顶级的销售就是在文化的销售中传承历史文化、宣示价值观念、传播文化思想，这也就是国家文化软实力的展示。

眼看时近午后四点，一天就要过去，虽是受益匪浅、意犹未尽，也该是曲尽席散的时候了。我们的身旁端坐着豪情万丈做大生意的大商人，却买不回来匆匆逝去的脚步，虽然我们不乏懂收藏、搞收藏的雅士，却遗憾地不能收藏起来我们快快乐乐的每一天，让我们在闲暇的时候把玩、回味、思考。那么，就先用我的这根秃笔，暂且记下这一天，权当为文化公司做点工作，也算没有白喝酒没有白吃饭。

我记住了寻常人家，记住了这寻常的一天。或许不久的哪一天，将有一个不寻常的老板，带着一帮寻常或不寻常的人，从这里出发，干出一番不寻常的业绩。

壮哉老孔

多年前，单位倡导无纸办公，扯上了局域网，写字台的一角摆上了高科技的电脑，无奈的是，惯于举杯抽烟的粗笨指头，在键盘上无异于乱弹琴，收入耳膜的全是噪音，人们本能地排斥这一新生事物。为了吸引人们重归键盘，主管部门在网上粘贴了不少风光图片和多部名作，还有几个名篇，其中一篇是《北大四博士》。在网上欣赏了北大、博士这些高洁神圣的稀罕字眼后，就此我亲近了网络，也知道了孔庆东，并在零散于报章杂志的文字中，进一步知道了其人其文。

那些年月，我开始了劳燕分飞的两地生活，尽管我是铁路职工，属于"道"上的人，每月甚至每周往返于京晋，在老旧的京原石太上晃荡二十来个小时，无疑是一个苦差事，看书就成为我最重要的斗争和消解手段。在书店瞎逛，《生活的勇气》的作者让我毅然出手，那些由性挥洒的散文、杂谈、随笔，最适合在途中阅读，而无处不在的幽默、智慧、知识、真情，让你喷饭、回味和思考，忘记了旅途的辛劳、苦恼，反刍时，间或将拳重重地砸在座椅、茶桌板上，吼一声："这个老孔，真不是一般地高。"惹得众人瞠目，就此我爱上了百家讲坛的北大醉侠、新浪文化的东博书院。《匹马西风》与《脍炙英雄》伴我于行程，我再也不为旅途漫长而烦恼了，而且长长的旅途捧书，成为我的一种向往和快乐，老孔就此尽职尽责，风雨无阻，忠实地伴我于旅途，见证了我小别新婚的甜蜜快乐和短暂分离的怅然若失。

老孔走进我的生活之后，有人见我今天亦醉侠，明天亦和尚，不由冷了一个美女的心，横眉斥我曰：地不墩一把，桌不擦一布，本美女看你是醉瞎了，你就"和"他"尚"量着过去吧。

要知道，美女正是我的贱内。见美女娇嗔动了真气，思忖：得亏醉侠顶留短发、唇蓄短须，倘若是个女儿之身，不知闹得多大动静出来。我自不受她的压榨，奋起反击。要知她仗着多念几天书，在知识分子堆里混饭，便时常颐指气使，哥们也受教多年，初识几个大字，更是风里来雨里去，江湖漂泊，见识过若干个闲人高人歹人佳人，向来严守"人若犯我，我回一针"的原则，见此态度忍无可忍，怒不可遏，捻起大号火针曰："彼亦教授，尔亦教授，胡为鸿沟之两立哉？尔著醉侠一书者，甘为犬马也。"

见其默然，复曰："限期二载，否则，休得猖狂。"

眼看一年渐去，不见著得一字，一年半载之时，仅憋得论文三篇，数览未知所云矣。美女自知弗如，乃收敛谦和，亦同道皈依也，我挟醉侠神勇而得胜，好不快哉，遂扬眉吐气，酒便酒，肉便肉，挺胸叠肚，随心所欲也。

老孔之书读的多了，介绍其人其事的文章也看了不少，《孔庆东有话说》及新浪博文更是翘首以待，每期每篇必看必读，如饮美酒，醍醐灌顶，其鲜明的人民立场，顽强的战斗精神，伟大的政治理想，渊博的社科知识，无所不能的文字，所向披靡的话锋，直达心灵的思想，肝胆相照的情怀，令人拍案叫绝、五体在地。

及至北大拜见之后，始识醉侠乃大众情人，爱戴者何其多也，阶梯教室内，上百座椅，满满当当，通道走廊、窗下门外，环视皆老少男女，欲得一座，须提前两个多小时张罗，掐点而至，只能隔墙听音。教授耳垂麦克，侃侃而谈，恰行云流水，似水银泻地，每发惊语妙论，震耳发聩，台下或开怀大笑，或唏嘘叹息，或敛声屏息，或掌声冲顶，言急记，话恭听，手机频闪，相机长摄，一课历四季越千年，一室置五洲装天下也。课毕，复签字释义合影接访，不亦乐乎，忙煞醉侠也，出得教室，继续前呼后拥，你问他询，踱不成步，步难提腿，如此大观，成北大一景。

老孔苦心孤诣，修行古今中外之功法，吞纳天南地北之灵气，打通文史哲，得法儒释道，北大讲学、东博布道、电视舞剑、书刊出拳、微博戏驴、新浪斗狗，悲天悯人，出奇制胜，登高一呼，响者如云，天下好汉，归者如潮也。

某年设坛遵化，于舍身台布道，老孔三番探路于山巅，五次问舟于水滩，传经鹫峰山，讲法禅林寺，旗举烽火台，泪洒沙石峪，歌亦歌得，诵亦诵得，讲亦讲得，吃亦吃得，其博大情怀，舍身台惊心，古长城动情，山山水水有目共睹，一草一木皆可证矣。

老孔以一介布衣教授，为民呐喊，戏弄庙堂，捍卫真理，传播文化，嬉笑怒骂，热血一腔，忧国忧民，冰心一片。其名头震天，英名远播海外："中国马克吐温""当今钱钟书再世""人民教授""文化旗帜"，各种美誉不一而足，教授做到这个份上，复又何为？复又何求？复有后来者兮？

而我所敬重者，老孔之硬骨头也，敢于担当，亦可担待，嫉恶如仇，不怒自威，每使奸佞不寒而栗，套一句江湖俗语称老孔：真汉子也，真好汉也，真壮汉也，真猛汉也。

北京尊好汉大腕为爷，东北银尊男子汉为爷们，尊好汉为纯爷们，套用这句方言俚语道一句："老孔者，真爷也，真乃纯爷也。"

柿
子

　　随着夜间的阵阵狂风，小区东门柿树上的最后一个柿子应声落地。

　　小区东门是我们小区的侧门，平时只开小门，刚够一人推着自行车过，但因为直通超市、菜市场和幼儿园，实际上比正门的人流量大得多，正门的唯一功能是进出汽车，否则完全可以将它封闭。

　　东门的西北边长着一棵高大的柿树，夏天一地绿荫，满树蝉鸣。中秋，隐藏在绿叶之间的柿子，渐渐脱去绿装，染上金色，在树头犹抱琵琶半遮面，时隐时现。随着几场秋风横扫，柿树的叶子尽数脱落，便只留下黄灿灿的柿子在树梢上挂着，甚是诱人，还有几个丝瓜一类的瓜果，也攀着高枝，高高在上，附近几家，近水楼台，守着满枝的柿子，扬扬自得。进出东门的人不时抬头仰望，还有人在拍照留影，更有孩子们吵闹着向大人讨要。

　　但树太高了，没有人能够得着树上的柿子，也没人想方设法去采摘一树的果实，间有几只喜鹊乌鸦在枝头起落，这柿子就在人们的头上晃来荡去。瓜熟蒂落是自然规律，就有早熟的柿子按捺不住呱呱坠地，毫无征兆，啪的一声砸在你脚前，吓你一跳。小区的老居民知道一年一度的小剧即将上演，临此便会抬头仰望，快步疾走，灵巧躲闪，以免中彩，而不习水土的外来人员时有中奖，搞得头脸或身上满是柿汁，虚惊一场，狼狈不堪，而又无可奈何。这也成了东门保安的固定娱乐节目，当班的时候恰好有人中弹，这天就算没有白来，一出小小的恶作剧也能乐上好几天，若有连中挂彩的时候，特别是遇有摩登美女，踏着碎步，款款而至，气宇轩昂，目不斜视，不料大彩从天呼啸而降，惊慌尴尬恼怒窘迫不知所措时，几个保安就像打彩碰上了好运，能偷着乐上个十天半月了。

　　小区的柿子和市面出售的柿子该是一个品种，单个大概有半斤四两。这和我们小时候在老家吃到的柿子很不一样。我见过的山西柿子较小，大的也就蒜头左右，刚从树上摘下也是不能吃的，需要在麦秸中捂上一月二十天，或以石灰水浸泡之，俗称"溇"（lan）柿子，以去除柿子中的鞣酸，否则苦涩不能下咽。柿子去皮暴晒脱水后，可以制成干果，圆的名柿丸，扁的唤柿饼，上面敷一层白霜，食之甘甜软糯，十分可口。过去冬季水果少，柿饼和酒枣就是冬令佳品了，过年的时候，家家以瓜子花生柿丸酒枣待客，自是其乐融融皆大欢喜。临汾运城是山西柿子的主要产区，田间地头到处是柿子树，九十年代的时候还很便宜，三五分钱一斤，当地人常以柿子酿酒做醋，但口感比粮食做的稍差，故仅在当地流行。再往南陕西华山一带出的一种柿子更小，似核桃大小，不用放软即可食用，便于运输储存，常有工友捎买。

　　前些日子，我在国图古籍馆查阅资料，此地东临北海，前望中南海，整个馆舍都是国家级文物，馆区古色古香，花香鸟语，四个高大威猛的石狮子，守护着价值连城的古籍，审视着进进出出的人们。这里确是读书做学问的好地方，古籍馆东南侧有七八颗高大的柿子树，蓝天白云下，果实累累，金黄璀璨，可爱诱人。我力邀一著名女摄影师到此创作，谁知被美女婉拒，并语重心长地教导我说，俺家门前大马路上都是柿子树，你就不要少见多怪了。

今年国庆节后，我和大侠美女多人两次登临鹫峰山，再次参观了古长城，故地重游，心潮澎湃。饱餐了"搁这""杏仁饼""银杏粥"等特色美味后，更是被满山的柿子所吸引。期间一姐阿琴，美女小妮，才女宝贝，还有阿娇阿祯两个老外，都摩拳擦掌，跃跃欲试。牛人魏总学那猿猴状，手攀脚蹬，大显身手，摇落满地柿果，乐得众美女大呼小叫，好不快活。纷纷擎出战利品留念。期间热情好客的张志广先生，盛邀我们到他家做客，张府就坐落在鹫峰山下，张先生深具文人气息、陶潜情怀，隐居于此，潜心创作，寄情于鹫峰山的山山水水，学问了得，创作甚丰，成果蔚然，有口皆碑，为大伙敬重钦佩。走时，张先生送我等一大口袋自家树上采下的柿子，大家如获至宝，众美女泪光闪闪。

今年市面的柿子不贵，刚上市时2.5元一斤，现在更是2元一斤，在水果里算是最便宜的了，诚然价廉物美。这柿子洗后放到暖气上，待到温热后，咬一个小口，先嘬吸柿汁，再啖啮柿子软核，最后将外皮一同嚼食，美哉其味，心满意足，是一种实惠而上佳的享受。之前，柿子我偶尔才买，但从鹫峰山下来之后，金黄的柿子，于我又增添了全新的内容，更有一种特殊的甜美的悠长的并富有层次的滋味在里头。所以今年我破了例，经常购买，卖水果的小河南与我早已彼此熟识，见我过来，老远就嚷："柿子，柿子，好柿子。"

诚然其言，柿子，确实是好柿子。

宛平城

　　京城南向，丰台治域。高墙巨门，弹痕瘆然者，拱极城也。一桥横河，断石默言者，卢沟桥也。商铺旁立，民居井然者，明清遗风也。炎炎三伏，酷暑盛夏，将校鱼贯而入，百姓络绎不绝，所向何往欤？古城宛平也。极目怒吼，鬃毛金刚者，无敌雄狮也。危乎矗立，大蠹招展者，五星红旗也。金光灿烂，端然居中者，独立自由勋章也。庞然雄踞，赫然夺目，庄严肃穆者，抗战纪念馆也。

　　观览之客，摩肩接踵，高士裹乎其内，名流循序以进。官兵并肩，同事齐至，情侣牵手，同窗结伴者，众也；儿呼母唤，姑嫂相约，扶老携幼，倾家而出者，多也。展区军旗横立，战火弥漫，展柜大刀欲言，袍血欲滴。入鞘者东洋刀也，哑火者小钢炮也。而巍然屹立者，抗日英雄也，穷凶极恶者，侵华鬼子也。展板图文并茂，文物无声倾诉，彰军民齐御侮；模景似临实战，拟声犹枪在耳，显民族之血性。倭寇恶贯满盈，三光之、人圈之、化武之、屠城之、慰安之、轰炸之，无双之兽性，罄竹难书，人神共愤也。白山黑水，黄河太行，以至北平上海，同仇敌忾，前赴后继，英勇捐躯、慷慨就义，拼死之抗战，气壮山河，天惊鬼泣，光昭日月也。讲者慷慨激昂，声讨日寇之残暴，听者凝神敛气，哀痛华夏之多难。敌酋就索，恨犹未解，人面兽心，恶如蛇蝎，非渴欲饮其血，非饥欲啖其肉耳。观众者，声南腔北调，人男女老幼，业百行千工，均认真记闻，虔诚留影。而咬牙切齿，情貌类同者，皆国人也。怒目挥拳者，皆知何为也，而频频向隅拭目者，不辨挥汗兮挥泪也。导游话音甫落，义勇曲声震寰宇，大刀歌豪气贯云，一曲唱罢，直击心扉，尽扫萎靡之态，诚养浩然之气也。

弹指间，抗战胜利已然七十春秋，勇士所余无几，幸赖此馆，告慰先烈，传承后世也。今之卢沟桥，已然封道，专为观览者也。昔之桥石犹在，光类巨卵，驼铃似闻，辙痕如初，永定河水波光粼粼，小船游艇往来悠然，学子游客神色凝重，卢沟晓月年复一年也，寿哉卢沟桥，宛然宛平城，诚游览之胜景，教育之佳地也。

东海、南海者，今之宛平也，日、菲之属，宛平之驻兵。昔之宛平枪声，日寇扣之，七十八年音犹在耳。今之宛平枪声，何人扣之，路人皆知，何时扣之，尽可掂量矣，惟此枪非彼枪，时势不同运势相异矣。然华夏脂膏，虎狼环视，贼心不已，列强觊觎，由来久矣。昔者大好河山易手，肉食者或束手无策，计无所托，坐以待毙，或昏招迭出，自毁长城，屈膝求和也，乃至上下瞠目，内外惊心，出国际洋相，滑天下大稽。而今几多时也，老虎缓步，苍蝇漫天，文臣爱财，武将惜死，伏于金弹倒乎色刃者，不可尽数也。而精卫还魂、碧君附体，亦不鲜见矣。舀尽永定河水，焉洗心头忧愤，难涤满腔郁闷也。宛平枪响，神州劫难，唤醒睡狮，全体抗战，中华浴火重生也。今世亦然，天崩地裂，山呼海啸，摧枯拉朽，凤凰涅槃也。非破无以自强，非强无以言战，非战无以立世，非党无以得胜也。破者，破时弊之邪也，立者，敬东方神明也。华夏焦土之时，敌国瓦砾之所也，倭寇则四岛尽殒，万劫不复也。呼唤英主，润之再世，亿万靖宇新生矣。祈祷神州大地，四海清晏，一舒愤懑，一得大统。五百石狮历千年风雨，憨态十足，与尔齐唤和平；一匹雄狮得五岳精神，威武雄壮，共汝镇守安宁。伏愿天佑中华者也。

时为抗战胜利七十年。

错过花期

平谷有22万亩大桃园，堪称世界最大的桃园，中国最大的桃乡，首都最大的果区。五一期间，我辗转来到平谷，本想一饱眼福，谁知到地之后方晓，因前几天下雨，美艳的桃花基本都芳容不在零落成泥，遗憾之际，路人出招：远处的山上还有。既来之则安之，只好一碰运气。

车子走走停停，路过一个个村镇，住在二环里的北京人，知不知道北京除了现代的高楼大厦，还有如此古朴宁静的乡村。大约走了半个多小时，地势明显抬高，一路爬坡蜿蜒而行，乘客渐渐少了，向窗外望去，两边的桃树挂着一星半点的红花，看来还得走不短的路程。车到一个急拐弯处，窗外突然吹进一股冷风，却见一个开阔的水面，赤裸裸地躺在道旁，心情豁然开朗。司机说这是峪口水库。道旁三三两两停着车辆，应该是游客的座驾。岸边有人垂钓，也有人在漫步，我八点半从家中出发，现在已是十一点半，三个小时的奔波，除了在车上听人吵闹，就是眯瞪瞌睡，一片像样的桃花瓣还未见到，眼前这块水面，是唯一一颇感欣慰的景致了。

车子大约又行驶了半个钟头，地势更高，车上的人也更少，但两边的色彩一下丰富起来，桃花终于红艳艳地扑入眼帘，就在离终点的前一站，司机提示，这里应该是最漂亮的地方，就在这里玩玩吧，再走也就要到河北了。

我和司机挥手作别，踏上了此行的目的地，和我一同下车的还有一位小伙子，他居然也是赏花的，便结伴向桃花醉眼的山坳走去。这里是个山谷，中间是泄洪的河道、石渠，远处山峰的树木已经清晰可见，凡能种树的地方都种着果树，有梨树，核桃树，杏树，但最多最好的是桃树。

小伙子复姓司马，是个博士研究生，我们沐浴着春风，且走且停，如醉如痴，不知不觉间早已置身于花的海洋，放眼望去，山谷两侧，漫山红遍，五彩缤纷，野趣盎然，生机勃勃，桃花竞相绽放，争芳斗艳，花浪弄潮，云蒸霞蔚，美不胜收，令人目不暇接，心旷神怡，到处洋溢着春天的气息。这里因为地势高、气温低的缘故，和县城周边平原的桃园完全不同，少了人工斧凿，多了自然山趣，一草一木、一砖一石、一枝一桠、一花一蕾，都是那样的欢快、幸福、亲切、可爱。我取出相机，屏住呼吸，咔嚓咔嚓地拍照，一连拍了几十张，扭头时，却见司马端坐在一块石头上，手捧一本打印资料认真阅读，我好奇地接过翻看，却见上面密密麻麻都是桃花的内容，便饶有兴趣看了起来。

第一页居然是"桃花运"的三种来历：

正宗理想版："桃花运"一词源于《诗经》的《周南·桃夭》：诗曰"桃之夭夭，灼灼其华，之子于归，宜其室家。桃之夭夭。有蕡其实，之子于归，宜其家室。桃之夭夭，其叶蓁蓁。之子于归，宜其家人"。古诗以桃花的艳丽比喻人的美丽，以桃树的果实比喻子孙繁茂，以桃树的枝叶茂盛比喻身体健康。惟花、果、枝三者皆得，方称得上"桃花运"。

山寨演义版：唐朝诗人崔护游玩时，因口渴到一个桃花掩映的农家讨水，迎接他的是个桃花般美丽的女子，两人一见钟情，后来几经波折，终成眷属，浪漫的爱情故事，成了千古佳话。后来人们便将可遇不可求，意料之外，巧遇而得的男女情爱，谓之曰：走"桃花运"。有当年崔护的题诗为证：去年今日此门中，人面桃花相映红；人面不知何处去？桃花依旧笑春风。（《题城南庄》）

江湖八卦版："桃花运"即算命术语。多指风流成性之人。

我说，按诗经的描述，娶个健康、美丽、能生儿育女的妻子，确实是最理想的生活状态，同时如果能像崔护一样，有个如花似玉的妙龄佳人惦记挂念，就是交了桃花运。倘若千般坎坷，万般无奈，只好到卦摊去算算，看看哪里不对，让神灵指点迷津了。

司马微笑，深以为然，资料上还有不少古诗，其中一首最长的，我最喜欢：

桃花庵歌
明唐伯虎

桃花坞里桃花庵，桃花庵下桃花仙；

桃花仙人种桃树，又摘桃花卖酒钱。

酒醒只在花前坐，酒醉还来花下眠；

半醒半醉日复日，花落花开年复年。

但愿老死花酒间，不愿鞠躬车马前；

车尘马足富者趣，酒盏花枝贫者缘。

若将富贵比贫者，一在平地一在天；

若将贫贱比车马，他得驱驰我得闲。

别人笑我忒疯癫，我笑别人看不穿；

不见五陵豪杰墓，无花无酒锄作田。

资料上还有欣赏桃花的几种模式，我们便按照他的赏花宝鉴，现场按图索骥，如法炮制，并联想创新，果然情趣独特，感受悬殊，尽得奇妙。

贴身亲近桃花。桃花一簇开无主，可爱深红爱浅红。观其形，赏其色，嗅其味，你一定能够感受到桃花的呼吸，感觉到她对你的友善，感觉到它正在吸纳天地的灵气、吐露着芬芳。你贴近朵朵桃花，尽情地对她赞美，她可以聆听到你的赞美，她也在与你窃窃私语，并回敬你灿烂无比的微笑。此时此刻，你就是花，花就是你，花与人融为一体，你的灵魂仿佛沐浴了一般，杂念顿消，至善至美。

登高远眺花海。如果说贴身亲近桃花，感受的是桃花的艳丽柔美，高台之上，登高远眺，感受的则是桃花别样的壮美，一望无界的花海，红云接天，如诗如画，春色撩人，画意天成，远山近水，蓝天白云，清风徐来，宛如仙界，而你就是桃花源里的仙子，你就是春天里的美丽，你就是春山里的精灵。

漫步穿越桃林。施朱施粉色俱好，倾国倾城艳不同。满眼春色何所意，一枝一叶总关情。穿行花海，步移景换，桃红柳绿，锦绣铺地，十里桃花，百里画廊，尽在脚下。除了花团锦簇，还有那条条枝桠，特异独立，苍劲古朴，仙风道骨，魏晋风度。漫步穿行于浑然天成、美感独特的画卷，完全是人为画中景、人在画中游的境界。似小鸟，若苍龙，你就任意驰骋放飞你的想象，尽情欢呼你的赞美，纵情歌唱造化的美好吧。

花下闭目养神。桃乡桃园红云照，须看哪片为君开。选一棵你最最心仪的桃树，躺在树下，四周鸟语花香，春风送暖，然后闭了双眼，什么也不想，什么也可以想，想累了，干脆就美美地睡上一觉，假如梦中有人传情，那便是真真切切的桃花梦桃花运了。一阵春风掠过，吹落片片花瓣，都静静地撒在你的脸上，飘在你的身上，不要去抚，不用去管，那是花仙馈赠你的厚礼。你偶尔睁一睁惺忪的眼，然后继续。那是一种物我两忘、如醉如痴、若飘若仙的状态，如果可能，你就永远保持这一醉态吧。

知己欢歌野餐。花开堪折直须折，莫等花谢空折枝，邀三五个知己同道，带上啤酒、红肠、面包，一起畅谈共同感兴趣的话题，人生、哲学、宗教、历史、爱情，开一个桃花沙龙。聊到兴处，便一同干杯，花海中，知己会，花前一壶酒，杯里寻乾坤，保你畅所欲言，打开心扉。有人带把吉他，高歌一曲在《那桃花盛开的地方》，来场桃花歌会，或朗诵几首吟诵桃花的诗歌，来场桃花诗会，一人吟，众人和；一人唱，众人和；众人吟，众人歌；众人欢，众人呼。此情此景，诚可追忆。

司马把做学问的精神，移植到了休闲玩乐上，字里行间洋溢着浓厚的学术气息。我说，除了将自己和桃花融为一体外，还要将桃花、自己、游人和周边的景物融为一体，远山，流水，高树，野草，石头，田埂，小道，大路，蓝天，白云，山羊，蜜蜂，劳作的村民，赏花的闲汉，桃林里奔突的黄狗，树梢上鸣叫的小鸟，沟边嬉闹的顽童，路上奔驰的车辆，浑然天成，野趣盎然，满眼春色，一派生机，到处洋溢着大自然春天的气息。全无景观的刻意造作，全无公园的清规禁令，全无人与人之间的隔阂冷漠，一切烦恼郁闷统统抛到九霄云外。值心远地偏，怀闲情逸致，类闲云野鹤，观山意野趣，任云卷云舒，论天下大势，不亦畅志乎！

司马频频点头，诺诺是然。

平谷号称是没有围墙的"世界最大的爱情主题公园"。我问司马为何未带女友，独自前来，岂不辜负了这漫山遍野的春色？

司马说："惭愧啊，错过了花期啊。我是个理想主义者，一切要追求完美，但世上并无完美，便落了个孑然一身。这次到平谷不虚此行，明白了花颜不待懒人赏，花期错过难再来，干什么都得赶紧，要有一种当仁不让、据理力争的气势。"

我说："不对吧，你带着密密麻麻好几页的资料，全身驴友装扮，又是咏诵桃花古诗，又是品赏桃花美景，又是漫步桃园仙界，显然是精心准备，有备而来，一看就是个有心之人。"

"是啊，有准备，但是，不也误了花期吗？"司马苦笑道。

我说："满山遍野的桃花何曾辜负于你，不也等着我们吗？"

司马道："是的，我们往返行程三百多公里，来回耗时需六个多小时，远点，高点，累点，但确实不虚此行。"

我和司马，顺着小路，信步漫游，远山群峰俊秀，小村绿树掩映，穿越着桃花走廊，一路桃花相伴，不觉已到大路侧旁，尽管流连忘返，一看时间已过午时，必须忍痛割爱，该回返了。

在平谷汽车站，我们登上了返程汽车，司马旁边正好坐了个桃花般美丽的姑娘，车子尚未启动，二人已经聊得火热，司马莫非要交桃花运？

知
色
情
花

　　爱情是花，千姿百态，美丽迷人。

　　花之美，美在形之娇，美在色之艳，美在味之芳，美在蕊之嫩，美在蕾之萌，美在瓣之鲜。花之怒放是为了生命的延续，为了美丽的传承，垂挂树梢的美果，是芳菲娇艳的延续，因而更显弥足珍贵。果之贵，贵在果之形，果之实，果之汁，果之甘，贵在果腹解渴、驻颜养体。爱情之美在于真，在于专，在于守，在于忍，在于痴，在于忠，爱情之归宿是婚姻和家庭，如花之于果，有花无果，终为憾事。

　　花万紫千红，人千媚百娇，情百回千结。知色者心悦情花，情花者花艳知色。从花蕾乍现，到含羞初开，再花儿半艳，最后璀璨绽放，其娇嫩之花蕊、美艳之花瓣，无不展示着爱情美艳的全过程。

　　桃花象征爱情的最高境界，是为情圣。桃花艳丽璀璨，桃树枝繁叶茂，桃果甘甜味美。浪漫的爱情要如桃花美艳，幸福的婚姻要如桃枝繁茂，美满的家庭要如蜜桃甘甜，这样的爱情千百年来被人追求，讴歌，向往，传颂，并被冠以桃花运的最高荣誉。其代言人如唐代之崔护，为人们仰慕崇拜。

牡丹是爱情的崇高境界，是为情王。牡丹有色有姿，大红大紫，热烈奔放，花香浓郁，国色一品，倾国倾城，贵为花王，有谚曰："牡丹花下死，做鬼也风流"。毕竟花冠百艳难，拼死风流一刻值。惊天地，泣鬼神，而色香难久，果之不生，花谢之时，人弃之日，风流赏客无数，却无一人长守。芍药，杜鹃，玉兰花，大体亦然。《泰坦尼克号》死亡之旅中，杰克和萝丝的爱情，就是怒放的牡丹，娇艳夺目，永远定格在了船首迎风张臂乘风破浪飘飘欲仙的幸福甜蜜之中，经典形象，浪漫无限，感天动地，堪归此列，随着一声巨响，香消玉殒，二人感情达到极致，于大海融为一体。但是，如果没有百年之海难，必然轮到码头，爱到尽头，他们断不会携手白头。

桂花、丁香，香飘十里，沁人心脾，令人流连忘返，是为情仙。而有味无色，有色无形，无半粒果实，则只可回味，乌有收获，一切存在于回味想象之中，不过是爱情生活中的匆匆过客，其花香之深幽如牡丹色之惊艳。宝黛二玉之间，心心相印，缠缠绵绵，朝朝暮暮，而至咳血白绫，呜呼哀哉，当归于此列。

玫瑰有色，有形，有香，却无果而多刺，伤手不可轻得，是为情后。德为牡丹、桂花之上也，概玫瑰之美好难折，有一波三折之曲，而常为人咏，故将玫瑰比作爱情象征，难能可贵。二黑小芹可以代言。

海棠樱花者，多姿多色，菲云芳雨，丽夺初春，艳争百芳，赏者摩肩接踵，无不砰然动容，而风雨过后，落英无数，芳艳顿失，枝头或有小果，苦涩难耐，观之玲珑，赏之无色，食之无肉，弃之可惜，中看不中用，终为鸡肋之货。《伤逝》里的涓生和子君可以为之代言。

如昙花一现般的短命爱情，生活中屡见不鲜，《玩偶之家》中的娜拉海尔茂之间，本无爱，自以为有爱，或许真有过爱，却如昙花很快凋谢，娜拉出走之后，或许走了桃花运，或许绝望心死，爱情之花将永远凋亡，不再绽放，又有谁知道结果呢。

枣花者，无色无香无形无姿，全无花之娇媚，而尽现怜悯之相，与牡丹海棠比之，让人不忍卒睹，而秋后的枣子，玛瑙般红艳艳地挂满枝头，笑迎众人，足以弥补枣花的遗憾，尽可笑傲海棠、牡丹之辈了。比之枣花更胜的是无花果，只见果不见花，花果一体，果实累累。

赵本山宋丹丹版的黑土、白云，孙红雷姚晨版的余则成和翠萍，以及广大的大叔大妈，就是枣花、无花果的代表。而山野间的小草野花，虽无娇艳，也无硕果，而生命力蓬勃旺盛，在平淡的生命绿色中，呈现出勃勃生机，催放出五颜六色，应当珍惜。

难得开花的是铁树，不算惊艳，绝对稀有，如按以稀为贵的定律，需要马拉松般的毅力，不知几人尚在等待。需要的不止是足够的耐心，还得极大的抗击能力，可能付出了终生的代价而不得。面对姹紫嫣红，你所视无睹，不为所动，而孜孜以求、付出终生，收获的却是寂寞。谁让她是名副其实、大名鼎鼎的铁树。

三千年一开花的蟠桃树，那是千年的稀世孤品，已非人间之物，中国五千年的文明史，传之后世的大概有四对极品：牛郎织女，梁山伯祝英台，许仙白娘子，孟姜女夫妇。而孟姜女为葫芦娃，织女为仙二代，白娘子乃千年修炼得道的蛇精，梁祝死后托生转世为翩翩起舞的蝴蝶，只有具备了天界凡间随意穿越的超人本领，你才可以尝试追求一把这样的浪漫。

荷花、莲花出污泥而不染，神圣高洁，已为佛家专享，非凡间之物。亦应归于三千年一开之列，非苦心修炼者不得也。

爱情的花朵要浇灌，要培育，阳光、水分、温度、湿度、土壤、环境，样样非常重要。尽当了然于胸，须知南橘北枳，千万莫要强求，如此，卖油郎能独占花魁，否则，爱情的种子有如撒在戈壁滩、混凝土中，丝毫没有生命迹象，如果不是根深叶茂，稍有风雨来袭，必将连根拔起。

《非诚勿扰》里展示的宝马女，宁可在宝马里哭，不愿在自行车上笑，便如恶臭熏天，令人作呕的尸体花，自己觉得娇艳，而众人皆掩了口鼻，退避三舍。

而世风日下，拜金至上，逞艳于非时之季，献媚于权贵之前，淫乱于公堂之上，啸聚在天上人间，致令时序颠倒，色香变异，既非樱花海棠，又非枣花丁香，而是祭奠于爱情之前的白纸花圈，这里爱情已死。

第二辑　淡墨尘世

秋风一怒吞山河，
枯叶百愁卷砂柯。
寂寞荒山野枸杞，
霜打犹唱老情歌。

冷妖

刘积者，京城小吏也。某日连遇殡车两队，夜归即患背疾。起于三更时分，正值就眠之际，似睡非醒之间，突感背部巨痛，位居胸椎一带，复蔓至两胁，延至前胸，侧睡左右难卧，平睡小腹胀满，两胁似铁钳力箍、钢绳猛勒，胸背之痛，腹部之紧，使气不堪吸、脉不堪浮，咳而剧痛，辗转反侧，夜不能寐。延至四更，无缓，捱至黎明，得息一时半点。晨起，下咽鸡仔米粥，食管丝丝作痛，反射于胸背者也。

刘积之同僚徐氏，好周易，精占卜，与人掐算灵验者，十之八九。惟罹腰椎脱出之症，沉疴宿疾经年，受凉劳累发作，步不三里，提不十斤，坐卧不宁，站立不安。然热敷、艾灸，刮痧或贴药、拔罐兼按摩之，即可得缓。虽无大碍，亦小心翼翼，力避加重。故而，徐氏平素弃凉席远电扇，戒冷饮厌空调，炎夏冷气吹来，亦似鸩毒渐入骨髓，犹妖寇犯境侵扰，但凡腰疼，即呼妖寇偷袭，甚恶痛绝之。每至寒暑交替，则倍加谨慎，热则减衣摇扇，冷便加衣添柴，而苦于夏季之汽车、地铁、火车、商场、饭店者，皆空调劲吹，防不胜防。人皆讥其矫情体虚，刘积以之为怪，尝数度冷讽热嘲也。徐氏曰：

或有一日，教汝知冷妖之威。

刘积与徐大反，厌热惧暑，酷爱空调冷风，五月即开，十月不闭，开则劲吹，吹而无限。故思忖此番，或如徐氏之言，概空调作祟，冷妖至焉。遂嘱其子火罐扣之，六枚黑青印痕，须臾跃然在背，并鼓血水之泡，犹蟾蜍之毒腺疣瘤，大颗小粒密布通脊左右。火罐既拔，疼痛即消，遂未在心，径往点卯矣。

然三更夜寝时分，冷妖不请复来，刘积胸背疼痛如前。此痛者，昼遁夜出，时在三更，背犹负铁叠石，泰山压顶，似巨蟒缠身，五花大绑，连日不约而至者五番也。时值三伏，溽热难耐，欲空调而妻力止，睡眠不得，大汗淋漓，而时有便意，挣扎起夜五七趟，苦不堪言。每夜得眠一两时点，而昼间全无困意，刘大惑。然连夜抵抗妖袭，神难聚，意难集，力不逮，气不足，焉有余力劳作？浑浑噩噩，稀里糊涂，诸事未有兴趣，居家休养也。乃强忍上网求解，曰劳损，曰强直，曰风湿，曰食道之疾，曰神经之患也。莫衷一是，真假莫辨。

刘积乃求诸医。验肝肾之功并血沉、风湿之血，兼胸脊放射影像之，幸诸值在谱也，得药丸两瓶，红绿璀璨，吞咽数日，未见好转。刘以手抚之，背脊皮肉并无不适，疼痛似由里而外，疑路遇不吉，妖魔作怪，恐大病加身，骇然失色也。自语曰："岂见鬼兮！"无奈请教徐氏，徐氏详问其故，静观其面曰："大坏也哉，妖侵汝身，尔可知冷妖之威乎？"刘大惊，徐复笑言："勿慌，马大师专擒此妖也。"

马大师者，银丝老妪也，京城名医，耗银六百乃得诊，男女趋之若鹜。大师慈眉善目而面无表情，一番观舌把脉，并不询长问短，即笔走龙飞，开具"去风汤"四副。刘积当日饮之，疼痛得缓，饮四日，大好，夜寐亦静，心喜略安。刘积如约再赴大师之处，询之以故，老马默然，开汤药五付，未言子丑寅卯。刘积复问，老马乃答："无它，风寒耳。冬夏寒暑乃天道也，顺之自安，焉能逆天行之？人但求炎夏凉爽，焉知冷妖既出，一时痛快，病根种矣。空调者，妖寇也，避之可矣。"继言曰："脊柱者，大梁也，冷妖袭之，犹白蚁噬矣，若不防微杜渐，余生床榻度也。"并三嘱重护颈椎。其语之气与徐氏之言如出一辙，乃知徐氏冷妖之说，源于马大师也。刘积欲 CT 之，老马力拒，刘悻悻然持药以归。然服之七付，诸症尽去矣。

豆脑

下馆子如今已经演变成一种苦差，对个人有所谓危害健康的三高症的恐惧，对国家有一种浪费公帑的腐败的可耻，但遍地的饭馆如雨后春笋般，生机勃勃兴旺无限。什么地沟油、添加剂，人们无所畏惧，趋之若鹜。

前几天，小区附近一家大型酒店隆重开业，锣鼓喧天，彩旗飘飘，鞭炮齐鸣，贺幅展展，靓男美女，贺者迢迢，号称烹饪三山五岳，煎煮五湖四海，对我们这个酒店林立的所在，非但不显多余，反而有了锦上添花的感觉。

馆子的确是个诱人的地方，特别对于我这个爱吃能吃的人，虽然山珍海味也吃过不少，但因为天生一嘴咀铁嚼石的牙舌和一副咽肉吞骨的下水，看着五颜六色的菜谱广告，也是食欲荡漾，心向往之。多年来，为了这没出息的嗜好，我是没少受领导的批评，先以卫生问题晓之以理，再以三高危害动之以情，更以佛教之说戒之因果，怎奈多次体检，一次又一次驳倒了她的谰言，我便理直气壮地坚持光荣传统，争取着一个又一个的饮食突破。

如果在小饭馆吃碗面之类，也算是下馆子的话，我下馆子的历史要远远早于改革开放，掐指一算，是我在县城上中学的时候，大约在二十世纪七六年或七七年的冬季，可能天上还飘着当年的第一场雪，忘了谁提议或是什么由头，我和同学相跟着，到县城西门外学校不远处的一家饭店，去吃白馒头就豆脑。有了这生平的首次体验，我就被豆脑俘获，沦落成了"失足"的少年，记得十点左右是课间操，间休时间长一些，而肚子也空虚得紧，我们便偷偷溜号，跑到饭馆美美咥上一顿，那时豆脑八分一碗，馒头五分一个，花费虽不多，于我也是不小的开支，但踏进饭馆之前，倘若兜里有个三毛两毛，就很难再揣着钱出来，何况是几个十三四岁的少年。

我们老家的人，那时还没有吃早餐的习惯，饭店也无卖早餐的规矩，十点左右正是饭馆里新鲜美食才出锅刚下笼的时候，不大的馆子里，溢满了豆香、面香、卤香和韭花的香味，豆脑在一个粗壮的红铜缸内盛放，我们几个好吃鬼，手里捏着几个钢镚，随在大人后面排队，在热气蒸腾嘈嘈杂杂中，眼巴巴地热望着，待大师傅将豆脑浇上浓稠的黄豆海带卤汁，我们的食欲也就随之到了顶点，而这之前八成都以吞咽几遭唾液垫底。

白花花的豆脑、酱色的卤汁，青绿的韭花和红红的辣子，在色彩斑斓中透出贯脑穿心的浓郁香馥，几个少年早有了鲨鱼见血的冲动，不等歪歪斜斜地在长条凳上坐定，便犹如鬣狗扑食般，一手馒头，一手饭勺，狼吞虎咽，风卷残云，一气呵成，而意犹未尽。当时正属长身体的时候，食量大，饿得快，一个馒头，一碗豆脑，刚吃出滋味，也就烟消云散。怎奈囊中羞涩，半月十天，攒点废铜烂铁卖了钱，方吃上一回，所以每次去馆子，很有干了一件大事的味道，意虽未足而心实满矣，或许是因为有这一碗提神补脑的豆脑压底，我们几个吃货，上课注意力更能集中，精神更加饱满，状态愈加良好，倒也没有落下功课，反而比其他乖同学还要好些。

几年后，我到了外地，知道了什么叫作思念，尝到了想家的滋味，想念的成分之中就有心仪的白馒头热豆脑，但转眼间，所谓的豆脑，已是外阜尘土飞扬中，马路边上大长桌上的早餐老豆腐，不仅没有一丝当年我们进馆子里去吃喝的庄严神圣，更没有当年记忆深处刻骨铭心的滋味。朋友们见我丧魂落魄的样子，多次提示我，豆脑就是老豆腐，老豆腐就是豆脑，但我顽固地摇摇头，告诉他们，这纯粹是两码事，因为我再也吃不出原先的感觉和味道。所以一旦回了老家，我便到城西的饭馆中，饱餐一顿。遗憾的是，多年前这个饭馆拆迁，同时老家县城的黄金地段，一家又一家开张了所谓南北大菜的风味餐馆，但风味我着实没有品尝出来，豆脑的浓香却随着拆迁的尘土，随风飘逝。

当然我知道，家乡的豆脑，的确就是大江南北角角落落里随处可见的老豆腐，但顶着被老师批评的风险，逃课而食的豆脑，却依旧让我魂牵梦绕，这碗普通的小吃，随着风尘的飘逝，更加香馥浓郁，将永远是驻留在我心中的极品至味。

海鲜

　　在饭店吃饭，如点了海鲜，服务生便将鱼啊、虾啊、鳖啊，用桶装了，提来让客人查看，告知的内容主要是几斤几两的分量，不言而喻的是：东西是活的，好的，没问题。更深的含义是，到时痛快点埋单，别找麻烦。当然，上到桌上的，吃到嘴里的，是不是桶里提来的，鬼才知道。据通晓餐饮业潜规则的消息灵通人士讲，那提上来的，分明是海鲜模特，专门用来走秀的。食客花钱吃到肚子里的，不仅块头缩水，怕在冰柜里陈尸久矣。饭店的这种招数，可以说屡试不爽，因为这些上了饭桌的鱼虾，多半是浓妆艳抹重味道，很多时候是在客人半醉时分才会登场献艺，酒酣耳热之际，怕已品不出生与死的不同滋味。请客的或吃请的，即使知晓个中猫腻，也碍于面子，情愿吃个哑巴亏，不愿挑明。倘若客人硬要跟到后厨查验，一是少有这般较真的哥们，二来对不起，后厨重地闲人免进。实在不行就将鲜活足秤的模特，红烧清蒸后端将过上来，不过是少挣几个，改日补上就是。通常的情况是，模特鱼虾还在水缸里欢快地畅游，而大部分的食客，不知不觉中，就替代了海鲜模特的命运，挨了宰了。如此而言，海鲜模特的命运，也够悲惨，几次三番地从水缸里，捞来捞去，张着大嘴，手舞足蹈，在刑场上几进几出，垂死挣扎，最后终归葬身肚腩。

几天前，我见了朋友和他的孩子。朋友是送孩子来北京学作模特，孩子可以说是我看着长大的，我身高一米七五，几年不见，如今她已是眼光下压地看着我，年龄刚过十八，身高已快一米八了，细高个，不知还长不长。凭感觉我认为吃青春饭的模特界有点乱，不是我们这般不开窍的古板人家能进的门。同时，我不知为啥一下就想起了在桶里瞪着眼睛，上蹿下跳、左扑右腾的鱼虾。这孩子还是我认识的人里头，第一个要加入此行当的，不知这算不算艺术界。我悄悄和朋友说，何不学点其他本领，搞其他的营生，朋友淡淡一笑，不置可否，只说了句：孩子大了，管不住，学习又不好，搞体育也不行，由她吧。

据我所知，朋友在孩子身上下过不少功夫，孩子从小就在舞蹈班声乐班里学习，文化课的补习班也没少上，小时候好像还得过什么奖。夫妻俩省吃俭用，风里来雨里去，希望姑娘有个出息，难道这是唯一的出路，或许她在这个行当能出人头地？

每个人都有自己的生活方式，百万计的模特大军，代有新人，但我认识的姑娘，穿了比基尼三点式，在众人面前，甚至在自己的父母面前，扭来扭去，装酷摆造型，于我没有这样的生活体验，也不愿有这样的生活体验，不知朋友做好这个心理准备没有。说实话，就算这是天价的极品海鲜，我毫无消受的胃口。我倒情愿看到孩子被告知条件不符，回去好好读书。如果真干了这行，宁愿相信孩子在社会这口巨大的鱼缸里，能躲过食客挑剔的眼光，并躲过一次又一次伸向水里的鱼捞子。

梦喝羊汤过元旦

　　新年伊始，和兄弟姐妹收发了新年祝福短信，一早王老弟发："新年复又来，老友何时回？咫尺千里远，幸赖博客会。"表达了思念之情。刘哥的短信好："老玩、老乐、老豁达、那是最聪明的人，老急、老气、老郁闷、那是最呆傻的人，老走、老动、老锻炼、那是最健康的人，老说、老笑、老收短信、那是最愉快的人。愿弟兄们老乐少气，老动少急做聪明愉快健康的人。"梁哥从西宁、徐哥从山东、张哥从上海，尚哥从介休，徐弟从西安，打来电话，互致问候，昨天，胡总已代表我从北京向各位新年祝福，该说的该点的，都面面俱到，我就不啰嗦不费事不补充了。

　　中午包了羊肉水饺，整了几个小菜，胃口大开，看着老伴的笑脸，听着傻儿子的口哨，蘸着宁化府香醋，一家子风卷残云，不觉有些过量，饭后昏昏欲睡起来。不知不觉间，又走进一个羊汤馆，让小伙计上了一大碗羊汤，高声嘱曰：要杂割加肉，少加羊油，多撒大葱、芫荽，外加烧饼一个。在满满当当的羊汤馆里，觅了个座位，大口大口地吃喝起来，香糯的羊肉，香酥的烧饼，令人垂涎欲滴，我狼吞虎咽，三下五除二，几口就下了肚，但香喷喷的羊汤就像晋祠的难老泉水一样，越吸溜越多，越吸溜越多，总也喝不完，而且越吸溜越热，越吸溜越渴。旁边一食客不吃不喝，却只顾噔噔噔地敲着桌子。烦躁间我用手一抹汗水，正要发作，耳边又响起刘欢欢快的歌声，扭头一看，却是枕边的手机铃声，原来是到梦乡转了一遭。

家里太热，出一身汗，敲桌子的不是食客，而是傻儿子打电脑，正是瞎耽误事。只是口渴得紧，起来擦把脸，大梦初醒，泡杯茶喝了，打声脆响的饱嗝，方浑身通泰。

想是今冬未喝羊汤，嘴馋了。

这羊汤是太原一绝，乃太原人必不可少的早餐。羊汤本不是什么奇特食品，大江南北尽可见可食，但各地还是略有不同。

太原羊汤自是特色鲜明。却是先将羊肉或羊下水秘法煮熟，切片后待用，店家在店铺饭店一角，支一口 1.5 米左右的大铁锅，里面放一副羊骨架，鼓风机呼呼地吹着，火苗上窜，热气腾腾，汤浪翻滚，香气扑鼻，整根整根的大葱，足球大的调料包，踩在那油花上，踏浪而行，随波逐流。售卖时，小伙计早已备好统一的海碗，将泡好的粉条一一装碗垫底，粉条上面根据客人的肚量，预先按二两、三两装好羊肉、杂割或羊肉加杂割，然后由抄勺师傅，耍起二尺多长小碗大小的汤勺，舀起滚烫的羊汤盛在碗里，用勺麻利地反扣在碗上，滗了再盛上，盛上再滗了，如是者四五，来回涮上几遍，粉条便软硬适中，羊肉宰割恰好香糯适口，临出锅时，添上一小块羊油，然后再按照个人喜好加上葱花和芫荽末，霎时，白汤黄油花、碧葱芫荽沫，一碗羊汤便隆重登场了。当然还有辣椒面、胡椒粉、味精、陈醋等各种调料伺候你，多少自便，酸辣由己。

羊汤只有隆冬时节去喝才最过瘾，一大早，冒着严寒顶着烈风踩着积雪，闪进一个羊汤馆，顿时有了归属感。冲老板大喊一声：大碗的杂割加肉，一个饼子。便坐在一旁，看抄勺师傅表演。师傅用的铁勺都是特大号的，一勺一碗汤，浇在羊肉粉条上，铁勺敲着碗沿，叮当有声，节奏朗然，师傅穿着单衫，拉开架势，面向大锅，表情庄严，那一招一式犹如舞台动作。寒冷的身子快要缓过来时，热腾腾的羊汤便端在你的面前，随意加上各色调料，趁热喝上几口，身子便暖和起来。饼子就汤，抑或汤就饼子，羊肉粉条一碗，外加一个油酥饼下肚，已然汤足饭饱，油嘴吧唧，饱嗝声起，身上发热，头上冒汗。那感觉就是心底顶上来的一个字：美。

却说这抄勺师傅在汤锅里不停地舀时，锅沿上的自来水管就不停地流。去得早是羊汤，去得晚大概就是自来水汤了，俗话说，赶集要趁早，喝羊汤也得趁早。早归早，最好是两人以上同去，便于分工合作，排队的排队，找座的找座，传汤的传汤，拿筷的拿筷，否则，好不容易买好了，却没有桌椅，站在别人旁边，别人吃得呼呼有声，自己却不得下咽，别人不自在，自己干着急，时有因桌子凳子吵嘴的，一大早来本是为饱口福，未享美味，却口出秽语，耳进骂声，怕是扫兴之极了。

正宗的羊汤要求是：汤要鲜美味足、肉须软糯适口、粉条晶莹、劲道、滑溜，葱花最好是山东的大葱，芫荽必须新鲜。要做到这几样，首先要货真料足，煮肉的大师傅非常关键，羊肉最好是一年生绵羊肉，火候须恰到好处，先猛火后文火，时间短了不熟，长了柴硬，配料要比例恰当，花椒和生姜是主味，不能喧宾夺主，肉和下水要分开煮，下水的调料更要足。汤则须是羊骨高汤，要慢火长炖方能出味。饼子也很重要，最好是才出炉的油酥饼，外焦里嫩，一咬掉渣儿倍儿香。

羊汤，早先不过是街头的小吃，大众的早点，空地上支口大锅就可开张，没有特别的讲究，后来卖羊汤的多了，在几条街上扎起堆来，才进了门店，有了字号。有了竞争，大家在肉、汤、料上都狠下功夫，各有自家的心得体会，便以之为贵，秘不示人，成为独家秘方绝招，食客一多，自然渐渐有了口碑，名声响亮。

论字号，羊汤馆顶数柳北"郝刚刚羊肉汤"有名，羊肉糯而不柴，香而不膻，羊汤量足味正，久负盛名，早上想要喝一碗，须在寒风中排队等候二十多分钟，常有外地食客慕名而至，食罢意犹未尽、赞不绝口。当年我没少领各类"贵客"到此品尝，有几个北京的"爷"，到太原必定有"三喝"：一喝蓝花瓷汾酒，二喝宁化府陈醋，三喝郝刚刚羊肉汤。这羊汤馆虽然店面不大，看着也不卫生，油渍抹擦地，挤挤挨挨的，但这太原的大爷大妈帅哥美女还就好这口，传来传去，这名声比羊肉的浓香传得更远，天南地北的爷们，每每闻声而来，喝时呼噜山响，盘碟惊心，碗筷瞠目，大有气吞山河之势，喝完，竹牙签一挑，餐巾纸一抹，走人来您那！

话说有段时期，看着羊汤馆买卖兴隆，食客川流不息，真乃一碗羊汤水，几多白花银，便有人眼热跟起风来，在桥头街一带，沿街开了十来家羊汤馆，相互竞争比拼，自是门店各有千秋，风味大同小异，成为太原一景。

这羊汤已是太原的第一早餐，遍布大街小巷，与北京的炒肝、爆肚相比，有汤有水，有肉有饼，更加的大众化，便捷、经济、实惠，个人感觉也远在卤煮之上。与太原第一风味"头脑"相比，少了富贵气，多了平民气，少了程式化，多了随意性。深受男女老幼的喜爱，如今早已不限早餐，从一早的五、六点钟到半夜的零点时分连明带夜地连轴转，早餐、午餐、晚餐随你便，只要你想吃，就有馆堂等你进。但我还是觉着冬天的大早去吃，更能领略个中之妙，当然，下雪天就更好了。

不过，如今的店家，不知是钱挣得多了，烧得，还是钱没挣够，贪得，抑或天天围着炉灶转，腻得，羊肉汤的味道已是江河日下，蛮不是那么回事了，使得羊汤的美名受累，不只缺斤短两，怕是挂"羊汤"，卖鸭肉，不知你信不信，反正我是有点信了。

但我还是想在料峭寒风中，排队等一碗羊汤。

我知道，我是在想太原，想太原的弟兄们了。

五味杂陈蘸片则

　　咱不能学地主老财，老想着山珍海味大鱼大肉，要知道咱是地道的山西人，吃面长大的。故时不时就想来碗面吃，但十里乡俗不一般，纵是面食王国，此一处此一种，彼一处彼一类，十里八乡的面食，在大同小异中，便有了区别。

　　我们老家有一种独特的面食——蘸片则。快过年啦，今天不妨透点祖传密招，使各位在山吃海喝之后，改善改善伙食，清清胃火。

　　咱先来个名词解释，所谓蘸片则，就是蘸面片。把白面和好擀开，将薄面切成5厘米见方大小，下锅煮熟，蘸上各种调料后果腹，是颇具风味的面食。为山西介休独有。

　　这里所谓的"蘸"，有两层意思，一个是指吃的方法、动作，是个动词，一个是指蘸的小料、调和，是个名词。

　　做蘸片则吃，实际并不复杂，但也要掌握一定的技术要领，在面案上须掌握好几个关键。

　　第一关键是和面。用普通的面粉和凉水即可。技术要诀是边加水边搅拌。升级版是和面时磕几个鸡蛋加少许盐，面片会更加劲道更富营养。秘诀是，水要少量勤加，和好后，在案板或面盆静饧一小时左右。标准是三光，"面光""手光""盆光"，面团要硬，稀软乃大忌、大败，和好的面若饧的时间长了，也会出此问题。如果不精干、不利索的主妇，没有掌握要领，马马虎虎，在和面环节就会搞得乱七八糟，到处是黏糊糊的面絮，极度影响观瞻和食欲，授人以柄，贻笑大方，会被吹毛求疵的婆婆白眼，更会被煽风点火的小姑埋汰，屡教不改，就会被男人斥责为败家玩意。其事体大，不可不察矣。

第二要务是擀面，置面团于案，先揉搓数个回合，待手感绵软光滑即可，然后手持面杖，擀压面团。计有平擀、卷擀、平卷结合擀三种技法。边擀边撒面粉，以防面片粘结影响质量和情绪。擀的时候，可以听听情歌，也可以哼哼小曲，还可以汇报思想、交流体会，边劳动边沟通边娱乐，放松心情，调节情绪，营造一个无比幸福的家庭气氛，当然，最主要的是面片要符合质量标准：厚薄适中，以略薄为佳。千万不能把正事给耽误搞砸了。

第三紧要是切面，将擀好的面皮，撒上些许面粉，加以折叠，手起刀落，快刀乱麻，挥刀三五下，剁成五六公分见方的面片即可，那比剁饺子馅潇洒多了。倘若在单位受了鸟气少了奖金，或爱人和别人打情骂俏眉来眼去，心有不快，可以借机撒撒气，泄泄火，当然力道要适当，不得大使蛮力，以免弄巧成拙，更要防止流血事件，坚决拒绝亲者痛仇者快的尴尬局面。

面案上另有重要秘诀需要分享。

一是用青菜、紫甘蓝、胡萝卜汁液和面，做出的面片色泽艳丽，五彩斑斓，营养丰富，大饱眼福口福，尽可小试身手。

二是火熄锅起捞面之时，须以大盆置之，盆内加面汤若干，防止面片粘连。

三是以少许粗杂粮与精粉杂糅，可免肥胖、高糖之忧，更加符合养生要旨、当代时尚。

以上秘诀，如数奉上，多加揣摩，细细体会，以防临阵手忙脚乱，勿谓言之不预也。

在菜案之上，也要牢牢把住以下几条：

第一肥差是上街购料备料。要购猪羊肉少许，黄酱、西红柿、韭菜（韭花）、青蒜、酸菜、陈醋、虾酱、豆瓣、泡菜并葱姜蒜若干。之所以说肥差，不是有回扣、拿好处，而是能够溜溜达达，连观景带锻炼外加市场调查一趟都给办了，没准遇上老相识，还能聊会天。赶上运气好，地上捡上十块八块，就能发个小财。当然不能只惦记着捡钱，要注意奸商缺斤短两，以次充好，更要严防小偷行窃、交通安全，否则您就亏大了。

第一技术是炒制蘸酱小料，将以上小料分别炒制，制成羊肉臊子、精炒五花肉、干炸黄酱、醋烹韭菜（韭花）、靓丽青蒜、私家酸菜、秘制虾酱、芫荽西红柿酱、红油豆瓣等备用。炒制时，眼见火光闪闪，耳听当啷有声，井然有序，异香扑鼻，心情愉悦，怡然自得，特有生活气息，特显技术含量。需要注意的是：细切菜粒，轻颠炒瓢，猛火急炒，原汁原味。以达到辛辣、香麻、酸咸的标准，总之，口味以厚重为佳。当然，也可以根据各地特产和各自口味，随意调制小料。

另有贴心提示奉上：

煮面时，可随意加煮青菜、葫芦、山药、豆角、木耳、豆皮、鲜蘑等，做到营养均衡。

吃此面食，不宜另行烹制大量肉类菜肴，否则，肚量有限，不能尽兴，难得其妙。为了避免单调，可以调制各种时令凉菜，如拍黄瓜、调莲菜、拌莴笋之类，一同佐餐。

此面食适宜多人团座食用，你一筷子我一筷子，边吃边聊，情趣盎然，似有涮素肉之妙。不过要注意：小心慢用，谨防烫嘴；小心快吃，谨防粘连。

列位，在介休旅游访友探亲时，不妨感受一下五味杂陈，滋味丰富的面食。老火车站广场，即有一家正宗蘸片则饭店，可以尝尝。再次奉劝，吃蘸片则，不可多点菜，否则，便没有肚量盛此美味了，如若不听劝告，撑坏了肚囊，休怪未预警提示，老夫可不负责任。

运笔于此，我佯装谦虚，向掌柜子求证有无纰漏不当之处，实则想听点夸奖，请顶高帽子戴戴，不料，掌柜子一脸地不屑，高声斥我：平日不择菜，不做饭，不刷碗，不洗锅，懒得癞皮狗一般，就知傻吃昏睡，倒在这装内行。什么菜案面案，秘诀技巧，创新提示，装什么大尾巴狼？情趣盎然的事，让你这么作践，谁能晓得。一个蘸片则，老家的家庭主妇人人可为，不就是开水煮饺子皮、馄饨皮，蘸着蒜醋西红柿吃吗！做什么狗屁文章，没事闲的！

见掌柜子如此彪悍、这般生猛，我半截子都凉了。这半天的辛苦不就白费了吗？

我忙辩解说，娘子有所不知，这样写现在最时髦，这就教授体，也叫学者体，能将简单的事，写的无比玄秘、深奥，奇妙、神幻，只有研究学问的人才能做到、看懂，升职称，要项目，很管用的。你没留过洋，没读过博士后，没有在中科院待过，哪里懂得了？

不过，掌柜子有一句说对了，我是好长时间没进厨房啦，那就先去备料，今天就来顿蘸片则。

紧密团结猪头肉

最近谈吃的，说的都是羊肉，那是因为隆冬时节，向各位朋友汇报一下我们的家乡菜，探讨一下羊肉的不同吃法，好给各位驱寒暖暖身子。其实涮羊肉、红焖羊肉、烤羊肉串，烤羊排、炖羊蝎子，我都非常喜欢。一段时间，我转氨酶升高，大夫告知绝对禁酒，羊肉火大，也得少吃。只是人在江湖，身不由己，给我出了个小小的难题。当年有不少应酬，酒是一定要沾的，见了羊肉，嘴馋得紧，也要夹几筷子，哪还顾得着转氨酶高低，只是美味之后，满嘴发苦，两胁沉闷，才能想起大夫的忠告，方与美酒、羊肉彻底了断。羊肉虽然吃不得了，但牛肉、猪肉并无禁忌，更有鸡鸭鱼虾可以填充羊肉的缝隙，所以并不觉得素肠寡肚。

我们家乡的草根美味——猪头肉，就是我的最爱，猪头肉可能各地均有、大同小异，而老家的猪头肉可能更加粗犷一些，此款美味是将整副猪骨下水，即猪头、心肝肺、蹄脚、排骨、尾巴等收拾干净，下大铁锅煮制，边煮边撇除浮沫、猪油、瘀血，通常至七成熟备用，把猪头蹄脚排骨等剥肉去骨，然后将半生快熟的肉块切成小块，再加足调料后二次共煮。此时是小屁孩享用美味的铺垫时刻，附有骨髓肉星的骨头，就由小孩子仔细清理了，同时迎来共享美味的第一次高潮，等着家长将猪头骨肉分离后，掏出猪脑来吃，期望而温馨。儿时我们常在灶头守候，等待这一星半点一嘴两口的满足。二次煮制，特别要添加适量上好的酱油，待肉块软糯时，捞出葱姜蒜和调料包，加盐和鸡精稍煮后，连汤带水倒入一黑瓷大盆内，放院子或阳台上冷却，待基本硬实后，以木板覆之，上压青砖石块等重物，使肉块和胶质汤汁紧密一体，一两天后便可食用，虽非大菜足可解馋也。这个压与洗啊煮啊切啊等步骤相比，看似粗笨简单，却是必不可少的重要环节，否则，猪头肉便松散疏离，影响口感，前功尽弃。所以老家讲做猪头肉是压猪头肉，自有其深刻的道理，压制好的猪头肉皮冻呈美丽的琥珀色，甚是养眼提欲，当然这全是酱油的功劳。因此，没事时出来顺手打瓶酱油，不知多会儿就能派上用场。胶冻包裹着猪肉下水，浑然一体，弹性十足，软糯香鲜，老幼皆可，随吃随取，一月不坏，浇上蒜醋风味尤佳，而做下酒菜最妙。猪头肉如此，羊头肉也大同小异，只是羊下水不如猪下水肉大，做一回吃不了几次。

猪头肉吃着满心熨帖，收拾时却要精心，猪头蹄脚须将猪毛剔除干净，尤其是内脏，更要好生清理，不仅要将肥肠肚子分盆泡洗，更须分锅单独卤煮压制，以免串味，影响品质。据说，口味较重者会把肥肠之类一同卤好压制，这样的猪头肉于我未曾享用，不知味道何如。

早些年，这猪头肉是贫民草根的最爱，一副下水用不了几个钱，只是清洗收拾、卤煮剔骨显得麻烦。但一次麻烦，多日享用，也合价值规律。其之所以味道鲜美，主要还是真材实料，全副猪下水，生在一身长，死后一锅烩，挨挨挤挤，你中有我，我中有你，不美味才怪。

但美味正宗的猪头肉，如今几成奢望，我已有两年多没吃了。

原来，这不起眼的猪下水，也紧跟形势，认真践行科学发财观，与时俱进，转变观念，开拓进取，早就今非昔比，摇身一变，分道扬镳，身价百倍起来，成了猪身上的白领、精英。竟然有了名分，划了等级，分了部位，上了档次。你还是你，我早已不是我了。肥肠要和尾巴比长短，猪脚要和耳朵比高低，心肝要和腰子比大小，猪脑要和猪脸比里外，猪嘴要和肛门比前后。大家各走各的路，各发各的财，什么悄悄话、酱口条，九转肥肠、熘肝尖，爆肚片、炒腰花，卤水拼盘酱猪蹄，大家各走各的门路，各有各的绝活，各显各的神通，各找各的靠山，什么八大菜系，十大菜系，自有人包装化妆，自有人爱惜领养，鬼才等你一锅烩着吃大锅饭。

快过年了，今年不知能不能吃上久违的猪头肉。

马齿苋

马齿苋者，野草也。贴地伏生，黑子黄花，厚叶丰汁，形似马齿以名。性滑利具清热解毒之功。

"尧之时，十日并出。焦禾稼，杀草木，而民无所食。尧乃使羿，上射十日。"羿开弓日落，箭无虚发，顷时九日崩落，止余一日也。

日殂，寰球寒酷，人间冰封，万物皆亡矣。方是时，羿性起，弓满月，箭在弦，孤日危在须臾。有马齿苋者，腾空而起，驾云向日，以红梗绿叶密遮之，普天尽墨，伸手勿视。或蔽羿目，箭发失的盲射矣，擦日而过。羿力竭，日幸存一，万物欣然，而马齿苋俱为灰土也。

日感其恩，曝之不枯，旱以不萎，涝而不亡，根断弃道，十日犹生，人或曰长命菜。

至伟如斯，而昔为猪草，今为人菜。日知图报，人畜竞食，不亦悲呼？

宝 蟾

某年溽热，挑灯出屋以避暑，月明星稀，风静树止。持书翻阅，俄顷蚊蝇虫蛾麇集，有疑苦思待解，时有飞蛾向灯，盖与余共解乎？清风徐来，果然若有所得，神清气爽，击掌庆贺。举首时，惊见前有黑物，前腿迈而后爪静，左足行而右勿随，慢慢吞吞，似树懒攀枝，颤颤巍巍，犹耄耋持杖，一步一挪，老态龙钟，蹒跚踅至吾前，乃蟾蜍之巨者也。敛气并足未敢小动，慄以观，疣丘密布，墨然也，体型过掌，庞然也，环目周视，惕然也，端踱方步，悠然也，状比秃鳄，瘆然也。神物如是，岂非弃月下凡哉？蟾径至墙角，定睛向蛾，长舌一卷，伸颈鼓目而吞，风卷狼吞，蛾蝇顿消，蟾饱餐而去，余兴犹未尽。其迅、其捷、其敏、其猛，摧枯拉朽，不及转睛，虎踞龙盘，判如两物，肃然敬畏矣。

次日语于家人，相约以观。蟾夜复至，果如吾言。皆呼奇，弟惧，持砖欲向，吾急制，父曰："巨蟾如是，乃宝蟾也，蜍之精也，万物皆有灵，不可妄动。"邻叟捻须叹曰："壮哉，蛤公。老夫年逾古稀，无缘弗识。"音未落，壁虎现，蟾蜍挺肢怒目以抛舌，全无笨姿拙态，势同暴风骤雨，壁虎首尾异处，尽入蟾腹。众皆心悸失色。

是夏，蟾每如约至，或为食，或有灵，伴吾于左右，而吾之学渐长。秋雨连绵之时，移灯归室，其终不知何往，宁归天宫耶兮？

石 狮

大学图书馆前，蹲狮一双，威风凛凛，昂然尽责，恭迎八方才俊，阅尽校园春色矣。与狮合影者众，宁借王气，欲为学霸乎？有红裙女，捧书观狮良久，自拍若干无去意，视之抚之，若有所思，岂有疑惑邪？俄顷，师至。女款款向前，求雄雌之辨术。师慨然曰："石狮者，瑞兽也，由来久矣。置于宫府桥坊之前，貌有威、怒、喜、乐诸态，宣威也，辟邪也，祈祥也，示贵也。狮顶盘髻之多寡，彰尊显要，不可僭越滥雕矣。狮之雄雌，古有定制，位取左公右母之势，口呈雄张雌闭之貌，形摹戏球护崽之状也。"女茅塞顿开，颔首致谢。师言犹未尽，指狮再曰："然则，辨此雄雌，别有良法。"师欲言又止，女愿闻其祥，复言道："汝观其下体，可也。"言毕径去。女循指躬身，扶镜而视，赫然横陈者，雄兮壮哉，狮之阳物也。惶惶乎，倏然面赤，无地容矣。

狮愠，吼曰："彼师也，余岂匪哉？尔孜孜以求，余舍身垂范，奈何百视无睹之？"

抓地虎

抓地虎，野草也。其貌不扬，道旁地垄可见。贴地生，茎细叶小花无色，主根出处，四向展蔓，类煎饼者。茎蔓有节，节处皆生毛根，伏地紧抓，犹铺砖矣。摧之，一根起而余根固，数茎断而余茎存，盘根错节，根深蒂固，一草即百草也。根繁胜旱涝，色淡人无采，牛羊难得啃食，伸手不得捥拽，其生处，占地为王，百草难存，故谓之曰草虎也。抓地虎者，或呼为爬地虎，此虎诚非彼虎，然坐地之虎者，尤猛于虎也。

兔爷传

兔爷者，天之瑞兽，月之精灵，嫦娥之御，广寒宫神将也。耳长目赤，须横唇瓣，慈悲素餐，正襟危坐，诚真爷矣。

耳长者，广闻也，处天宫之远，犹知人间疾苦。京师昔有瘟疫，尸殍横野，爷乘风持杵，降凡而医之，人皆得救，而夜不得眠者，尽月也，故目赤耳。时世多冤屈，兔爷两耳高耸，聪闻九声，三唇联动，嘴发六音，数案并决，威仪呈八面，公断讼决，一无谬差矣。

凡十二神兽者，人为之生肖也，龙幻牛巨，虎猛马捷，鼠警鸡准，犬忠羊顺，猴敏豚厚，而特以兔爷为尊，列队排阵，拜其为帅，天尊布事发令，脚跺于地，声震于天，惊堂之木天生也。虎为座椅，龙作锦幛，玉带缠腰，不怒而自威，挎刀持杵，无寒而颤栗。

恶魔雄霸，兔爷与之战。深思熟虑，攻防案必三，赏罚分明，亲疏不他欺，机谋尚断，进退不得测，攻则虎驱前，龙殿后，牛马鼎力，鸡犬奋勇，是以百战百胜，众山呼福将万万岁。

昔有崇长耳为福之俗，实慕兔爷之能也。中秋月朗之夜，皆面为材、泥为料，抟雕兔形祭之，以感其恩，敬其功，戴其德，报其善，是俗尤以京都为甚，帝倡皇旨，千百年来，未尝异也。

牛肉

　　儿子说最近老吃猪肉、鸡肉，腻，要吃牛肉。儿子下了命令，我每天在菜市场转悠，不是忘了买，就是牛肉不好。领导批评：从来不把最高领导的指示放到心上，抓紧把牛肉买来，考虑好是炖着吃还是炒着吃。我们这一带的菜市，只有两家卖牛羊肉，号称"大厂牛羊肉"，虽是两家，实是弟兄俩开的，近来不知哪根筋抽的，牛肉不是质差，就是量少，常见顾客和他们生气理论。我看他俩獐头鼠脑，颇不顺眼，今天趁着得闲，便坐车直奔牛街而去。选好牛肉，24 元一斤，买了 7 斤。回家铺案操刀，切成大块小块，放了花椒大料葱姜蒜，大火烧开，慢火煨炖，家里走廊便香气四溢起来。

　　小时候家里极少买生牛肉自己做来吃，可能是不会烹调，或很少有卖。但记忆中，我吃牛肉的经历，可以推到很小的时候，印象中是在邻村的樊大爷家吃的，他大概会宰杀，把煮过的牛头、牛尾、下水、筋疙瘩之类的碎肉，放在一个盆里，我和弟兄们玩得饿了，就在盆里捡几块肉搁在嘴里，只是嚼啊嚼啊半天也嚼不烂，便生生吞了下去，虽耐饥，但费劲，没觉着好吃，不如猪羊肉。牛肯定是人民公社的，那些想吃而没有吃到的鲜嫩牛肉，应该是送到县食品公司加工销售，没准还上了首都人民的餐桌。

　　过去农村生产队都有大牲畜，养了不少马和驴，一般驴拉平车，马拉大车。马和驴的另一功用是让他们尽情繁殖，所以牲畜饲养场里最多的是骡子，骡子力大皮实，性格相对温和，什么活都能干，尽管出身非驴非马，不伦不类，相貌地位有点尴尬，真正的伪娘女汉子，却是牲畜里的宠儿。而牛则养得少，记得牛只在犁地的时候才能看见它的身影，一如大众的印象，勤勤恳恳，任劳任怨，不知疲倦地劳作，只是步履缓慢，很少用牛套车远足，这样我们这些喜欢乱跑的孩子就少了和牛亲近的机会。

　　一段时间，我爱去饲养场玩，有个灰叫驴总是精神抖擞，昂首独唱。一个叫海海的人，学驴叫学得惟妙惟肖，竟能撩拨得灰叫驴也引吭高歌，驴声此起彼伏，难分伯仲，众驴马们则侧耳倾听这天籁之音。倘若海海蹬上星光大道，嚎上几嗓子，这不知算不算才艺表扬。当然，春天里遇上好日子，也会有其他激烈精彩的大戏可免费观赏，特别夺人眼球，叹为观止。

　　有几年父亲在砖厂干活，脱坯的土要用平车一车车地运来，拉车的牲畜就是牛。那时常在砖厂玩耍，跟在牛车后面，常常乐此不疲地撵着追着。牛有两个，一个黑的一个黄底白花色的。我喜欢黑牛，最爱摸牛脖子底下象黑缎一样下坠的光滑棉柔的牛皮，牛不干活的时候，爱卧在一旁，不停地倒刍，很是悠闲自得，一副幸福满足享受时光的模样，只是牛嘴满是白沫，少些美感。我还有一个癖好，就是乐看牛在倒刍吞咽时，料草沿着脖颈蠕动下滑进牛肚里的样子，常常将卧牛赶起来，让它做吞咽动作的表演，当然这是要付小费的，所谓小费就是大把青嫩的野草。

　　砖厂打瓦的耿叔让我猜过一个谜语："一个铜瓢瓢，里外有毛毛"。猜对就让我在他打瓦的转机上玩，猜不对就要我给牛去拔草。我半天没有猜得，只得给牛拔了一捆青草，边看牛做吞咽表演，边等他的答案。他抽了一口烟，眨巴着小眼告我："是牛耳朵"。我说："不对呀，这牛黑不溜秋的，怎么就是铜瓢瓢了，成了黄色耳朵？"耿叔笑道："我明明说的是大黄牛的耳朵嘛。"

当时村子里确实有头黄色的大犍牛，身壮健硕，犄角弯弯，虎脑狮头，四肢粗壮，但性格有点特别，号称：牛身子马性子驴脾气，虽然平时不会犁地干活，拉车又因肚子大进不了车辕，只干一样拿手痛快而又乐意的俏活——配种。所以，一贯自命不凡，趾高气扬，洋洋自得。它的回头率颇高，我们一群孩子是它的粉丝，而惊心动魄的工作，更是常常引来众人围观，方圆几十公里都有它的儿孙，十代同堂也不夸张，算是牛世界里的大佬，另类的劳动模范，真正的牛逼哄哄。大概是因为老了，尽管它对异性还兴致勃勃，但毕竟力不从心，大黄牛再也不能气贯长虹酣畅淋漓地尽兴表演，居然鞭长莫及，有了几次无功而返丢人现眼的败绩，而它的鸿运随着解放军叔叔在我们村子里驻扎，也彻底走到了尽头。

村支书说，既然它没啥用场，就让它表达全体社员对解放军战士的情义吧。当时集体的大牲畜是生产力的重要部分，不能随意宰杀，解放军驻扎在村子里是村子的光荣，又理应表示，在得到公社的许可后，这头老牛就承担了这一光荣的历史使命。

宰杀大犍牛时，我曾和一群大人小孩看热闹，记得是在菜园附近的西坡上，西坡上有两个老杨树，人们将老黄牛牵来，把牛首和牛蹄捆绑在树上。大概老黄牛知道众人没安啥好心，四下围定息声敛气不再是看它的激情表演，牛眼圆睁，鼻喷粗气，弓腰刨地，牛尾乱甩，从喉咙深处哞哞发出低沉的吼叫。

杀房的老喜，提着长刀向牛走去，刀在牛脖子上一抹，血便喷涌出来，四周的人下意识四散躲避，老喜招呼人们松解捆牛的绳子，准备将牛放倒，黄牛站立不动，只是甩着耷拉的脑袋。老喜大喊着要几个后生用绳子拉牛，这边老喜喊着，那边已有人使劲拉拽绳子，只见老黄牛像座小山般轰然倒地，却将躲闪不及的老喜，一下子压在牛身底下，听得咔嚓一声脆响，看热闹的我们大吃一惊，人们踩着血水七手八脚将龇牙咧嘴的老喜从拼命挣扎的黄牛底下拖出，却见老喜站不起来，被人抬出。后来才知是小腿骨折。与此同时，有人抓紧将牛头斩割下来，以防四蹄乱蹬的黄牛突然站了起来。老黄牛英雄一世，最后把全身完全彻底地都贡献给了解放军叔叔，后来听大人们说部队将牛肉折合了钱，补偿了大队。那天，我们几个小鬼在煮肉的大铁锅边，苦守了好几个时辰，作为奖赏，得到了几个长长的肋骨和一根粗壮的前腿，尽管没有多少肉，毕竟聊胜于无，扛着啃着，还是傻乐了不小的工夫，多年过去了，此事还常被人提及。如今想来，牛肋和鸡肋没有质的区别，倘若那夜曹操将牛肋作为口令，那爱显摆的杨修或可多为丞相服务几年。

随着改革开放的不断推进，各行各业的专业户数量猛增，杀砍大牲畜的杀房，早已屡见不鲜，遍地开花。某年，村里弃用的小学校出租给一个外地的杀牛屠户，操场上拴着好多头黑的白的黄的花的无精打彩的老牛。需要宰杀时，即把牛牵进一个黑屋，一人站在牛前，操起铁锤，趁牛不备，朝牛的天灵盖上猛砸，一锤，牛先是昏头涨脑地晃头，接着又是一锤，好像它明白了怎么回事，刚要做出挣扎反抗的神态时，更加凶狠、致命、灭顶的第三锤，已经如雷灌顶，手收锤起的时候，牛便轰然倒地了，接着割头、剥皮——大概大餐都得从血腥开始，要吃大餐就得心狠。但现场看了几次血腥残忍的宰杀，一段时间，我对牛肉基本没了胃口。

山西在内陆省份，畜牧业还算小有规模，晋北一带有众多牧场，养有不少奶牛和肉牛。而晋南著名的万荣大黄牛，是全国五大良种黄牛。晋中的平遥文水一带，则遍布杀房，以牛生的终点站闻名遐迩，四邻八县的老牛基本都在这里汇集，并了结残生。而"平遥牛肉"更是行销全国，走向了世界。某年我邂逅一个专卖平遥牛肉的贩子，他说："平遥牛肉贵在水土，只有平遥两个乡的水煮出的牛肉，才是正宗的平遥风味的牛肉，出了这两个乡，同样的牛肉、工艺和师傅，煮出的肉就不是那么回事了。"据说加工平遥牛肉只加粗盐一种调料，唯此大粒粗盐方独得其味。这种粗盐，过去一般都是铲刮当地盐碱地的表土，土法熬制而成。我们上小学时，还经常碰见赶着平车，四处铲刮地皮的人，如今早已不见。一度风传有用工业硝盐煮肉的黑作坊，现在不知他们用的都是什么盐。

以后常吃牛肉，还是受我的回族同事张哥的影响。少小时，并无回族汉民的概念，当然也更没有回族饮食禁忌的常识，在省城上了学，学校设有回族灶，才知道了回族的饮食习惯。工作后，单位有不少回族工友，和他们朝夕相处，才更深地了解了他们的饮食文化，跟他们学做了不少清真菜肴，吃着他们炖的牛肉、羊肉，确实香糯可口，百吃不厌。

某年我和张哥专门到供应回族的牛羊肉厂购买牛肉，张哥给我讲了阿訇宰杀牛羊的讲究。我也跟着起哄买了几斤，提回去炖煮，但半天还是不烂，只好在高压锅里回锅，调料放了不少，但味道相差甚远。请教了张哥，又亲自煮了几次，便渐入佳境。对于炖肉下料火候一类，也有了自己的体会。我觉得炖牛肉主要是牛肉的自然鲜香，火候紧要，调味料品不宜过多，适可而止，否则适得其反。

多年来，老婆儿子已经吃惯了我炖的牛肉，饭店里的牛肉炒菜或牛肉面之类，总是真材实料的少，或加了嫩肉粉，不如在家里随心所欲、大快朵颐来得痛快放心。

我这边有一下没一下地在电脑上胡敲乱打，那边的牛肉锅里已飘出浓香。电视里连篇累牍地播放着钓鱼岛事件的进展和评论，喋喋不休地说美国如何，说日本如何，还说欧盟俄罗斯如何，很少说我们中国如何，只是抗议谴责，让人憋气胸闷，中国不知多会才能真正成为一头醒着的雄狮，摆脱老黄牛般辛劳一生任人宰割的命运。唉！一说这闹心的话题，连吃牛肉的兴致也大大减少了。

夜步紫竹院

　　近来妻子身上疲倦得紧，到医院查看，大夫夸张的表情，吓人的警告，使我们不由得紧张起来。最后检查的结果，和大夫的初步判断相去甚远，如风马牛之遥遥不及，始破涕为笑。但警钟还得长鸣，必须防微杜渐。大概最近忙乱得很，饮食不调，睡眠失时，焦躁烦闷，急火攻心吧，不妨把诸事放下，放慢节奏，这样我们的户外活动就多了起来。

　　长期以来，我一直绿色出行，步行上班，好处颇多。我将此方秘授与妻，她却时断时续，未能坚持。这样我便又拽了她，或是大早，或是傍晚，去大马路上散步，到学校操场溜达，在社区小道上遛弯，周边就天天有了我们的身影，个把小时下来，周身宽松，心情愉悦，一段时间以后，除了少看添堵的肥皂剧，于工作并无耽搁，身子渐渐舒坦起来。

　　一天，妻说到紫竹院吧，紫竹院里便多了我们相偕共步的身影。

　　在北京众多的公园里，紫竹院以万杆竹篁而个性鲜明，独树一帜，园子无贵族之气，有名士风尚。碧绿的松、竹，无处不有，使冬日的紫竹院并无萧条之色，雪后的松和竹，风骨尽现，更显出寒友的高傲不群。这里常年免费开放，晨起，瑜伽吊嗓子的、太极抖空竹的、溜冰踢毽子的、跳舞唱红歌的以及买卖土特产的人们，使这里少了寒意，多了热闹，使园子又显出平民本色。

一大早，我们绕着湖边渠堤步走，不多时便全身发热，一圈下来，已是微微出汗。两圈下来，收住脚步，周身通泰。细细品味一番"竹木无心节外偏生枝叶，藕虽有眼不染半点污泥"的对联，再和了节奏，吼上几嗓子，待汗落下，便回家早餐，开始了一天的工作。

晚饭后在紫竹院里步走，又是别有风味。消隐了白天的喧闹，远处楼房的万家灯火，更使整个园区舒缓安静幽深。我和妻全身心地放松，都按了自己的节律，沿着湖边小道，或闲步或急行，或暴走或慢跑，去了功利，少了杂念，偶有轻声慢语，尽闻唰唰步声。明月初上之时，朗月竹林照，万杆愈空灵，天地共一色，夫妻偕伴行。而在漆黑的夜，点点星斗，幽幽竹林，我们穿行其间，与大自然又浑然一体，不仅活动了肢体，还涤荡了疲惫的心灵。正乃步因路崎无高低，景随目移自不同。一月下来，夜间步走似更有事半功倍之效，我们便尽舍了其他的地方，更加偏爱紫竹院，更加偏爱于紫竹院的夜步。

上天既赐予我们双腿，除让我们威武而立，最多的还是步行。这步行于肢体健全的人，实属本能，最无技术含量，举足之劳，人人可为，双腿托了我们东奔西踮，自是多为稻粱之谋，天天踮来走去，并无特别之处。但正如 T 形台上的猫步，运动场上的竞走，千古笑谈的邯郸学步，救女心切的暴走妈妈，你的走姿不同，目标不同，结果就不同，"走"这一简单至极的本能肢体动作，便添了色彩，多了谈资，增了希望，有了意义，也就与众不同，甚至神圣起来。

诸事皆然。

说趣

　　《说文》曰：趣者，疾也。形声。从走，取声。本义通"趋"，走向，趋向也；进而引为奔之捷、走之态也。

　　今言趣者，特指情趣、志趣，谓人之心性也。乃情之所系，志之所向，心之所往，身之所力者也，兴趣存，志趣生，情趣有，乐趣在，以愉悦矣，以畅志矣，以自得矣。倪然偶得，奇趣也；意料之外，妙趣也；恰如其分，巧趣也；迥然有别，异趣也；浑然一体，神趣也；哑然失笑，谐趣也。皆趣之极矣，神乎其神，妙不可言，乃技也、艺也、能也。趣为大雅者成，趣为识之者存，趣为悦之者在，趣为有缘者得，识之得之，其韵十足，其味耐品，似饮醇醪，如食甘饴，令人如醉如痴，欲飘欲仙，慰之于心，悦之于颜也。无趣者无心，无心者无识，无识焉得之？咫尺天涯，熟视无睹，味同嚼蜡，素然无味也。

　　趣有天下与共者，亦因人、因地、因时而异耳，彼人为趣，此人非也，彼地为趣，此地非也，彼时为趣，此时非也，时势异之，情势使然。是故，趣有诗趣、风趣之别，亦有雅趣、谐趣之分，影相雕琢，词曲歌赋，体育游戏，百工之能，各得妙趣也。趣同而志合，识趣而知人。异趣则陌路，寡趣者情郁也。趣者何来兮？曰来乎心，曰来乎能，曰来乎物，曰来乎人。佳趣天成，先天所赐，后天颐养，积功所得矣。所谓趣者，犹如宠物，非养无精，非养不妙，无养则涸，无养则亡，善养者，以情灌之，以心食之，以人仆之，以时耗之可矣。趣者何益兮？趣兴者，能之始也，乐之生也，情之畅也。有怀者得之，得趣者自乐，自乐者有成，有成者怡然，怡然者长寿也。遇事睹物，饶有兴趣，趣意盎然，奇趣迭出，妙趣横生，则无往不胜也。

　　夫趣之相异，难与同伍，难与共事，难与合谋也。无趣者无聊，无趣者无乐，无趣者无成也。恶习非趣，趣之天敌也，予言南山头，汝曰城门楼，强求力迫之，类同东施效颦，邯郸学步，不异南辕北辙，背道而驰乎？

股
市

股　市

　　股市者，股票发行、交易之所也。产于欧美，兴于全球，由来百十余年也。享经济寒暑表、道德试金石之誉。其阴晴难料，丰欠叵测，人称股民之赌场，合法之博戏。又以黑幕重重、暗箱累累故，有散户绞肉机，股民惊梦床，庄家狼牙棒，机构收割机诸谓。民往庙宇者拜神也，民往青楼者玩乐也，民往股市者求利也。股市所买卖者，非一针一线，亦非股票耳，乃经验、知识、信息，亦希望、直觉、内幕也。市值勃然坚挺者，曰牛市，萎靡疲软者，曰熊市。股市之道者，在乎股市之外也，非单关乎经济强弱，乃诸政相角也，非单关乎一国盛衰，乃诸邦并掣也，非单关乎一业兴败，乃诸行互干矣，非单关乎一时涨跌，乃诸年兼顾矣。所谓千里蝶摇，山崩于前，万人山呼，咫尺不闻矣。其表以金钱为筹，实以胆略为介，运气为媒，心智为引，眼光为巧。无倚之望，乃纸上乾坤、虚拟富贵也，无基之期，乃画饼充饥、望梅解渴也，以无倚之望、无基之期，而贸然以进，侥幸以入，冲动交割，乃空中楼阁、水中朗月也。其汇普世之财，资少数之富，聚万身之膏，养几身之肥，散三代之积，供一掷之孙，解天下之袋，饱一户之囊，集万众之智，成一人之名，演义几多财富故事，生发多少灾难传奇也。败者，山崩海啸也，兴者，风助火势也。其危机四伏，云波诡谲，常人难识之，百年良机，稍纵即逝，凡夫难擒矣，犹水无一滴而瓢泼，风无一丝而浪涌，在无声处听惊雷，于寂静中轰霹雳。乍富乍穷者，小事耳，乍穷乍富者，故事也，侏儒巨人，弹指之间，骆驼瘦狗，须臾之际。向为大富豪之折戟处，潦倒客之翻身地，冒险家之欢乐园，阴谋家之提款机。诚众生万花筒，世情百宝箱者也。非为地狱比之阴，非为天堂比之乐，非为战场比之惨，非为黑道比之怖，非为戏剧比之妙也，确乎人生百态之鉴，世相五味之杯，慎入为上，不可不察也。

股　民

　　股市乃丛林之地，强者为王。而虎口夺食，王中之王也。出入股市者，股民也，财大气盛者，大户也，财薄胆壮者，散户也。光鲜以入，裸身而出者，财童也，神机妙算，盆满钵满者，股神也。而财童常有，股神鲜见。庄家常赢，散户少赚。所谓财不翼而飞，心不寒而栗，人人谈之色变者，乃常态耳。富不求而来，喜不期而遇，个个笑逐颜开者，则寡闻矣。有痴迷癫狂不能自拔者，七色单辨红绿，百事只通买卖，千字惟识涨跌，万言独谈股市也。且暮苦思冥想，全神盯盘辨线，闻涨矣，眉开眼笑窃喜偷乐，三九严寒如沐春风，追高涨似疯汉在裸奔；见跌矣，手颤腿软悲愁哀叹，炎炎三伏身坠冰窟，盼解套犹久旱祈甘露。而牛熊无常，喜怒有因。万贯之财，半日蒸腾，梦求之富，一夜临门。独享牛腩异香软糯，焉知熊爪尖利奢血邪！盼涨不涨，惧跌惨跌。谚曰：才抛又涨，悔青胃肠，加仓则涨，两眼放光，甫买即跌，大呼手欠，满盘皆绿，胸闷咳血也。其背时欠点者，理论不灵，秘诀无用，英雄空悲切，好汉走麦城，喟叹财运之多舛；其运来气顺者，宝盆在握，探囊取物，愚婆乐翻天，傻姑发横财，感恩菩萨之显灵。多少传奇多少梦，几家欢乐几家愁，一户功成万户枯，万人恸哭几人歌，实乃悲喜两重天，生死一念间也。噫吁戏，股市求财，犹前行虎山，而虎口夺食、与虎谋皮，何其难也哉？其财童兮？股神兮？滋味自知也。

谁替

　　首次听说 CT 是三十年前，约在 1982 年 12 月或 1983 年的 1 月，我和同事去成都出差，由太原到西安再倒车去成都。那次我们先从华阴下车，去了西岳华山，山风很大，寒冷刺骨，时降大雪，银装素裹，在登顶华山漫长陡峭的山路上，除了我俩的脚印，只碰见一个挑着生活用品的道人，我们在山顶花五角钱吃了一小碗清水煮挂面，通常这样的挂面不足三分钱，所以记忆深刻，当天就下山了。为了留个纪念，曾在自古华山一条路的险要处，让守候于此的看山人高价照了张合影，一个月后收到了一张模糊不清的黑白底片，这大概是我饱受景点欺诈的开端。

　　到西安后，我们游览了碑林、大雁塔等几个著名景点，并和同事看望了他的姑姑、姑父，他的姑父是第四军医大的高干，就住在医大家属院内，饭毕闲聊时，她姑姑说医大刚进口了一台"谁替"，她们全身做了检查，两口子身体很好。在送我们出来的路上，她姑姑指着一幢建筑说，那就是"谁替"室。只见道旁一个牌子上，两个黑黑的 CT 字母十分醒目，原来"谁替"是 CT，这是我第一次听说 CT。之后不断听说 CT 这个词，也渐渐知道了它的含义，若干年后，太原的大医院里也有了这样的宝贝设备，消息灵通人士说这是外国的二手设备，但要用二手的设备做一次一手的扫描检查，一是费用昂贵，二是预约困难，真正有病需做一次CT，要费很大的周折。

进入九十年代，我岳母，我父亲因病多次做过CT，当时做CT已经简单，基本在两三天后就能做上，只是CT的结果让人痛不欲生。

1998年的时候，我有了一次终生难忘的CT经历。那些年我因工作关系，和某医院的领导和医务处的人员熟稔，曾陪同一位肺癌术后的老领导去医院复查，算是真正领教了CT的威力。

医务处的陈主任热情地对我说："有没有不舒服的地方，一并做个检查吧。"

我说："别的没啥，只是腰部时有不适。"

陈主任道："怕是腰椎间盘突出，可以做一个确诊一下。"

由此我生平首次享受了这种高科技医疗设备的照映。因有陈主任做内应全程陪同，一切非常简单顺利，按照约定的时间，几日后我到CT室去取结果。CT室李主任恰好也在，他核对了一遍姓名后将片子递给我。

我问道："结果怎样？"

李主任说："老的没啥事，年轻的有些问题。"又道："年轻的是谁？"

我心中一紧："是我，有啥问题？"

李主任一愣，欲止又言道："胸腺有点问题，要结合临床大夫诊断才能确诊。"

我抽出单子一看，上面潦草写有"胸腺瘤"等字，并打着问号。

我找到陈主任，陈主任当即带我到胸外科找医生，医生反复看了片子，又问我身体状况，是否两腿发软之类，最后道："不好说，建议到肿瘤医院确诊。"

从医院出来时，正好碰上好友刘军，刘军见我拿着CT片子，细问端详，我详情以告，刘军宽慰道："问题不大，别急，肿瘤医院有熟人。"当即联系起来，并定好了看病时间。

数日后，我和刘军来到肿瘤医院，找到他的关系小崔，一同来到 CT 室，请放射科王主任高诊。王主任五十多岁，一头银发，清瘦但精神，据说是山西阅片第一高人，他的办公室周边围满了等待阅片的人，我们进去时，小崔给我使了眼色，我一看是玻璃板下压着一个醒目的纸条："凡阅片者一律收费五十元"。我交了费，递上片子。

王主任看得很仔细，最后说："这 CT 机子不错，只是片子拍得不怎的，最好在肿瘤医院再拍一个。"我只好答应下来，那就再拍一个吧。有了王主任的条子，第二天就可以 CT，本次检查大约交费六七百元。

做检查时，我约了朋友张哥一同前往。CT 室外病人家属一大堆，叫到我的名字时，为增强影像质量，护士嘱我喝了很多的水，并用一个从未见过的特大针管，在我的臂上注射了一大管子的药水，注完后只觉浑身发热，不久就进去做 CT 了。因是二进宫了，按要求熟练地摘手表、脱衣服，平躺在机器上，几条红线扫来，左旋右转嗡嗡地响过之后，便结束了检查。回返的路上，张哥见我默然，极力宽慰我："年纪轻轻，身强力壮，哪有什么毛病！"

次日，我和刘军早早来到医院，取出了片子和诊断报告，上面仍有疑似胸腺瘤的字样，仔细看报告上也有王主任的签名，显然王主任阅过片子。我们去 CT 办公室内又找到王主任，他说："基本能定是胸腺瘤，不过是良性的。"理由是我 36 岁，胸腺应该萎缩，但我的胸腺体积依然较大，有些反常，并建议我们找外科大夫诊治。

小崔马上打通内线电话联系，那头说，水平最高的胸外科魏主任现在手术，大概中午才能出来，要我们等待或改日再来。我们决定等待，并邀请小崔共进午餐，小崔谢绝后自去忙碌。留下我和刘军，也没有胃口吃饭，便蹲在门诊楼外面的一棵松树下，聊些闲话消磨时间。大概刘军看我压力很大，便说些宽心的话，一直劝慰我。并说他曾咨询过小崔，说良性的不要紧，做个手术切掉即可。

记得那次刘军还和我说起张某和任某的一些糗事，以分散我的注意力，而我那时心情着实很糟，思忖诸方面刚有好转，信心满满地准备开拓进取，不想遭此一劫，母亲年迈，儿子尚未入学，情绪不由得十分低落。但又抱着一线希望，强打精神等着魏主任给个说法。

快十二点时小崔即带我们守候在魏主任办公室外，十二点半时魏主任从手术室回来，小崔和他说明来意，魏主任点点头，接过片子在阅片板上反复细看："我看是胸腺瘤，可以肯定。只能是手术，越快越好，免得恶变。"并给我们比划手术的方法："就是将胸骨柄劈开，把胸腺瘤拿掉即可，不算太大的手术，但也不是小手术。"

我当时有点发懵。记得刘军问怎么个劈法？魏主任仰头看看我道："拿斧子啊，打麻药，不会受罪。"在他侃侃而谈的时候，不知多会进来的一位患者家属叹口气接茬道："人啊，吃五谷没有不得病的，得了病还要看是啥病，得了不好的病，还要看是早期晚期，能不能手术，能手术也得看在什么部位，真是老天爷唉！"大概她见我们身强力壮的，以为我们也是家属，言毕见我们面无表情、都不吭声，感觉到异样，知道不该多嘴，悻悻而去。魏主任拍着我的肩膀道："小伙子没事，放宽心。"还说，要住院可以找他。

结论有了：良性胸腺瘤，治疗方法是行胸外科手术。越快越好，以免恶变。按照那个多嘴人的言辞：病不大紧，只是部位较差，治疗方法凶险。

下午我没去单位，直接回家倒头睡了，翻来覆去，枕上想了很多，并没有睡着。心想这得亏顺便做了 CT，否则，等养成了大病真不知如何是好！真该感谢陈主任。又想这没有任何感觉，浑身上下一身力气，怎么就要劈胸开膛地手术！起床喝水时，腰部隐隐困痛，又反复看了两张 CT 报告，原先要检查的腰椎间盘突出居然只字未提。

五点来钟，我就去幼儿园把儿子接了回来。通常情况下，儿子总是幼儿园里最后接走的孩子，见我早早去接，孩子欢天喜地，老师也是眉开眼笑。孩子并不急着回，和小朋友们玩起了滑梯，大汗淋漓，不亦乐乎。我也以从未有过的耐心，看着孩子玩耍，不说走，绝不走。

回家的路上，儿子还在兴高采烈地讲他们幼儿班的事，并要各种各样的玩具，我都一一满足，从他兴奋的眼神中能看出，他大概奇怪一向严肃的我，怎么如此和颜悦色了，我则考虑这事怎么去和妻说。

到家时妻已在，她正拿着我的片子和报告翻看。今天不知她为何也早早回了家。见我回来，她忙问我 CT 的事。

我假装没事，轻松地说："本想沾点光检查一下，谁知还真有点小毛病。"

妻说："还小毛病，这明明写着瘤呢！"说着眼泪就下来了。

最近几年里，她妈和我爹相继离世，都是因为这个可恶的"瘤"字，妻和我时在医院伺汤奉药，对这肿瘤自是略知一二，谈之色变，畏之如虎，更是恨之入骨。妻坚持要我住院手术，以绝后患。我再三告知是良性，待进一步确诊后再说。

同学小武的母亲即在肿瘤医院工作，当年为了父亲的就诊没少麻烦阿姨，小武时在外地，得知情况之后，甚表关切，回来后即找医院的朋友帮我诊治，所言与前诉大同小异。

接下来的几天里，我和妻带着片子，先后到医学院附属一院二院和省人民医院求诊，得到的结论并不统一，有时相反。在二院我托同学小东找到著名的胸外科专家，他说基本可以确定是胸腺瘤，并风趣地说手术没啥风险，他们的副院长就是此病，手术后恢复得很好，还继续作他的副院长。

但我并不想做副院长乃至院长之类，只想有个好身体。妻还是坚持尽快手术，一举拿下，斩草除根，而我则无论如何不相信有此等病患。

我们并不死心，既心存侥幸，期盼奇迹，又不想听之任之，坐以待毙，在处置的方案上纠结争吵，各持己见。我以为情况不明就开膛剖肚，无异于引颈就戮，本能地排斥抵触，并继续托人咨询诊断，妻却宁信其有，不信其无，暗中准备着入院钱款。一天我和妻再次去了肿瘤医院，挂了一个刘姓主任的号，他反复看了片子，了解了我去其他医院诊断的情况，让我连续地蹲下、起来，上下楼梯，问我喘不喘？累不累？我一一否定。他最后肯定地说："小伙子，以我的判断，你这不是胸腺瘤，你就没有病，之所以胸腺较常人大一些，可能是个体的差异，你如果不作 CT，就不可能知道你胸腺的情况，也就没有这一系列的麻烦，听我的，没事。"

听着刘主任话语，我早已情不自禁，眼泪夺眶而出。连续多日里，这是我听到的最肯定的答复，也是最最动听受用的诊断，比天籁还要天籁的中国之声。二十多年了，刘主任自信的身影历历在目，妻挽着我共同拭泪的情景仿若昨日。

连日的请假外出，引起了同事和领导的警觉，他们纷纷关心地问我有什么事情，以便一起帮忙，经过刘主任的高诊，我的心情已大为好转，便据实以告，大家欢呼雀跃，逼我请客。

我的回族张哥，听闻此事后，半天没有吭声，没人的时候和我说："这个问题不能大意，还得重视。"他还说他表哥在北京某大医院当医生，恰好是胸外科大夫，名头很响，他愿陪我去趟北京。

某日，我和张哥带着汾酒陈醋等山西特产，登上了赴京的列车，一夜过后，已是首都的地面。我们打车前往医院，付费时车费昂贵，细问才知上的是皇冠车，属于豪华系列，价格自然翻倍的。

我们在病房找到了他的表哥刘医生，看样子刘医生四十多岁，正当年，也是太原人，态度不温不火，一副医生面对患者的职业派头，刘医生问明情况，又仔细阅片后说："我看还是胸腺瘤的可能性要大，为确保无误，请我们医院的 CT 主任会诊。"说着写了条子，并挂了电话。

　　不远处就是 CT 室，CT 主任是个年逾六旬的老大夫，他让我们挂了号，便一会儿戴眼镜，一会儿摘眼镜，认真仔细地研究起来，大约有半个小时。最后说："我看不像是胸腺瘤，因为胸腺瘤是个实体的东西，而这更像空心的管状的组织。所以我的判断不像是瘤体。"并郑重其事地在报告纸上写下了他的判断。

　　我们拿着他的诊断报告，回到病房找到刘医生，刘医生说："我坚持我的判断，但到底是什么，只能是手术后取出来最后化验定夺，如果想在我们医院手术，我可以安排。"

　　又是模棱两可的结论，让人六神无主。我们言说在北京手术不太方便，便拜谢告辞了。

　　那天，安顿好旅店，草草吃了午饭，一看时间还早，我和张哥商量着奔北京肿瘤医院而去。北京有多个肿瘤医院，我们去的是位于潘家园附近中科院下属的那家，属于最大最好的肿瘤专科医院。赶巧还有专家号，我们在挂号口，居然看到围棋高手刘小光也在那里排队，看样子是给家人挂号，这让喜好围棋的张哥颇为兴奋。

　　看胸外科的人不多，我们挂的是副主任医师的号，门外就有各个专家的简介，据介绍我们求诊的医师很年轻，但学历高，在有关胸外科疾病的诊断方面经验丰富。正看着，里面已经叫号。看医生本人比照片还要年轻。他和其他医生一样，问情况，看片子，最后说："我看没问题，是个囊肿一类的东西，顶多是个脂肪瘤，不用管它。"

　　并笑道："你跑了这么多医院，无非是不放心，当然每个医院每个医生的结论不太一样，甚至相反，你最想听的就是没病的结论，今天我就告诉你，没事的，你不要再跑了。"没错，这样的结论确是我最爱听的。我也不愿意跑啊！

从医院出来后，我和张哥就近到天坛公园转了转，记得当时已是十月底，但公园依然郁郁葱葱，游人众多，生机盎然，全无萧条之色，心情大为好转，只是天公不美，落下雨点，降了兴致。

这趟京城就医，基本和太原相似，三个大夫，好消息与坏消息二比一的比例，自欺欺人也罢，尊重大夫也罢，这样的结论勉强尚可接受，但本该一腔热血的胸膛里，挂着这个说不清道不明的东西，不去想，又不得不想，想了，又不知如何是好，总是让人提心吊胆，疑神疑鬼，压抑郁闷，像大山一般，压得你吐血。

那时我们去北京很方便，因公出差也不少，期间我拿着片子又去过一趟肿瘤医院，另找一位专家高诊，但这次大夫却说："你干脆住院吧，住院后全面细致地检查一次。"

两年多忐忑不安的求诊经历，让我万分苦恼。我们的机关楼内，挤着二百多人，有十几个高血糖患者，长的近六十，少的二十多，有吃药的有打针的。另有数量可观的高血压、心脏病、脂肪肝以及肝功能异常者，还有一个肾功能衰竭做透析治疗的，当然隔个一年半载就有职工或家属查出胃癌、肺癌。但是几乎没有一人知道胸腔里面，还有一个叫胸腺的器官，以及在人体中的作用，更不知它在人体中由大到小逐渐萎缩的过程，听说过胸腺瘤的更是除我而外绝无仅有，悲催的是，我和它竟有了不解之缘，而且两年多的时间，我和家属跑了多家医院，麻烦了不少朋友，看了十几个专家，到底有没有这个毛病，居然没有定论，更谈不上治疗。此时我才深感所谓的专家和高科技皆有自己的局限，而将一件事关人命的大事托付于具有局限的机器和人员，在模棱两可似是而非的判断面前，要做好正确的决策和靠谱的选择是多么困难，所谓的举重若轻不过是事不关己的感叹，真正泰山压顶的时候，柴棍岂能力抗。不靠谱的拍板，盲从式的定案，冲动性的决断，情绪化的举措，都是自杀性质的灭顶之灾。

这一半似噩耗半霹雳的消息，渐次传入外地亲人的耳朵，他们或小心求证，或到家探视，或支招献计，我在苦恼中麻木，在麻木中厌烦。那些日子，我背负着这个恶魔，念之忧之，思之恨之，如影随形，挥之不去，瞻前顾后，计无全策，今天被希望抛弃，明天在绝望中期待，有时强颜欢笑，有时有苦难言，只好全身心地投入到工作之中，在失望恐惧和希望中徘徊，其苦恼无奈难以尽言。

领导大概看出了我的情绪，安排我去长岛疗养，期间我和张哥游蓬莱，逛威海，登泰山，谒孔庙，品海鲜，访古迹，美则美也，快则快也，爽则爽也，乐则乐也，不想一烦未了，一苦又至，别生出另一个忧心忡忡的事端，此处按下不表。

2001 年底，单位安排到京学习，我带上全套就医资料，在学习的间隙到著名的 301 医院就诊，张哥听闻后专程赴京陪同，我们挂了胸外科的号，大夫是个年龄较大的教授级的老大夫，他问询情况后说，问题不大，上次 CT 已经三年，建议重新作个 CT。征得我的同意后，开具了 CT 单，并给我留下他的手机号。

我按时做了 CT，程序和方法与山西雷同，近二千元的费用，依然包含着锹把粗细的一大管药水。301 也是次日才能取报告，利用这个间隙，我们又挂了另外一个胸外科专家的号，原来此专家是胸外科的主任。我说明情况，他反复看了片子，用力和我掰手腕，又让我下蹲，我连续做了几十个下蹲起立的动作，直到他喊停时方止。他笑道，没事，胸腺若有问题都伴随着重症肌无力，你臂、腿四肢的力量不比我差，影像上也没有问题。放心吧。

第二天，北京刮起了罕见的大风，气温骤降，黄尘迷漫，风沙滚滚，寒冷刺骨，在京出差的老徐知情后，顶风冒寒，与我们早早来到医院。取 CT 报告的大约有十几个人，大概是太冷了，大伙在

CT 室窗口挤作一团，有穿旧式军大衣的老军人，也有穿鸭绒衣的地方患者，场面混乱。一个六十多岁军人样式的老者大声道："大伙不要挤，咱们不比谁第一个取片子，咱比谁的 CT 报告没问题。"或许大伙品出了话中的滋味，这一嗓子还真管用，混乱的窗口一下排成了小队。

工作人员上岗后，片子只几分钟便取完搞定，但护士遍寻就是不见我的袋子，纳闷间又看了我的提取单，似有所悟道："你的报告应该在主任室，请到主任室去取，他现在正在。"我找到主任室时，隔窗见一个四十来岁的军人端坐在写字台前，敲门说明来意，原来他就是主任。

主任说："你的片子我们多人进行了会诊，我们的意见是没有问题。你就放心吧，我们的 CT 机子是世界一流的，我们的诊疗队伍也是高水平的，看你的病历资料，你跑过不少医院，这么多年来吃了不少苦，花了不少钱，今天来到了 301 医院，你就哪里也不用去了，就当什么事也没有发生。"

出了 301 医院，天还很冷，风还很大，但我精神抖擞，血脉膨胀，从胸腔的最深处飞出了一句金子般的肺腑之言：去你的胸腺瘤！对我而言，这数九寒天的年底，分明已是和风丽日五彩斑斓的四月春天。

走，东来顺。

母亲戒烟心隐忧

腊月二十九一早，小弟就打电话要接我们到榆次，十点时分一家三口如约而至，小侄子一身新装，个子略长，还是那样活泼顽皮可爱。

旧历的年底，毕竟最像年底。高层的阳台，挂满了灯笼，空中弥漫着硝烟的气息，半消未尽的雪地上，落满了红红的纸屑，此起彼伏的鞭炮声，声声敲心坎。榆太路两侧，白雪皑皑，一派北国风光，不足半个小时，到达榆次。

小弟家住四楼，我们一行六人踢哩跶拉的脚步声，就算预先向老母报到了。进了家门，不见母亲的身影，想必又在厨房忙个不停。进得厨房，母亲果然在那里洗菜，听着儿子孙子的欢声笑语，脸上溢满了笑容。

母亲属牛，今年已是 75 岁。近些年，老人家夏天在介休住老宅平房，冬季在榆次和小弟一家住楼房，平时通电话，看视频，感觉老母底气足，声音亮，面色好，身体尚可。今见真容，也和过去一般无异。子女见了老母，走完了各项嘘寒问暖的规定程序之后，我们便开炒吃饭。小弟准备的鸡啊、鱼啊、蒸碗肉等都是成品半成品，不消半个小时，十来个菜就呼啸而至，小弟隆重请出了高人私家秘制的杨梅汾酒，色泽猩红，味道醇香，远胜竹叶青之妙，果然非比寻常，只是小可不胜酒力，欲饮不能，浅尝辄止。

吃罢饺子，小弟又泡起了传说中的金骏眉，醇香如薯，色泽似油，饮之沁人心脾，果然不同凡茶，有极品新贵之范。

对我这个粗人来言，一味追求品味，遵循茶道，小杯慢品，不如捧个大瓷杯，泡上张一元的花茶，喝得痛快淋漓。

吃饱喝足，婆姨拿出给老母的衣物，穿戴上身，大小合适，色彩喜庆，仿佛量身定制。我拿出两条北京香烟，递给母亲，谁想她摆摆手，说戒烟了。

母亲戒烟了！我心中窃喜。要知道她有近六十年的烟龄，烟瘾奇大，一早起来就手燃烟支，青烟缭绕，腾云驾雾，为了这没出息的嗜好，我们没少和她怄气，而且她有打麻将的癖好，七十多岁的人，打起麻将来常常废寝忘食，而这时更是她手不释牌，嘴不释烟的丑陋时刻，我儿从会说话的时候就会说他奶奶："抽烟、打麻将、喝茶、吃辣子"的习惯，2006年，母亲做胆结石手术后，曾短暂地戒过烟，大概半年时间又抽了起来。我们一方面给她讲抽烟的危害，讨厌她抽烟的毛病，另一方面又争先恐后地给她提供燃料。一般情况下，母亲只抽六七元一盒的烟，主要是红河、红旗渠之类，我们送给她好一些的烟，常常不舍得抽，被她去烟店换了其他牌子的烟。有时她不知好烟的实际价格，往往是二三百元的烟，换回两条五十来元的烟。知道自己吃亏后，又要郁闷好些日子，不免又要多抽几支，里外受着损失。如今母亲能够戒掉一辈子的坏习惯，我们怎么能不高兴呢！

谁想母亲却说："不能抽了，头晕，一抽烟就更晕。"听母亲这般言说，高兴得心气荡然无存，心底不由沉重起来。

小弟说："年前做过检查，脑CT、血系列化验，没啥大问题，只是血脂、胆固醇有点高。"边说边拿出化验单、检查单和口服药，我一看，所谓的高也不过是临界值而已，基本正常。口服药主要是降压、降脂、活血化瘀之类。

母亲怕我们担心，只说前一阵子感冒，是没好利索，没有大碍。

媳妇听后道："没事，晚上给您刮刮痧，肯定管用。"

我的媳妇有三好：好为人师，好为人媒，好为人医，这好为人师是职业，好为人媒是客串，好为人医是受电视的影响。我一有腰酸背痛，媳妇便请出穴位图，按图索位，拿个牛角刮痧板，狠命地刮，刮完还要煞有介事地点穴，没有少折磨我，但暂时的疼痛之后是浑身的轻快。

晚饭后，我和小弟他们在客厅边准备初一的饺子，边有一眼没一眼地看着索然无味的春晚，里间则是媳妇在她婆婆身上大施拳脚，间或传出老母疼痛的呻吟声。我正忙着接发拜年的短信，里间传来媳妇的喊叫声，我跑进里屋，却是老母晕得更加厉害，伴有恶心，媳妇怯怯地站在旁边，像做错事的孩子，细问端详，方知可能是刮完痧后，起得猛了。一家老小守在老母床前，不知所措。十来分钟后，老母安静下来，似头晕、恶心渐渐缓解，我们便一同撤出。

媳妇对包饺子完全没了心思，一会叫我进去看看老母，我说没事！待确认后，心稍安定，等老母起床后，惴惴不安的心才掉进肚里。

我说："有行医执照吗？让你瞎鼓捣！"

零点时分，龙年如约而至！小弟侄子他们下楼放起了鞭炮，整个市区烟花灿烂、震耳欲聋。媳妇低低和我说道："刚才妈好吓人。"胳膊却把两条烟碰到了地上。

捡起两条烟，我倒想让老母抽烟起来，多年来我知道，她想抽的时候，一定是身体不错的时候，她不想抽的时候，往往就是伤风感冒的时候，但愿她能戒了烟，身体还无大碍。我在心里不由默念起来：愿老母春节快乐、龙年大吉、身体健康、幸福长寿！

钱大娘晒幸福

　　小弟家里宽敞明亮，冬天暖气热得还得开窗进行宏观调控，所以天一凉，老母就到小弟家里去住，起初老母不愿去，嫌在楼房里憋闷，去了又老闹嚷着回老家，前几年一般大年前就回去了，但今年却连续住了四个多月。原来是老母新结识了几个老人，每天在一起打打麻将，其中还有个钱大娘是老乡，老人们在一起打牌，输赢不超二三十元，说说笑笑，热热闹闹，漫长的日子就在牌声笑语、烟雾茶影里流走了，沉闷的生活豁然敞亮了起来。

　　当人手不齐凑不成牌局的时候，老妈和钱大娘互有走动，一来二去，也有了了解。

　　钱大娘是东村人，位置坐落于介平两个方言区的过渡带上，她和我们的口音近乎相同，但也有那么几个音调不一，不过二者的区别只有我们当地人才能分辨出来，钱大娘生有三个姑娘两个儿子，老伴几年前已经去世，三个姑娘在老家，大儿子在派出所当所长，二儿子开了个汽修厂，几个外孙在厂子里当技工修车。原先钱大娘在二儿子家里住，因为厂子里忙，就让她去了大儿子家，但时间不长钱大娘就不愿意在大儿子家住了，主要是她和儿媳妇不对付。按钱大娘的话说，大儿媳是妖精、白骨精，每天就知道捯饬打扮，描眉画眼，抹搽得和鬼一样。儿媳妇嫌婆婆小气土气老气，钱大娘嫌儿媳洋气鬼气妖气。不久婆媳俩就将复杂的心理活动，全部挪移到了肢体动作和眼神鼻息之上。

比如婆婆看到罐头瓶饮料桶都喜欢得不行，攒下以备将来派个用场，这些破烂废品之类的东西哪能进入媳妇的法眼，自是见一个扔一个，见两个扔一对，儿子媳妇都告大娘不要攒，没有用。但说了几次效果不佳，大娘背着媳妇依然故我，把个橱柜塞得满满当当。气得媳妇恨不得把大娘也扔掉。大儿子看出了两人的冷战有逐渐升级的态势，既害怕母亲委屈，又怕媳妇搞事，导致局势失控，便想着两头讨好，无奈处理起婆媳的矛盾，比管理辖区的治安还要费劲。

据说大儿子的大舅哥在省府办公厅工作，所长的位置就全赖舅哥的运作，将来冲击局领导的宝座，少不了再次麻烦舅哥，所以大儿媳一向飞扬跋扈，大儿子遇事能忍则忍，眼看婆媳就要爆发热战，便暂且忍了这闲气，没有对恩人的妹妹发作，干脆给老妈买了一处房子，由此钱大娘和我家老母以及几个老人成了邻居兼牌友。

这钱大娘在农村生养了五个孩子，穷苦了一生，近几年才小米熬到锅沿上，时来运转，过上了衣食无忧的日子，虽然大娘一人在此单过，儿女隔三岔五过来眊瞧，每个人过来都提着水果牛奶营养品，家里堆满了吃喝，但钱大娘过惯了省吃俭用缝缝补补的穷日子，对于这样的福气竟然不会安排了，依然故我、保持传统，过着粗茶淡饭的光景，孩子们过来看到没有吃喝的东西快要烂掉过期，便扔了旧的换成新的，同时不免将她数落一顿，完全应验了那句老话——乍富不知新受用。

不过时间一长，钱大娘还是有了积极回应，她开始享用上了喝牛奶、吃水果、吞钙片的幸福生活，可能是怕好好的东西白扔了可惜，或许是品出了滋味，或许是孤闷，也可能是返老孩童，钱大娘的做派渐渐地与日俱进、发展深化，搭上了时尚末班车，懂得晒幸福了。

梳理总结钱大娘晒幸福的方式，大约和山西梆子的唱念做打一样，也有固定的格式和套路。

一是喝。钱大娘麻将打得挺高，但在牌场上一般不上桌，只站在一旁看，实在人手不够才凑个数玩玩，大娘出来进去都要手捧一盒牛奶，盒里插着吸管，大约半点二十时分吸溜一口，有意无意间露出盒子的标志，今天是蓝盒的，明天是黄盒的，在一干众人的注目礼下，一盒牛奶从日上三竿能坚持喝到日落西沉。

二是试。钱大娘常常换穿儿女孝敬的新装，只是衣服是估摸着买的，穿在大娘身上不是大就是小，不是艳就是老，大娘常在小区里遛弯，更多是在健身场旁晒着太阳，看人们抓了运动器材，气喘吁吁地无事忙碌，钱大娘不时拽一拽新衣服的下摆，抚平上面的皱褶，并主动上前和人攀谈衣服的款式颜色价格，见对方有了反应，便在寒风中，将身上的衣服麻利地脱下，让人试穿，不过应者寥寥，很是让大娘失落。

三是吃。钱大娘家里的冰箱塞得满满的，她轻易不吃别人的东西，也不礼让别人吃水果喝茶啥的。不过和别人聊起吃喝，她会见缝插针地上嘴，积极介绍自己的饮食心得，比如吃鱼麻烦，刺儿太多，螃蟹没肉，都是壳子等等。前一程子，大娘不慎摔了一下，儿子们带她做了检查，还好，骨头没事。但医生嘱其补钙，孩子们给她送来了善存片，让其口服，又怕她不喝，谎告她二百多元一瓶。这么贵的药岂能埋没，钱大娘有事没事兜里都揣着这瓶子药，走起路来让药片哗哗哗地给她伴奏，只要药瓶响，大家就知道钱大娘驾到。大娘吃完一瓶，让孩子们捎来一瓶，自此孩子们再不为她吃不吃药而操心费事了。

四是看。凡是去钱大娘家里的，大约都能得到一种特殊的礼遇，就是欣赏大娘的芳影玉照。原来大娘珍藏一本影集，里面收录着她一大家子争气出息的儿子孙子外孙子，当然也有让她堵心的白骨精。来了客人之后，大娘都要耐心地指点，这个是谁，在哪上班，那个是谁，在何处高就。不过介绍得最多最细的还是她几年前去山东看海，到北京看皇宫的照片。末了总要感慨一番：大海真大。皇宫的顶子真黄。火车看不到火。飞机一下子就飞起来啦等等。

五是问。钱大娘还爱和年轻人拉呱，询问年轻人上班没有，做啥工作。她几乎向所有搭讪过的年轻人，都采访过同一个问题："你出过国没有？"如果得到肯定的回答，钱大娘赶紧追问，是日本吗？但得到的回答总是让大娘郁闷。原来钱大娘有一个从小看大的外孙，如今在日本定居。清明小长假时，她还问到了我，我说没有去过。大娘立马说，她外孙子在日本，一个月能挣好几万，不过日本人杀人放火坏着呢！她拉着我的手道："你到日本后，代我看看我的外孙，我外孙的名字叫马强。"

现在春暖花开了，不知钱大娘是不是回老家去住了。

门房

　　牛大娘随当教师的姑娘来到 L 城后，整日无所事事，窝在楼里憋闷得难受。女儿女婿各忙各的，外孙上了初中，回家就是做作业，再不像以前互动。她喜欢的事，孩子们没兴趣，孩子们乐和的事，她不待见。这样日子就很难熬了，她一天到晚向姑娘抱怨：来到 L 城不如老家敞亮，就和坐牢一样。不时闹喊着要回老家。大娘的老伴去世早，三个儿女都已经成家。儿子在北京、小女儿在成都，大女儿所在的 L 城虽没有出省，离老家最近，但也有二百多公里。老家只有三间瓦房、一眼水井、二棵柳树，还有几个不咸不淡的亲戚，子女怎么安心她回去寡居？这成了大娘和儿女们的烦心事。

　　牛大娘会打麻将，以前在冬闲时节，和邻居们打，后来是过年时和孩子们打，但她不常打，偶一为之，只在三缺一时凑一手，有人要玩就让出来，在一旁忙自己的，不会去多看一眼，更不像一些人到了上瘾痴迷的程度。实际上她最讨厌打牌的人，她常说，几个人围在一张牌桌上，夹着烟卷抓牌，叼着烟卷看牌，一副二流子相，一会儿咳嗽，一会儿骂人，一会儿又放屁。满屋子乌烟瘴气，门窗都成烟囱了。她尤其讨厌五大三粗的壮劳力，不做工，不生意，甚也不干，每天趴在牌桌上，扒拉麻将磨指头，不会是啥正经人。一天遛弯时，牛大娘向老乡高婶道出了自己的苦闷。

高婶是麻将油子，每天和几个婆姨、老太耗在麻将桌上。几个铁杆牌友中，一个做了胆结石手术，一个去了美国，还有一个老伴得了脑血栓，窝在家里出不来，很是烫手的麻将桌，隔三岔五三缺一，和现时晚秋的天气一样冷清起来。见牛大娘如此苦闷，高婶撇嘴一笑道："和我们打牌吧。"

牛大娘她们住的宿舍区，实际上就一座楼，四个单元，九层，因为是大户型，没有几户人家，但因为有电梯，老人不少，老太太更多一些。这是学院的独栋宿舍，住的大部分是教师和教委的几个领导。宿舍区不大，门房却不小，有里外两间。高婶们的棋牌室就设在门房的里间。门房的老刘头是附近农村的村民，不到六十，头上寸草不生，小眼塌鼻阔嘴，但为人随和，手脚勤快，大门看得很紧，游商小贩、闲杂人员，都严加看管、禁止入内，门房和宿舍区卫生收拾得利利索索、干干净净。老伴刘婆子陪着他，帮他打扫整理，一起在门房做饭起居。这刘婆子喜打牌、爱热闹，一天把家里的麻将拿来，在门房支了个麻将桌，从此门房就成了宿舍区人气最旺的地方。

高婶、刘婆子的牌友都是楼里的老姐妹，每天午饭后开牌，晚饭前结束，纯属消磨时间。一年四季，几乎风雨无阻，一般的雷是打不散的。她们打牌也带一点小刺激，互有输赢，无伤大雅。当然，真正娱乐玩潇洒的人嫌这档次不够，真正赌博要钱的人嫌这浪费时间。因为观赏性、刺激性、娱乐性欠缺，场地所限，人多拥挤等原因，这里的人员相对固定，常打牌者五六人，常围观者三四人，一般有五人以上，七人以下。

高婶在牛大娘楼下扯起嗓子喊了几声，大娘就上了贼船。牛大娘过去在老家打牌的规矩，和 L 城小有区别，老家打的是平和，这里玩的是立四。牛大娘是有心人，高婶耳提面命指点了一把，别人也让着她，适应了一圈，就能跟上大家的脚步了。第一天下来，不仅愉快紧张地度过了四个小时，居然还有四块钱进账。对于这样的收入，大娘不很习惯，十分抵触，但高婶说："打麻将嘛，玩的就是输赢高低，赢了不好意思装，输了你一分也别想少掏，别后悔。"

渐渐地牛大娘迷上了麻将桌，再不嚷嚷回老家了。甚至碗筷也来不及收拾，就急急下楼，如约来到门房，当起泥瓦匠，和老姐妹们垒砌城墙。一段时间之后，居然慢慢品出了麻将的乐趣，并品出了麻将之外的味道。大娘看出，几个老太太虽然每天在一起玩牌，看似消磨时间，实际上对待打牌还是蛮认真的，不仅在牌桌上争赢赌输，还在牌桌底下暗暗地较劲。

这个牌桌，实际还是宿舍区的情报交换站，几个老太太边打牌边聊天，进进出出的人，谁谁是两口子，谁谁老家是什么地方的，谁谁在哪里上班，边上那家孩子过生日是在哪个饭店吃饭，谁家孩子结婚摆了几桌酒席，几单元的谁新买了汽车，几单元的谁家里闹了矛盾，四层的小子考上了名牌大学，二层的老张校长住院不到一周就命归西天等新闻逸事，都是在麻将桌上互通有无的。牛大娘大有牌桌半月胜似居家半载的感觉。按照牛大娘的品行，她不爱叨咕这些婆婆妈妈、打听别人家长里短，但各色消息直往耳朵里灌，你堵也堵不住。常来打牌的老住户胡姨，人们又叫胡老师，她识人多，交际多，活动多，爱说道，这些消息八成是胡老师传出的。

胡老师手腕上戴着一副银手镯，左腕粗，右腕细，花纹精美，银光闪闪，胡老师说，粗的在云南买的，细的在湖南买的，价格都近两千。另几个牌友，陈婶左腕戴手表，右腕结手串，郭大娘戴着一个翡翠手镯，高婶则戴着两个金戒指。几个人洗牌、起牌、打牌时，随着手腕、手指的伸展收放，每件精巧的饰物有意无意间也共进同退，唯有牛大娘两手空空，双膊裸腕，一物尽无。

一日陈婶换了一条红色手串，等人的时候，摘下来在手里揉搓把玩，不时在鼻下嗅嗅。陈婶生性好夸饰爱显摆，诸事唯有她好，一切都是她对。打牌的时候，夸张地比画着肉老皮皱的胳膊，牛大娘从胡老师嘴里得知，陈婶在楼里买的是高价房，家里有钱，她有三个儿子，大儿子在公安局，二儿子在财政局，三儿子是倒腾文玩的商人，三个儿媳也不简单。腕上的手串都是价值不菲的俏货，没事的时候，陈婶煞有介事地手捻珠子，念念有词。她打牌还算规矩，不急不躁，但戴上新串以后，胳膊就会在空中腾云驾雾、任意停留，生怕辱没了她的手串。

　　这些可有可无的饰物，在牛大娘的眼里原本都是累赘，但她体会到了陈婶无处不在的高傲、得意、满足之后，她的裸腕，成了牌桌上的另类，眼前晃来晃去的手串手镯，大大迷离了她的眼神、影响了她的思维，连着几天都输了牌。牛大娘也是个要强的人，这使她很是不爽。闷闷不乐的她把心中的苦恼，和女儿说了出来。女儿女婿虽然都是普通教师，但周日假期都在培训机构任教，收入大大的有。女儿闻言，心领神会，二话没说，第二天就给了牛大娘一条金手链，说："戴上吧，据说能避邪"。牛大娘掂一掂很有些分量，也没问价钱，试戴了一下就褪了下来。说："有啥意思，太沉，胳膊都抬不动了"。说归说，晚上在被窝里，还是左戴了右戴，爱不释手，喜出望外，居然戴着手链进入梦乡。连着几天，她把金链装在口袋里，没好意思戴，又怕丢了，一会捏一下衣兜。但身上有了金链避邪，打牌的失误明显减少，一周以来的霉运就此打住，真应了她女儿的话：避邪。在女儿的催促下，十来天之后，牛大娘才腕戴金链，步进门房，但羞答答地以袖遮盖，不敢示人。当时天还热，大家都是半袖，唯独牛大娘袖口严实，脱离群众。隐约的金光，引起了高婶的注意，在高婶再三紧逼提示下，牛大娘才谦虚地解开袖口，撸起袖子，露出了金链的芳容。为了欣赏大娘的金链，大伙足足停了半把牌的功夫，你一句她一言，说得大娘不自在起来。不幸的是，这天牛大娘点背，金链子没给她带来牌运，反而一人独输，三人俱赢。但牛大娘从此再未赤膊上阵，金链再没离过手腕。一张小小的牌桌，各色麻将花花绿绿，牌友伸手间，手腕上金黄银白、翠绿乌黑，五彩缤纷，争奇斗艳，个个都成了大腕，真是大腕玩小牌，小菜一碟。

后来门房增加了一个牌友——乔姐，她先当了几个月的围观看客，在边上说说感慨支支招，缺人手的时候，就毛遂自荐，坐在了桌前。做了一段替补后，感到牌技能够出徒了，干脆就提前到场，当仁不让了。她左手无名指戴一个银色戒箍，据她说是花十元手工，用一元钢镚打制的，虽然体量身材没别人的壮观，但秀秀溜溜，伸出指头去，也是珠光宝气，聊胜于无。

高婶没啥讲究，人很随和，但有一个奢好，喜喝浓茶，每天打牌都带一把精致的泥砂壶，而且爱喝花茶，一揭壶盖茗香扑鼻。陈婶每天小心翼翼地提着一个石质水杯，但她不喝茶，说味苦，喝了胃酸，只喝白开水。陈婶曾特意给牛大娘介绍过这个神奇不凡的水杯，说是什么麦饭石磁化杯，有降糖消脂，延年益寿等等奇效。胡老师的茶缸是很老旧的搪瓷杯，上面有"敬祝毛主席万寿无疆"的红字，一看就有年头了。虽然缸子老旧，但这正是胡老师喝水的讲究之处，她有慢性咽炎，爱上火，隔三岔五闹嗓子，所以离不了水。老缸子里总是泡着半缸子中药，什么菊花、枸杞、胖大海、麦冬、金银花之类。她说，一天不喝可以，三天不喝就要炸嗓子、烂口疮。牌友个个缸子杯子地抱着，不仅有事干，还显得悠闲、自在、富态。

牛大娘也怕缺水上火，她对茶叶没有特别讲究，优劣不限，好赖皆可，但她不能喝温吞水，更不能喝凉水，所以平时拿着一个保温杯，里面随意放一撮茶叶，只是杯子保温性能太好，两圈牌打下来，里面的水还滚烫。对于喝茶，郭大娘是最讲究的人，她的茶杯是普通的小玻璃杯，但里面的茶叶不是正山小种就是金骏眉，茶汤或金黄或枣红，都是牛大娘见所未见闻所未闻的名茶。高贵油亮的色彩和从未体验的味道，掀开了大娘尘封已久的好奇心，她让女儿给她买了一些来品尝，果然味道深厚，色彩高贵，口感绵醇。

郭大娘玩牌时，如起了好牌，准备大和一把，却被人点炮搅局后，爱说一句："夜光杯泡柳叶，白瞎了"。牛大娘一直不解何意。这时她仿佛明白了郭大娘的心情。门房里喝茶的人一多，老刘头就基本成了兼职茶炉工了。住一楼的高婶家快成公共厕所了。

牛大娘平时爱干净，在老家时，孩子们的衣服不管有无补丁，粗布毛料都打理得干干净净，个个显得精精神神。但她有一个习惯，只穿布鞋不穿皮鞋。以前是买不起，后来是不爱穿，慢慢成了习惯。她说皮鞋价贵、脚重、上油麻烦、不舒服。牛大娘她们打麻将时，牌时常会掉到地上，捡的时候，她发现了一个重大问题，牌桌底下牌友们的脚，或摇晃，或微动，或自然踩地，穿的都是皮鞋、旅游鞋，唯独她穿的是布鞋，特别是高婶，几双不同款式的旅游鞋轮换着穿，打牌时两只脚不停地晃悠。高婶几次提示过牛大娘，让她买双旅游鞋穿。牛大娘不明其意，未置可否。现在她腕戴大粗手链，脚登黑灰布鞋，突然深感头重脚轻，确实不般配、不协调。

有句话说："任何他人的要求，都没有内心的冲动更有力量。"要强的牛大娘暗下决心，准备换鞋，次日上午就相约高婶，在市场买了皮鞋、旅游鞋各一双，直接就把旅游鞋穿了回来，鞋轻便，时尚，合脚，穿上果然焕然一新，精神了很多。但回家后，电视里正放一档养生节目，说老年人要多穿棉布鞋，方便，透气，暖和，随脚云云。这使牛大娘对自己的布鞋重新增添了信心。她把自己的发现告诉了高婶她们，高婶道："也对，我儿子在北京买过老北京布鞋，老贵了，听说北京不少有钱人都穿。"不知是牛大娘、高婶的对话起了作用，还是天气转暖的原因，一天，高婶牛大娘几个不约而同，居然都穿上了老布鞋，这着实让牛大娘得意了一阵。

看牌的人中，有个老张，七十来岁，长髯白须、鹤发童颜，他从来不打牌，实际也不看，只是在门房凑热闹，他有严重脚疾，平时出来，一手拿一个高马扎，一手挂一个拐棍，大概两个手不得闲，也不随身带什么杯子之类。老张不大说话，但嘴不闲，酷爱嗑瓜子，南瓜子、葵花子、西瓜子、油麻子，花生豆，一天一样，轮换地嗑，只有一样好，瓜子皮吐到一个塑料袋里，临走时带走扔掉，不惹人厌，瓜子皮有时会掉在白须上，不过他有一个好习惯，每隔几分钟就拢一拢，倒也干净。但牛大娘看不上他，一是看着他的山羊胡子觉着脏，二是听他叽叽地嗑瓜子觉着烦，牛大娘的牙多一半已然坏掉，早就不嗑瓜子了，她纳闷，老张磕一下午瓜子，为啥不渴？一大把年纪，牙为啥不掉？

胡老师则取笑说："把老张的胡须借一把，安在老刘头的秃瓢上，一好变两好，皆大欢喜。"

老刘头说："那可舍不得。"

老张只是嗑瓜子，顶多笑笑，依然一言不发。

乔姐长得肥肥壮壮，不知是近视还是老花，戴副眼镜，说话粗声大气，性子急。高婶、陈姨出牌慢，她不等别人把牌打出去就要起牌，手指在牌垛牙口上，不时接起来摸摸、看看，失望或兴奋溢于言表，等上家把牌打出，恰巧又被下家碰掉，把她恼得气急败坏，而她的牌又插得凌乱，打错牌的情况时有发生，等别人起了牌或碰掉时，才知坏了大事，悔之晚矣，牛大娘最爱看乔姐懊恼的样子。

乔姐烟瘾颇大，打牌的时候抽得更多，这让其她几个不抽烟的人很是讨厌，但乔姐满不在乎，不仅想抽就抽，而且烟灰乱弹，烟蒂乱扔，边抽烟边咳嗽，咳得麻将牌上唾沫星子乱飞，吓得人们赶紧捂住自己的杯子、水壶。乔姐平时喝水少，也不带杯子，但渴了不管是谁的杯子抓起来就喝，一般人们都防着她，只有牛大娘不予提防。一次乔姐吃了喜饭，可能肉吃多了，口渴难耐，不管三七二十一，抓起牛大娘的杯子就喝，不成想水温太高，喝水太急，一入口就喷了出来，直呼烫死了、烫死了。众人捧腹大笑，也算整治了她一回。

还有一个王姓老太也抽烟，她不常玩，算是牌桌的替补队员，王老太打得一手好牌，年龄八十整岁，满口假牙，头发尽白，看上去清清爽爽，她头脑灵活，眼疾手快，几乎每打必赢，不过她心脏有些毛病，腿脚也不便，每次得由孩子们用轮椅推送。她平时提着一个手袋。里面钥匙、茶杯、香蕉、苹果、点心、烟卷、急救药、衣服，一应俱全，牌散后就坐在一旁，边吃水果点心，边等孩子们来接。只要天气晴好，就日日如此。不过她抽烟极少，一日两根，中午下午各一根。而下午的这根，一般被她隆重地安排在散牌之后，在门房就地解决。她抽烟时，颇有仪式感，先是慢悠悠地从手袋里，将烟盒，火机拿出，独自把玩一通，再取出一根烟卷，捏来捏去，看人们走得差不多了，啪的一声打着火，歪着脑袋在长长的火苗头上点着，坐在轮椅里深深地品吸，特别享受的模样。老刘头一开始见她火机的火苗老长，直怕她燎了眉毛，要给她调短，她就是不肯。她说："这样好，红火。"气得刘婆子直白他。时间一长，人们慢慢也就习惯了。烟品抽完了，推轮椅的孝子贤孙也到了，王老太带走赢下的三元五块，留下一屋子的烟味，向老刘头刘婆子等人摆摆手，然后回家去养精蓄锐，准备来日再战。

一天，几人玩得正酣，胡老师突然神秘地说，外面那个女子是四单元李科长的相好。大家停住手中的牌，一起往外看，只见一个30左右的白衣女子，跟在李科长身后，快步往里走去。

乔姐说："送货上门来了。"

高婶对扫地的老刘头说："你也不问问，是干啥的？"众人大笑。

胡老师说："我们学校的，教历史。"

这天，陈婶先输后赢，身前堆了一把小票零钱，喜笑颜开，整了整准备装起来时，突然说她的二百元钱不见了。大家闻言都停住牌，让她慢点找，陈婶将衣兜翻了个遍，钥匙、手绢、餐巾纸、一毛五毛的钢镚、纸币都堆在麻将桌上，就是没有她说的二百元。

陈婶道："出门时才装兜里，哪也没去，怎就没了，你们谁见来着？"众人见她丢了钱着急，又如此讲话，纷纷表态撇清。

王老太说："我在椅子上就没动过，腰也没弯，没看见。"

胡老师说："我倒是捡过牌，也提了一下鞋，地下连一分钱也没有，别说二百块了。"

乔姐说："我才进来，一直站在牛大娘后面，啥也不知道。"

陈婶说："明明有二百块，我哪也没去，长翅膀不成？"

老刘头道："我倒是里外跑进跑出，可不能怀疑我。"

刘婆子看着老刘头道："把你美得，你迟手慢脚的，有一块钱，也轮不上你来捡，别说二百块了。"又对陈婶说："要不回去看看，是不是落在家了。"

陈婶还在嘟喃，但牌也打不下去了，径直回家去找了。乔姐正好补缺，几人重整旗鼓，继续鏖战。还好，一会儿陈婶返回门房，道："钱找到了，落家里了，赖我。"一场误会烟消云散。

一次，牛大娘、王老太、乔姐、高婶几个凑在一起玩牌，差点闹出人命。这几天人们看着乔姐精神不佳，少言寡语，还以为她想念儿子。原来乔姐前夫早年去世，唯一的儿子因盗窃判刑坐牢，儿媳带着孙女和细软回了娘家。乔姐在别人的说合下，和二单元的瘸腿老孙连当保姆带过日子凑合到了一起。大伙边打牌边打趣那个历史老师好些日子不见了。却见乔姐一反常态，手抓着牌突然就不动了，牛大娘催她快点出牌，也没有反应，高婶问她是不是和了，也不吱声。

王老太一看，马上说："有问题，可能是犯心梗、脑梗了。"

边说边赶紧在手袋里取出救心丸、丹参丸。见乔姐脸色泛青，没有反应，几人手忙脚乱给乔姐灌药，弄得麻将洒落一地。老刘头见状，赶紧去叫老孙，王老太意欲叫120急救，又怕老孙埋怨。老孙迟手慢脚，半天也下不来，王老太见状，催促高婶打120求救。得亏宿舍区离医院不远，老孙拐着腿来到门房刚问了情况，急救车也就赶到了，大夫一阵忙乱，拉上乔姐和老孙哇啦哇啦地奔医院去了。牛大娘从来没有见过这种阵势，悄悄问了一声医生，告曰："心梗。"吓得大娘的脸色不比乔姐好看。

乔姐住院这几天，一来人手不够，二来不知乔姐情况怎样，大家没有心情打牌，但都端着各自的水杯，来到门房，打探消息。老刘头说："老孙的儿子去过医院，说问题不大"。大家这才放下心来，重新支起摊子。一周之后，乔姐出了院，和好人一样，一天专程来到门房对大家表示感谢，以后时不时到门房来看看，不玩牌，也不抽烟了，但端起了水杯。人们说，全凭王老太临危不惧、指挥若定，要不事情就闹大了。

一天人们散牌后，有两人突然叫住牛大娘问话，说是纪委的，问她是不是经常见一个女性来找李科长。李科长和牛大娘一个单元，出出进进经常碰面，有时在电梯里也能碰到那个历史老师。大娘也不知纪委是干啥的，猜想是公家人，就按照来人的提示，如实做了介绍。后来就听说李科长被查办了。

此事不久，高婶和刘婆子因为玩牌闹起了别扭。却说刘婆子有心没肺爱热闹，但爱使性子，她还有个毛病，牌顺的时候，手舞足蹈，趾高气扬，大呼小叫，万般得意，手气欠佳的时候，就闷闷不乐，不干不净，口无遮拦，指桑骂槐，甚至扔牌摔牌，大家都看不惯她的做派，但因为老刘头每天烧水，刘婆子收拾卫生，都对付着她，不便发作，不予计较。

一天，刘婆子手气太差，半下午只和过一把，身上的零钱几乎都掏干净了。高婵坐庄时，刘婆子起牌就两白板，不慎跌倒露了牌，被高婵觑个正好，刘婆子一直想碰白板，但就是无人给打，自己又自摸不到第三张，很是窝火，逼得没办法，只好拆开搭子打掉，这边刘婆子刚打，那边高婵顺势将手里雪藏已久的白板打了出去。这还不算，那刘婆子刚起了一张烫手好牌，打出了二万，谁知那边高婵正等着嵌二万，一推牌和了，把个刘婆子气得。她把身上仅有的一块钢币掏出，还倒欠高婵五块。

高婵说："算了，没有就算了。"

刘婆子扯着嗓子喊老刘头拿钱，老刘头在外面就是不理。气得刘婆子把牌摔在了地上。

高婵道："不至于吧。"

刘婆子道："你这人打牌不规矩。偷看了我有两个白板，捏着自己的牌不打，以为我不知道。"

高婵道："怎说话，两张烂白板，平躺到桌上，谁看不见，金贵的大姑娘似的，还用偷看？"

眼看话茬不对，王老太赶紧劝了几句，看见二人不依不饶，索性坐在一旁吃她的水果去了。牛大娘见状收拾起麻将，拽着高婵回了家。

当然这点小事，是不可能影响老姐妹们打牌的热情的，第二天人们又团聚在门房。就这样，门房的麻将桌，成了几个老姐妹的圣地，每日如约朝拜。只是不知何故，好长时间不见郭大娘玩牌了。最后还是胡老师道出了原委：郭大娘的儿子被抓了。她儿子是学校的副校长，主管过后勤、基建，在工程、课桌、仪器招标时，拿了不该拿的钱。郭大娘八成知道儿子出事了。

郭大娘的事还没消停，老张就在门房消失了。好长时间人们才知道，老张的女儿女婿早被检察院带走了。这夫妻俩好生了得，原本是建设厅的处长，贪污受贿一千余万，早就登报上了电视，只是没人将这两个贪官和整天默默嗑瓜子的老张联系起来。老张到底知道不知道女儿女婿出事，他如今还在不在宿舍楼里居住，则没人知晓，也无人打听。

另外，陈婶也好长时间不来打牌了，按照陈婶一贯高调嘚瑟的品行，不到万不得已，她是不会缺席门房走秀的。最近国家反腐败的风声很紧，电视里整天报道打老虎拍苍蝇的新闻，难道陈婶家也出事了？但陈婶的孩子不在教育系统工作，胡老师打听不出她家的情况，人们不敢多想，更不敢去她家里察看。不过，好在麻将桌还能凑齐人数，每天门房里依旧人进人出，这些消息也没有影响老姐妹的心情，照例悠闲地捧着水杯，打着自己的麻将。而老刘头和刘婆子依然在宿舍区里忙忙碌碌。

但惊人的消息没有就此打住，人们突然发现，老刘头和刘婆子消失了，一夜之间门房挂了锁，个人物品连同麻将悉数清空，打电话则关机，看来是不干了，之前没有任何征兆。胡老师费了九牛二虎之力，才得知了内情，原来老刘头有个儿子在部队当官，提拔在望，前途远大，老两口每天之所以乐乐呵呵，精神抖擞，都是这个任团长的儿子当兴奋剂，据说最近他儿子也落马了，两口子受不了这个打击，回农村老家去了。

老刘头走得突然，暂无人员接替，门房锁了几天。没有了麻将桌，牛大娘她们无所事事，若有所失，空落落地不知如何是好。几个熟人捧着自己的杯子扯闲话，盼着赶快把麻将桌重新支起来。没有了老刘头，宿舍区顿时飞满了各色垃圾，人们议论纷纷，意见很大。

接替老刘头的是个四十来岁身单力薄的男子，胡子拉碴，蓬头垢面，人唤周老师。胡老师说，此人正是那个历史老师的老公，原先是化学老师。据说自从他老婆的事情公开之后，脑子受了刺激，不宜再登讲台，正好宿舍楼门房缺人，领导就将他的工作地点挪到了门房。周老师对进出宿舍的人们根本不理不问，更不清理宿舍区的卫生，每日呆坐在门房里看书，有时一天一包泡面，有时两天一个饼子。他爱清静，有谁一摁汽车喇叭，就急跳如雷。过去打麻将的地方堆了一些他的衣服和几个破纸箱子，墙上大大地写着几个分子式。学校领导有时到门房看看，给周老师提些要求，但收效不大，就此稀里糊涂地过了两个多月，周老师依然没有任何进步的迹象。胡老师说，人的脑子出了问题，可怜。

一日，高婶家居然进了贼，尽管没丢啥东西，但被翻了个乱七八糟，很是闹心。人们纷纷向领导提意见，要求换人，但还没有换的时候，却传来一个惊天消息，周老师死在门房了，可把大家吓坏了。公安的结论是排除他杀。胡老师说："周老师感情问题加精神问题加上门房就成了生命问题。"

接替周老师的是个呼姓胖子，和老刘头一样，老呼为人和蔼，认真负责，积极肯干。按照领导的指示，老呼来之前门房已经粉刷一新，夜夜灯火通明，里外收拾得利利落落，还新购了一张麻将桌，买了一副麻将牌。但人们路过门房的时候，都快步如飞，不敢停留，更没人进去玩牌。

王老太好久不见出来了，牛大娘、高婶、胡老师她们实在憋闷，就互相串个门，闲聊时经常念叨老刘头两口子。胡老师说，郭大娘因为儿子的事，得了尿失禁的毛病，一见外人就尿裤子，今后怕是打不成麻将了。但，还有没有什么惊天动地的消息在后头，几个老姐妹都不敢想象。又过了一个多月，胡老师听到了新的风声：牛大娘的女婿有可能提拔为副校长。但胡老师琢磨，此事不知成不成，即使成了，也难说是好事还是歹事，所以她强忍住没和牛大娘说。

得宠

一

自打养了一条金毛犬，我们开始操心小区及周边与狗狗有关的一切事物，重新打量这熟悉的陌生世界。小区却原来也属于快乐的宠物家园，单说狗狗，这里品种多，数量多，宠物店多，遛狗者多。烈性犬有罗威纳、黑背、狼青、藏獒，也有一只藏獒的串儿。温和一些的有边牧、古牧、苏牧、拉布拉多、金毛以及雪地三傻。最多的是泰迪、比熊、吉娃娃、柯基、柴犬、博美等小型犬，颜色更是黑白黄棕应有尽有。说实话，同在一个社区，大家关起门来做人，过着隔绝冷漠老死不相往来的都市生活，而狗狗明显比人善于交际，见面即亲密嗅闻，互致问候，刚一照面就滚到一起打成一片，令我等万物灵长们倍感惭愧，狗狗们敞开心扉、相见恨晚，主人只得卸下伪装，寒暄起来，汪汪俨然成了人类沟通的桥梁纽带。

小区中央有一近两百米长的小品景观，把前后数排楼房串联起来，中为小广场，以十二棵银杏树围圆，圆心处置一喷泉，中立撒尿童子，北筑四方木亭，亭前有水池，南设藤架两组，满挂紫藤、葡萄，南北之间开渠挖沟，蜿蜒曲折，小溪潺潺，拦石模坝，引水范瀑，而童子之尿即为小溪源头之一，沿岸堆砌巨石，野趣盎然，可坐可立，溪床以卵石砌底，水皱卵摇、鹊鸣林语，锦鲤戏水，孩童戏鱼，活力无限也。一年四季，这里居民甚多，雅称银杏小广场。

人们遛狗之余，常在方亭、藤架、银杏下聚合闲坐，铲屎官们常把狗狗们放手，任其打闹嬉戏，当然得此待遇者主要是泰迪一类小型犬，偶见成年稳重的金毛、阿拉斯加、拉布拉多等大中型犬也参与游戏，烈性犬严禁到此，个别精神紧张，敏感乖戾，胡乱狂吠的狗狗，则不受欢迎，洗心革面后，方可融入组织。

绝大部分狗狗干干净净、漂漂亮亮，不少汪汪穿着特制的宝宝衣，各色鞋子、帽子、坎肩、花衫争奇斗艳，萌宠俏皮，情趣盎然。几条狗狗的背带也是个性鲜明、文化味十足。上书："萌宠出没，小心避让""赤胆忠心，天地可鉴""总有坏人想害朕，我是特警我怕谁"，幽默搞笑、贴切恰当。

我家金毛名叫欢欢，来时四月龄，如今刚八个月。据悉，金毛乃外来犬种，祖籍英伦，血统高贵，智力高超，体形健美，耐高寒，喜游泳，善探寻，解人意，温顺忠厚，好训易养，多才多艺，人见人爱也，训之可任导盲巡回之职，尤以公犬项毛飘逸，相貌堂堂，扇尾潇洒，威风凛凛，刚柔兼济，德才兼备，得享犬类之尊，贵为宠界翘楚，有暖男之美誉，大江上下招摇，天南地北显赫，犬大显身手，世大行其道，人多为之痴狂，人兽同室，食资弥费，美图靓影风靡网络，成时代特色，领时尚风骚也。

和其他汪汪一样，欢欢特爱户外活动。她生物钟极准，晨五点醒，通常先梳理打扮自娱自乐一番，见主人依然酣睡，会通融一下，不予计较，但会旁敲侧击，将一应无声玩具整出各种动静，如果几次暗示之后主人依然故我，则舔舐脸颊脚丫，正式当面通知起床时间已到。倘若赖床继续装睡，则一跃上床，寻一柔软处躺下，并无二话，暗中较劲，看你几时起床。再若不然，一股温泉早先备足，随时奉送为你暖床。在欢欢的眼里，从来没有叫不醒的装睡之人。欢欢如此勤奋，我们也得自觉，在她的带动下，全家互帮共勉，克服了懒惰的恶习，日日早起，从不赖床。

一段时间，因为调皮顽劣，我们在笼子里关了她几次禁闭，故而得罪了欢欢，她自知寄人篱下、势单力薄，故不动声色，白天装淑女乖巧听话，却暗中蓄谋报复，悄然将晨起时间调到四点，你睡你的，她整她的，把一家人搞得精疲力竭、狼狈不堪。而欢欢早早醒来就是惦记着银杏小广场。就在此块福地，欢欢认识了兰蕙等众多汪汪，我也得识黄老师、小侯、老鹿、大张等一帮狗友。大家还建立了QQ群，互通信息，交流体会，共享靓图，倾吐情意，彼此以宠物名加爸妈称之，比如我就雅称欢欢爸，狗友们颇为开心。

欢欢属于幼犬，动作没轻没重、没大没小，俨然多动症患者，必须时刻重点防范，到了赏心悦目的小广场，倘若欲玩不得，必然上蹿下跳，左冲右突，且不时往人身上扑腾，所以，尽管热闹红火，一半时间主人只能牵紧绳套，以免捅下娄子。欢欢叼扯衣裤，啃噬牵绳，不依不饶，没完没了，人们则看热闹不嫌事大，笑看洋景，她却郁闷幽怨也。欢欢半岁以后，渐渐退却浮躁幼稚，懂得了接人待物的基本礼仪，特别是能在瞬间将貌似凶狠的啃咬变为温柔的舔舐，让人体会一下恐怖暴力与柔情蜜意营造出的冰火两重天的感觉。

欢欢甫一亮相，就受到了大伙的夸奖和欢迎，汪汪们互致问候，相见甚欢，在此，欢欢认识了迷你泰迪娇娇，他是小区体形最小的狗狗，灰色，体形刚刚过掌，不足二斤；认识了袖珍鹿犬丁丁，他是小区最精瘦的狗狗，四肢纤细光溜，模样介于小山羊小鹿之间，常在主人怀抱撒娇；认识了古牧犬好汉，好汉是小区个头最大的狗狗，灰白色皮毛，体形硕大，牛犊一般，让人望而生畏；以及面恶心善的高加索犬大熊。还认识了大毛、金子、将军、部长哥哥、丝丝、乐乐、兰蕙姐姐、坏小子平平、北霸天胖子等狗狗。在这里欢欢首次欣赏了几个明星狗狗的才艺表演，首次与三倍于己的阿拉斯加犬游戏，还首遭罗威纳犬的威胁，这里必将是她终生难忘的地方。

部长是两岁的公金毛，品相纯正，体健身强，主人为小龙。欢欢最喜和部长玩耍，部长抬腿投足雄健而文雅，张嘴露齿点到为止，寻物衔球互谅互让，戏耍打闹动作花哨，从不以大欺小，颇具绅士风度，同时部长有钻裆之好，玩累之时即立于主人胯下，只将脑袋露出，静观其他狗狗戏耍，极为滑稽搞笑。小龙知部长对欢欢情有独钟，多次向我给部长求婚，我笑而未答不置可否。

哈士奇淘淘对欢欢一见钟情，抱着欢欢拳击摔跤跳舞，但欢欢对他若即若离，感觉一般，不知是讨厌他的主人，还是讨厌他本尊，而与柴犬哥俩相处甚欢，玩起来就天昏地暗没完没了。但名叫"记者"的坏小子——拉布拉多犬，与人与狗戏耍，会毫无征兆突然之间发动攻击，猝不及防，甚为恐怖，被当作危险分子，判为不受欢迎的狗。欢欢在此也有委屈，一次被百十多斤的超级胖子金毛——将军踩到腹部，身心受到极大伤害，强烈抗议不算，居然绝食 36 个小时。

欢欢在此处最高的一块大青石上，意外享用过黄老师奖励的棒骨，故对此石情有独钟念念不忘，经常卧在上面翘首以盼守株待兔，有时直接躺在青石旁边的小木桥上，实景表演一夫当关万夫莫开的好戏，老幼悚然侧目，妇孺纷纷绕行，俨然车匪路霸似的。

一夜之间，春归大地，万紫千红，欢欢也是满面春风，与大家一道踏青赏春，只见她长嗅短闻，远眺近观，赏了花赏草、赏了人赏狗，春风得意，喜不自胜。有俊男美女想和欢欢合影存照，但它才下长木凳，又上高背椅，不是对花瓣沉思，就是对小虫出神，刚有一刻闲工夫，还得接见柴犬哥俩，故将所有美意谢绝，沉醉在和煦春风之中。

过往紫藤架时，路过一户底层住户，家养一条萨摩耶，白白净净，煞是漂亮，人们走过时，它寂然不动，倘有狗狗路过，不管品种大小，皆迅捷爬上窗台，以前蹄高频率猛力击打窗户，人和犬常常为之一震，时有顽童近前隔窗戏弄。据说其主人为一老太，患有脑血栓后遗症，行动不便，故只能将萨摩耶关了禁闭，与空巢老人一道，日日坐牢一般，孤苦难耐，受着老大的委屈，与欢欢相比，萨摩耶的春天显然是灰暗的四月。

与萨摩耶相反，兰蕙的春天色彩斑斓。兰蕙是只秋田犬，其黄白的毛色与电影明星八公类似，五官精致紧密，四肢修长挺拔，皮毛油亮，清秀俊朗，性情高冷，兰蕙步态轻盈，不紧不慢，而坐姿更为优雅，蹲坐之时，挺胸抬头，目光远视，前蹄稳拄，后蹄自然并拢，一丝不挂而绝无走光之虞。其尾巴永远翻卷着，与其他狗狗保持一定的距离，一副高高在上的冷酷模样，偶有嗅闻，不足几秒便背毛站立，呲牙低嗥。兰蕙的妈妈李姐，是个热情的川妹子，每见兰蕙不友好的行为举动，就要如此这般解释一番。但兰蕙最近一反常态，不仅友好地容纳接近她的汪汪，而且主动与其他汪汪打招呼，还我行我素，抗拒李姐的口令。李姐不免又得费些口舌："我家兰蕙闹狗了，真烦人。"闹狗的兰蕙成了超级明星，身后总有六七条追星族，怒弃主人怀抱，力攀兰蕙背脊，你争他抢，乱作一团。某日一条比熊循味而至，却不见兰蕙芳踪，只余鲜尿一滩，急得咿咿呀呀，如孩儿般哭泣，主人不知其意，横加斥责，小比熊不问青红皂白，嗅着尿泥，连汤带水啃吃起来。一条黑白花迷你牛头梗，步幅甚大，步态滑稽，而眼珠子更大，天天鼓着蛙眼疯跑，巧遇兰蕙后，意欲不轨，蛙眼一下就能扩展成牛眼，几欲迸出，被主人强行抱起。据说兰蕙近日大失淑女雅致，想法甚多，定力锐减，追求者一到，就方寸大乱，春心荡漾，意欲出轨私奔也。

彬彬是个雄松狮，兰舌矮腿，卷尾竖耳，长发凛然，皱面无情，是小区的明星犬之一，它不系绳套，带着主人刘妈自由自在地在小区的草坪里小道上墙脚处树荫下漫步，行人，孩童，飞鸟，猫咪，乃至各色狗狗，它都兴趣索然，既不彬彬有礼，也不蛮横霸道，与世无争见多识广的老江湖做派，它很少正眼瞧人，有时一眼睁，一眼闭，单眼瞧人，貌似看破红尘，一派藐视神态，俨然狗眼看人低的活注脚。彬彬每日两趟，例行公事般在小区的角角落落里巡视，顺便把大小便的问题解决。而刘妈也是面无表情，紧跟彬彬步伐，为彬彬保驾护航，彬彬快，她也快，彬彬慢，她也慢，彬彬卧地休息，她就为彬彬打理毛发，拿出一只宠物梳子，仔细梳理，将一丝丝绒毛，团成小团，装在随身携带的小袋里，丢到路过的垃圾桶。刘妈年近七十，是资深爱狗人士，日日起早贪黑为彬彬服务，鞍前马后，一丝不苟。她前后收养过四个汪汪。彬彬是她退休那年收养的，已有十三岁高龄，相当人类九十多岁。刘妈说：彬彬越来越不灵光了，牙齿尽落，耳聋眼花，每天须把狗粮用牛奶泡软，才能吞食，完成了例行巡视之后，回家倒头就睡，两耳不闻窗外事，温柔梦乡度光阴。

　　五一前后，人们好几日不曾得见彬彬，再见时却是眼神迷离，步履蹒跚，一副龙钟老态，才走了一小段，就在方亭台阶上趴下了。刘妈也精神萎靡，见了狗友说："唉，彬彬和我都感冒了。"大伙有一句没一句聊着闲言碎语，却见彬彬猛地站了起来，朝水边走去，步履矫健，精神抖擞。同时，树后传来了李姐的笑声，却见兰蕙迎面向彬彬走来。大家知道兰蕙这两天闹狗已近尾期，谁知彬彬眼花耳聋老寒腿，依然春心未泯，壮志不已，嗅着极品幽兰之气，犹如吸了海洛因，立马返老还童，意欲强登末班车也。大伙见状，哈哈大笑，刘妈骂道："老不正经，成天装聋作哑，闻到一点骚味，连命也不要了。"又道："这松狮最笨了，一辈子连个握手都不会，而这点爱好七老八十了都忘不了。"说罢，把彬彬强行按倒，拿起梳子，不紧不慢梳理起来。

　　方亭三面邻水，唯东边通路，东侧有棵柳树，是几个狗狗固定撒尿之处。艾瑞爱抬左腿，动作娴熟规范，动感十足；涛涛爱抬右腿，具芭蕾舞蹈风格，典雅高贵；兰蕙蹲踞而泄，循规蹈矩、谦逊儒雅；乐乐先抬左腿淋漓两点，然后一百八十度凌空快速旋转，再抬右腿抛洒两点，时尚前卫，推陈出新，前无古人后无来者，极具开拓进取精神，而宝宝却两腿并举，倒立而为，貌似给树输液，虽然难度甚高，但尿点也最高。宝宝尿点高，大伙儿笑点低，观之不免捧腹，成方亭一景。却说宝宝平时边撒尿边把二指禅给练了，或者说边练二指禅边撒尿，属于小型犬里的功夫小子江湖大哥，所以平时作风蛮横，爱唱高调，逮谁鸣谁，不可一世。而那棵柳树日日被几个狗狗滋润保养，自是根深叶茂，郁郁葱葱，惯看宠界春色，笑迎八面来风。

波波是新近乔迁的白色小狗，疑似泰迪和比熊的混血，两条棕红色的泪线格外醒目，波波趴卧时有如一只青蛙。主人是老鹿，年轻时当飞行员，摆弄过轰炸机、战斗机。听老鹿讲，波波也有过一段浪漫史。原先波波家与公园一路之隔，经常随老鹿晨练，老鹿摸太极，波波则树荫下养神。一天，老鹿一个套路下来，正在收纳丹田气息，未曾想，波波比飞机还快，不见了踪影，老鹿边喊边找，然终不知何往矣。老鹿原地等候三个小时，依然音信皆无，六年伙伴，一朝诀别，由不得闷闷不乐、满腹惆怅。

谁知波波神秘失踪十数日后，全须全毛安全回家，老鹿佯装生气，冷眼相待，不理不问，波波自知理屈，蜷缩一角，不吵不闹。让老鹿惊喜的是，波波此番私奔，空腹而去，满载而归，给他带回来一肚子礼物，两个月后，即为老鹿添了五个胖嘟嘟的小波波，可把老鹿两口忙乎了好些日子。现如今老鹿老了，再也伺候不了飞机，也没机会侍候波波的月子了，每天就在方亭的凳子上，铺一块浴巾，给波波按摩，边按边问：舒服不？舒服不？波波微闭双眼，作蛙趴之状，偶尔吐吐舌头，埋头享受，理都不理。

乖乖是条去势的灰泰迪，主人是来大姐，乖乖也是有故事的狗狗。乖乖九岁那年在宠物店洗澡，被服务员小潘发现只有一个睾丸，当小潘把这个惊天秘密告诉来大姐时，大姐圆瞪凤眼将信将疑，小潘说："我为狗狗服务，尽心尽责，四年之久，可以说阅狗无数，像你家这样的奇葩极品，也是仅见。"来大姐素常颇为自负高调，见宠物店给狗搓澡的服务员竟敢调侃她的爱宠，满脸不悦，回敬道："你才是一个睾丸的奇葩。"

某日，乖乖腹泻到医院诊治，来大姐顺便把小潘的发现言于大夫，请高诊明断，大夫手触眼观，哑然失笑："外观之确是一粒睾丸，但到底是几粒，还需进一步检查。"遂备皮 B 超，经隆重鉴定，乖乖实有蛋蛋两丸，是纯爷们无疑，只是两个原本该比邻而居的哥俩，一个安分守己克己奉公在囊内，一个无法无天上蹿下跳在腹腔。大夫说："这种情况，我们称之为隐睾，须手术切除，否则容易癌变。"乖乖见众人围观，瞪着萌眼伸着长舌呼呼地喘气，并不知自己的特异，更不知还要不清不白地挨刀。来大姐犹犹豫豫难下定断，大夫又对她说："狗狗九岁了才被他人发现异常，你这主人如此粗枝大叶，也太失职了。"大姐强颜苦笑，唯唯诺诺，自知粗心大意，待乖乖腹泻康复后，挑了一个黄道吉日，摘掉了乖乖的命根，算是排除了这个定时"炸蛋"。但失职的来大姐碍于颜面守口如瓶，两年之后，在他人再三追问之下，方解密公告。

小区的狗狗多，不少是老弱病残。一只斑点狗，两个后蹄只能迈着企鹅步子蹒跚。一个苏牧犬，前腿粗胀，踉踉跄跄，前肩处毛发尽脱，不离主人半步，原来这只可怜的苏牧，得了肿瘤。有只大金毛，已经十六岁高龄，患有严重骨质疏松症，曾经多次骨折，很少户外活动，偶见主人用床单兜着在楼下象征性地挪腾几步，老金毛英雄迟暮，两眼茫然，怕是去日无多。还有多只狗狗，患有眼疾，视力低下。一只小狗的后蹄则难以着地，艰难地拖行，走走停停。

而其主人也是腿脚不便的迟暮老者，滑稽的是狗与主人不仅表情步态有几分神似，而且脸型颇像，一个长瘦脸，一个瘦长脸，稀疏几根胡须，不知是否属于进化所致。长瘦脸的老者从不和人交流，狗狗也是自行其是，颇为神秘。李姐笑道："狗随主人，不是一家人不进一家门。"后来才知那狗名叫雪纳瑞。

一天，九号楼垃圾桶旁赫然横着一只苏牧尸体，清运垃圾的小伙子骂骂咧咧："养着当老婆当老公，死了就这么一扔，啥玩意。"老龚近前仔细察看说："不像小区的老汪汪，该是租赁户里的年轻人所为。"

小区的西北侧一带，盘踞着两黑三白五条土狗，一条黑狗体形最大，披着一身烂毡片，宛如一头袖珍牦牛，惯于使狠斗勇，是团伙骨干，其中一头白色母狗，两耳之中天生一个核桃大的黑点，是为团伙首领，也是"烂毡片"之母。它们早先露宿街头，同进共出，相依为命，隔三岔五在小区里四窜，不知谁在一棵槐树下，给它们搭起了一个帐篷，聊以遮风挡雨，惯有爱心人士送吃送喝，嘘寒问暖，倒也衣食无忧，逍遥自在，从此定居下来，后来有人又将简易帐篷翻盖成了木板房，越过了小康水平，一步登天，直接住进了别墅，更有好事者在狗窝上写上门牌号码：黑狗街白狗巷第001号。001号的主人虽然蓬头垢面、皮衣邋遢，但也个个健壮，更值得庆贺的是办了绿卡，由丧家之犬成为一方诸侯。去年还狗丁兴旺，添崽加口，满月不久就被居民和狗贩子哄抢，现在可能还在首都潜伏。几条狗狗家园意识强烈，团结一致，守土有责，只要其他狗辈靠近它们的地盘，五条土狗就会倾巢出动，狂吠恐吓，必欲击退而后已。牛姐说那几条流浪狗，她曾计划收养，还一度哄进家门，无奈这几个狗狗过惯了自由自在的日子，对牛姐的美意毫不领情，五条好汉思家心切，在头领黑点带领下，揭竿而起，暴动成功，列队荣归故里，气得牛姐说，真乃狗咬吕洞宾，不识好人心，本来是好意，狗眼看人低。

刘姐带着她家兰蕙，在001号别墅区路过几次，兰蕙被五狗追咬得狼狈逃窜，刘姐也差点摔倒。虽然事过多时，刘姐依然心有余悸，愤然道："几个狗东西，俨然黑社会。"我和欢欢首次到此一游时，也受到了五狗的暴力抗议，居然以扇形对我们围攻驱逐，娇生惯养的欢欢，在家耀武扬威，说一不二，日日挑吃捡喝，养尊处优，人前人后一派淑女风范，何曾见过此种阵仗，自是大吃一惊，夹紧尾巴，溜之乎也。近日小区物业传言，流浪狗严重扰民，决定对其驱散，并强拆001号别墅。姓朱的保安说，拆了也麻烦，撵走还要来，他会杀狗，不如一锅炖了。恰被牛姐听到，牛姐回敬道，敢炖，让你生的孩子没屁眼。

平平是一只棕黑色公泰迪，因有另一番才艺，堪称汪汪中的活宝。主人就是有着超级大爱的爱犬达人，生物教师黄老师。黄老师出来进去，随身提着一个时髦包包，里面装满了羊肉粒鸡肉豆牛肉干鱼肉丸，狗狗见者有份，先见先得，多见多得。其视狗狗如儿女，狗狗视之如父母，黄老师在狗界认了很多干儿子干闺女，对小区狗狗的逸闻轶事，如数家珍，对每一只狗狗视如己出。黄老师出入时分，恰是鸡飞狗跳的遛狗高峰，狗狗见之，欣喜若狂，簇拥左右，大呼小叫，仰视近观，前呼后拥。黄老师趾高气扬，一脸阳光，志得意满，浑身灿烂，陶醉于斯，尽得其乐，爱不舍手，不忍即去。无奈时间有限，工作繁忙，不能与这些精灵常相厮守。黄老师的左右都是各色狗狗，这为她的平平心生恶念、图谋不轨营造了氛围创造了条件，黄老师得空遛狗时，平平不问青红皂白，不管公母男女，不论体形几何，更不看主人的脸色，逮着一个就骑跨上去，无谓无畏地做着下流动作，气喘吁吁，不舍不弃，旁若无人，如醉如痴，挺黄挺暴力。任凭黄老师责骂、其他同志呵斥，乃至挖苦讥笑嘲讽白眼，依然斗志昂然，兴致勃勃。有人揭发道，平平流氓透顶、色胆包天，平时逮着椅子腿、树桩、人腿、汽车轮子都要自嗨一番，而且有图有真相，不容抵赖。一日，平平见那条罗威纳遛弯，公然上前，二话不说，强行猥亵，真乃是可忍孰不可忍，罗威纳犬颜大变，怒不可遏，利爪刨地，目露凶光，血盆大口，咆哮震天，得亏罗威纳主人紧牵绳圈，厉声呵斥，千钧一发之际，黄老师临危不惧、眼疾手快，一把将平平抱起，救其于十万火急之时，否则定然小命不保粉身碎骨也。泰迪乃狗类第一淫棍，犬界西门庆，淫名远扬，色声昭著，平平如此，何奇也哉。然平平如此本色，也难为了黄老师，人前人后尴尬难堪是常有之事，但不久就给了她彻底了断的借口，黄老师给平平体检时，得知平平也是一个睾丸大一个睾丸小，按医生说法，应手术治疗，以免恶化。黄老师遂遵医嘱狠心将其绝育摘除，术前还在 QQ 群发布了信息，大伙闻言感叹不已。

却说平平术后次日一大早，我与欢欢在小区遛弯时，意外偶遇了物是狗非的平平，本想安慰一下遭到重创的平平，谁知它神采奕奕，精神抖擞，几个箭步奔了过来，趴在欢欢身后，本色如故，忍痛求爱，其动作标准规范，姿势雄健彪悍，神态聚精会神，情状痴迷陶醉，与先前比之，有过之而无不及。这让我惊异万分，连忙将欢欢拉开，心想积习难改如此，难道它就不痛吗？说时迟那时快，黄老师从远处疾步而来，抱起平平拍着它的头说："不要命了，死东西。"然后又冲我莞尔一笑："打针去呀！"急急奔车库而去，但平平焉甘罢休，眼望欢欢，在黄老师肩头一窜一跳，痴心不改。此景为老郝所见，他摇摇头冲着离去的黄老师嘀咕道，想阉就阉想割就割，你们有委托书吗？狗狗同意了吗？

与狗狗常相厮守的是牛姐。

牛姐是小区里的明星，铲屎官中的大咖，流浪狗眼中的圣母，牛姐收养着十几条流浪狗，一半属于老龄犬、残疾犬，其中有泰迪、京巴、黑背，但大部分属于不伦不类的各色串串，遛狗时，不三不四的狗狗被五六根狗绳约束着，而温良恭俭让的狗狗们，随群而行，甚是壮观。

说起牛姐也是满腹辛酸事，牛姐本是纺织女工，下岗后打零工为生，换过好多职业，前几年孩子成家另过，她也领上了退休金，日子才清闲安稳一些，老公收养了一只流浪狗，耳鬓厮磨日积月累，唤醒了牛姐深沉无限的爱狗之心，就此落下病根，一发不可收拾，见到流浪狗就往家领，不到半年，不大的居室就被狗狗占领。每一条狗狗皆带着一张嘴，都是活生生的性命，要吃要喝，防疫问诊，打针吃药，那是一笔不菲的开支。更有四邻厌恶，多次以扰民之嫌，请警察教育训诫。

她老公不干了，对于牛姐近乎病态的奢好，严词痛斥，并请孩子感化，亲戚规劝，但牛姐依然痴狂不改，且愈演愈烈。其夫多管齐下，好言相劝，恶语相加，再到动手动脚，直至闭门不纳，效果甚微。其夫曰：留狗不留人，留人不留狗。焉知牛姐早已与娘家父母商量好，立即搬回娘家，但父母年事已高，父亲高血压，母亲顽固性失眠，哪里受得了十来条汪汪折腾，其中一条新归队的流浪狗更是习性散漫，不守规矩，乱拉乱尿，毛病甚多，老人哪堪其扰？

不出一月，老两口精神近乎崩溃，惹得弟弟妹妹鼻子不是鼻子眼不是眼，牛姐倒也识趣，不等逐客，租了一间老旧小屋，与几个狗狗蜗居起来。以牛姐的经济能力，支了房租所剩无几，节衣缩食，相形见绌，但初心不变，初衷不改。半年后，孩子过来探视，恰逢牛姐感冒发烧，还强打着精神，请狗狗御膳侍狗狗屎尿。心疼得孩子泗泪滂沱。孩子下跪央求母亲放弃狗狗回家生活，但牛姐王八吃秤砣铁了心，回曰：狗在人在，人在狗在。孩子将牛姐的窘迫告知父亲，复声泪俱下央求其父，提出了父亲和孩子一起过，母亲和狗狗回家过的折中方案。

牛姐凯旋后，首先左邻右舍拜访，求得原谅。邻居们反映，不知牛姐施的什么魔法，一群汪汪脱胎换骨，改了狂吠乱叫的毛病，（据说魔法之一为：不论雄雌，遑论老幼，一律阉之割之；魔法之二为：对不分时间场合神经质般吠叫者，一律去其声带）由此左右相安无事，刘姐也精神焕发，与她的伙伴们英雄一般，成群集队，趾高气扬，日日在小区附近受人检阅，遂成一景。

牛姐成了著名人物，也成了爱狗人士的谈资，她的非凡之举，口耳相传，居然得到粉丝若干，粉丝之中就有狂热分子黄老师，黄老师将平平过时的衣帽玩具悉数送给牛姐，其他人也自发为她捐款捐物，隔三岔五还能收到快递送来的狗粮，牛姐感动之余，自然笑纳，把感激之情全部回馈到狗宝宝身上。也有人捡了狗狗给她送去，当然，天长日久，山寨狗妈也成了著名专家，人们倘有疑难杂事，也向牛姐请教，牛姐不厌其烦，耐心解答，倾其所知，和盘托出。据可靠消息，牛姐有意皈依佛门，与之交谈，执著随缘嗔恨殊胜随口而出，可能早属释家弟子了。

黄老师说，小区早先有位比牛姐更牛的神秘妙龄女子，素常单人独居，偶有男子探望，其养狗成癖，收养流浪狗50余条，使百多平的房子拥挤不堪，后来干脆将房卖掉，在山脚租下一片场地，新筑狗棚若干，把流浪狗如数迁入，专职饲喂，鼎盛时期圈狗三百余条，成京都流浪狗福利基地之一，牛姐比之乃小巫见大巫也。我将信将疑，刘姐对此说予以证实：女子是大款小三，大脑受了刺激，故有疯狂之举。

老刘头本是西山脚下的居民，身体结实但话语结巴，常年剃着光头，爱骑自行车，车后拴着一条狗狗，四处游荡，老刘头闲暇无事，就抱着一个大号的塑料杯子，领着他的京巴大福在方亭闲坐唠嗑。老刘头说，大福也是高龄犬，已经十八岁了，吃得好，寿命长，前些日得了螨虫病，狗毛严重脱落，花费三千多元方才治好。

老刘头除了聊狗，就是聊他的儿媳妇如何孝顺，比如：在美国花 3000 刀郎买了一套西装；二千多元的白茶，买了一斤；一万元的自行车买了一辆，还计划让他到欧洲去转转。

方亭里闲坐的人，有一个老那，是老刘头的老相识，见老刘头不是聊狗就是夸儿媳，每日如此这般，絮絮叨叨，早就腻烦，乘他不在便底露道："吹了一辈子牛逼，老了老了改吹狗逼了，几千美金的衣服谁见他穿了，贰仟元的白茶，谁见他喝了，那杯子里泡的，指不定是在那个茶店敛巴的高末，一条垃圾堆捡来的癞皮狗，每天自行车拽着，假装什么小资，还什么螨虫病，虚头巴脑，咬文嚼字，就他那狗，什么十八岁，八岁不到，不吹能死啊？"

傍晚时分，牛姐四处传播一件大快人心的狗狗壮举：某小区一家人，午睡之时煤气泄漏，其所养泰迪，猛叫不见人醒，急急冲入邻家狂吠，邻家起疑，至其家，闻煤气浓烈，大惊失色，关阀门、开窗户，拨打 120 紧急救护，一家性命侥幸得保，泰迪居功甚伟，被主人视为英雄恩人，爱极宠宠，倍加呵护。

小区三面临街处，转圈排列着众多商铺，有小型超市、饭店等等，其中穿插着三家宠物店，负责洗理寄宿，兼营狗粮、零食、药品、玩具等等，虽价格不菲，但门庭若市。还有六家房产中介、四家高级理发店，竞争激烈。房产中介和理发店每日均要班前训话，大家各自统一着装，人人精神抖擞，在店长指挥下，整齐列队，或唱歌或诵词，或鼓掌或跺脚，气贯云天，声震寰宇，此起彼伏，难分伯仲，而路人不知所云，行者无不侧目。一房产中介收流浪狗一匹，名唤财旺，置笼子、睡垫、餐具、玩具全套装备，员工精心照料，梳理打扮，以祈汪汪为其招财进宝也。财旺不知是受到感染，还是自知使命不凡，在店员诵词呼号时，偶尔也会吠叫几声，犹如伴奏一样，店员自以为神，大肆宣传，多有铲屎官逗留于此撩猫逗狗，一时人气颇旺。

其他店铺也群起仿之，各收留汪汪一匹，芳名分别叫人旺、喜旺、福旺，而一家中介独养三匹，唤作旺喜、旺福、旺财。店家员工明争暗斗，而狗狗们一起厮混，无忧无虑，相处甚欢，不出一年，其中旺喜珠胎暗结，生出四只小狗，一时狗丁兴旺，传为佳话。

二

就我所知，宠物狗的名字大多喜庆吉祥中规中矩，但也是五花八门，不乏标新立异之名。

一位大嫂，养有三条狗狗，虽然品相普通，但名字诡异，一白狐博美名唤李逵，一尖瘦比熊名唤张飞，一长毛京巴却唤作布什，遛狗期间，口口声声张飞李逵，不知有何用意。

邻居老岳酷爱摄影，是狗狗达人，也是一个精细有心之人，养过多条狗狗，都建有相册档案，其宠物向以高山大川命名，也以此原则给亲朋的宠物命名，如今三山五岳、五湖四海皆已名花有主。前几年老岳去武夷山旅游了一趟，回来后喜得一只金色泰迪，故不假思索顺口名曰武夷，这就是人见人爱的五姨。

五姨甚是活泼可爱，外出总要项带一个小铃铛，脚蹬两双小巧玲珑的红鞋子，听得别人叫她，就将尾巴摇得像电扇一般，其绝活是双手作揖和直立步行，五姨昂首于前，主人缓步于后，招摇街市，显能庭院，每次外出必引来围观，被大伙五姨长、五姨短地唤个不停，喝彩之声不绝于道，是小广场的台柱子之一。每次五姨出场，既宽心顺气，又消食解闷，自娱而娱人，娱乐级别五颗星。

鬼子，乃一条公边牧，黑底白纹，体形中等，身材匀称，也是小区的明星汪汪，其主人大张原是钢厂职工，参加过对越自卫反击战，自称混迹金融界，实则职业炒股，有大把时间陪伴鬼子。大张父亲九十又二，耳聪目明，唯两腿疼痛，出入以轮椅为腿，常在银杏小广场晒太阳。鬼子对老爷子看护甚紧，卧其左右，远走不出十米。

鬼子与其他狗狗照面，高傲矜持，面无表情，嘴衔石块，自娱自乐。大张说鬼子会开室门，遇卧室、厨房门闭，立身掌拨，豁然洞开，各室自由进出，家无隐私。鬼子认识三以内数字，竖一指，吠一声，竖二指，吠两声，竖三指则吠三声，竖四指、五指，则默不作声。鬼子别有应答之技，大张每次与鬼子交流，最后一般以"好不好？"征求意见，鬼子便仰头长吠一声作答。鬼子喜坐车，坐汽车必坐副驾驶位，协助观察路况，作大张左膀右臂。更喜坐踏板电车，蹲踞于踏板之上，乘风破浪，稳如泰山，招摇过市，惬意扬扬。大张领养鬼子时，恰钓鱼岛争端再起，一时剑拔弩张，战云密布，大张满腔怒火不知何发，而小边牧每天啃家具、叼鞋袜、碎饭碗、翻垃圾，无事生非，烦不胜烦，遂以鬼子命名，每日鬼子长、鬼子短，呼来唤去。小狗狗不知就里，叫过几次，欣然认可。真正的鬼子凶残无比，边牧如此忠诚聪明可爱，大张却以恶毒之词名之，把此等精灵硬生生给糟蹋侮辱了。亲朋邻居力劝大张改名，但大张顺嘴了，鬼子默认了，只得顺其自然，听之任之。

鬼子因为有些才艺，自然讨巧卖乖，人前人后也是粉丝一堆，见到鬼子，都争着竖起指头，要他辨认，但只有一两人时鬼子还展示一下，人一多，你一言他一语，鬼子便端起架子摆起谱来，嘴里含块石头，尾巴半摇半静，眼睛半睁半闭，不知是想兰蕙，还是想茉莉，别是另一番萌宠。犬友们纷纷向大张请教，大张听到鬼子得了夸奖，自是心花怒放，自鸣得意，把烟灰一弹，将张氏训狗妙法娓娓道来：

"这训狗，说来也很简单，无非恐怖法，棍棒加之；惩罚法，囚笼困之；奖励法，肉粒赏之；饥饿法，禁食饿之；无论狗狗什么品种，什么天赋，总有一款适合它。所谓训狗就是树立绝对权威，培养服从意识，明确口令含义，保证动作规范。要做到这些，须不断学习，反复操练，过心入脑，人狗合一，才能达到出神入化、天衣无缝的境地。

"作为一般狗狗，学不了多的，少一些，学不了难的，简单些。只要功夫深，铁棒磨成针。它是狗，你是人，就怕讲认真。不怕它不学习，就怕你没耐心。"

大张眉飞色舞、侃侃而谈，犹如俄罗斯的套娃，一套一套又一套。

大张在鬼子身上的确功下不少，且成绩不俗，而最斐然者，莫过于将"存天理灭人欲"的封建准则，成功推及到了鬼子身上，比如兰蕙闹狗时，一众大小老少皆蠢蠢欲动，穷追不舍，而鬼子却能够得见兰蕙芳容闻到沁脾芳香之后，尽管欲火中烧，只要听闻大张喝叫，即能止步不前，理性强忍，大有坐怀不乱之德，令人啧啧称奇。老鹿闻听得见鬼子事迹后，说了一句经典评语：畜生里的好鬼子，鬼子中的好畜生。再问大张，训导如此成功，用的到底是恐怖法还是饥饿法？大张沾沾自喜故作神秘，大嘴一咧道："你猜。"

与大张的热情相反，老于无疑是位另类。留着锃亮大背头的老于身板笔直，面无表情，浑身透着一股不知从何而来的傲慢，他养一条唤作花岗岩的田园犬串串，晨昏牵引，目空一切地沿着固定的路线挺进。老于曾在方亭处用津普庄严发表过一番养狗理论：

养狗就是要养流浪狗，给居无定所衣食无着的狗狗一个温暖之家。这比花了大价钱买来饲养，更有意义更显爱心。那些养狗繁殖和杀狗吃肉的人性质类同，皆利字当头，都是把狗不当狗的表现。

其言外之意花岗岩最值得喂，话里话外自个最有爱心。老于的话虽然有些道理，但人们就是不以为然，我将老于的理论概括为：不管黑狗白狗，流浪狗就是好狗；不管男人女人，养流浪狗就是好人。

铲屎官的宝贝大多都是破费而得，在老于的眼里，自然人是凡夫俗子，不屑一顾，狗乃庸常之辈，极端藐视。老于一肚肠难以理喻的偏见，使人们对他敬而远之。一天老于迈着方步，目不斜视地行进在他的康庄大道上，大伙却发现老于背手牵着一条绳子，而他高贵的花岗岩则不知所踪。老于牵着孤零零的绳子，前行、右转弯，再前行、左转弯，然后头也不回，径直进了单元门。但很快老于重新站在单元门口，虽然依稀器宇轩昂不可一世，但却四处张望一脸狐疑，冲一旁遛狗的邻居们道，看见我家狗狗没？老于刚从我们眼前经过，大家将他的举动看得真切，知老于把狗遛丢了都不知道，不免讶然失笑，我嘴上说："没见，你肯定虐待狗狗了，保不齐去哪里逃难了吧。"心想：爱心让狗吃了？

　　一连数日，人们见老于昂首挺胸，在小区周边背手踱步，而手中既无牵绳更无花岗岩，总之身后空无一物，但大背头依然锃亮，眼中的漠视依然浓重，浑身的傲慢像花岗岩般坚硬。

　　小区不远处是西山的余脉，半山处有块开阔的草地，有众多狗狗在此追逐嬉戏，翻过山顶，东侧就是著名的森林公园。沿路都是登山锻炼的人们，随行者就有各色各类的狗狗，共享远足之乐同承休闲之怡。就在山路陡弯处，我和欢欢首见一匹黑色细狗，长腿细腰，窄头细颈，阔耳细嘴，短毛细尾，特征明显而略显夸张，轻盈灵动又不失挺拔雄健，真乃天生的长跑健将。此狗媒体多次介绍，有追猎之长，早在唐朝就享有盛誉，为皇家宫廷豢养，常在帝苑撵兔逐鹿，至今依然声名显赫，国外有其近亲者，芳名灵缇也，精灵古怪若此，不想在此得见。

　　在山坡的草坪上，我们见过两条待遇超高的宠犬，均是拉布拉多，一个名叫悍马，一个名叫坦克，两狗均为黄色，正值壮年，体形流畅，皮毛油亮，四肢发达，身强体壮，走路大步流星，长尾随意摇晃，由两小伙子轮流遛搭侍奉，车里兜风，闲行漫步，亦爬山亦游泳亦草坪奔驰，吉普载送，定时定点，坦克已经去势，但雄健之风不减悍马，追逐、寻找、掐架，腾跃彪悍动作夸张。人们说狗的主人是个军官，住在山脚的别墅里，遛狗的小伙子是其勤务人员，现役军人，据说家中还养有一头藏獒，威猛异常，有万夫不当之勇，然无缘得见矣。

某日，我和欢欢登山归来，巧遇头戴桃花的花大姐。大姐养一条哈士奇，唤作茜茜。花大姐慈眉善目，但她的茜茜走起路来却蛇形鸭步，扭来摆去，舔舐嗅闻皆毛手毛脚，大有风尘女子之状，右后蹄上还有一块醒目的黑毛，似有其他犬种基因，看到欢欢，直奔眼睛而去，伸舌猛舔，颇不受人待见。花大姐在两个狗狗抵近嗅闻、相互摸底的短暂时间里，向我通报了一条极为重要的信息：山上草丛里寄生虫很多，其中就有咬人吸血传播疾病的狗豆子，即文化人嘴里的蜱虫。蜱虫口器带钩，一旦跳到狗狗身上，尖嘴刺进皮肉很难甩掉，更可怕的是可以传播人畜生共患的疾病。去年，她家茜茜就沾染了十几个狗豆子回来，极为恐怖。当然花大姐也告诉了我防治的方法。下山之后，我就先行给欢欢清理一番，并立即购买药液，浴后涂抹。为防止问题发生，之后我们很少带欢欢上山。

小区有一老者，近七十模样，不苟言笑，神情木然，每日带一棕色泰迪遛弯，至方亭处则翘腿小坐，每坐，泰迪即抱其腿，倾其全力，自慰自乐，老者不斥不责，任其恣意而为，半点四十之后，老者立身欲归，泰迪气喘吁吁，却依然自嗨不休，其丑态劣行不在平平之下，初睹者莫不讶然捧腹，成方亭新景。泰迪还娇宠异常，走不了几步就要老头抱抱，老头稍一迟缓，就大喊大叫撒泼不已，而且嫉妒心极强，老头倘若伸手抚摸其他狗狗，定当抓挠不已，厉行阻挠。后来得知老者姓贾。一日有人诫我说，老贾养过一条金毛，在山坡处被人偷了，去山坡遛狗千万留心。

原来，老贾的金毛名叫金贵，毛色金黄，体形健美，与人友善，最喜叼物，老贾购物买菜，金贵即紧紧叼住，四平八稳，行走于老贾一侧，人见人喜，回头率超高，老贾常带金贵到山坡处撒欢，老贾掷石，金贵回叼，皆大欢喜。去年国庆前后，老贾与金贵晨练，将石子抛进了坡地边上，金贵疾驰而寻，径直跑到一微型面包车旁，还未回过神来，就被车内之人抓住项圈，强塞车内，一脚油门绝尘而去。老贾看得真切，呼喊求救，奔跑追赶，焉能追得？事发突然，情急之下也未记车牌号码，金贵就此不知所终。

自此老贾茶饭不思，以泪洗面，暴瘦近十斤，三月不曾下楼，老伴让其再养一条，老贾道：休要再养，太伤心了。老伴遂将金贵一应物品，或送人或丢弃，以免老贾睹物伤心。老贾每每叨念：这个傻金贵，八成让人炖了。其女在深圳工作，春节休假回京，见父亲悲伤不已，遂网购一只泰迪，取名：丑丑。这就是那只光天化日之下当众欺凌老贾的小泰迪。大张曾言，狗狗最怕之人有两类，一曰兽医，二曰屠夫。任你是藏獒、警犬，见此二辈皆胆战心惊、畏缩不前，何况金毛乎！

山坡该去还得去，否则欢欢不答应。某日我和欢欢在山坡邂逅一条金毛，颜色正宗，长毛飘逸，项下金毛犹如雄狮，欢欢甚喜，三番靠近，摇尾示好，五次嗅闻，兴奋跳跃，而其委身主人胯下，兴致淡然，情趣索然。主人是一少妇，柔声促其嬉戏，方与欢欢戏作一团，令出，即归少妇胯下。少妇曰，此犬名曰王子，系出名门，血统高贵，其父母均为参赛获奖选手。如此出身原本自留备训，不会出售，但王子天生有一缺陷，舌面有数点红斑胎记，作为参赛选手，属于先天不足，有碍观瞻，故忍痛割爱流落民间。王子先为某高校老师所购，老师出国讲学，委托其弟子照管，弟子毕业回原籍工作，转师弟顾看，师弟性格懒惰，与狗无缘，惯常回归无时，遛弯随意，王子饥一顿饱一顿，不久又转托其表弟供养，王子芳龄一岁两个月时，原本应该生机勃勃，天真烂漫，无忧无虑，快乐生长，却八次搬家，六易其主，主人不知王子性情不明王子所求，王子难遂主人之意难讨主人欢心，轻则叱骂，重则体罚，七月龄时，某日雷雨交加，主人厉逼王子外出便溺，王子探头探脑之际，一声炸雷响起，唬得王子魂飞魄散。自此之后，若遇雷电天气，王子即不吃不喝，以免便溺之苦。王子迭遭主人嫌弃，频频易手，渐次性情大变，神情抑郁，萎靡日甚一日，全无活泼之态也。至少妇之手，乃百般呵护，用心体察，调教数月，彼此相知也，但心里阴影难除，每出遛弯，腼腆萎缩，嘴含网球一枚，不离少妇左右，少顷即欲归家，再无本真之色。少妇说，大城市基本都住楼房，并不具备饲养大型宠物的条件，不少狗狗大部分时间蹲在笼子里受罪，久而久之，极易性情异变，不得不察。

欢欢这两天心情很好，能吃能睡，个头也猛长，趴着更显体量，就像小熊一般，只有两耳自然前垂，才有几分不尴不尬的小犬模样。焉知几个讨厌鬼不断和她较劲，一是混进幸福家庭的苍蝇坏蛋，二是从家庭内部滋生出来的飞蛾蛀虫，极大地分散并消耗着欢欢养尊处优的精力，是可忍孰不可忍，欢欢眼里容不得沙子，眼前也绝不允许狂魔群舞，遂跃而搏杀，常常在睡梦中腾起，伸嘴就咬，但技艺不精，无功而返，数次失嘴后，自尊心受到了重创，无奈眼巴巴地乞主人增援，我请出传统武器，一拍毙命。欢欢看着苍蝇拍颇感神奇，和小时候一样，又想研究一番，一口夺走，高踢腿迈花步叼往阳台，然半天研究不出啥门道，不由性起，只两口就捣散摧毁也。

六一那天，楼下突然来了一条小金毛，不足四月，见了欢欢特别兴奋，小嘴使劲撕咬她的耳朵，不停地在地上打滚，吐着小舌翻着眼，萌宠娇态一如幼时的欢欢。欢欢极具大姐风范，象征性地张口挥蹄，点到为止，后来干脆卧倒在地，任由小蹄子扒挠。看着自己的微缩版，欢欢满含柔情，与之尽情嬉戏。天上掉下个小弟弟，真是最好不过的六一礼物。

天气说热就热，前几日还凉爽宜人，这两天连续 34 度高温，燥热难耐。我将排骨汤灌入小袋中，冻入冰箱，取出时就是欢欢专享的高钙美味冰糕，欢欢因陋就简，把写字台空档处，劈为避暑山庄。

窗外树头上，知了扯着嗓子唱着摇篮曲，远处的藤架处，几个狗狗趴在草坪中，用大地空调来降温，当然必须提防狗豆子，驱虫将被主人提升为头等大事。

才过六一，几条狗狗就剪了毛发。那条阿拉斯加犬，长毛一剪，犹如凤凰净毛，殊形诡状，面目全非，它或许感到自己鸡立鹤群，低眉垂首，羞于见人，欢欢们也不想和它玩了。金毛巴顿华丽转身成微缩版的雄狮造型，脖颈上的长毛，尾巴头的尾毛，极为神似，只是天太热，精神不足，全无兽王之势，而口喘大舌，更是原形毕露。几个泰迪、比熊修剪之后却超凡脱俗、别具一格，更加呆萌讨宠。欢欢依旧精神抖擞，每天穿着如假包换的裘皮大衣，在她的领地游荡。累了，就吃一块独一无二的"欢欢牌"冰糕，然后蹲坐在树荫下的靠背椅上，歪吐长舌，疾喘快呼，但目光炯炯，志在高远。

欢欢性格近期有了明显的变化，具体可归纳为"两个转变"：在家由折腾破坏向静思安睡转变，在外由追逐打闹向嗅闻探寻转变，这让我们安省下来。但刘姐说，欢欢很快就会进入全新的生命周期，我们一家马上就要迎来新的挑战，具时欢欢会变得烦躁不安、到处嗅闻，尿频尿急，六神无主，茶饭不思，遍洒甘露。

主人得为她备好生理裤，同时，欢欢身后有一大群追求者，其中就有资深流氓平平，老不正经的彬彬，孤芳自赏的鬼子，盲目自信的袖珍牦牛，还有青梅竹马的部长等等，也断少不了黑社会的那几个骨干，而高冷的兰蕙会充满敌意。只有去势的黑头、巴顿傻了吧唧无动于衷。

刘姐警示道，欢欢闹狗时，会不听号令，甚至玩起失踪，跟着一个不知来头的家伙消失。

刘姐还说，这狗狗闹狗期间会出现一系列生理变化，闹完狗也不消停，即使没有交配，一个多月之后，也会产生假孕现象，哼哼唧唧，食欲下降，烦躁失眠，将各种球球等小玩具当作自己的孩子叼到一起，深情款款地守着护着，更夸张的是就像奶牛一样分泌乳汁，不及时医治对生殖系统危害极大，而医治的话是笔不小的开支。

"怕麻烦，干脆作了绝育。"刘姐又是一句。

应该让欢欢留下个三儿两女，要不这么好的基因不是白瞎了，再者说，欢欢来世间一遭，稀里糊涂就绝了育，于心何忍？我心里这样想，但未说出口。查阅资料得知，给母犬绝育，不仅使狗狗性情更加温顺，还能有效降低罹患妇科肿瘤的风险，延长狗狗寿命，刘姐所言果然有些道理。

刚把是否将欢欢留下作为终生好友的纠结放下，要不要给欢欢做绝育的纠结又上心头。看着欢欢无忧无虑快乐无限的模样，随其自然还是当机立断？时间在流淌，内心很纠结，我们一家都说不出个子丑寅卯。

我敲打键盘，记录欢欢逸闻轶事之时，她一直蜷缩在桌下，舔舐我的脚趾，大概是累了，不久即呼呼大睡，喉管间或发出特有的呼噜声。

她会不会梦到部长呢？

万紫兽

我喜欢宠物，也养过宠物，常将撩猫逗狗作为乐事趣事。看到别人遛狗，总想凑过去，看看、抚抚、逗逗、夸夸，和主人聊上几句，问问叫什么名，是什么品种，手上正好有面包、肉肠之类的食物，多半就成了狗粮。

如果有朋友问我，是不是也养着宠物，我多半会说养着，若继续追问养什么，我则告知曰："万紫兽。"朋友们无一例外，都瞪大了疑惑的眼，为他们没有听过，更没有见过的宠物而讶异。再三追问后，我就骄傲地告诉他们，万紫兽乃哥们的三盆花草：万年青、紫罗兰和长寿花。

花我养过多年，赏花的有杜鹃、刺梅、马蹄莲、仙客来、君子兰，一品红，观叶的大有巴西木、发财树，小有橡皮叶、变色木等等，有朋友送的，有在市场买的，但养花技能总是低水平徘徊，刚抱回来后，自是新鲜兴奋，一家老小你看我瞧，浇水晒太阳，一会放客厅，一会摆卧室，但养一段时间后，总是同一种命运，打蔫、枯黄、死去、扔掉。好端端花团锦簇的鲜花，好比西施嫁与了牛二，心疼啊！

为了养好花草，我多次到花圃温室参观，见卖花的就请教几句，什么湿度、温度、酸碱度、草本、木本、磷肥、氮肥、黑矾水、杀虫剂、敌百虫，我也下过不少功夫，多多少少知道一些，但也闹过不少笑话。为增加肥力，我曾向同事讨要过一编织袋的鸽粪，但因不得要领，凡是上了鸽粪的花木一律枯死。听说养鱼的水浇花好，我专门买了鱼缸，改用鱼水浇花，最后一茬一茬五颜六色的热带鱼大部分埋在了土里。我曾把鸡蛋埋在盆里，不想花盆却成了苍蝇产卵的温床。家里喷水器扔着三四把，花盆摞着好几摞。我把黄豆、花生沤在瓶里，甚至把肉皮、肚肠泡在水里，等发酵后做肥。一次我才给娇贵的花草喂过"花食"，孩子的家教正好上课，一切解释都显苍白浅淡，满屋的异味，熏得年轻的美女老师站坐不宁、双眉紧蹙。家里老板把花盆统统放到窗户外面，开大油烟机猛抽，才使儿子不再烦躁、老师的情绪稳定下来。

重大危机发生过两次，一次是暑假，我们外出旅游，原定七天，实走两周，回来时，严重缺水的花草已没有抢救的必要。一次是12月份的周六日，我们回老家，恰赶上五十年不遇的严寒，阳台的花草，包括重金购得的巴西木、发财树等等全部同归于尽。

这两次大屠杀后，我怀着深深地歉意，决定不再养花。一年以后又回心转意。但经过精心遴选，我剔退了多刺的仙人掌、娇贵的杜鹃花、直露的一品红，留下了少数几种绿植，又经过几次淘汰，最后只留下万年青、紫罗兰和长寿花这三种花草。

万年青叶片厚重、碧绿长青，亭亭玉立，有君子之态。三点五点的紫罗兰小花，黄蕊粉叶，昼开夜闭，无争无欲，不喧不闹，大小有度，收放有时，与毛茸茸的细长叶相映成趣。而每到十二月至来年三月间最寒冷的时候，正是长寿花怒放的时节，红有桃红、梅红，黄有蛋黄、金黄，一团团，一簇簇，争奇斗艳，生机勃勃，炫丽缤纷，长盛不衰。这三种花草以各自独特的魅力，使我们的陋室蓬荜生辉，为我们平淡的生活增添了色彩。

这三种花草为我独钟的原因，除此而外，还在于他们共同的特点——结实坚强、朴实无华、诚实守信，更在于他们强大的顽强的生命力。掰下的条条枝蔓抑或片片叶叶，扔在一旁十天半月，仍然不枯不败，你只要把它插在土里，给予一杯半杯清水，就能生机盎然，诞生新的生命。日常无须特别养护，长则剪，高则平，繁则取，多则除，没啥担心顾虑，什么干湿旱涝、暑炎冬寒，病害虫灾，都不用担心，想要子嗣繁茂拿花盆，想要计划生育拿簸箕，完后静观其变，您就瞧好吧。这三盆花草由此成为我心中的花界三贤。

一天，我将紫罗兰居中、长寿花、万年青居侧，摆放在阳光之下，和老板及傻儿子共同欣赏着花界三仙，突然感觉到，我们的性格颇似这几盆平淡的花草。我开玩笑说，各取一字给宠物起个名吧。

一家三口你一句我一句说着，什么青紫兽，紫青兽，非青即紫，要么非禽即兽，逗得前仰后合，捧腹大笑。我说："紫庆寿好"。老板最后拍了板："宠物当然非禽即兽，禽有祥禽，兽有瑞兽，我们以素代荤，干脆就叫"万紫兽"吧！"

或许是我懒惰，或许是我返璞归真，这些年来，我是越来越喜欢我的"万紫兽"了。

余 香

参加工作的第一年，我一直在大同的工厂实习，每天傻乎乎地东奔西忙。

一天车间柳书记找到我说，机关要抽调人员助勤，无非抄抄写写，你给咱去吧。

在机关助勤确实就是抄抄写写。我纳闷，怎么有那么多的东西要写，办公室的小康每天要将一大摞文件往各科室分发，什么通知、安排、汇报、决定、技术规程等等，有部里的，有局里的，也有单位印发的，最厚的一般都是领导的讲话。办公室的老刘每天趴在桌子上，不停地写，四十来岁的年纪，头发就谢了顶。我所谓的工作，就是将老刘勾勾画画的草稿，誊写清楚，再帮文印室校对、打印、装订。

刚开始我感到新奇，干得欢实卖劲，早来晚走，打水扫地，没事就拿本公文写作的书翻看，老刘直表扬我字写得好、好学、勤快。但在机关里，人们个个低声敛气，半年不到，我就有点心烦憋闷。那年，我刚 20 来岁，浑身有使不完的劲，机关楼后面有棵槐树，横生着一个树杈，我便常借方便之机溜出去，在树杈上引体向上，出身透汗，方才舒坦。抄写得麻烦了就思忖，还不如在车间里痛快，便想找机会回去。但话未出口，机关将技术科的小鹿也抽调了过来。

原来单位筹备召开职代会。职代会多年未开了，领导很重视，会议材料很多，文印数量陡增，但文印必须细心，小鹿是女性，又是大学毕业，挑来选去便被临时借调了过来。

一天我正和小鹿印文件，来机关开会的柳书记跟我打招呼，闲聊了几句，临走时看着小鹿还向我做了个鬼脸。柳书记对我一直不错，我很敬畏他，心想书记真逗。

自从小鹿来后，我的干劲就更足了，扫厕所、捅地漏啥都抢着干，不再借机出去作引体向上，在办公室一待就是一天。原先有几个相好的同学，偶尔过来坐坐，以前他们一看老刘紧张地工作，便打声招呼拜拜了，我是真盼他们过来呀。

后来有两个哥们，有没事都爱过来，一来屁股落了地，就不动换了，有一搭没一搭地和我闲聊，见我手头忙，就在书架上抽出书来，装模假样地看。技术科满脸络腮胡子的郝工，也爱往这边跑。郝工年龄较大，但办事比我的同学们老道，一来就一支一支地散烟，抽得办公室烟雾腾腾。他话很多，向老刘请教单位里的一些事，与我聊电视剧《血疑》里的故事情节，更多的是和小鹿说他们技术科里的事，看得出小鹿不愿和他多说，常借着去文印室校对文件一去不返。这时郝工就继续和我聊《血疑》，反正是连续剧，一集一集长着呢。不知为啥，郝工也好，我的同学也罢，我是一天比一天讨厌他们，不愿意再见到他们几个，便找各种借口轰他们走。

我开始注意起了小鹿的一切。小鹿爱穿黑色、白色、淡紫三种颜色的衣服，下身以黑为主色调，上身以白、紫为主，三两种颜色，不管怎么倒替，搭配，穿在她的身上，都能变幻出奇异斑斓的色彩，让我忍不住偷偷去看。她不管怎么穿，身上都有一种脱俗的味道，给人以文静、雅致、淡远的感觉。我穿衣一向随便，但自从小鹿来了，我就在意起了自己的衣着。

小鹿说，牛仔裤很时髦流行，我便攒了两个月的钱，狠心买了一条，我的衣服一向宽松，猛然穿上紧巴的牛仔裤，工作时很不方便。尽管两条腿和裤子相互认生，绷在腿上活活难受，但小鹿说我穿了好看精神，我便老虎下山一张皮，并不脏就赶紧去洗，等不及晾干就穿，一直不下身。一天老刘不在，小鹿见我穿着绒衣，就说可以给我打件毛衣，闻听此言，我的身上立马觉得毛烘烘地暖和起来。

小鹿大我两岁，青岛人，但父亲从部队转业后，留在太原工作，小鹿是青岛生太原长，大同工作，我在太原上过学，对太原自是熟悉，青岛却无缘而往。小鹿经常给我讲青岛的故事，当时我只去过黄河长江汾河太湖晋阳湖，什么大海、轮船、军舰啦，栈桥、花楼、崂山啦，鱼虾、螃蟹、打鱼啦，让我充满了好奇和期待。

小鹿右上唇长着一粒小黑痣，右边还长颗虎牙，说话微笑的时候，小黑痣一动，虎牙就露了出来，虎牙不见了，黑痣就单放异彩，十分迷人。我曾戏说小鹿，天生了虎牙是吃螃蟹的，谁知没福气要来大同吃土豆。小鹿却不搭话，只是微微一笑，露出那颗尖尖的虎牙。

我和小鹿都在单位食堂吃饭，这里当然没有海鲜，主要是土豆白菜过油肉，小鹿爱吃芹菜炒肉，那时芹菜也并不常有，我便悄悄去食堂侦查，把情报打探准确之后，就提前去食堂排队。

小鹿学的是电机，我的专业是机电，有关专业的问题，大部分相同相近，没有太多可探讨的，但在办公室，每天和文件、文字打交道，却让我神气活现。那时老刘的不少工作都是我给干，这让她很佩服。她问过我几个生字，怎么读，啥意思，我都准确无误地告诉她。一个是"垣"，我小学一年级就认得，因为我家前面的土山包就是人人尽知的"南垣山"。一个是高屋建瓴的"瓴"，我知道这是领导讲话里的一个字，这个讲话我刚刚看过，当时也不认识，但我先偷偷查了字典。一个是冗长的"冗"，以前学过，当时吃不准是 chen 还是 rong，但我回答的是 rong，三个字无一不知，这使小鹿倍感神奇。

我还将看过的什么水浒、志怪一类的小说，添油加醋讲给小鹿听，她听得专心致志，有时两眉微蹙，小黑痣一动不动，有时哈哈大笑，露出那颗白玉般的虎牙。但我看过的书也没几本，很快就要讲完了，小鹿却意犹未尽不厌其烦，我就设法到处去借，挑灯夜战连轴看，然后再翻给小鹿听，比如《骆驼祥子》《复活》《暴风骤雨》等等就是那时读的，奇怪的是，这些高速阅读的书，虽然当时一知半解未必读懂，但很多年了，众多人物和情节，我至今脑海里都非常清晰。

小鹿和我用的办公桌，是其他部门淘汰后又临时拼凑起来的，不大，两个人面对面工作，小鹿那边经常飘来一丝丁香般的香味，害得我茶饭不思，魂不守舍。我这才突然想起书记的鬼脸，知道那并不是出洋相、玩幽默，而是意味深长，醇厚浓烈。

一次我给柳书记送文件，谈完了工作，书记狡黠地说："小鹿姑娘不错，你要有意思，可不要错失良机，要主动表白，大胆追求，写个信，直接说，都可以啊。"

唉，这个书记，没正经，真让我不知如何回答。本想说行，但话到嘴边却成了："不着急，年轻呢。"

一天，小鹿说，她们宿舍的灯管坏了。我自告奋勇，向老刘借了钳子、改锥，即前往查看，我想可能是启辉器的问题，顺路去总务室领了一只。到了宿舍，果然不出所料，我踮起脚尖伸手换了，便一切正常。

小鹿的宿舍是三人合住，屋里收拾得干净整洁，也有一缕熟悉的淡雅的清香，小鹿倒了杯水，给我剥了颗大白兔奶糖，却见小鹿坐在床头，不知为何竟低头不语。我陶醉地品着大白兔的甜蜜，再次想起了书记的鬼脸，心不由得咚咚地跳将起来，小鹿抬起了头，眼睛水汪汪地,小黑痣一跳,露出那颗尖尖的虎牙,笑笑,欲言又止。

正在这时,同宿舍的女工和我的一个同学,推门而入,他们原本也是修灯的,见灯管已好,四人便说笑着回去上班。

此后,我得闲就去找柳书记,想和书记谈心,不巧柳书记工作忙,不是开会就是在现场,柳书记得闲后总要问:"事情办了没?"见我摇头他也摇头,一次他骂得我挺狠:"看你的出息吧,这还办不了,给她写信,还在办公室助勤,没信纸还是写不了?约她出来看电影,逛公园,没人的时候就抱住她。"

听书记口出此言,我便抽身而出,心想,真流氓!

好长时间里,我不知如何是好,好在我的同学和郝工,基本不来办公室了。

职代会很隆重,开了整整两天。我与同事们布置会场,分发文件,提茶倒水,不亦忙乎。终于在大伙的新奇和热烈的掌声中胜利闭幕了。

我想,小鹿是不是要回技术科了?

我和小鹿他们正收拾会场,老刘和一个中年男子走了过来,小鹿立马停住双手,叫了一声:"爸爸。"

第二天小鹿请假,我想是父女逛街去了。第三天小鹿上了班,听小鹿说,她爸非让她调回青岛去,这次她爸来就是跑手续的。听到这个消息,我如雷轰顶,浑身酸软。

小鹿不久就回技术科了。我去看过她多次,但她都不在,向郝工打听,这小子只有三个字"不知道",那张络腮胡子的脸,铁青着没有任何表情,全无探讨连续剧的热情和耐心。去宿舍也不遇,听宿舍的舍友说,她不愿意调动,哭过好几次。现正在大同、青岛、太原三地来回跑着做长辈们的工作。

最终,她的工作反让长辈做了。一天,小鹿让我帮她捆扎行李、打包皮箱,完后她送了我一条黑色的围脖,低低地说:"没时间打毛衣了，真想听你讲故事！"

　　小鹿定的是次日上午十点多的火车，从她宿舍回来，我就倒在床上，一夜似睡似醒，迷迷糊糊。起床时，我周身发冷，分明在发烧，窗外淅淅沥沥下着小雨，我无精打采，本不想去送她，但最后还是和其他几个同事送她到了车站，我提着她的提包，里面有我送她的现代汉语词典，词典里夹着我早已写好的一封信。路上，我一直默默无语。

　　小雨中，小鹿和大伙一一告别，互道珍重。蹬上踏板的时候，她回过头来，已泪流满面，小黑痣动了动，露出了半拉虎牙，却没有笑，只无力地挥了挥手，泪眼最后定格在了我的身上。

　　我强忍的泪水，终于决堤而出。

逃过一劫

刚参加工作的一年里，我们虽然在班组轮圈实习，没有正式岗位，同学们都为结束学生时代，踏入社会而兴奋，但单位偏僻，平时上班又乏事可做，先前的新鲜感便没了，同时也为一些不如意不开心的小事情，而小苦恼、小郁闷、小情绪着。

不久，就发生了几起打架事件。这里单表其一。

火车司机上下班时间不同，人员少，间隔短，密度大，单位通勤车除了火车，还设有汽车，在早六点至晚零点间，一般固定一个半小时一趟车，每班车 30 人左右。按规定通勤汽车只拉火车司机，但偶有其他人员乘坐，只要不挤，也就那么回事了。这是一直延续至今的唯一给工人预备的特种专车。就因为想享受一下乘务员的特殊待遇，同学张浩被汽车司机和火车司机联袂暴打了一顿。

那天是由单位去市区，开车的是留有一撇小胡子的司机，那天不知为啥老大的不高兴。或许是小胡子没好气，再加上人员确实也多了几个，他非要站着的几个人下车，否则就不开。但车上的人员无人下车，站着不动，眼看自己的话语无人理睬，小胡子离开驾驶座，上了车厢吼喊，见张浩是学生模样的生面孔，就首当其冲一把将他拎了出来，这张浩在我们同学中也不是白给的，在学校食堂操场多次参与打架，也是群殴的老将，一向给人气受，不受别人的闲气。眼见在众目睽睽之下受此侮辱，便恶从胆边生，和小胡子厮打起来，几招过后难分伯仲。

却说这车里坐着小胡子的一个哥们，名叫山山，受了《少林寺》武打片的忽悠，平素胡乱练些形意拳八卦掌，人前人后经常把两个手掌挨个交替摁压，十个手指咯咯作响，虽是有名无实的山寨水货，但自以为可以出山，遇事就摩拳擦掌手痒得难受，今天见状，不请自到，立马下车，一展拳脚，与小胡子一前一后夹击张浩。

张浩在同学中虽然显得壮硕，平素也蛮横，在同学们中逞个强瞎比画两下还行，但毕竟是书生一个，平时在学校即使跑步做广播操，也想法偷懒不起，如今被两个后生你上他下，三拳两脚就放倒在地。还没等车上的人缓过神来，小胡子已开车加速，拉着山山和一车职工绝尘而去，可怜张浩淌着鼻血，满身尘污，衣兜扣子也撕烂丢掉，被路过的同学们扶回了宿舍，张浩右眼肿胀，眯成了一条缝，大伙见状大惊，问怎回事，他先是不言，追问下才大概说了经过，还说耳朵里嗡嗡嗡地乱响，两个牙齿松动，张浩强忍着两眼泪花，边说边唾出一口血痰来。同学们见此，忙让他简单换洗了一下，到卫生所来看。

值班医生看了工作证后问："打架来？还是喝酒来？打架喝酒可是自费。"

有人忙接腔说是骑自行车摔的。

医生将信将疑，看了张浩的肿泡眼和其他伤处，先用酒精棉球清创，又给上了些红药水紫药水，但动作明显偏重，甚至是粗野夸张，让张浩吃了二遍苦、受了二茬罪后，开了几袋药片，无非消炎化瘀止血去痛，并说最好到市里中心医院去检查，以免延误病情。

当时去市里已经没有班车，再说张浩肇着也不去，同学们将红一片、紫一块的张浩扶回宿舍，眼睛已肿胀得睁不开了，黑紫得就像挂着一个小茄子。大伙义愤难平，叫嚷着是可忍孰不可忍，准备了棍棒要报仇雪恨，有自个儿做饭开锅灶的，拿出来菜刀，边骂边拍得叭叭直响。还有几个围着躺在床上的张浩，拟定了一个闪击战的方案。议定：大伙私下藏了，在早班车过来后，不由分说，四下向前，一拥而上，先把小胡子撂倒再说。不过也能看出，张浩挨打后，和他有些过节的，在一旁说着怪话偷着乐。

第二天一觉醒来后，看着早班车开来的时间快到，准备举事的几人中，却有人七事八事地推脱着不去，实际是敢怒敢言不敢打，群情激愤而外强中干，提早下了软蛋。正在大伙骑虎难下、左右相看，不知如何是好之时，同学李明成说，汽车司机一天一倒班，今天小胡子肯定不来。方给众人解了围，脱离了尴尬境地。

眼见张浩吃了亏，瘸着一条腿、瞎着一只眼要找手锤、改锥、菜刀，痛不欲生又急不可耐的样子，众人又害怕他铤而走险。李明成又不紧不慢地放话说："打死人还得偿命，要不先找领导反映一下吧。"

大伙听言一致赞同，明成就与两个同学自告奋勇到了机关楼，挨个问询，找到最高当局陈书记，将冤情详表。书记听言，没有表态，打电话叫上保卫科的人员，一同来到不远的宿舍，查看了张浩的伤情，简单问询了情况，在场的几个同学，七嘴八舌述说着冤屈。陈书记安慰了张浩几句，看了手表，当场定了几条：

"你们同学中出几个人，陪同到市里大医院检查，先治伤病。

"同志们以后要遵守通勤车乘坐制度，坐火车出行。

"年轻人性格暴躁、不识轻重，遇到什么问题千万不要动手打架，出了问题没法向父母交代，也没法向组织交代。

"通勤汽车隶属汽车总站，是另一个单位，打架的事由保卫科协助交涉。

"你们是国家培养的人才，要好好学习，勤奋工作，有什么问题，可以向我和其他领导反映，千万不能冲动。

　　"那个叫山山的，保卫科查明具体情况，如果是本单位的，由单位批评教育，并处罚，绝不能助长此风。"

　　保卫科的人补充道："你们可不敢再找那两人打架，我替你们找，这个事会处理好的。"又说："我姓耿，有事可找我。"

　　大伙听罢如释重负，都纷纷点头。

　　陈书记站在原地，眼睛在宿舍环视了一周，又扫视了周边的同学们，一一问了姓名。陈书记一听大家的口音，就一一拍着同学们的肩膀，笑着回应说，你是某某县的人，你是某某市的人，你们那里有啥特产有啥好吃好玩的，竟无一不准，大伙暗中称奇，紧张、沉闷、义愤、哀婉的气氛明显缓和了下来。书记说，九点五十的通勤火车还能赶上，你们先去医院吧。

　　张浩的情绪也好了很多，由几个同学陪护着，坐火车去市里看医生。

　　下午三点多钟，张浩等一干人马凯旋，手里提着水果罐头，，被我们在半路上撞见，他们说，看了五官科和外科，张浩都是软组织挫伤，眼球眼底都没事，只是眼皮充血。耳朵也没事，牙齿也能长住，休息几天就好了。见如此这般，大家安慰了几句，就各自忙碌，放下心来。

　　过了几天，张浩的眼圈明显消了肿，但乌青得更厉害了。里面的眼球露了出来，也是半拉血红，虽然情绪大为好转，但平白挨了狠揍，还是闷闷不乐，思谋着要出了这口恶气。

　　这天同学们在一起又叨念起这事，心中愤愤不平，便相约了十来个人，到了机关楼，陈书记正好开会，安排办公室的人把我们领到保卫科，那天到我们宿舍的耿干部，正好趴在桌子上写材料。

　　见大伙呼啦啦进来，老耿就知道来意，想招呼我们坐，却只有一个凳子，便不再客气，主动说：

"两个当事人我都找过了，汽车站我也联系过了，经与多人调查核实，那天小胡子是执行公务维持秩序，但态度生硬更不该动手，张浩不该坐车，也违反了规定，山山问题最大，他是咱们单位的职工，本来应该拉架，却横插一杆，无故打人，把事情闹大，已经被车间停职检查了。明天你们几个当事人坐在一起，把这事再聊聊，大事化小，你们看如何？"

我们一听倒也在理，忙说这医药费衣服等等如何解决？

耿干部说："好办，让他们出血，明天在保卫科一并解决。"

第二天，张浩戴了顶帽子，尽量下压遮住眼睛，和李明成等几个如期赴约，不想那两个凶神恶魔，早已等候在此。张浩本来就半个眼红，见了仇家，更是分外眼红，不过刚挨了狠揍，心有余悸，腿居然发软有些不听使唤。但不等张浩发作，小胡子早站起主动伸出手来，连说："小张，对不起啊，那天都赖我，请原谅！"张浩看到，小胡子的小手指也缠着绷带。

这时，山山也站了起来，面部半边皮动，半边肉动，似笑犹哭，似哭犹笑，两手揉搓，表情古怪，嘿嘿了几声，大概算是道歉吧。

耿干部说："这个事情，起因简单，过程明了，后果也不大，咱们坐在一起拉呱拉呱，了结了就算了。"

原来，单位连续发生几次打架斗殴事件，有一人还在医院躺着。书记对张浩这事很上心，怕单身汉年轻人一时头脑发热，整下大事，一直盯着耿干部查办这事，和汽车站的领导也通了电话，听说张浩无啥大碍，就责令保卫科大事化小，妥为解决。这几天，耿干部一直在做着工作。

小胡子本已成家立室，还是三岁孩子他爹，平时也是讲道理的人，那天因家里琐事，心中不快，一时性起便找茬出气，听耿干部说小伙子被打得不轻，还要报案，心里也暗暗后怕，在他们单位也受到了领导的严厉批评，便央耿干部把事压下，一应费用他来承担。

再说山山本是个有勇无谋的二杆子，自恃会摆两个花架子，以为自己就是李连杰第二，时常找机会出招，实战练手，在黑夜的大马路上，曾占过几次便宜，逃之夭夭后也无人追究。如今捅了乱子，才知英雄豪杰并不好当。

这耿干部原是某军侦察兵出身，也会个三拳两脚，想暗地里试试山山的本事，那天第一次和他见面，就借握手之机，握住山山的手不放，山山生疼不已，又抽将不出，才知眼前站着高人。这次打架的事，按山山的性格原本要扛上一阵，充个好汉老大当当，经见了耿干部这么有力的一手，对于耿干部的教导，什么武德啦，义气啦，法纪啦，也就频频点头，言听计从，对于花钱买平安的处理方案，虽然有点心疼难舍，但也满口应承了下来。

耿干部说：小张受了皮肉之苦，花了医药费，衣服也烂了，小胡子也受了伤，山山负第一责任，小胡子负第二责任，张浩也有责任，其他就不多说了，山山小胡子一次性赔付张浩60元，一次了断，此后三人互相不得纠缠。这里有个草案，如无异议，就签字画押。

小胡子、山山见张浩确实伤得不轻，而张浩看病花的是公费，补偿60元也不少了，现场人员各怀心思，想息事宁人，耿干部费心从中斡旋，小胡子又再三赔着不是，张浩也就顺坡下驴，见好就收了。三人对此方案都无异议，张浩接了钱，当事人都签了字，一场风波归于平静。

事后听说小胡子全数掏了腰包，那是他一月半的工资。山山也被车间扣了奖金，加上停职少了乘务费，也损失了十几块钱。

大概过了一个来月，张浩牙齿稳固，眼圈消肿，出来进去已无大碍，但或隐或现还有点青紫，伤势基本痊愈后，此事也就逐渐平息。但随后，全国轰轰烈烈的严打就开始了，我们和兄弟单位抓了几十个盗、偷、抢、流氓、群殴的刑事犯罪分子，单位醒目之处贴满了布告。其中一人，在站前广场抢了老乡一只鸡，按抢劫犯判刑，被从重从快枪决。还有人疯传，一些大领导的子孙也被抓捕，不知真伪。但墙上的布告，白纸黑字上醒目的红勾就在眼前。同学们议论，张浩这事如晚出一个月，或久拖不决，踩到点上，三人若按流氓滋事、扰乱铁路运输秩序论处，恐怕都有三年五载的牢房住了。如果那天同学们密谋的偷袭方案成功了，八成就有人在班房里长住了，手重一点，有了后果，按当时的声势，也可能就吃了黑枣，拜拜了您呢！

来苏州玩啊

我在单身宿舍住过不短的时间，单身宿舍总体上讲是铁打的营盘流水的兵。单身楼是两个连体的四层楼房，住有六百多名职工，都是外地人，一般是大专院校分配工作的学生和接班顶替的子弟。单身在单位分房后，自然喜地欢天地搬走，成家后没有分房的也会无奈地外出租房，这样，单身宿舍也在不停地辞旧迎新，借了这块风水宝地，我结识了众多的侠士好汉，多年来来往不断，相处甚欢。

不过宿舍里还住着几十个老单身，年龄大都五十左右，他们大部分属于家属在农村的职工，在老家有分地的资格，在单位却没有分房资格，直到退休，也不可能分到公房。但路程近的，每到周末可以抬腿回家，路程远的，一个多月也能回去一次。回去后在老家干干家务和农活，夫妻团聚，得享天伦之乐，反正在铁路上，工作本身就常年跑路，来回通勤，免费乘车，早走晚来，老单身不停地在城市和农村、单位和田地，农家大院和单身宿舍间穿越，进行多重角色的转换，年复一年，循环往复，一来二去也就差不多快一辈子了。

但我的老乡张军却是个例外。

老乡也是我的同事，当时已是五十六七岁，而我们刚过二十，和我们差着辈数，我们都尊称他张师傅，因他是工程师，也叫他张工。有了老乡同事这层关系，我和张工走动更近。张工在太原工作多年，却讲着一口地地道道的老家话，休闲时我们就去张工房间，在一起聊聊天，请教一些工作上的事，张工也讲一些单位的奇闻轶事。我从老家回来，如有稀罕一点的吃喝，便与张工分享。兴致高时，我们就在煤油炉上做点家乡面食，美美地咥上一顿。

张工的老伴在苏州，是个小学教师，张婶姓薛，我们见过两次，薛老师白白净净，身材匀称，年逾五十，风韵犹存，年轻时当是相貌娇美，讲一口吴侬软语，交谈时，一些词句还得张工当二传手、做第三者。

在山西工作的江浙人不少，而一个山西人在太原工作，娶了在苏州工作的苏州女子，在当时颇为罕见。因为两人组成家庭，总要在一起接触，相知而后相恋，那是二十世纪六十年代啊，最经济、便捷的联系是书信，两人莫说隔着千山万水，就是饮食习惯、话语方言也是相差甚远，去一趟最少要倒一次车，耗时两天。而张工却能将浪漫的神奇转化为现实的爱情，很为大伙称奇乐道。张工和我们在一起拉着家长里短的时候，他那看似平淡的经历，对我们刚走出校门的小伙子，也多了窥探的引力。

张工早年毕业于太原铁道大学，是个风华正茂的知识青年，虽然老家和单位有不少人提亲，但总是阴差阳错，机缘不到，难成正果。眼看二十六七，还是孑然一身，六十年代，那绝对是大龄青年，父母催促，同事探问，张工总是打着哈哈，脸上淡定，内心也不免揣着几只兔子。

一天同事陈工说：我老婆的外甥女现在太原，没有对象，是不是见见？

这个外甥女就是姑娘时期的张婶。

原来，陈工夫妻都是苏州人，复转后来到铁路，两口只有一个儿子，巴不得身边多个亲人，当时小薛师范毕业等待分配，来姨妈家玩耍，谁知命中注定的一桩姻缘在此守候。

正当小薛在异乡缠绵的时候，苏州已给她分配了工作，此时，两个年轻人已是如胶似漆，不忍分离，但组织的决定必须执行，小薛无奈只得返回了苏州，这样他们一边抓革命，促生产，一边隔江相思，鸿雁传情。

张工和陈工也曾积极联系为小薛调动工作，但几经折腾没有下文。两个年轻人只得先把婚事办了。

实际上，张工和小薛认识前，并没有去过苏州，年轻的张工是个文学青年，因为受了诗歌小说的熏陶，对未来的伴侣有个大致的影像追求，就是美貌漂亮，对传说中美女辈出的苏杭二州更是心向神往之。楚楚动人的天堂美女，正是他朝思暮想、理想中的类型。张工身处黄土高原，哪见过如此仙女，一看小薛便当场拍板唱诺，定下终身。他和小薛的爱情发展成为婚姻，但婚姻没有前进成为家庭，紧接下来的是一屁股的麻烦事。

太原是著名的避暑胜地，昼夜温差较大，最热的时节不过十天半月，冬天生着火炉，烧着暖气，并无不适，而苏州虽然地处江南，夏无空调冬无暖气，冬冷夏热超乎想象，张工到了苏州，只有一样略可宽心，就是能免费乘车会娇妻，但其他都是闹心事，一是薛老师家住房紧张，张工到苏州就像住旅店走亲戚一般。二是探亲假的日子有数，在路上来回地折腾，耗时过长，精疲力竭。三是气候、饮食、语言、习惯多有不同，使得张工在苏州，好像不是家人，更像个局外人似的，更甭提小蜻蜓般的蚊子了。这样牛郎织女几个回合下来，张工对去苏州，于向往中又本能地混合了恐惧和抗拒。

而张婶是个教师，一年两个假期，倒是她来太原的次数更多，夏来避暑，冬来取暖，风大干燥的不适约可忽略不计，只是张工单身一个，没有分房资格，生活圆房多有不便。

某年，国家深化西南三线建设，从内地往成昆线大批调转铁路职工。单位的既定政策是单身优先，反正在哪里都是单身，另外南方籍贯的职工也要重点考虑。张工当然是首批选手，包括陈工，榜上有名，政治任务，不可抗拒。但那年张工恰好生了腹膜炎病，高烧不退，久治不愈，出院后又病休了一段时间，去西南的事就撂了下来。而张工的大媒人，陈工一家都到了贵州，吃上了他们钟情的大米青菜。

没有陈工的督促，张工也失去了将薛老师调来的动力，之后，薛老师生了个儿子，一人带着，张婶忙得要死，张工闲得没事，张工只是每月例行将工资打给张婶。这样，夫住黄河腹，妇住长江尾，日日思君不见君，各饮江河水，华北江南一线牵，长相思，情意乱，断肠人，翘首盼。但时间一长，不太和谐的日子取得了动态平衡，最后两口子在翘首盼团圆中，把美好生活的希望，完全寄托在了张工退休之后。

那时，我们正值婚嫁年龄，张工如果看到我们宿舍有女子出入，总要关心地打问，是不是女朋友？什么地方的？如果说在外地工作，便不言语。得知是本市的，就点点头说：好，很好，找本地人就好。千万不要像我两地生活。

单身职工来自五湖四海，除了家在外地的共同点，还有更多相同的棘手问题。一是房子，不管是分配的学生还是顶替的子弟，都是二十多岁，找对象结婚是面临的头等大事，而房子就成了结婚中的头等大事。二是工作，有的单身，找了外地工作的对象，就要想尽一切办法，托人找关系把对象的工作调转过来，破费花钱是必然，门路何在是关键。因为每个人身上最少压着一座大山，这样单身职工在搞笑打闹中，不时就能听得到声声的叹息。而老单身正是没有正确处理好这两个问题的见证和样板。

实际上，声声叹息的是青年单身，老年单身已经没有叹息的必要，他们大多已经没有解决这些问题的冲动和希望，也就听之任之，悉听尊便，得过且过，这样便在单身宿舍长期扎了下来，成了叹息的化石。有的熬盼着退休后，自己回了家，儿子顶了班，唯一不用麻烦的是，儿子连老子的床位也一起顶替，然后就成了新的单身，如果儿子娶了本市的姑娘，便结束了奔波的生活，如果也娶了老家的媳妇，便成了两代单身接力，天天续写着老爸的故事。

　　而小单身叹息之后不再叹息，多半也就认了命，几年后就成了老单身，单身一老，就带来新的问题。他们在有能力关爱他人的时候而无处关爱，自己需要得到关爱的时候又缺乏关爱，这样无聊和孤独就成了老单身生活的主题。每到周末节假日时，人们回家的回家，游玩的游玩，偌大的单身楼空空如也，几个老家伙就在一旁百无聊赖地看电视，抽烟、喝茶，甚至相互对骂而解闷。我们曾多次听到一个单身揶揄张工：娶了个花姑娘，搁到千里之外，就知给人寄钱，你也放心？

　　其中一个老单身实际是单身宿舍的工作人员，负责烧茶炉，神态、长相、嗓音俨然为陈铎第二，其他人还有宿舍、单位、饭店等几个点连接起来的生活，而他将这几个稀疏的小点浓缩为一个点，终年难出大门。二陈铎有配钥匙的特长，遇有单身配钥匙，他都要死乞白赖面红耳赤地讨价还价，待钥匙坯子出落成闪着亮光的钥匙时，二陈铎的脸上也少有地闪着红光，约定的价码便统统作废，钥匙基本上就奉送了。原来他的讨价还价完全是无聊的解闷。

　　就我的观察来看，事实上老单身或多或少都有一种病症——孤独症或曰单身综合症，无所事事，邋里懒惰，简单凑合，他们在单位吃食堂，回宿舍吃地摊，吃简单的饮食，穿随便的衣着，甚或有人终年不叠被子，有人一月不换衣物。好在后来单位有农转非的政策，几个老单身将家人的户口办进了太原，不久又分了新房，算是小米到了锅盖上，熬到头了。

我们认识张工时，他的身体已经很差，有严重的心脏病，脸上青紫的颜色。身上总是带着救心丸一类的急救药。走路慢慢腾腾、小心翼翼的样子，我们平时在附近一个招待所就餐，那里种类丰富，价格适中，味道也不错，他却懒得去，我们经常给他打饭。张工牙口不好，镶有多个假牙，还有多个牙齿摇动，他吃饭简单随便，更多的是瞎凑合，经常两杯开水就咸菜，一个烧饼管温饱。但他烟瘾奇大，一天大约要抽两包，爱喝浓苦的酽茶，只有和我们年轻人在一起，嘻嘻哈哈，脸上才皱纹开放，绽出笑容。

我们从张工一脸的沧桑中，看到了他在浪漫背后的辛酸、无奈和苦笑。

转眼，张工已经六十岁，三月底春暖花开时节，就能正式办理退休，也就正式结束单身两地生活，那些日子，大家看到他非常高兴，张工在单位和同事们，在宿舍小院与服务员，在宿舍里与相处不错的单身，都要拉着手道别："我就退休了，退休后回苏州去呀，我家离拙政园很近，你们来苏州玩啊。"

一天，单身小高结婚后，请同志们吃喜糖，张工也前来道喜，他还专门到我们宿舍小坐，给我们讲苏州的景点和风味小吃，实际上苏州的情况他给我们讲过多次，我们也差不多都去过苏州，可能是张工就要退休了，他乐得讲，我们乐得听，他拉着我们的手，盛邀我们到苏州去看他，我们也祝贺他就要全家团聚，并劝他隔段时间就回太原来：我们想你。

但第二天，我们在单位却听到了骇人的噩耗，张工因心脏病突发，于昨晚在宿舍不幸去世。

两天后张大婶和他们的儿子来太原奔丧，第三天按当地的习俗，将张工火化，单位的同事和单身宿舍的好友，都前去送别。经过化妆美容，张工神态安详，但火化场无处不在的悲哀和张婶母子撕心裂肺的哭声，都在告诉人们，这里是生离死别阴阳两界的所在，大家纷纷哀叹张工的苦命。在将张工的骨灰安放在老家，还是寄存在火化场时，张婶力排众议，执意要把张工的骨灰带回苏州，在哀婉悲切的哀乐声中，我的耳旁却一直回响着张工的声音：

"来苏州玩啊。"

掐指算来，张工走后已二十多年，那座单身楼也早被拆除，建成了二十八层的高档住宅，张婶已是七十多岁，不知苏州的张婶安好否？但愿张工在天堂快乐！

老子剁了你

　　单位离市区较远，职工中午一般不回家，我们单身则是无家可回。解决午饭的办法只有两个，自带和吃食堂。食堂主打菜有土豆丝、猪肉大烩菜、过油肉三种，价格每份依次为一毛、两毛、三毛，被职工们戏称为"工农兵"，吃大烩菜就说来份老大哥，买过油肉就说来份当兵的，递给一毛钱啥也不说，炊事员就知道要的是农民老大爷，一勺子土豆丝就舀过来了。后来也可以掰开半份买，两毛钱就能吃上老大爷的身子、解放军叔叔的腿。老大哥就有了失宠的危机。食堂的主食也有三样：明星是米饭、配角是面条、群众演员是馒头。明星自然不会轻易出场，但出场时顺序有些特别，不是中间压轴，而是首席演出或叫作揭幕戏，要目睹明星的芳容，品尝明星的滋味，一是要早，二是要挤，再不认识大师傅也行，反正去得慢些就只有配角和群众演员了，而去得晚了，八成就散场子了。

　　我们单身职工当然都是吃食堂，工农兵三样菜轮换吃。

　　当时都二十岁上下，主要还是年轻，有的还在长身体，吃得也很香，不论工农兵还是什么角色，一律同等待遇、一视同仁，狼吞虎咽，吃嘛嘛香。经常不到饭点就饿得慌，向着食堂的方向翘首以盼。

不像现在，看着十来样花花绿绿的佳肴，手不想自助，嘴懒得动口，味同嚼蜡，了然无味。

带饭的一般是老职工，在力所能及的经济范围内，随心所欲地变换着花样。而主食或在食堂买，或每天把大米淘了，放到单位特设的职工蒸饭箱去蒸。每到午饭的时候，大家打开自己的饭盒，班组里热气腾腾，五味杂陈，关系近的，就你一筷子，他一勺子，相互就着吃，也算是简单聚餐，热闹而温馨。随着勺子饭盒叮叮当当的伴奏，很快就结束战斗，然后午休的午休，打牌的打牌。

却说食堂原来7人，主要供应午餐，我们过来后，早晚餐都要供，人手偏紧，就新调来了一男一女两个职工，都是顶替上班。男的姓高，黑，但身高马大，不大言语。女的姓狄，白，但瘦瘦小小，满脸笑容。一高一低高低分明、一黑一白相得益彰。初来乍到，食堂主任除安排他们在面案菜案帮厨外，还在售饭口卖饭。

小高以前在小集体食堂干过一段时间，工作起来驾轻就熟。小狄是从中学的课桌直接空降到了食堂的菜案，从拿笔到拿勺，一切要重新开始。她身材精瘦但为人实诚，打菜把不住高低，有的给得多，有的给得少。给得多的，默不作声地吃了，我们几个同学就得到了她的几次眷顾关爱，以为小狄的菜里含了什么感情，把她打菜的动作幻化成了优雅的舞蹈，不知肢体语言中要传达什么密码，害得他们心里浊浪翻滚，波涛汹涌。给得少的，窗口外面不免有人埋怨，小狄只是赔不是，赶紧补上一些。售完核算盘点的时候，往往收不抵支，主任没少批评她。更主要的是，来得晚的职工见菜尽粮绝，就有不依不饶、出言不逊者。小高便用他大哥般的宽厚，师傅般的容忍，加上适龄青年的复杂情感安慰着小狄，并积极主动，将扛面、和面的重活抢着帮助小狄去干。

食堂午饭规定十二时开饭，但一般距饭点还有十几分钟，三个窗口就站满了工友，后面由于突然增加了我们饥肠辘辘的学生兵，不大的饭厅黑压压地，更显得人满为患。不少职工戴着安全帽，穿着一身油污的油包工作服，等在一旁。

买饭卖饭也有三部曲。

序曲是嚷：工人师傅们敲着盆碗，大声嚷嚷着开饭了、开饭了。食堂里面的炊事员，则不紧不慢按部就班地端菜，抬馒头，不耐烦时回一句：着什么急。

高潮是挤：买饭的时候，总有十来个小伙子，在一号窗口，不排队，而是奋勇先前，挤作一团，时常挤得洒了菜掉了馒头，而赤了脸红了眼，偶有动手打斗的戏份，不过挤的总是那么几个，大概是一个单位的，好像打闹过也没人记仇，三两天后又挤作一团，等这几个年轻人走后，也就相对安静一些。

听师傅说，这个售饭口原来是单炒口，吃单炒的少，就有人抄近路在这买大锅菜。后来进化成了年轻人的专口。谁力气大谁就挤，慢慢就顺理成章，演化成活力四射的拥挤口，变作食堂的一景，单位领导骂过几次，也是好一阵歹一阵，有的专门穿着油包挤，把个售饭口挤得黑光油亮。或许这是当时无聊之下的娱乐方式，用此办法消耗着无处释放的超级能量。遇到大明星——白米饭亮相时，特别是自打小狄来后，这般小子们嗷嗷叫着挤得更欢实了。

结束曲是骂：每天有那么几个职工，来得较晚，吃饭时脚踩着凳子，边吃边骂。有嫌饭菜凉的，有嫌馒头小的，有嫌品种少的，有嫌价格贵的。反正今天你骂，明天他骂，今天骂这，明天骂那，每天都有骂的，边骂边把菜汤剩饭胡乱倒。骂归骂，第二天照样来吃，吃完照样骂，骂完再将剩汤残汁就地一泼，挑帘走人。师傅们说，这几个人都有点变态，二吊子，七成子，不普通，不仗义，不是人，气得食堂主任几次要动手打人。

就这样，食堂每天按叫嚷、拥挤和谩骂的乐谱，弹奏着它的主旋律。时间一长我们也就习以为常，甚至懂得了欣赏，个别的甚至有了加入表演的欲望，而跃跃欲试。食堂缺了这三样，也像菜里忘了搁盐，没了滋味。

这骂的职工里面有个白癜风患者。眼睛连眉毛对称着白了两个圈，从眼皮、眉毛向四周环环蔓延，二环已然竣工，三环初见雏形。手也是黄白相间，人们背后戏称他为白熊猫。听说一年前，他和老婆离了婚，单过，蛮不讲理，是个滚刀肉。白熊猫是吃光喝尽的三光族，典型的食肉动物，不吃"老大爷"，一般只要"当兵的"，工资基本都吃喝了。

这天白熊猫照例来得较晚，就餐人员已所剩无几。过油肉恰好没了，小狄建议他吃烩菜，白熊猫瞪起两个熊猫眼："哪是烩菜？喂狗的。"说着径自走进售饭间，将花花手伸进菜盆，挑挑拣拣自己舀了起来。小狄看着他的手就恶心，赶忙制止。

白熊猫嬉笑道："你当我老婆吧，当了我老婆天天给我做饭打饭。"

小狄红着脸，不与他搭话，夺他的舀饭勺，白熊猫挥舞着勺子，更来神了："当我老婆吧，当我老婆吧。"

此时，小高正好从后厨出来，准备剔猪骨，见此情景，勃然大怒："不想吃滚出去，撒什么野。"

白熊猫一看，刚来的小徒工就敢骂自己，冲小高走来："敢骂你老子，活腻歪了。"骂着用力把饭勺砸向小高，顺势给了小高一个耳光。

大伙听到了叫骂打斗声，都出来一探究竟，将二人拉的拉拽的拽，白熊猫越拔啦越硬，依然不依不饶，骂骂咧咧，挣脱了众人，往小高这边扑。

谁知小高手里早操起一把斩骨刀，看的白熊猫走近，喊一声："老子剁了你！"便向白熊猫的脑瓜劈去……

我
的
腿

　　单位远离市区，大部分职工上下班都坐通勤火车，既是火车，就有列车时刻，不是随意坐的。记得当时来回有四趟，基本准点。

　　说是通勤车，实际就是市郊列车，有到发车站，有车次，有服务员，有车长，属于正规的列车，但车厢不多，也比较破旧，一般七八节，坐车的大都是在沿线上下班的铁路职工。只有少数郊区的村民、兵工厂的职工家属和某大学的学生。只看穿着、打扮和神态，完全可以一眼分辨出来，谁是乘客，谁是通勤。

　　当时的通勤职工，很多人自带午餐，饭菜一般装饭盒里，再放进人造革提包或帆布书包内，饭菜容易洒出，用了新包可惜，所以等车的人群中，不少职工手里都提着一个老旧的包包。

　　从车站到单位，分别要停靠四个站点，其中有两个正规的车站，而我们单位则是有名无实的车站，按铁路官话说是临时乘降点，列车不过在线路上站一下而已，并无站台和风雨棚等设施，更无站台服务人员。

　　乘坐通勤车，黑压压一帮人来来去去，边走边聊，没觉着什么，但在烈日暴晒、隆冬冰冷时节，或遇有刮风下雨恶劣天气，再赶上列车晚点，没有站台设施，无遮无拦，便要遭罪，成为最痛苦的事情之一。而在单位停车位置的北方，就是一个地方废弃的大砖窑场，偌大的场地，寸草不生，遇风，尘土飞扬遮天蔽日，遭雨，污水横流泥泞不堪，夏日热浪滚滚，寒冬朔风怒号，雨伞，围巾，就成了通勤职工饭盒之外的随身物品，必需的。

大伙常年走着固定的线路，不少人就有了踩着钟点乘车的习惯，前后拿捏着不超一分半分。多年来，我还保留着这个光荣传统，不料有几次乘坐其他列车时，因不可抗力，人至车开，吃了苦头。被家里领导怒斥为：自以为是，咎由自取。

因是铁路通勤职工，大家就不把列车员放眼里，有人在车上近乎放肆地随便，毫无教养地骚扰，不可理喻地糟蹋。列车员便耷拉着眼皮韬光养晦，懒得去管。又因为人多座少，青工大呼小叫、争先恐后地蜂拥上车，抢占住座位，小桌椅子上铺上报纸，或脚踩在椅子上开始打牌。

没座的便在一边站着，耍贫嘴聊大天，什么霍元甲、陈真的功夫，迷踪拳、醉拳的套路，山口百惠三浦友和的花边新闻，刘晓庆唐国强绯闻轶事等等；单位有啥奇闻轶事，牛肉如何炖煮方能香软，谁正闹离婚，谁和谁有一腿等等，就在交头接耳与咋咋唬唬中，向各个车厢传递蔓延。但传来传去，便发酵成各种版本，甚至张冠李戴。当然也有好学的职工，在一边捧本书，津津有味地看着。所以当年的通勤列车也可以说是铁路职工的：新闻发布车，职工见面室，感情交流会，信息互动台，纠谬辟谣处，快乐自留地。偶尔有买票乘车的真正旅客，便瞪着疑惑不解的眼，愕然地打量着这群形形色色无法无天的人。

八十年代初期，风气尚不开放，年轻人彼此有了好感，在这随处是上级、师傅、同事、哥们的场合，也表现得大相径庭，有的青涩自矜，故作深沉，欲言还羞；有的满脸春色，得瑟得意，火烧火燎。

日子一长，小小的列车，短短的时间，也可观览各种风情，品味铁路文化，体会世间百态，感受炎凉冷暖，思想者亦可用手支着下巴，以小见大，举一反三，窥一斑而见全豹了。

通勤车最讨厌的是满车厢的烟味，职工们上车刚刚坐定或站定，空手便向兜里伸去，而手指倒腾出来的时候，八成就摸出几支烟、一盒火来，你敬我让着点上，开始腾云驾雾，不一会就烟雾缭绕，紧接着就有人用手去扇，大声地咳嗽。免费的二手烟是谁也躲不过绕不开的，在车厢里飘忽不定，无孔不入。所有坐通勤车的，无一幸免，很难说谁不抽烟。

主要站点到站，待通勤职工呼啦啦下得差不多了，便没有几个乘客。车厢的小桌、椅子、地板上留下乱七八糟的瓜果皮、纸烟盒、火柴棍、塑料袋，最多最大的是烂报纸，反正不要的，一律不成敬意地给你统统丢了。这时，服务员斜眼瞅着通勤职工的遗物，方嘟嘟嗫嗫地清扫起来。

那时的领导，既没有打造成先富裕起来的一部分，也没有培养成为与职工格格不入的精英企业家，既没有开拓上专用的卧车，也没有进取出特供的小灶，每天和职工一道，离地三尺，高高在上，一样穿着蓝色的的确良上衣或单位发的防寒劳保棉衣，提着人造革的包包，装着晚饭故意剩下的土豆丝、熬白菜，满面笑容地和群众打成一片。

这通勤车是工作与生活、八小时之内与八小时之外、单位与社会的结合部、交集点。于单位一是有些工作、急事在车上也能安排；二是一些职工的为人处事、生活态度等等情况，在通勤车上也能体现观察，便于单位了解掌握。对职工一是能广交朋友。二是办事方便。过去没有手机传呼，家里如有婚丧嫁娶等事，从第一节车厢走到最后一节车厢，到站了，事情办得也就差不离了。

长年累月地坐车，实际上，人们几乎有了自己的专用车厢和专座，在站台等车时，便各就各位，站好位置恭候。但总有表现欲望强烈者，学那铁道游击队，听见机车拉着汽笛，刚闪出个头，不等过来，便跃跃欲试，尚未停稳，就紧追不舍，似停还走时，早有灵巧的，足下生风，飞踹着道床上的石子，轻舒猿臂，捷足先登。干部和师傅们一次次发出的安全警告，便淹没在钢轨、车轮硬碰硬的撞击里，和着车上啪啪的甩牌声和胜不自禁的嬉笑声，随风飘逝。

常在河边走，没有不湿鞋的，惨烈的一幕终于不约而至。

那天下班时分，青工侯子和他的几个牌友，早早来到了自己的指定位置，在线路旁等待着心仪的通勤列车，准备打牌争上游。列车呼啸着如约而来，侯子摩拳擦掌，与列车如影相随，按照平时练就的三拳两脚，如法炮制，车未停稳，单手早抓住门杆，想来个鲤鱼打挺，不想踩了石子，右腿刚要上车时，左腿脚下一滑，右腿便直接伸到了钢轨之上，在众目睽睽之下，侯子只喊了声"我的腿"，便翻滚在一旁，而他的右腿早血肉分家，留在了道心，人们见状，大惊失色，急切大喊：停车！停车！！停车！！！司机如何听得见，听得见又如何停得住？列车以巨大的惯性，大约又走了五六个车厢的距离方才停稳。

人们吼喊着：轧人了！轧人啦！

胆大的就冲过去探查侯子的死活，却见他右腿自大腿中部齐齐轧断，断口渗着血，露出白森森的骨头。侯子脸色惨白，痛苦万状，嘴里喃喃着："我的腿，我的腿。"

后边有人拽出了他的残腿，怀里抱着往身子这边跑来。

列车长、列车员见状，惊恐万分，早躲在一旁，想看又不敢。而后面还有人跑着过来涌着想看个究竟。

火车司机看到后面乱作一团，知道大事不好，也跑过来查看。见状大惊："喝是咋闹得嘞？"

见发生事故，过来几个干部，一脸严肃，指挥着用书包带子，绑了伤腿，将侯子抬上车，安排专人捧着断腿。又对司机、列车长说："赶快走，东站停的时间长点，到铁路医院救人。快快快。"

列车一声长鸣，冒着黑烟，喘着白汽，拉着一车惊恐的人，轰隆轰隆向前奔驰。

多年之后，单位的领导走马灯似地更换，但在第一管理者固定的办公室里，我曾多次见到侯子。侯子挂着单拐，动一下假肢就咯吱吱地响，他声嘶力竭地和领导争取着工资待遇、住房分配，以及假肢更换费用等等事关他切身利益的问题，而每次都情绪失控，时而失声痛哭。

那些年，因为只有一路公交车路过我们单位，很不方便，我们外出办事购物，便只坐通勤车，一是免费，二是准时，三是便捷。通勤列车就成了我们往来奔波的第三条腿。因而多年以后，一看见市郊、通勤的字眼，我的思绪就会不请自来，主动识别，义无反顾，积极主动地穿越回那风雨无遮的岁月。

第三辑　痛笔浮生

雨在等云，
云来了，
雨却独自离去，
抛洒一地。

树在等风，
风来了，
树却摇摆不定，
片刻难宁。

你在等他，
他来了，
冒着瓢泼大雨，
一路泥泞。

春兰

　　二十世纪五六十年代，老家的农村缺医少药，农民卫生知识匮乏，头疼脑热一般是硬抗，实在抗不过去才吃药打针。好在当时污染较少，粮食蔬菜不大施用化肥农药，一般随产即食，都是新鲜的绿色食品，所以老百姓病痛较少，根本没有现在花样百出、高端新锐、与时俱进的病症，普通的伤风感冒，娇气一点的刮痧拔罐歇两天即可，不愿费事的尽可置之不理，或猛喝开水也行，通常都能扛过去。

　　每个乡村都有保健站，负责村民的医治，但村落的赤脚医生是短训出来的，水平有限，参差不齐，而且缺乏药品，青链霉素之类就很难买到。甘草片、土霉素、痢特灵、抗菌优是当时顶门立户的看家药了。农村实行集体化后，农民靠劳动挣工分，全凭力气吃饭，如果谁成天咳嗽气喘感冒发烧往保健站跑，那是不光彩的事，如果落个体弱多病的印象，不仅工分不会高，终身大事也受影响。

　　所以在保健站和乡镇的卫生院间，还有一个游医群体，他们和赤脚医生一样，拿起锄头是农民，拿起脉枕或针头就是医生。但他们或者继承祖业，或多年在行，有的还有针灸或正骨的绝活，比在编的赤脚医生行医还早，江湖上名气也更大，他们进村入户，随叫随到，熬夜守床，贴心服务，老百姓还是认可的。这些人不仅有中医，也有西医，中医随身携带着脉枕和圆珠笔，还有几小袋散风解热、止咳化痰的药面，见过病人号过脉，留下几勺药粉，然后唰唰唰几笔挥就一个药方，就大功告成了。而西医要复杂讲究一些，脖子上挂一个听诊器、肩膀上挎一个红十字急救箱，见了病人啪地把急救箱打开，一股酒精味道扑鼻而来，里面平铺着瓶瓶罐罐，又是测体温，又是配液体，然后尖针在屁股蛋上一扎，即可静待佳音，看着更加专业、虎气、有范。而一辆破旧自行车，外加一张笑脸则是他们共同的标配。当然有了这些还不够，必须得有长年累月积攒起来的口碑，才可包打天下。按照现在的说法，他们属于非法行医者，但应该是最早的个体户了。

在我们老家周边，有个叫春兰的游医，是个四十多岁的妇女，当年就很有名。她擅长西医，拿手好戏是打针，病人刚褪下裤子，她和家属聊着闲话，不知不觉间已然打完，不像个别赤脚医生扎得生疼，深受孩子妈们的欢迎。但以现在的标准衡量，春兰也就算个较为熟练的护士。

春兰一头花白的自来卷，稍有驼背，走路风快，厚唇龅牙，快言快语，骑一辆二八老式自行车，常年在乡间土路上颠簸。她家住县城西关一带，这一带的地盘抱在县城，住户大部分是农民身份，而这个生产队地少人多，有限的土地根本用不着妇女劳作，妇女一般是居家，活络些的就在电影院门口卖茶水、花生、瓜子，或做点其他小买卖，所以春兰四处行医也没人追究。她的势力范围大概方圆五公里左右，约六七个村子，多了她也跑不过来。那个年代没有电话，联系颇不方便，春兰出诊的方式有两种，一是被动候诊，即在家坐等，这类病人一般是重病号，起病急，时间大多在夜间。二是主动巡诊，出诊的时候，从她家出来，或由北到南，或由南到北，挨着周游各村，实际上，春兰长年到周边村寨行医，哪户谁家有病人，是打针还是吃药，春兰基本心中有数。

　　遇有比较严重的疾病，比如心脏病之类，春兰自然束手无策，但她不会为了蝇头小利或显摆自己的医道而硬撑，会立即要求家人送往县医院，周围村寨有好几个听了春兰的话，从鬼门关逃脱的人。过去最严重的病是肺结核，几乎每个村寨都有两三个肺结核病人，对于这样严重的慢性病人，春兰虽然爱莫能助，也会尽其所能送医送药，安慰病人和家属。那些年，但凡春兰答应之事，不管刮风下雨还是半夜三更，她总是如约而至，所以守信是春兰的品行之一。大家都知道，在诚实守信的背后，是春兰的吃苦耐劳和巨大付出。在物质极大丰富而诚信缺失的今日，这种品质愈发弥足珍贵。春兰还是个厚道人，遇有病人故去，她还会帮着收拾穿衣料理后事。凡此种种，人们都念着她的好。

　　春兰吃着江湖饭，四季奔忙游走，所以周边村寨的大人小孩几乎都认识她，大人们见了她，都会主动热情地向她招呼问好。而小孩大多是躲她、怕她，也有夸张的人家，会拿春兰吓唬不听话的孩子，即使说春兰如雷贯耳也不为过。春兰对村民们自然也很熟悉，不仅了解他们的身体状况，还了解他们家庭的整体情况。她受人所托，当过几次红娘，不想成了两对，有了洞房花烛喜庆的鼓励，和新娘新郎丰厚的回报，春兰在行医之外，又多了一项工作，就是保媒拉线。谁家姑娘多大了，模样怎样，什么脾性，小伙子多大了，是参军在外，还是在家务农，有何手艺，春兰都会暗暗记下，以便具时而用。

　　春兰当游医很辛苦，但收入并不高，一次挣个几分一毛，而保媒如果成了，一次就有不少的谢礼，好烟好酒糕点水果一大堆。对于其他人而言，保媒需要误工费时专门跑腿，而春兰接触面广，认识人多，保媒不过是顺腿之事，故成人之美、乐而为之，周边村寨有些人家，爷爷奶奶让她打针开药，姑娘小伙让她保媒说亲，结婚之后还得让她接生，成了她的铁杆粉丝，几乎是他们的专职保健医生。

农村虽然现金紧缺，但有的是农副产品，每次出诊，什么嫩玉米棒子、鲜毛豆、萝卜青菜，春兰都是满载而归。她虽然是医务人员，但也不太讲究，有重病号需要守候时，不嫌脏不怕累，有啥吃的随便吃上一口，陪着家属病人受累。待病人痊愈后，大部分人家记着春兰的好处，会专拣一个日子，做几样好菜，感谢春兰，或在春节期间专门请春兰吃饭。过去农村主要靠胡萝卜越冬，很多人尤其是孩子不喜欢吃，春兰就说，胡萝卜是最好的蔬菜，要大家多吃，当时人们以为春兰说的是哄孩子的话，现在看来，其言不谬。

春兰保媒的成功率颇高，一是源于他对男女双方家庭的基本了解，二是源于她对双方家长心理的揣摩掌握。世上的事情，不管是啥活，干得多了，都能熟能生巧，把握窍门，保媒亦然。所以春兰知道什么时候该说啥话，遇啥人家该怎么对付，还是有她的独门秘籍，火候拿捏得恰到好处。遇上挑剔的，也能口吐莲花，逢难化吉，成人之美。但也有婚后反目，打闹得死去活来的人家，最后不欢而散。当地的风俗，成家之后，遇有家庭不和、吵吵闹闹时，矛盾的调解人一般还是媒人，保一次媒，需要两到三年的保质期，也就是三年左右的矛盾纠纷调解期。媒婆不只是吃喜酒、收谢礼时的高高兴兴，还有后续的烦恼不快，没有伶牙俐齿的巧嘴、随机应变的能力、处变不烦的耐心，也是很难端起这碗饭来。

春兰也有背时的时候，李家庄的李思盛就是春兰保的媒，不想其妻是个石女，婚后天天打闹，李思盛没有少找春兰的麻烦，春兰反复解释，此事实难先知，是意料之外的事情。两人话不投机，李思盛哪里肯听，一脚踹向春兰的自行车，把车子的轮圈都踹飘了，春兰见李家不依不饶，好话尽说，并超额退还了李家道谢的物品，此事才暂歇风波。但李妻最后还是被赶回娘家，羞愤难当，不久居然寻了短见。

张庄的现任村长刘福根，如今是远近闻名的大款，其父母是春兰说合的，他是春兰接生的，福根三岁的时候，他的小鸡鸡让马蜂蜇过一次，红肿得像小红萝卜一样，小便难耐，哭闹不止，多亏春兰擦抹消毒水，守了两天两夜，才熬了过去，几十年过去了，福根也有孙子了，但他的老母还不停地念叨春兰的好。如今刘福根有钱有势，明地暗里有多个相好，欺男霸女，闹得全家不宁。村民知情，不免嫉恨，有人就说，都怪春兰多管闲事，当年要是别管福根，断了他的万年根，哪有现在的祸害。

春兰是个苦命人，她原本是个弃婴，在李庄的教堂里长大，她打针输液的本领就是在教堂里学的。年轻的时候就跟着一个医生跑村串寨。春兰的男人名叫虎生，白白净净，温文尔雅，是个读书人，原先当售货员，因车祸伤了脑袋，记忆力大减，工作时老有差错，而且经常头痛，一发作就头痛欲裂以头撞墙，遂休病在家。虎生自打伤了脑子，就像换了个人，整天只知傻吃傻喝，家里大小事情再不操心，不仅收入锐减，上下里外都得春兰打点。

春兰有一儿一女，女孩为长，名叫小梅，模样随爸，长得俊俏，但脚有残疾，走路一颠一跛。儿子叫小明，面相颇像春兰，厚唇龅牙，两个孩子都很腼腆、不爱说话。小梅休学在家，小明还上学，春兰外出时，就由小梅在家侍奉老爸和弟弟吃饭。

春兰既游医乡里，又惯于保媒，吃吃喝喝是寻常之事，她也爱喝两杯，酒桌上的春兰颇为豪爽，半斤高粱白酒下肚，面不改色心不跳，据说春兰有八两的酒量，只是喝完酒吃完饭还要骑着自行车摸黑回家，不免让人担心，但每次酒后，她都能安然归来，人们也就习惯了酒桌上畅怀豪饮的春兰。但她在喜庆的婚宴上，正高高兴兴地吃着喜酒，却不知为何，不止一次当众落下泪来。

时间久了，人们知道春兰有两个心病。一是她的虎生，二是她的小梅。虎生自打坏了身子，每天就知傻吃傻睡，还爱折腾春兰，别人都是靠男人吃饭，春兰却成了顶梁柱，累死累活还得养个废物。

经春兰保媒的伉俪，少说也有二、三十对，但小梅眼看也到了出阁的年龄，一直没有一个合适的人家。过去在农村，媳妇要顶多半个劳力，外出务农，居家劳作，跛脚姑娘自然颇多不便。春兰相中的几个小伙子，不是家长婉拒，就是本人推辞，稍有残次的，春兰也心有不甘。几年下来，只有东村的陈家二小，央人求过春兰，春兰知道陈二小有结核的底子，自然不允，这事就吊在二梁悬在半空了，春兰一心想让小梅学习打针输液的本事，只是小梅不会骑自行车，走村串户还得她妈自行车带着，而小梅上下车架也不利落，每次见她娘俩骑车行医，不免让人揪心。

春兰虽然长相一般，但也有人打她的主意，安庄的边海涛会吹唢呐，常在七里八庄的红白喜事上露脸，不过只会吹悲欢曲子各两首，人称边两曲，虽然本事不怎样，但惯于花言巧语，边早年死了老婆，早就央求春兰给他留意合适的姑娘或寡妇，怎奈边两曲家人口重，底子薄，人也不勤快，两年多来，没有合适之人，一直单挂。一次他患重感冒，在春兰给他打针时，竟然言语调戏春兰，并动手动脚，恰好让冒冒失失闯进去的边两曲他堂哥看到，搞得春兰跳到黄河也洗不清了，把个春兰气的。

一天早上，人们在道旁的沟渠里发现了春兰，当时她已经断了气，头上开了个口子，血都浸到土里了，四周有她的坐骑，还有几颗白菜，药箱散开，药瓶药盒散了一地，看现场应该是骑车摔倒在了水沟。公安来了之后，现场早已乱七八糟，经勘验分析排除了他杀，定为意外。不过，是身体不适摔倒的，还是摔倒后造成了伤害？最后是从哪个村里出来的，是劳累过度，还是酒后眩晕？不得而知。事关人命，人们也不敢胡乱猜疑，公安也没有明确的结论，人们只是直摇头，觉得春兰是个好人，死得可惜。

事情已经过去四十多年了，老人们若说起吃药打针，还时常念起春兰。

乌强

　　乌强者，京人也，幼父母离异，由祖父母育于张家口，以音异京都，自号冀人。其初中于冀，高中于京，难习两地风俗，高二辍学，浪迹江湖。旅舍清理，饭堂伺应，工地运砖，车厂维修，均以失颜无术、苦脏累险告辞，尝与人贩菜，巨亏；运煤，折本；亦养虫植花，尚未开张，即告关闭；诸业打工，或半年或三月，浅尝辄止，难持恒远也。

　　强与双亲隔阂甚深，素无来往，言称父母双亡。其母悯之，央弟管束，娘舅观之诸事弗成，知其心性乖戾，拒矣，母泪而三祈，乃引强经商。贩图书，平本；倒海鲜，少赚；卖服装，多赚；办发廊，大赚；开歌厅，日进千金，倏而暴富，日日美女绕膝，淫声浪语，夜夜狂歌艳舞，乌烟瘴气。鼎盛之时，坐拥歌厅三处，洋洋自得也。然政府扫黄，拘人罚款，强不胜其烦而利令智昏，屡查屡犯，上下其手无果，终遭封禁，缴巨额罚金，收监一年，乃偃旗息鼓，伺机再起。然今非昔比，查管甚严，强东荡西逛，无事寡欢也。同道诸友，惟一人转行别业，位居政协高职，余则或吸毒、或暴毙、或监管、或异邦，各奔东西，阴阳两隔矣。而尤幸捕后股票倍涨，蹲牢一年，盈利百余万。乃破涕为笑，纵情尘女，暗幸窃喜，醉生梦死也。

强中等体型，面黑微胖，喜啤酒，好雪茄，项垂粗金长链，指箍大颗金戒，衣着宽衫松裤，脚蹬圆口布鞋，经典江湖扮相，鼻架眼镜，狡黠难掩粗莽也。尝曰："款大不留发，款小必蓄发。"故钱紧时长发披肩，钱宽则青皮光头，几度蓄削，然发长过耳，多迎转机也。强厮混社会多年，江湖小技纯熟，身勤嘴甜，巧言令色，乐歌善舞，出手阔绰，黄段子信口来，鬼故事随嘴流，俏皮笑话滔滔不绝，政坛秘闻如数家珍，京津冀东三省乡音土语任意转换，圈内称之"乌贼"。

强尝于市井卜命，得上上之语："桃花、财运两旺。"深信不疑也。其有四事津津乐道二十余载。一云：长裙一条，本金50元，以千五售出。二云：歌厅开张前夜，二十靓妹与之淫乐。三云：路遇劫匪，砖击贼首，跪地求饶。四云：名校之花，硕士学霸，以身相许。诸事虽难稽考，然故交咸慕其能，众喜其风趣博闻，而女子犹甚，登门献身者不绝于道，强先姘方女，再居程女，复苟且史女，后交好欧女，朝秦暮楚、隐名埋姓者众，长则五年，短则半载，无一久长，亦无子嗣也，蓦然兮龄逾四十。日泡大缸张一元，四季持扇狂舞，居宅玩股戏牌，亏多赢少，而储积无多也，乃头蓄长发。

强之父母各有房产。其母拆迁得巨款并数套房产，寡居经年，一病呜呼。强获遗产九百万，并楼房两套，复头顶青皮，春风含笑，趾高气扬。

盛夏，强偶遇董梅于泳池，垂涎姿色，手段尽使终得手，乃弃欧向董。梅之妹董兰者，其友为画师刘波，睹董梅芳照，目瞪口呆，如醉似癫，喃喃曰："仙人也"。乃语兰曰："夜夜梦会绝色佳人，醒后皆大汗淋漓，昏沉如醉，日绘芳像一幅，方得清爽，如是者三载，孰料神女近在咫尺，真天意也。"遂请兰至画室，擦抹掸弹，铺展画卷，搔首弄姿跃然欲出者，董梅也.墙壁所倚，木架所立，亦复如是，纤丝毕现，栩栩如生，刘波执手董兰力求面见。兰以为奇，言与其姐，梅将信将疑矣。

一日刘波得见董梅，长跪不起曰："见得阿姐，始信前缘，死而无憾也。"

梅曰："容貌相似者何其多也哉，莫张冠李戴，用情非爱。"

刘波泪眼婆娑道："阿姐胸长红痣一粒，背生黑痣两枚，夜夜颠鸾倒凤，天不我欺也！即可验视之。若有，波之性命为姐所据，任凭牛马驱使。若无，亦属有缘之人，愿阿姐认下愚弟。"董梅私处之体痣果如其言，讶然而奇，膝下刘波似曾相识，惊异难以置信。自此，刘波痴迷疯癫，弃兰而慕梅，诸事荒废，难以自拔。

乌强知之，大怒。与梅兰并江湖弟兄疾奔刘波画室，目击四壁者，皆董梅肖像，一颦一笑，妩媚动人，顾盼传情，呼之欲出，睹之五内俱焚矣。刘波知乌强之意，气定神闲曰："哥哥息怒，此乃前世之缘，非人力可为，哥哥忍痛割爱，小弟重金相赠。"

乌强曰："大胆淫贼！余甚者，惟钱耳，休得无礼。"

刘波曰："五百万可否？"强撇嘴。

刘波复言："千万，务松贵手！"强无语。

刘波再曰："千二百万，倾囊也。"

强不为所动，慨然曰："梅若恋汝，分文弗取，梅若念吾，又复何言，此非金钱之事，勿自作多情无事生非者也！"

刘波环视之，梅兰皆垂首无语，乃掷笔叹曰："惟死明志，死不瞑目！"

次日，兰泣曰："刘波刃脉矣。"强、梅大惊驰往，画室洞开，空无一人，惟遗斑斓艳汁，难辨血耶彩兮。电询董兰，知气息尚存，性命无忧也。

梅惕然惊悸，无语叹息，强望之若有所思。强慕董梅者姿色耳，刘波事起，知梅身值千万，更有以命相许者，无价至宝也，乃倍加怜惜，意欲长相厮守，雨便雨，风便风，四出周游，随心所欲，任凭欢乐也。

梅曰："坐吃山空也。堂哥为地产商，风头正劲，蓉城发展，可与合作。"强曰："善。"乃飞蓉考察，面见堂哥。果如梅言，业勃然兴旺，如日中天，产炙手可热，供不应求，大腕风范，呼风唤雨，大亨做派，不怒自威。堂哥缓启玉音曰："钱同赚，福同享。"

强艳羡不已，怦然心动，乃商定筹资共举。堂哥引资三千万，强抚胸首肯。归京变卖房产三处得款千五百万，售股票得款百八十万，并筹散金八百二十万。是日，强闹市往来醉驾，人拘半月，证销五年，座驾留之无用，亦五万贱卖矣。共集二千五百零五万，辗转别贷款额，金集三千万，悉数交于董梅，梅轻语："焉能变卖房产，身将安栖与？"

强曰："暂且租居。投资房商，岂缺一砖半瓦兮？得利新置豪宅，有何难哉？或迁居蓉城，勿再多言。"董泪吻之，曰："善"。

强梅携资再赴蓉城，商妥入股之事，梅为副总，强为监事，常驻蓉城，大展宏图也。然强无事可为，日啖肥甘，无聊至极，乃单返。孤身租居于京郊，且暮与人网乐，或献歌，或美图，或视频，或语淫荡鬼事，自黑黑人，自娱娱人。人始则奇之，久而厌之，避之犹恐不及。强怀揣梦想，怡然自得，坐等鸿利也，时招尤物恣欢。偶得狼犬一条，晨昏遛之，招摇街坊。人询其业，则吞青烟、抚青皮，嘻云："吾乃生意人，川有大买卖。"

然未及两月，强消瘦乏力，高糖消渴也，乃餐粗疏，吞药丸，注针液，而蓉城频传噩耗，或塔吊倒覆，或工人高坠，或工棚起火，又闻董梅急火攻心罹疾不起，即速赴蓉，而梅力拒之。烦闷间突闻喜讯：父居之地拆迁，可得巨款。强有异母弟，为避独吞，乃居京静候佳音。喜与董梅通联，然杳无音信也。

牛博星的故事

博乐是我新结识的朋友。

我和博乐同在一个公司工作，中午一起在公司用餐，上下班又是同路，成天在一起摸爬滚打，不几天就混熟了。

博乐本名牛博星，猛一听以为是牛不行。老牛腿有残疾，走路不得劲，不细看发现不了瘸的毛病，他生得圆头圆脸，性格乐观豁达，生活无忧无虑，每天与世无争，一副乐天派的样子。不管老板安排什么事，他一律好好好、行行行地应着，不管哥几个说什么，他都不急不恼、不慌不忙。

工作间隙，老牛常给我们讲养生保健的知识，讲穿衣打扮的窍门，讲厨艺烹调、养花遛狗的讲究，讲斗蛐蛐、打麻将、抖空竹、放风筝的乐趣，讲旅游远足的体会，也讲一些国家领导人无可考证的逸闻轶事。还不时冒出几句英语，唱上几嗓子花腔，最拿手的是朗诵岳飞的《满江红》，字正腔圆、抑扬顿挫，感情饱满，神情专注，非常之专业。老牛还给我看过手相、测过名字，说我有桃花运、财运，父母都能长寿，三十岁后就能成为大款，不管真假，反正听着挺高兴。总之他常与我们几个逗乐子开玩笑，是一个情趣十足的人。老牛博学而乐观，完全没有"不行"的模样，我们哥几个便说，你每天让我们听免费的相声，逗我们开心解闷，就别牛不行马不行地谦虚啦，干脆赠送你个艺名，就叫博乐吧。

博乐第一次听我们这样叫他时，很开心地说："博士是有学问的饱学之士，不是学者就是教授，博爱是胸怀博大的慈善家，博乐就是我这样没心没肺的人了。老哥喜欢此名，我愿做这个最新冠名的持有人、注册者，拥有一切支配权，你们几个可不得侵权哦。"

反正就是个乐呗，以后大伙就尊称老牛为博乐了。

博乐这两天掉了一颗下门齿，加上前一段时间掉的一颗，笑的时候关不住他的舌头，不时舔着，或像小狗一样，往外吐一下。说话的时候兜不住风，走风漏气，五音变调。吃饭的时候兜不住饭菜，撒得地上尽是米粒菜星，老话说人吃鸡饱，就是指博乐这样满地撒饭的人了。滑稽的是他长的两颗虎牙完好无损，博乐说："该在的没了，不该在的不走。"

在博乐镶好牙的次日，博乐给公司打电话说他病了，急性肠胃炎。刚好公司发些福利，我便顺路给他带去。

在一个六层楼前，我摁响了门铃，看这楼的结构楼层及样式，应该是三十年前盖的，在当时还算不错，他住在五层。

博乐一人在，家里不大，建筑面积该是五十平方米左右。但很零乱，显得更加窄憋，光堆在门口的鞋就有四五双，让你没地落脚，还有一股异味，好似劣质肥皂和劣质墨汁散发出的怪味。那个谈天说地的博乐完全不该住在这样的家里，最起码应该整洁一些。

我纳闷起来。

博乐说："让老弟见笑了。"

我气喘吁吁地上了楼，头上还冒着虚汗，我代表大伙对他表示慰问，但博乐打着呵呵，既没有让一个座，也没有让一杯水，不冷不热，我放下东西后，就出来了。对于博乐的所为深感不解，我想最起码该有一句客套话吧。

博乐上班后，对于自己的没有礼貌未做任何解释，照样谈天说地，乐乐呵呵，博乐越是这般，我越是不解，总之牛博星还是那个牛博星，博乐却再也不是那个博乐了。一天下午，公司没事，只有我俩在办公室，博乐和我闲谈起来，我们喝了两壶水，换了三泡茶，居然没去卫生间。

原来，他在荣获博乐头衔之前，有过一段颇为曲折的生活。如果用几个词分阶段来概括，我想应该叫作：不乐、伯乐、千里马和小牛犊。

小牛犊

博乐 1958 年出生，其父是黄埔十六期毕业生，国军军官，解放天津时投诚，曾参加抗美援朝战争，归国后在国务院某部委办公厅供职，但职务不高。博乐说他喜欢朗诵岳飞的满江红就是受其父亲影响，过去军校出来的旧军人都会背诵此词，父亲从小就教他背诵、朗诵，希望他成为顶天立地的男子汉。博乐有一姐姐，1955 年出生。苦的是 1961 年，其母因病亡故。两年后其父与他未婚的女同事再婚。起初后母对博乐姐弟尚可，随着小弟弟的出生，他和姐姐已不是父母关照的中心。但他和姐姐也没感到什么委屈，饭吃得饱，觉睡得香，无非就是自己洗碗、洗袜子之类，在家里多做一些力所能及的家务。这倒培养了他的自立能力。文化大革命中，他父亲以历史反革命被投入监狱，两年后，后母带着小弟弟改嫁。

这段时间，博乐和姐姐在姥姥家生活，姥姥对他慈爱多于严厉，怜悯多于管教，他每天无所事事，和几个野孩子在大街上游荡，最高兴的事，是翻着墙头去看已经看了无数遍的电影，什么《阿福》《看不见的战线》《南征北战》《打击侵略者》，里面的台词倒背如流，电影不能白看，英雄的精神也得学习。他特别羡慕戴着红卫兵袖标的高年级哥哥姐姐们，去大街上刷标语做宣传，只是他不仅戴不上袖标，也没人带他串联，反而因历史反革命分子的狗崽子遭人白眼唾骂。失落之余，他痛恨过父亲，但并没有谁比他父亲对他更好。倍感无助之时，他发扬初生牛犊的大无畏精神，曾到父亲的单位和某监狱找过父亲，曾在夜间拿砖块砸烂过据说带走他父亲的人家的玻璃，曾把欺负他姐弟的一个大孩子砸得头破血流，差点进了少管所，当然也几次被其他孩子狠揍。他还身无分文，一人流浪几天回过河北老家，完全是个天不怕地不怕的野孩子、二愣子。那时只有舅舅还偶尔过来看看他们，留些钱物。

他说，那时他什么也没害怕过，开课就去上学，停课就出去游荡玩耍，在家里就看小人书，姐姐在家做饭，他则负责保护姐姐，反正没记得谁欺负过他们。1970 年他父亲出狱时，她和姐姐也稀里糊涂地长大了不少。其父被安排在城区服务公司烧锅炉。

1971 年他姐姐到山西雁北插队。

1975 年至 1980 年，博乐在他父亲上班的服务系统参加了工作，相继在浴池、招待所和一个餐馆当服务员。后来，其父落实了政策，被重新安排在区政协工作，姐姐在山西也参加了工作，家境渐渐好转。

千里马

1977 年恢复高考后，催生了全国的学习热，博乐也背上书包，上了夜校。但他数理化等课程基础太差，也不感兴趣，却对英语情有独钟，他们夜校的老师是美国麻省理工学院的留洋生，讲一口地道的美式英语，博乐每天对着录音机哈喽、欧凯着，抽空到广场、公园等外宾较多的地方练习发音。功夫不负有心人，两年后，博乐已是夜校同学里的佼佼者。虽然高考落了榜，夜校的学习却让他受用终生。

1980 年，北京某饭店招聘会英语的服务员，待遇从优，博乐以纯正的发音和对服务业的熟悉，脱颖而出，一举夺魁。

在一流的涉外国际大饭店，博乐就像千里马奔驰在草原一样，有了充分展示和学习的机会，为了满足老外了解中国传统文化的要求，他如饥似渴地恶补历史、人文、民俗、宗教知识，丰富的知识为这匹千里马增添了新鲜草料，给这匹千里马插上了翅膀。他和不少旅行社的领导成了哥们，同时他还收获了一位姑娘的芳心。饭店领导对他非常满意，并流露出对他重用的信息。

不久，饭店进行承包制改制，原饭店领导另调他处，新来一位据说很有背景的承包者。在职工大会上，承包者趾高气扬大放厥词，什么从今往后所有员工，实行末位淘汰，竞争上岗，要考虑好自己的饭碗，偷懒耍奸要严格考核，拿奖金说话，不好好干就卷铺盖走人等等，俨然把饭店当成了他的私产。这使博乐大感不悦极度反感，在跟承包者进行了一次不愉快的交谈后，他炒了承包者的鱿鱼，到公司办理了辞职手续，和旅行社一哥们合作，当起了涉外导游。

二十世纪八十年代末、九十年代初，旅游业刚刚兴起，炙手可热，虽然一九八九年旅游业受到了冲击，但亚运会后很快又火爆起来。博乐头顶遮阳帽，手挥导游旗，领一帮金发碧眼的老外，叽里呱啦说着英语，常常引来游客艳羡的目光，小费每团每团地有，金钱大把大把地赚，体面潇洒，好不风光，做导游期间，他甚至和几个外国姐妹干过出格荒唐之事。

1997 年，博乐的一哥们，在四川承包了一个度假村，让千里马参股并过去打理。度假村青山绿水，秀林茂竹，空气清新，交通便利，优美的环境让他非常满意。二人考察之后，一拍即合，决定大干。博乐投资了 12 万元，将所有积蓄都押在了度假村上。他大施拳脚，提出了一整套的度假村改造方案，并付诸实施，使品位一般的度假村既亲民，又高档，超凡脱俗，很上档次。在饭菜口味上也动了脑筋，以川菜鲁菜为主，以四川麻辣为主打，又照顾北方客人的胃口，同时，见南方的客人给他们推介川菜，遇北方的客人给他们推介鲁菜，这样互通有无，增加新鲜感，加深体验和记忆。特别是和北京多家旅行社签订了合作协议，在旅游线路上下了不少功夫，从来不愁客源，把这个度假村经营得井井有条、风风火火，正是壶煮都江水，笑迎八方客。千里马自是风光无限，他留着披肩发，戴着大戒指，挂着大金链，每天嘴叼黑棒雪茄，手捧上好绿茶，在灶房、大厅、财务室转上一圈，隔三岔五到菜市场看看价格，偶尔去客房查查卫生，一切就欧凯了。平日里油光粉面，皮鞋锃亮，想吃啥吃啥，想喝啥喝啥，想骂谁骂谁，想和谁好就和谁好，服务员和合作伙伴，见了博乐口口声声牛老板、牛总、牛经理，点头哈腰，敬畏有加，换着花样讨他的欢心。博乐一口京腔京韵，平时就够大伙听稀罕了，偶尔再来几句美式英语，更使大家刮目相看。附近的菜农和鱼贩肉贩亦视他为财神爷，把最新鲜的蔬菜和鱼肉供应给度假村，有关价格，牛总从来一言九鼎，说一不二，也从不赊账，周边远近可以说都知道这位从首都来的牛总。

博乐说，在越南他还享受过一次贵宾招待。

度假村涉外经营，接待过一拨越南客人，博乐认识了越南一家旅行社的工作人员阮某，一天，他收到了这家旅行社的邀请，邀他前往越南游玩，他满以为这不过是一次普通的旅游，未做多想，慷慨赴约。安排好度假村的工作，一番鞍马劳顿，便来到越南，见到了久违的阮某。

按博乐的想法，有个导游陪着，在景点转转就挺好。但不知阮某是怎么个意思，一过口岸，就有官员迎接，将他安排在当地最高档的酒店，宾主致辞，举行了简短而又热烈的欢迎仪式。博乐云山雾罩，不明就里，越方则口口声声牛总长牛总短，问寒问暖，殷勤备至。阮某见人就介绍这是来自北京的贵客，大富豪。每天都有大小官员小心翼翼地接待陪同，好吃好喝好招待，周边城市连连转，重点景点挨个玩，风味饮食轮换吃，转完玩好吃饱了就要博乐谈观感说体会，博乐也不客气，尽其所见，一一指出：贵国的自然风光非常美丽，特色鲜明，堪称一流，只是基础设施太差，交通、住宿、卫生、购物等设施需要快速兴建补充，需要投入大笔资金。而这正是越南最感兴趣的地方，几个人话锋一转，每天缠着博乐谈投资的事。

博乐情知有异，只是不动声色，依旧气宇轩昂，不卑不亢，派头十足，该吃吃该喝喝，侃侃而谈，逢场作戏。他和阮某私下作了沟通，知道阮某所在公司急于扩大业务，引进资金，人人都有引资任务，阮某这小子意欲提拔，在领导面前急于表现，便夸下了海口，说认识中国的大老板可以洽谈投资，于是乎，一张邀请函把博乐请过了友谊关。公司领导愣是把博乐作为中国的投资人，并逐级汇报，大小官员把博乐当成了财神爷重点攻取、好生招待、小心伺候。

博乐也不是白给的，久在江湖，对旅游餐饮服务业自是门清，有足够的自信，对付刚刚开放的越南人那是富富有余。几天里，他配合着阮某假戏真做，在饭菜口味，景点推介，涉外服务，设施设备等方面提了很多建设性意见，几个官员频频点头，认真聆听，仔细笔记。每当提到投资之事，博乐也会兜着圈子敷衍，讲出一番滴水不漏的话来。

他对越方的副市长说："此番受邀来越，确有投资意向，经过初步考察，感觉整体环境不错，是个发展投资的理想之地，但要大笔投资，比如说交通这块就得架桥铺路，比如说分期分批进行？还是一步到位？需要董事会认真研究，回去评估研判之后，拿出具体的整体的方案，再行回复。"合情合理，没有瑕疵，副市长频频点头。

当然，回到四川之后，一切便石沉大海。博乐说，那时度假村虽然风风火火，几个人也只能说手头宽裕，要去越南投资开发，少说也得大几百上千万，那还是差之甚远，也摸不透越南的政策，如果真有资金，政策也优惠稳定，他倒愿意去越南发展。

博乐对我说，如果那时去了越南，现在也就大发了。

不　乐

度假村正风火的时候，坏消息接踵而至。

北京的老同学打来电话，没头没脑告他说，老在天府之国发财，别冷落了弟妹，隔三岔五要关照一下。他琢磨老同学话中有话，便托哥们打探虚实，果然家中有变，老婆和别人打得火热。这点博乐倒没太在意，北京那头老婆有事，四川这边博乐也没闲着，如今不差钱也不差人，好离好散，由她去吧。博乐当时想。

一天早上，博乐还没起床，保安慌慌张张来敲门，说发案了。

原来一个广东客人，放在包里的两万元现金不翼而飞，同时，财务室也丢失了一万多元，经查看，门锁完好无损，报案后，警察一到现场，就怀疑内部作案，博乐让员工集合点名，有个客房服务员果然不辞而别，大门保安说，四点多时见他出去了。得，先垫钱安抚广东客人，财务室的损失内部处理。

我不停地给博乐续水，他说："抓住盗贼或能挽回损失，但如今十多年了，也没听说抓住了罪犯。过去破案手段有限，招工不太严格，有的有身份证，有的没有身份证，有的可能是假身份证。明明知道是谁干的，但此人却人间蒸发了。那时既无摄像头，也没有DNA技术，用工审查不严，此人到底是云南人、贵州人，还是四川人，谁也说不清楚，更别说抓了。"

博乐喝着茶，不紧不慢继续说。

这件闹心事快要平息时，更大的麻烦来了。

一天一个大型会议在度假村召开，这是一个大活。中午用餐时分，宴会大厅高朋满座，与会领导声情并茂地致辞祝酒，要大家尽情畅饮五粮液美酒，按照惯例，博乐作为承办一方的度假村老板，也要致辞祝贺，主持人大声请牛总致辞，博乐器宇轩昂地站在麦克风前，清了清嗓子，尊敬的尊字刚作了一个口型，尚未发声，灶房那边突然大呼小叫，一阵骚乱，博乐定神时节，一股黑烟冲进宴会厅，接着滚滚黑烟带着浓烈的化学味道，扑面而来。博乐一声"骚瑞"之后，赶忙冲过去查看究竟，却原来是后厨的柴油灶着火了，整个后厨浓烟滚滚，火光冲天，顶棚的塑料板和龙骨木架带着火光接连坠落，然后整体塌了下来，厨师们四下乱窜，大火很快向宴会厅、二层三层的客房蔓延，度假村的变压器，电线也着了起来，客人们纷纷跑到开阔地避险。三十多分钟后，消防车才哇啦哇啦地赶到，又是喷白粉，又是呲凉水，经全力扑救，大火总算扑灭。整个度假村一片狼藉，宴会用的饭菜和美酒全部泡了汤，度假村的豪华装修彻底破坏，电力系统基本报废，万幸大火没有进到客房，客人没有人员伤亡和财产损失。眼看会议不能继续，客人们惊慌失措，部分人骂骂咧咧，想赶快离开这是非之地，博乐一脸油污，亲自给会议的代表们道歉。让服务员免收了客人的各种费用，并亲自联系其他酒店，调配车辆，护送客人们先行离去。

据消防部门调查，着火原因是用铜丝代替保险丝，造成线路过热所致，而这根价值不菲的铜丝正是牛总亲自连接的。原来度假村承接了这个大型会议之后，还接待有部分散客，人员爆满，而原先的电力设备，负荷较小，老是跳闸，一个小时的会议，就三次停电，严重干扰会议的正常进行，影响会议的质量，会务组很有意见，和博乐严肃地交涉了这个问题。在此情况下，博乐根据以往在浴池工作的经验，找了一截铜线，拧在了电闸上，谁知，就此埋下祸根。

度假村彻底停业整顿。经测算，本次火灾直接损失 60 多万元。几年的利润不仅归零，而且连投资本钱也彻底打了水漂。

却说度假村的动力，本来容量还有富余，谁知酒店业发展迅猛，兴起了电气化，厨房新增加了不少大功率电力厨具，烧水也是电茶壶，平时客人虽多，并不满员，即使满员也不会集中吃饭集中开灯，设备不会满负荷工作，今天客人不仅满员，而且大白天宴会厅也是灯火通明。厨房长期超负荷地运转，问题一下就爆发出来。

三天后，博乐到消防部门接受讯问和处罚，经朋友出面，象征性地交了一笔罚款，但小费花得不少。

交罚款、花黑钱博乐都能够理解，可以说认打认罚，没有二话，但也无端受了闲气，一直让他耿耿于怀。那天当地消防部门的一名小干部，一听博乐的京腔，就气不打一处来：

"北京那么大的城市还不够你折腾，跑我们四川来祸害，这下好了吧，你们北京人什么玩意，去年我岳父岳母千里迢迢去北京旅游，一家旅行社说好的到十三陵、长城游览，到了跟前却说十三陵闹鬼，不能去，只在十三陵水库边上停了一下，上卫生间就照不了相，照了相就上不了卫生间，你们北京人是什么玩意儿。"

博乐知道在人屋檐下，只能强忍着，赶忙解释："该是遇到黑旅行社黑导游了，正规的是不会骗人的。"

那人哪里肯认："黑社？黑导游？不也在北京吗？你这度假村不是黑的吧，不便宜吧，以前好好地，北京人经手后不是差点把客人烧死吗？"

那天博乐都不知是怎么从消防队出来的。他既无能力收拾残局，也无能力赔偿损失，活是铁定没法干了，一群员工要吃要喝，还等着结算工资，供应商还等着货款，博乐好说歹说求告作揖连蒙带骗算是安抚住了员工，一个电话打给了合伙人后，悄悄躲进了另一家旅店，欲哭无泪，再不露面，准备打道回府。

合伙人当时在国外，火灾五天后见到了牛总，博乐只是自个儿扇着耳光，连赔不是，博乐最后亮明了自己的态度，一是烂摊子留给合伙人处置。二是自己没脸在这地待了。三是原先投资的十多万元就不说了，又掏出了随身留用的两万元钱让他们善后，也算是赔偿。四是要钱没有，要命一条。终归去意已定，耍起了赖皮。

事已至此，多说无益，合伙人要求博乐留下一起善后，他不应。博乐说："当时我并不是不够爷们，出了事溜之乎也，而是我明白自己已经没有能力处理这些问题，特别是还有两个相好，不会轻易放过我。"

博乐说："合伙人是个明白人，当时在澳大利亚和人作矿石生意，不差钱。多年交往他们也彼此了解，他给我算了一笔账，度假村要重新开张最少投资一百万，需要三到四个月的工期，考虑异味太大，需要停业半年左右的时间，也是损失，但是此处地段良好，还有比较稳固的合作关系，加上旅游度假的人员与日俱增，前景还是不错的。如果经营好的话，两三年就可以收回投资，然后——"

实际上这些损失、投资、回报不用合伙人给他算，博乐每天盯在度假村，比投资人更清楚。但是博乐就是转不过这个弯来，执意要走。心气颇高的他，就像一条断了脊梁的癞皮狗一样，既让人讨厌，也让自己讨厌，总之不能原谅自己。博乐作为经营方，与度假村发包方、北京承包方的合伙人，共同协商了一个处理办法，博乐又拿出了几万元，一次性赔付了结。

在善后事宜步入轨道，并交接了财务账目之后，博乐踏上了归程。

博乐哪里料得到，从度假村到飞机场的路上，一场不小的灾祸还在候着他。那天，博乐谢绝了合伙人的送行，早上八点多，独自坐在公交车上，脑子乱哄哄地，想着近来接连不断的祸事，感到特别失败挫折，心乱如麻。突然，一声猛烈的撞击，他便失去了知觉。

这是非常普通的一起交通事故，共造成一人死亡，六人受伤，博乐就是六人之一。他胸部受伤，右腿骨折，好在事发之后，当地政府介入了善后事宜，住院手术治疗护理，包括伤情赔付、杂事处理，都很及时到位，尽管当时情绪极度低落，但在住院治疗一个多月后，已无大碍，他在拿到一笔赔款后，返回了北京。

伯 乐

横遭几场重大变故后，博乐拖着残腿，心灰意冷，也可以说万念俱灰彻底绝望，心想还不如车祸死了，一了百了。回京后，好在媳妇虽然心怀鬼胎，但明面上对他还行，见他遭了大难，伺汤问药，里外忙碌，博乐在家里又调养了一个多月。

博乐父亲去世后，原来的房子出租着，他请走了房客，一人搬了过去，雇了一个保姆，基本能够自理后，他便闭门谢客，得过且过地混起了日子。

老婆和别人好，随她的便，老婆想离婚就办，不想离婚就拖着，他也懒得催促。

孩子已上大学，基本不用操心，就让他妈带着。他把四川车祸所得的赔偿金，以儿子的名字存了起来，算是给儿子的交代，再多的也没有，如果有的话就是这套房子，虽然面积不大，但地段优越，房价节节攀升，是一笔可观的资产。

儿子很快有了女友，但对他这个窝在家里的残疾父亲，冷言冷语，讽刺挖苦，老伴对他更是不理不问，大有任其自生自灭的意思，博乐甚是苦恼郁闷，一段时间，他有点精神恍惚，健忘失眠，有时自言自语。

有段时间，他准备出家。博乐到寺庙向方丈表达了自己的愿望，但被婉拒。在寺庙门外，有不少打卦算命的人，几个卦师都向博乐招手，让他抽签算卦看面相，博乐面无表情，一瘸一拐地回到冷冷清清的家。

此番归来后，博乐闲来无事，对面相、命运和风水有了兴趣。

他买了几本卦书，对着书本研究起来。首先按图索骥，掐算起自己的生辰八字，以及老婆、孩子的生辰八字，包括度假村的地势环境等等人和事，想在这里找找答案。

他综合多部相书的要点和判词，有了灵感，他得出了自己的命运走势：

老、小受苦受穷，青壮年有发迹的机会，通过努力打拼，会有好的回报，但机会稍纵即逝，一定要把握好，否则前功尽弃。

同时，他对自己的名字，牛博星的术数、谐音也深入进行了研究，发现了其中的秘密。

他对我说："我这博星的名字就没取好，你看我童年丧母、中年家庭失和，包括晚年可能预见的孤独是为"不幸"，度假村失盗失火是为经营和管理"不行"，做导游每天东奔西跑是为"步行"，归途之中遭遇车祸昏迷是为"不醒"。

这匹昔日的千里马，对这些牛头不对马嘴，风马牛不相及的东西深信不疑。他似乎大彻大悟。我说："这些看似有点道理，实则牵强附会，不能当真，迷信的成分更大。依我看牛博星名字就非常好，像浩瀚的星空一样博大、深邃、牛逼，度假村不是只有失火失盗，也有红红火火，你也有被越南官员奉为上宾的时候。晚年也不一定是可预见的孤独，没准和嫂子能不计前嫌、同归于好。"

"日子不好过，但日子还得过。那就死马当活马医，马马虎虎地过吧。"他没接我的话茬，沉寂在自己的回忆中。

博乐继续说："导游我最熟悉，本想重操旧业，但车祸之后，一是害怕坐车，二是已没有昔日的体力和脚力，更没有了当年的激情。开饭店需要本钱，需要熬人，我现在基本成为穷光蛋，再不愿意借贷，也不愿意折腾，也没有精力折腾了。"

那些日子，博乐窝在家里，长时间不出门，也不理发，干脆蓄起了长发胡须，一天他无意中照了照镜子，发现自己和寺庙前的卦师很像，这却给了他灵感。博乐描画了一个八卦图，怀里揣了几本麻衣神相的卦书，在寺庙前摆起了地摊，干起了算命看相起名的营生，适应了几天，便驾轻就熟。博乐对自己的新工作还算满意。他说："有个古人叫伯乐，会相马，一匹马牵过来看看牙口、蹄子、脑袋，再遛上一圈，就知道是千里马还是百里马，能耕地还是能驾辕，既然马能相，当然人也能相，比如挑选运动员就有相人的一套具体方法，算命看相不过更加深奥玄妙而已。"

他还总结了几条好处：

一是总得谋生，没多有少能挣几个，遇到好日子也有百八十元进账。二是可以见识社会，透透风，散散心，比窝在家里不出门好。三是能够提高自己的业务水平。四是在卦摊打卦的一些人，大都遇有灾祸和不顺，两相对比，自己遭遇的坎坷，也就成了过眼云烟，不足挂齿。只是风吹日晒，刮风下雨时，受过伤的胸部和右腿隐隐作痛。

来寺庙上香的人也有外宾，这正是博乐大显身手的好机会，他叽里呱啦一顿说，总有外宾照顾他的生意，博乐细端详，巧拿捏，口吐莲花，恰到好处，说得帅哥靓妹心花怒放，乐不可支，价格也是翻着滚地涨，试想算命打卦的有几人会说外语，众人刮目相看，博乐自是飘飘然一口香吃遍天，时有天南地北的老外专程请他指点迷津，由此他成了地摊上的大腕，江湖地位稳如磐石，大有咸鱼翻身之势。

一天，他正给人看相，不料一个哥们恰好路过，听他的嗓音耳熟，居然认出了他。两个老伙计好好喝了一顿，哥们现在开着一个贸易公司，主要和独联体的几个国家搞边贸生意，小日子还算滋润。哥们把他臭骂了一顿，逼他理发剃须，劝他找个正经工作干干，或在他的公司打工也行。

博乐听从了哥们的建议，从此，金盆洗手，进了另一个江湖。

他先后在保险公司、汽车销售公司、饭店、安利等行业企业干过，总觉得这些行当不适合自己，不仅全无乐趣，而且身心疲惫，完全失去了当年的闯劲和锐气。

这个阶段，博乐还有一个职场小体验。

一天，博乐在报纸上看到一条广告，有家报社招聘编辑人员，待遇不错，他也符合条件，便前往应聘，结果被顺利聘用。这份报纸属于街头小报，主要刊载明星绯闻、政坛秘闻、破案悬疑之类的内容，在报摊上候车室售卖，销量不错。报社租赁在一家大楼里，平时只有两三个人，在电脑上排好版面后，直接传给印刷厂即可。博乐开始想得简单，以为每天坐在办公室校对稿件，风吹不着，雨淋不着，不用东奔西走，是个不错的工作。等参加完报社培训，工作了几天后，才了解了这家报社的内幕。

这家报社的工作主要有四块，一是拉广告，主要是征婚启事、医药信息、房屋租赁出售、出国留学培训等内容；二是搞销售，把报纸卖出去；三是编辑出版；四是采访收集企业的负面新闻，一旦知道哪个单位发生了诸如人身伤亡、火灾事故或者产品质量问题、制假贩假等等，报社的记者就会出动，名为采访，实为敲诈，一般事主，一看来人亮出记者证，首先想到的是息事宁人，大部分事主连记者是哪路神仙都不过问，尽快地花钱了事，记者一般情况不会空手而归，好的时候还有意外惊喜。

普通的采编人员，工资很低，只有几百块钱的底薪，其余部分全靠拉广告，或采访形成稿件后，在敲诈所得中提成，或靠外出采访时捞取外快。报社内部规定，外出记者或单独行动或两人一组，有专职人员，也有兼职人员，每月都有稿件定额，他们完成采访或提供有价值的准确的新闻来源后，立即由专人打电话找单位约谈，迫其就范。记者的工作之一就是盼着社会上出事，一旦有事，大家就像喝了鸡血，跃跃欲试，兴奋异常。好在那时，没有一天没事，小到自杀凶杀，大到煤矿爆炸，都是生意。一以曝光相威胁，大部分单位或个人都深谙规矩按套路出牌。如果懒得去跑，到饭店找点卫生的事，或在菜场整几个缺斤短两的事，掏出相机一拍，也能搞几个零花钱。

而报纸版面上刊载的大量内容主要是转载其他报刊或网络的文章，只是掐头去尾，稍加改头换面，再加上夺人眼球耸人听闻的标题即可。既省时安全，还有市场销路，报社有了影响，广告自然好拉。总之这个报社的宗旨就是一个字：钱。

博乐在报社干了半年时间，搞过校对组稿工作。他虽然对文字工作不算陌生，但年龄不饶人，每天盯电脑，校对文字，一个月下来就两眼流泪，昏花模糊。也和其他记者跑过现场，只是身体虚弱，禁不起熬灯费蜡地折腾。但不管怎么说，一是名头响亮，揣着报社记者的证件，比较虎气。二来离家较近，就在小区不远之处，地铁三站地公交四站地即到，骑自行车也可。只是好景不长，博乐刚刚适应了报社的节奏，不想东窗事发，有个记者捅了老虎屁股，居然敲诈到一家背景深厚的公司头上，几个记者被一一请到公安局问询，博乐情知不妙，便油盐不进守口如瓶，只说才来不久，横竖什么也不承认。但有人禁不起折腾，平时揣个记者证装大尾巴狼，骗吃骗喝骗钱花，一到公安局就腿肚子打颤，全部如实招供。最后报社遭人查封，老板差点进了大牢，被狠狠罚了一笔，几个临时工不管是编辑记者还是管理人员，通通作鸟兽散，博乐最后一月，白忙了三十天，连工资也没拿上。

我和博乐打工的这家公司的郜老板，就是原先报社的副总，在报社他也是临时聘用人员，只是资格较老，挂个副总名头，实际也是打工仔。离开报社后，郜老板接手了这家文化公司，说白了就是小型图文印刷厂。博乐做了个鬼脸，向我透露了这个秘密。

博乐说："我每天别无所求，得过且过，能出得了门即可，高高兴兴活一天算一天，最近在社区办理了低保，每月也有千数来元进账，反正饿不死。家里头乱一点脏一点就那样了，我也不在乎了，也懒得收拾。反正高兴得过，不高兴也得过，就凑合着过呗。"

博乐确实是有故事的人，他讲这些过往之事时，平淡如水，好像与自己无关，都是别人的事，而我听着博乐的遭遇，就像一出行为艺术表演，既类黑色幽默，又颇滑稽搞笑，五味杂陈，倍感沉重，却一点也笑不起来。

一聊就是一下午，转眼就是七点了，作为刚出校门的大学生，我对博乐的经历不好评价，但我感谢他为我敞开了心扉，为此我特意请博乐吃饭，但被博乐婉拒，外面的风不小，在一簇开得正艳的迎春花旁，我们分手了。

但愿博乐老哥能开开心心，平安过好每一天。

李普

李普者，雁门人，射雕者苗裔也。癸巳年生，方脸秃顶，膀大腰圆，以多生难料之事，江湖人称"离谱"。今得闻含饴弄孙，颐养天年，甚慰。

普十岁丧母，童年愁苦，中学未竟，即下乡务农，于山村三年，战天斗地，幸赖集体生活，虽有偷奸耍赖之意，绝无鸡鸣狗盗之行，整地伺禾，日晒雨淋，腰酸腿疼，然心无旁骛，饭饱肚圆，无忧无虑，三年增高两厘，来时不足米六，别时已近米八，其父观之喜甚，叹曰："乡村最养人哉。"

普返城前一月，往粮仓上粮，尝与人角力，扛麻包多者、重者胜出，对手乃民兵连长崔胜，年方三十，身强力壮，踌躇满志也，普身有蛮力，虎虎生威，然肉身初成，耐力不及崔胜，几轮下来，渐渐力不能支，惜败在即，普求胜心切，用尽丹田之气，不仅未能反败胜出，竟连人带包跌落度板之下。至此生腰痛之患，天阴下雨，久坐久站，乃至重物加身，皆腰痛发作，重时不能立，唯有卧床。其父视之，脸色陡变："混账东西，端得人高马大，中看不中用，手弗能提，肩不能扛，废物一个，如之奈何？"普忍气吞声，难以言表，多年方知乃腰椎作祟也。

李普返城之后，待业数年，腰痛时重时轻，期间养鱼虫，贩衣帽，炸油条，卖早点，跟车跑路，甚至走私贩假，东奔西顾，四季求财，走南闯北，一心思富，然本钱低微，门路不畅，空有骚动不服之心，难有横财大把进账，挣得零钱碎银，刚足油盐之费。某年冬，身怀积蓄借款，远赴郑州贩烟，本资千元，被地痞尽数骗去，若非腿快，几蹲囚牢。折腾几年，李普未见起色，困厄依然，然已至婚龄，高不攀低不就，未尝情爱之甜，已知人生之苦，游来荡去，昏昏然不知何往。屡遭继母白眼数落，普不胜其烦，出走数日。

李普发小，大名项德者，儿时贫困，曾为人讥，然贩贵买贱，囤货套利，高抛低吸，手有余钱。普闲暇之时，帮项德搬运，茶酒之外，别有小费，两全其美也。德一朝发迹，意欲拓展，创德利贸易货栈，租门店三处，置汽车两台，呼啸以来，扬尘以去，神气活现，趾高气扬。普艳羡不已，强记操作套路，并数次窃驾，起停自如，无有差错，惬意无限也。遂暗中发愤："它日定当亲驾轿车，衣锦还乡。"一日，李普乘酒意，私驾项车外出，未料半路与人剐蹭，将车驶入壕沟，几乎车毁人亡。普眼角缝合七针，肋骨断裂三根，血尿半年，失血甚多，额头颧骨处永久残留青记两斑，右手小指永久弯曲，虽逃灭顶之灾，却为项德招致天大麻烦。自此，项对李敬而远之，普亦得长记性，再勿靠近车辆，亦不提发财购车之事。

几多打拼，普一事无成，后机缘巧合，入职机器厂，如愿捧得铁饭碗，略微消停收敛。单位欲派其叉车，普饱受车祸惊吓，心有余悸，死活不应，以疤痕青斑示之，遂为钳工，虽差强人意，收入不丰，然早晚守时，心安气定，日月渐次平稳，不久谈婚论嫁，娶妻生子，不在话下。

李普素喜桌球，参与赛事，屡榜其名。普苦于诸事缠身，素常难以尽兴。一日踅至文体馆，见人乒乓作乐，不觉手痒难耐，与人鏖战起来，接发削扣，有模有样，腾挪跳跃，妙球连连，普自感球技了得，一时兴起，大力挥拍，不料乐极生悲，脚下一滑，瘫软于地，众查看端详，右脚已然变形，难以着地也，李普面目甚苦，汗若雨下。众情知事急，七手八脚抬之车辆，疾驰医院诊治，乃足腕骨折，石膏固身，活血化瘀，卧床调养矣。百日之后，方弃杖缓行，半年之后乃行走自如。

普家居平房，房后有空地，其姐丈沈飞，喜猛犬，家住四楼，不得养，乃将半大黑贝寄于普处，飞以工作流动，不能顾看之，遂由李普照管。普喜之，夙夜缠绵，昵称"路虎"。其食性挑剔，非骨肉不咽，普日日往返酒肆饭堂，于残羹剩饭中探宝，精心饲喂，一丝不苟，犬牙啮噬多也。遛弯捷走，练叼物，习跳跃，感情甚笃。"路虎"耳耸嘴阔，相貌凛然，豹蹄狼爪，威乎猛哉，唯吠叫之声沉闷，四邻不堪其扰，普一一登门作揖，好话致歉，笑脸赔罪。次年春，普与之散步，"路虎"半空嗅得骚腥，低吠跳跃，亢奋难耐，竟挣脱绳索，向远阔处飞奔，普厉声不止，乃奋力追赶，未想猛力踏于木板尖钉，几将脚板贯穿，滴液打针，休养半月。央人四处探寻，众皆失望而归，难觅"路虎"踪影。犬舍依旧，再无吠声，普寂然落寞，伤感不已，遇黑贝细端详，闻犬吠魂魄丧，念念不忘，难以自拔。

普与其工长张金明素有龃龉，张有一弟乃市井泼皮，称霸市区一角，张亦一副无赖嘴脸，常欺侮工友，克扣薪水，众皆忍气吞声，上司佯装不知，每每揉和稀泥，息事宁人，诸事皆不了了之，唯普不平，与之争辩。1999 年，普疝气疾发，张寻隙扣其五元奖金，二人再起波折，普愤愤然据理力争，张强词夺理，我行我素，指普大吼：尔不思跨世纪邪？普欲再言，张抬手即殴。普眼冒金星，鼻血线滴，乃奋力向张，被众人强阻，归家后齿松面热，愤懑难舒，遂托病不工，其妻怒发冲冠，代其讼于首领，令张加倍退还奖金，赔礼道歉方才罢了，而普郁郁寡欢久矣。岁尾，张酗酒暴亡，普乃破涕为笑，喜跨世纪。张既毙，工长缺，普欲虚位以补，得长志气，乃上下打点，无奈功亏一篑，复闷闷不乐，成心头之恨。

2002年初夏，李普工毕收拾停当，欲回更衣间息歇，工场人声嘈杂，焊光闪闪，头顶天车往来游走，焉知起吊配件脱钩坠落，飞来横祸，自天而降，不偏不倚，冲其狠狠砸来，司机大喊，工友捷呼，李普侧身时节，铁块已中头颅，当即昏厥，病床之上方得苏醒，查锁骨二折，重度脑震，所幸李普头戴避险之冠，颅骨无碍，死里逃生，乃万万幸大喜也。

普几遇险情，大难不死，人以为怪，闲言碎语风飞，而普亦奇之，深恐大灾不请自来、横祸不期而遇耳，惕惕兮惶惶，且暮疑神疑鬼，不能自已矣。妻曾卜于卦师，曰："否极泰来，必有后福也。"妻据实以告，夫妻乃心神略安，不求福报，但求离苦平安也。出院之后，普以伤余之身，殊难爬高就低，调至后勤部门，日日逍遥自在，悠闲轻松，晚来早走，无人问津，而收入相差无几，因祸得福也。

某日，李普信步于街巷，迎面一汉奔突，后有追者若干，高呼：阻之哉！阻也哉！逃者持一物，横眉立目，尽露凶相，李普不明底细，情知非良善之辈，弗敢造次，乃闪身一旁，俟逃者近侧，撂腿绊之，逃者不备，轰然倒地，手中之物飞出，普与来人合力擒拿之，逃者拳打脚踢，殊死反扑，张嘴叮咬李普上臂，普强忍不怠。警察至矣，刑具加身犹挣扎抗拒。所擒者，乃多地害人凶顽；所持者，乃染血利刃凶器也。当是时，普尽出本能，并无他忧耳，事毕方知凶险恐惧，返家亦未敢言语，所幸时值中秋，身着长衫夹衣，臂膀唯印齿痕，尚未溃破。夜寝犹头皮发麻，数日难安也。

此事多日鼎沸之后，渐次消停，李普日日按部就班，班组打卯报到，却守口如瓶，不曾提及一二，某日工余茶叙之时，被人邀至机关，核实擒凶之事，普方如实以告和盘托出，并袒露伤痕证之，闻者无不讶然。数日后，市府通告至：李普临危不惧，机智冷静，单人撂倒持刀凶犯，为捕获歹徒，立下首功，如非李普，不知殃及几多无辜，诚勇士也、义士也、壮士也、卫士也，为弘扬正气故，特授"见义勇为英雄"者也。

衙署择日大张旗鼓，隆重表彰。普与其他功臣，披红挂彩，获赠奖章一枚，证书一册，奖金若干。李普喜形于色。面之青斑针迹犹自放亮也。普之壮举，电视播，报纸刊，风光无限。众奔走相告，不二英雄，就在眼前。工厂首领，别奏上级恩准，晋其工资一级。

吾与李普相识十余载，彼时年近天命，鲜有受人敬重，更无台面光鲜，普亦早已感悟，信天服命，与世无争也。父母赐其大名曰普，本意罢去幻想，欲作凡人，而观其一生，则背乎其意，不测之祸前后随行，离谱之事左右相伴，确乎枝节横生，意外叠起，坎坎坷坷，磕磕绊绊，波澜涌浊，泛善可陈，诚然气盛而运蹇，志高而时悖，心强而才薄，谋多而成少，几成话柄笑谈，令人揪心讶异倍矣。然卓著功勋，一朝荣立，半生颓势，尽付秋风，安知李普再无惊天之举耶？

几
个
难
兄
难
弟

　　某年暑期，小弟因大腿肌肉拉伤入院治疗，我曾陪侍，短短一
周时间，遇到了若干奇人异事，今记之。

我不想死啊

　　老张五十多岁，是南山脚下某村的村民，初见时，我还以为是
陪侍的家属，他在病房周边出出进进，人虽不能说精神，倒也看不
出病态，身高一米七五左右，长方脸，比较健谈，话语略慢，人很
排场，看不出是小山村里的农民，穿的衣服普普通通，但干干净净，
没有欠了饥荒的落魄穷酸之态。

　　一天和小弟同病房的大王说，老张是重病号，一个自杀未遂的
人。边说边领我走到老张的病房，恰好老张不在，大王从他床垫下
拿出一张 X 光片，朝着窗户一照，只见两根六寸多长的大铁钉，一
上一下横在中央，白亮清晰，赫然夺目。大王见我疑惑，也不再多说，
忙把片子放到床垫下面，拉我回到病房。

　　大王颇显神秘地介绍了老张的情况，其他几个陪侍人员还绘声

绘色地给予补充，我和老张有过两次单独交谈，基本捋清了老张腹怀铁钉的前因后果。

老张早年曾在福建军区服役，当过班长，复员后，公社把他作为人才，重点栽培，只是他们村穷山恶水，经常忧衣愁食。

不久，老张在祖上留下来的土窑洞里，和一个妮子成了家，第二年，妮子就在土窑洞里给他生了一个胖小子，第三年，妮子在土窑洞里又给他生了一对双胞胎儿子。奈何乐极生悲，妮子因产后出血一命呜呼。老张有两个妹妹，在他还当兵的时候就远嫁他乡，妮子一走，留下了三个嗷嗷待哺的孩子，老张父母都已五十多岁，老老张是肺气肿，上气不接下气，破风箱般呼噜喘气，老张他妈，能吃能喝一身力气，却是白内障，眼睛蒙着塑料布，看啥都白花花一片，只能摸索着干点事。家里老的老，小的小，小的要吃奶，老的要吃药，小的哇哇地哭，老的深深地叹，这样的光景，谁见谁摇头，谁看谁发愁，幸好村里还有两个哺乳的媳妇，奶水多，可以接济一口，也多亏两个妹妹隔三岔五轮换帮着料理，方挺过了最困难的时候。

老张当时已是村书记，一次他带领民兵开山采石时，被一块石头击中，躲闪时失脚跌入山沟，右臂骨折，好在村里放羊的基本都会接骨，捏吧捏吧，在家歇了一段时间，也就好了。在老窑养伤的日子里，仨儿子的哭声，天天搅得他心烦意乱，老张和他爹嘀咕着要把孩子送人，被孩子奶奶听到，她瞎眉错眼地两臂紧护着仨孙子，哭天抢地，哀求爷俩千万不能送人，老张只好作罢。

这段时间，他权衡再三，向公社辞去了书记一职，改任了村里的保管，暗里多吃多占点，干部睁只眼闭只眼，再说老张过去为人处事也很公道，大家权当接济他了。

那时，老张家里喂了两头山羊，挤奶哺育孩子，每天老老张负责割草，既省了奶粉炼乳钱，又顺便采些党参之类的中药，换些零用。真是有苗不愁长，孩子们看着就大了，虽然头大色黑胳膊细，也不比其他有妈的孩子差多少，成天在院子里活蹦乱跳，大呼小叫。此时大家都劝老张续弦，并给他张罗，被老张婉拒，他说，怕孩子们受屈。

在仨孩子都进入学堂的时候，先是老老张归西，紧跟着老张妈驾鹤，老张就完全彻底地当上了爹娘双头凤。他在部队养成了干净卫生的好习惯，孩子的衣服虽然破旧，但绝不邋遢。

转眼间，孩子们已经到了谈婚论嫁的年龄，好在山村找一块土坡打几眼窑洞不算啥事，大小子说好了邻村的一个媳妇，定了吉日，敲锣打鼓也就办了。

喝完了喜酒，老张高兴，思忖三个儿子讨媳妇，原来一想就发愁。前几天眼看喜日子临近，还缺这少那，咬咬牙，新媳妇也就进了洞房。若两个双胞胎如法炮制，再加上大小子贴帮支垫一些，也没啥难事。老张这样想着，犹如拨开云雾见了太阳，觉着出头之日不远，能给妮子有个交代了。

谁知轮上两弟弟结婚时，老大死活不吭一声，老大媳妇铁定了四项原则，发话说：出体力能行，拿东西没有，掏钱没有，就是借也没有。即一能三没有。

听此恶言，老张忍了。继续央人打窑洞，打家具，又向三亲六故借贷，能省就省，能免就免，一年一个，稀里糊涂给双胞胎也各自成了家，合着四年添了三媳妇。外加四个孙子孙女，多了七个人。老张虽然两鬓斑白，一脸皱纹，但一下成了大掌门，不觉脚下生风、肩头轻松起来。

仨儿子在新窑另立了门户，哥仨好像商量好似的，竟然全没了踪影，就是过年过节，也不登家门，老院里只剩下老张一人单过。

一次老张淋了雨，盖着被子直发抖，邻居见他不出门，才知病了，倒了杯水喝。邻居大娘上午九点告知他家老大，谁知下午四点他才踏进老窑，给老张拔了个火罐，就溜之乎也。老张发着烧，在炕上直直躺了两天，全凭邻居大娘送些小米汤润喉。算是村里人抵抗力强，老张三天后身上渐渐轻省起来，四天头上就上土坡溜达去了。

至此老张孤寡一人，天黑后守着一盏三瓦的细灯管，白天守着爹、妈和妮子的三张小照片，逢年过节，别人全家放鞭放炮，老张一人干锅冷灶，不免有点心灰意冷。老张想着这许多年来，为了这哥仨，含辛茹苦，忍辱负重，二十八岁死了老婆，任谁打劝也没有再娶，为了一家人能吃口饱饭，在村里暗偷明拿，听到闲话，也是装聋作哑。如今翅膀一硬，都远走高飞。唉！

老张这样想着，不由顾影自怜，悲从心来，觉得没啥活头，想想自己老了还不知什么结果，如今没啥牵挂，还不如了断了痛快。这样老张由孤而悲，由悲而郁，由郁而厌，在痛苦的失眠之夜走向了自绝的地方。

老张打开了村里的仓库，准备在里面用绳子了断，在拴绳子时，看着熟悉的农具粮草和门锁账本，又不忍起来，几个孩子能长大成人，全依仗着这几间库房，这样在库房上了吊，觉得糟蹋了对自己有恩的地方，对不住这间库房，也对不住村里的社员们，再说这样了断，虽说自己一了百了地痛快了，将来肯定给孩子们带来口食话把。想到这里他收了手。

回了家，一切都是冷冰冰、黑黢黢的。老张挪动时不小心碰掉了灶台的一只碗，他灵光一现，有了一个先病后死，既能了断，又不难堪的万全之策。当天夜里，他砸了一只碗，砸了一块玻璃，找出一把寸钉，然后舀了一瓢冷水一一吞下，他还翻出两根长铁钉，那是他母亲入殓钉棺时的所剩之物，也狠狠心一并吞了下去。他平静地躺倒在炕上，等着肚如刀搅的时刻，但奇怪的是这一刻并没有到来。

他平静地进入了梦乡，老老张骂他，瞎子妈骂他，妮子也骂他，把他骂醒时天已大亮了，除了几个死鬼的骂声外，什么也没有发生。

到了次日夜间，他开始大便，瓷片，玻璃，小铁钉，一一排出，肚子里不再沉甸甸地坠着难受，但那两个长钉却多日不现真身。他知道，自己想过奈何桥，奈何此桥不得过。

作罢，一人带着仨孩子都过来了，自己一人单过又何难也哉。

此时的老张，偶尔也有续弦之念，但没有合适之人，孑然一身，也再无人提及，唯两根大长铁钉，陪着老张平平静静地过了七八年，从未感觉到异常。一年前，他感到腹部拧痛，情知大事不好。该来的终于如约而至，他想。

老张已经完全适应了独居的生活，而且享受着这样的生活。老张开始后悔自己做过的傻事。他第一次来到县人民医院诊治，拍了片子后，大夫们看着在他肠道里日夜潜伏的长钉，莫不摇头。建议到省院拿方案。

省院的大夫诊断说，铁钉和肠道严重粘连，手术有很大风险，根据患者病情和经济状况，建议对症保守治疗。

我们见到老张时，正是他才从省院回来，在当地住院保守治疗。但县医院也不知如何对症？如何保守？更不知如何治疗。老张不打针不吃药不理疗，大夫只告知多吃软烂流食，避免弯曲下蹲，尽量躺着站着，如果肠胃穿孔，麻烦就大了。

老张入院后，孩子们知道了老父肚痛的前因后果，三个孩子倒替着到医院打探，那几年，他们村办起了煤矿，经济状况大为改观，仨儿子都为自己的忤逆不孝深深悔恨，表示愿意出钱出力。

肚里的铁钉捣乱时，老张头上冒汗，两眼紧闭，手抚上腹，痛不欲生，挺过去之后，又和人们谈笑如常。老张和我们都知道，铁钉一旦穿孔，他就要和这个世界告别。

人们安慰老张，没事就和他聊。老张最爱聊的有两样事，一是他在福建当兵的时候，每天集合训练，香喷喷的大米管饱吃。二是这两根铁钉如果能拉出来就好了，聊起这两根铁钉时，老张最后总要说:"我真不想死啊。"

他没几天活头啦

外科病房也就四五间,没有几个患者,而最里边一个类似重症抢救室,每天能传出几声啊啊的叫声,听了让人难受,半夜传出的叫声更是瘆人,病人是个青年,斜靠在一张带有坡度的病床上,脸色惨白,瘦弱不堪,光头,光身。手上输着液体,鼻子插着管子,氧气瓶外的一个水瓶里,咕嘟咕嘟冒着气泡,病房里散出熏人的臭味,所以除了医护人员和家属,一般没人想过去,也没几个人敢过去。

病人由一个叫小虎的少年陪侍,小虎输液时叫叫护士,平时也没啥事可做,他也不愿意在抢救室待着,常在其他病房转悠,和其他陪侍人聊天。

病人叫完孩,小虎和完孩原来不是亲人,而是一对冤家。小虎和完孩是同村的,两家相距也不远,小虎16岁,才上高中,完孩20岁,在村里当木工,两人是一起玩着尿泥长大的,完孩出事前,他们也常在一起。

一天完孩在沟底挑水,恰好小虎路过,小虎一时兴起,藏在树林里,扔出土块石块击打完孩,完孩知是有人使坏,大喊:是谁?却无人答话也不见人影,完孩正准备挑了水走人,弯腰时,一块石头却直冲太阳穴打来,完孩猝不及防,应声倒地。

小虎起先打了好几块,无一命中,颇为失落。这下看得真切,瞄得精准,见完孩倒了,便探出身子想要跳起欢呼,却见完孩倒在溪边呻吟,小虎情知闯了大祸,一丝慌乱,就要悄悄溜走,跑了百八十米,又于心不忍,回转过来查看,这时完孩已经坐了起来,非常痛苦的样子,看见小虎下来,骂道:"王八蛋,干的好事。"

小虎见完孩太阳穴处,有血痕,但不显。收拾起水桶,扶着完孩回到家里，完孩只说头痛。小虎向完孩爹妈直说，本意是用石块溅水开玩笑耍，不想打中了头部。说完就挑上水桶担水去了。完孩父母心想，家门口的邻里邻居，开玩笑也不好多说啥，过两天兴许就没事了。

谁知到了半夜，完孩却说头痛得厉害，他爹忙找到小虎家，小虎他爹开着手扶拖拉机，连夜将完孩拉到了县医院。

值班大夫是实习的内科医生，看了完孩右侧太阳穴有些红肿，一个小小的破口已经凝结，让口服了止血消痛药片，说观察观察，有事喊他，便倒头去睡。

完孩服了药片，迷迷糊糊睡了，小虎和他爹、完孩他爹在观察室里，蹲坐守候着，快天亮时，也都迷糊着了，完孩他爹醒来时，觉得完孩睡得死沉，情知有变，再请医生出来看时，完孩分明已经昏厥。

好在外科医生来的早，说是脑出血症状，现在症状危急，应该立即手术，但县医院没技术没设备，转院送省城，怕三四个小时一路颠簸，没到医院恐怕就——总之，情况危急，只能是死马当活马医了。听医生此言，完孩他爹已瘫软在墙角，六神无主，小虎害了怕，早跑得不见了踪影，只有小虎他爹哀求医生道：

"你老人家无论如何救救孩子，他刚二十岁。"

完孩被推进了那间抢救室，在医院抢救下，总算缓了过来，但一直迷迷糊糊，处于半昏迷状态。

完孩躺在病床上不吃不喝，半死不活，几个陪侍人站在完孩周围累得满头大汗，急得没有胃口，连惊带吓也是不吃不喝，半死不活。几天后，情况既无好转，也不恶化，医院每天照例输液打针，完孩几个亲戚时有过来探望，见此情景，不由地暗暗垂泪，都骂小虎混蛋，都叹完孩命苦，又都一筹莫展。如此，一个多月很快就过去了。

自从出了此事，小虎就和学校请了假，一直在医院陪侍，原准备好好学习，参加高考，碰碰运气，见完孩一时半会难以出院，便死了高考的心，时间一长，小虎内心的愧疚不安和恐惧也被烦躁所代替。听见完孩啊啊地叫，就赶快从病房跑出来。

小虎家的经济状况相对好点，完孩住院的医药费都是小虎家垫付，但看着完孩病情复杂，好又好不了，死又死不了，医院隔三岔五就催着交费，时间不长已经花去好几千元，眼看家底用光，就要东挪西借，他爹心里暗暗叫苦，但又怕完孩家报了公安，抓走小虎，只得多次到完孩家，亮明态度，花多少都由他家扛着。事情到了这一步，完孩家提什么条件都满口应承下来，但钱流水似地往出拿，最后到底是个什么结果，心里也是七上八下，直害怕死一个，判一个，人财两空。

却说完孩是他爹和前妻所生，完孩的亲妈早在十几年前就已病故，现在的妈是完孩的后妈，完孩后妈进了他家又连生了两个孩子，后妈在完孩身上，倾注的也是一种浓重的后妈情感，出事后，后妈去医院跑了两趟，一看情况糟糕，便怪里怪气地留下一堆怪话，扬长而去。

完孩从小死了亲妈，跟着后妈生活，自小就比较乖巧听话，初中刚毕业就学了木匠，虽然完孩文化课一般，但学起木工，还是心领神会，提前出徒，如今已能走村串户揽活挣钱，村里眼尖的人家，也提过亲。这场飞来横祸，断了完孩他爹的脊梁，不知如何是好，成天唉声连天，直后悔没有立即去医院。小虎他爹几乎天天打发人过来，给他说好话，央求他高抬贵手，放他父子们一码。他只能叹孩子命苦，自己命苦。天天在神主牌位前上香，大声祷告老天开眼，救救他的孩子。

完孩他爹、小虎他爹和完孩舅舅他们，几次找医院，商量医治办法，但医生拿完孩的病情也没有办法，医院出面请过省城的专家进行过会诊，但专家说，手术、常规治疗都错过了最佳时机，现在一是没有更好的办法，二是如此治疗下去，意义也不大。言外之意，大概就是那么回事了。当时好像还没有植物人的说法，现在想来完孩的状况也不太符合植物人的状态。

不管外面人们怎么想怎么急，完孩还是间或啊啊地喊叫，刚来的病人和家属，都觉得毛骨悚然，和抢救室离的近的患者，一有机会就闹着调房。记得当时是六月份，天气已很热，护士说，完孩已有严重的褥疮。

七点多钟晚饭后，陪侍人就在一块闲聊，而小虎每天在病房周围游来荡去，百无聊赖。一次有人问起完孩的名字，小虎告曰：完孩，完蛋的完。人们和小虎开玩笑说：完孩死了，就要枪毙你。小虎一梗脖颈："随便。"

一次，完孩后妈跟大伙说："看他现在生不如死的样子，还不如死了更好。"陪侍人中有个剧团的男花旦，平时说话拿姿作态，细声慢语，举手投足一派十足的巾帼风范，看着非常滑稽，小虎就爱看、爱听他说话。花旦这时接了完孩后妈的话，伸出几根兰花指："哎呀，大姐呀，那衣服啥的还得赶紧准备呀。"

人们都议论，看这架势，完孩他怕没几天活头啦。

他不能死

陪侍期间，我巧遇初中同学郝桂香，她是来给公公送饭的。她居然结了婚，这使我大感意外。学生时代，郝桂香坐我前排，她爱嗑瓜子，把我们方圆几平方米的神圣土地污染祸害得不成个摊子。什么葵花子皮，南瓜子皮，西瓜子皮，加上糖纸笔屑，今一样，明一样，这一堆，那一坨，真乃是可忍孰不可忍，我们忍无可忍，多次与她交涉，向她抗议，表示愤慨，强烈敦促，让老师给她施压，但她任凭风吹雨打，我自王八吃秤砣，我行我素，屡教不改，死不悔改。

郝桂香夏天爱穿一条大裤衩，脚蹬一双男式塑料凉鞋，说话快人快语，粗声粗气，她还有点驼背，每次上体育课，老师都因她直不起腰来批评她，一开始她还挺两下，摆出知错要改的姿态来，但再次上课，她还是驼着，老师就继续批评，她再次象征性地挺上一下，如此几次下来，郝桂香干脆连挺的姿态也不摆了，依然驼我，气得老师给了句："看你将来还能嫁出去。"闻听此言，郝桂香索性连体育课也不上了。最后全班同学基本都升了高中，而郝桂香初中草草毕了业，就不知去向。

郝桂香的背，虽然还有初中时的轮廓，但眉眉眼眼比那时好看了不少，收拾打扮得花花哨哨。如今她在纺织厂工作，嫁了铁路车站的工人，已是孩子他妈。

我说："看你各方面都挺好的。你这人姓郝命好，名字香人更香。"

郝桂香笑得合不拢嘴："你真会说，逗死我了，别糟蹋我好不好。"

我说："你怎么不嗑瓜子了？"

郝桂香笑答："你还记得这，还嗑，少了，咽炎，嗑多了嗓子痒、咳嗽。"

第二天，郝桂香找到我小弟的病房，把几样水果放到床头。小弟看着这个陌生的姐姐，想吃水果不敢去拿，想打招呼不知称呼，两眼在水果和郝桂香之间来回玩着漂移。

原来，在我们病房斜对门住得那个瘦小干巴老头，就是郝桂香的公公。这老头我也听人说起，原本就是肺结核的身底，这几年又累加了风湿病、糖尿病、前列腺病、高血压、心脏病，几个科的病房轮换住，是医院的老常客。今番在外科就是治前列腺的，听说想尿尿不出，如果不治的话，活人真就被尿憋死了。

老头十指犹如鸡爪一般，眼窝塌陷，眼珠暴突，沟沟坎坎的脸上，密密麻麻布满了雀斑老年斑，牙齿尽落，嘴唇不停地咕吧，上气不接下气，一吸一抬头，一呼一低头。直让人担心一口气上不来就嗝屁了。

大王说过，看他难受成那样，还治个屁。

听郝桂香说，她公公是卫生系统某公司的干部，公费医疗，不用担心医药费。

郝桂香还悄悄说："你可不知道，我公公是家里的顶梁柱，可不能有个三长两短。"

原来，郝桂香的公公早先是部队的卫生兵，因伤安置回老家。郝桂香婆婆的身体也不好，老两口都是药罐子，只是婆婆一直无业，没有地方报销医药费。这样，公公就常借住院、门诊多开些药，连自己带老婆儿子孙子的就都齐了。郝桂香还有一个大伯子，在大集体单位上班，两孩子都上学，妯娌没工作，入不敷出，全指望大伯子不多的工资，公公的退休金基本就成了大伯子一家的生活费。

郝桂香得知我也在铁路工作，兴奋地说："铁路好，待遇好，工资高。"

我说："我和你丈夫不是一个分局，两码事。"

她告我说，她公公有个弟弟在铁路上当官，她男人的工作就是他叔叔安排的，最近他们老往他叔叔家跑，想把男人的工作调换一下，在车站干调车，危险太大。

她说："干调车的人称钩子军，在火车上拉钩摘钩，跳来跳去，一不小心就轧断腿了，重的连命也能丢了。"

郝桂香还说，她也想把工作调到铁路去。

"在纺织厂上班太累，也没前途，全是女工，闲话多，作风问题多，没意思。铁路上挣得多，铁饭碗，尤其是跑车的，一天走南闯北，多神气啊。要不搞财务工作也挺吃香。"

我说："瞧好吧，肯定能办成，咱名字里的香不是白叫的，吃香的工作它得预留着，跑不了。"

她说："还真是。叔叔已经答应了我们的要求，叔叔说在车站调工种比较简单，一句话的事，我的工作可能要麻烦一些。"

郝桂香最后说："只要老头子有一口气，就能享受公费医疗，只要老头子喘口气，就能领取退休金。只要老头子活着，说一句话，他叔叔办事就快一点，老头子可是个宝贝，县医院这边要是看不好，我们就转院到太原，到北京。他可千万不能死。"

在医院的几天里，除了小弟的伤势逐日见好外，碰到郝桂香是另一件开心事。多年以后，她果然进了铁路，我们还成了同事，不过我在单位一直原地踏步，没有长进，不成气候，而郝桂香却平步青云，顺风顺水，春风得意，居然差点成了我的上司。

你去死吧

冯波和我小弟一个病房，他是因为打猎闪了腰住的院。

来住院时，冯波是被几个年轻人用担架抬进来的，几个人把他又抬到病床上，疼得他龇牙咧嘴，哇哇大叫。

医生说他是腰椎间盘的问题，按照医生的要求，他在床上平躺着，输上液体，贴上膏药，吃上药片，几天就见了效。

冯波的腰疼有了缓解，话语也多了起来，彼此也有了了解。

冯波是供电系统的职工，好像还是个工头类型的小官。他和所有的病号、陪侍人都完全不同。即使是几十年后，我接触了更多的人，在形形色色的人堆里对他回望，依然是羊群里的骆驼，我心中的另类。冯波极端地不群，至今仍是我唯一的仅见。

冯波年近三十，中等身材，略微偏胖，从长相说，他的典型特征是圆。圆脸，圆脑袋，独头蒜样的圆鼻头，两个眼睛溜圆贼亮，属微缩版的小号牛眼，耳廓也圆圆地曲着，唯一横着的是嘴，但里面有一颗不锈钢假牙，与黑黄的真牙挤在一排，也是圆圆润润少了棱角。冯波一向只剃光头，半月铁定一次，可以半月内剃两次，天天剃也没意见，但短发不能长到十六天以后。否则，按他的说法，烦躁得就想打架。

或许为了验证他的规矩，他在病房剃头一次，油光发亮一毛不剩的发型，和他的圆脸圆头，非常对号匹配。剃发后他喜欢手摸光头，也喜欢让别人摸，不少医护、陪侍人员都摸过他的光头，但我却感到异样，很不舒服，从不想伸手。真不知他生在清朝如何安顿这颗头颅。

冯波很少喝水，他说他不渴，此类人不少。但他吃饭只吃肉类，只要是肉，不管猪羊马牛驴狗鸡兔来者不拒，但对鱼虾一般，几乎不吃米面蔬菜，偶尔吃鸡蛋，喝小米稀饭。他喝酒，只喝曲酒，其他啤酒、果酒、当地的清香型白酒，概不沾口，当时曲酒好像只有中山大曲、中山二曲。而他钟情的这些曲酒在当地几乎无人问津。探视他的亲友，提的都是肉罐头火腿肠，无一人给他送水果糕点之类，大概都知道他的嗜好秉性。

如此吃喝，即使今天来看也是一笔不菲的开支，冯波普通的收入根本填不满他特异的肠胃，这逼出了他的一大手艺——打猎。据冯波说，他有好几杆猎枪，休息时就到南山一带打猎，什么狍子、野猪、野鸡、野兔，只要撞上就是他的枪下之鬼，他还远赴其他县市打猎，一次邂逅一只山豹，可惜没有打着。还有一次更险，他在一个土坡上，看到一个白色的东西来回小幅移动，像野兔又像小羊，他心中窃喜，对准准星，正待发枪，那边却慢吞吞站起一个人来，原来是一位头缠白羊肚毛巾的老农，蹲在树坑里解手，所谓的移动不过是老头扭头拍打虫子以及风摆毛巾而已。险些铸成大错。

冯波也能吃苦，单位野外架线检修作业时，他也偷偷带着猎枪刺刀，一方面是饥肠辘辘等肉下锅，另一方面是兴趣爱好，他酷爱宰杀，手法娴熟，不管是买的活物，还是打的猎物，都由他亲自操刀，开膛破肚。遇有此等美差，冯波异常兴奋，一概当仁不让，他人不得染指。

打不下猎物时，他也不会空手而归，老乡家的鸡，狗，鸽子，都会成为他的战利品腹中餐。

他指着嘴里的假牙说：这牙就是啃狗肉时硌掉的，硌掉又咋，掉了骨头的，我镶一颗铁的，看谁硬。

冯波炖肉煮肉也有自己的一套，从不让老婆劳神。他说不管什么肉，搁上大料花椒葱姜蒜，就让他煮去吧，一小时不行两小时，三小时不行五小时，不信炖不烂炖不香，他说，坐在肉锅前，不吃，闻味也行，尤其是冬天，那个香啊。

他老婆比较健壮，每天给他送饭。照例是大肉块。但他老婆来了，他没有给过一次好脸，不是喊有葱叶，就是骂有花椒，不是嫌淡就是说咸，一不如意不由分说劈头盖脸臭骂一顿，末了奉送四个字："你去死吧"。每日如此，天天不落。

刚开始听到他的恶声秽语，人人倾耳、结舌、侧目、撇嘴，几天后人们就通晓了他的这个定式，一听他开骂，就知是老婆来了，一句"你去死吧"，他就吃饱了，骂累了，老婆也就该走了。不过他老婆无论如何责骂，总是从不争辩，平淡如水的表情，或是司空见惯，听多不怪了吧。

大概人们都首次得识冯波这样的人，私下里有人叫他白眼狼还有人叫他疯子。一个高人说，这小子就是个牲口，你看"冯波"两字，两点水和三点水分明就是他的四条腿和马尾巴，如果把他的腿和尾巴砍了，就没有了心肝，只剩一张马皮，给熬了阿胶算了。

此后人们干脆就叫冯波为马皮。

但很快人们又发现了马皮骂声的不同凡响。一是只骂家里人，二是只骂女人。因为他姑娘、他母亲、他妹妹，凡是来医院看他的女性亲人，他都骂过，虽然高低长短音频音量有些差异，但最后的四个字他不会藏匿省略，总以"你去死吧"结尾。最多把"你去死吧"，换成"你死去吧""死去吧你"，而他的弟弟、小舅子看他时，他笑逐颜开，和颜悦色，完全是另一副嘴脸，真叫人费解。

外科有个护士，出来进去老吊着脸，好像病号都欠她多少似的，待她转身出去，有人就学了马皮的腔调："你去死吧"，有时换成"死你去吧"。暂借冯氏专用发泄一下，骂完后大伙会心一笑。

不过马皮的叫骂也不是一无是处，在这有点恐怖的病房，只有"你去死吧"方能压过完孩的惨叫，这点大伙都无异议。

对于马皮的脾气秉性，人们纷纷称奇，有人说他应该就是传说中的恶人，也有人不以为然，认为他没有教养，批评他无知粗野，马皮自摸着他的光头，嘿嘿一笑："臭娘们，一天不收拾也不行。"

对于他的饮食习惯，大夫多次警告，什么高血脂、脂肪肝、胰腺炎、痛风病、寄生虫卵等风险。马皮啃着排骨，一撇嘴："活着就是吃，这不能吃，那不能吃，有啥意思！"

在这浓郁的肉香和声声恶骂里，马皮一天天好了起来，居然进来得最晚，出去得最早。他出院那天，老婆老妈姑娘都没来，只弟弟一人前来，属于马皮的"专骂"好歹没有出口。

见他走了，人们望着他溜圆的后脑勺，无不从心底怒喊："你去死吧！"

我不活了

老王是我们化学老师的哥哥，也是当年医院里的医闹。

我们的老师中有王老师、孙老师，有高老师、狄老师，有郝老师、赖老师，也有白老师、兰老师、黄老师，自是有高有低，有好有赖，有王子有孙子，色彩艳丽。当时颇觉得好玩，偶尔私下里会打趣调侃一下，后来又晓得，所谓姓名，无非是一个符号，你叫他应，并没有什么特殊的含义，狄老师课讲得好，我们就喜欢她，高老师讲得不好，尽管模样俊俏，我们也不待见，完全没有谁高谁低的概念。

后来我们才知道，王老师的王字，原本不是随便你叫他应，而是确实尊贵显赫，只是时过境迁，当时的王已不是昨日的王，早已成了孙子，灰头土脸，狼狈不堪。

王老师的祖上，乃大清乾隆。他们兄妹的手腕，不论脉浮脉沉，都跳动着乾隆帝这一龙脉，她的曾祖还是京都九门提督之一。乃爱新觉罗氏，清朝正黄旗。比李刚的儿子金贵得多了去了。当年，也只有孙大炮的炮弹，袁大头的新军，方能使得这帮纨绔子弟各奔东西，四散逃命，她的爷爷携一家老小，隐姓埋名先逃到天津，后逃到内蒙古，在"伪满"又回光返照重新阔气了几年，最后在苏联大炮的轰鸣中，死里逃生，一路南下，从河北来到了山西，既不想让人知道他们是人人痛恨喊打的遗老遗少，又想在姓氏里暗藏一丝金銮殿的密码信息，就将皇字摘了白帽，单剩一个一无所有的王字，给王姓人家做了子孙，混在一群逃难的人中，做些小买卖，暂时在山西落了脚。

王老师一家，当时在学校的小平房居住，老王一度是她们家的临时家属。早先老王在当地运输公司工作，但所谓的工作，不过是人力拉着平车，在城区西门外清运生活垃圾，既脏又累，勉强糊口而已。后来老王报名参加了西南建设，随着援建大军来到了云南。与我们相识的那阵子才调回山西，大概这边的工作还没有完全落实，每天无事可做，经常一个人在操场拍打篮球。我们课余后常去和他凑热闹，便知道了微胖的老王。

老王脾气和蔼，爱笑。他的右手小指缺失，但个高，腿快，运球投篮动作花哨，其九指的特征，我们很长时间并未察觉。玩得口渴了，我们会到王老师家喝水，老王拿水瓢舀水时，我们才惊讶于他的欠缺。后来才知，老王在云南是基干民兵，参加剿匪时，因急于建功，跑在最前，与自己的队伍拉了距离，加上山高林密，被后面的弟兄误以为逃窜的顽匪，当当两枪，击中右手，保了性命，却丢了手指。

老王在云南多年，有了缺憾，也有收获，他学会了泡菜绝技，我们当地腌的都是辣芥酸菜，大疙瘩咸菜，对于泡菜滋味，并无概念。一次老王用他的残手，给我们几个学生，一人夹了一根长豆角，那个酸辣咸甜的独特享受，就刻在了我们的心田，害得现在吃饺子还想就泡菜。

老王揣着泡菜这个独门暗器，江湖上却没有地位，三十多岁还孑然一身。对于不练防身术的姑娘们，也毫无杀伤力，或许他们耻于与退化为守着泡菜坛子的皇亲为伍，老王快四十岁的时候，他的泡菜才迷醉了一个老姑娘的芳心。

不久老姑娘有喜了，而且是龙凤胎。不知是乾隆显灵，还是泡菜发威。应该不难想象老王夫妇兴奋幸福的心情，但这两个龙凤胎最后没有成龙变凤，也没有长大成人，大概在产后的几天里，就夭折在了医院。由此老王成了医院非常厌恶的医闹。

外科的一个护士，当时就在妇产科，了解老王痛失孩子的过程。她爱说一句话："人就是瞎活着。谁也不知道自己是怎回事。"

她还给我们比划过老王当时的样子。

得知孩子没了，老王怒张双眼，揪住医生："双胞胎，龙凤胎，两条人命，两条人命啊，老子已经四十岁了。"

医生一直小声解释："双胞胎是早产儿，需要保温，防感染，问题很多。我们也尽力了。毕竟存活了几天。"

老王揪得更紧："什么？生下来是活的，怎么就死了？还都死了？你们都是凶手，还我孩子，还我孩子！"

不管亲友如何劝阻，老王隔三岔五就到医院，找院长，找医生，找护士。有时一人来，有时和老婆来。

在妇产科，老王揪住一个是一个，声嘶力竭地喊："还我孩子！

还我孩子！"

没有任何结果。

老王还哭喊："老天爷呀，我不活了！"

一开始，人们无不对老王夫妇抱以深深的同情，但老王找的次数一多，时间一长，老王的哭喊怒骂也就见多不怪了，任他折腾一会也就没劲了。而刚来医院的新病号和家属，不知原委，只顾站在一旁看热闹，当成笑话四处去讲。

我在医院的时候，见过老王一次，我和他打招呼，但他没有反应，不知他不认得我了，还是气糊涂了。

他比谁都活得好

李三在医院卖血为生。

李三穿戴得非常齐整，衬衣白净，头发溜光，平时骑着一辆八成新的飞鸽牌自行车，经常在外科医生室或护士室闲坐说笑，不知道的还以为是医务人员。

李三 30 来岁，是南堡村人，南堡村实际位处城北，南堡村只是和北堡村相对而言，一南一北。河水将该村一分为二，风调雨顺时，该村守着两岸的滩地，衣食无忧，最怕的是雨涝。涝时，大水从南山上滚滚而下，穿城走村，直奔南堡，村里就倒了大霉。记得某年全县猛然多了乞讨之人，就是他们村遭了洪灾。南堡在当地很有名，原因还不在灾涝频作，主要是村民世代传承着伺弄轿杆的职业，他们走村串户，婚丧嫁娶的时候，敲锣打鼓，抬花轿，担食盒，抬棺材，持纸活，挣几个活钱。依靠这种主打业务，又拓展延伸出做纸活、开赁铺、当媒婆、看风水等第三产业第四产业，这活在人们眼里很不体面，但家家大概都要摊上，南堡村由此名头大振。只是这不是什么好名头，不少后生讨不上媳妇，讲究些的，南堡村的姑娘都不娶。

李三就是阴阳先生老李家的三小子。

李三首次卖血的事情已不可考，人们知道他有家室，李三对自己卖血似乎很不在乎，他有时就蹲在外科病房窗下抽烟，卖血的李三也不是一个人在战斗，至少有一个外县的妇女，是他的血盟。

外科突发伤害比较多，什么车祸、高坠、群殴等，血需求量大，外科的患者用血频率，与李三的供血周期基本合拍，医院不愁买，李三不愁卖。但李三卖血点钱的现场，我却并无眼福亲见。

人们虽然从心里瞧不起卖血的行当，但不讨厌李三，李三笑呵呵的，脸上从未有过忧愁。要按现下的词汇，那做派叫阳光青年、自信男生、白领帅哥、成功人士。一次有人在医院追骂他，他也充耳不闻，不恼不怒。

男花旦就说过，李三比谁都好活。

大王说："可不是，站着不动，一挽袖子就来钱。"

一天，有个孩子手被切割机轧了，需要输血，李三站在一旁，等着生意，换言之，就是等着钞票。谁知孩子的爷爷，拨拉开他儿子和李三，一捋袖子，非要医生抽他的血，护士看他胡须尽白，年近六十，连问："行不行，行不行？"老头大喊一声："行。"

人们都以为是老头想救孙子，却心疼儿子，舍不得票子。

事后，老头说："狗屁，这点钱我还是能掏起的。你们不知道，卖血人的血就不是血，就是一碗淡盐水，他们全凭盐水。卖血人一到日子，血管涨得就难受，不卖也不行。我和李三是邻村，李三年纪轻轻不务正业，我看他不会有啥好结果。就是学他爹干个阴阳先生也不能卖血呀，这不是一般的好吃懒做，比吃祖宗卖坟地还可恶。再说，这些人的血不干净，我们村就有人胡买乱输，得了肝炎，每天无精打采，脸色蜡黄，图啥呢。"

花旦说："那总得有人卖了哇！"

老头很生气，回敬道："卖吧，你不卖就行。"

又说："你卖我也不买。"

谁也别想活

却说外科护士小洪，人长得清秀，态度也和蔼，不管输液还是打针都是轻手轻脚，不厌其烦，是讨人喜欢的姑娘，不料最近也遇到了麻烦，在护士室哭过几次鼻子，一次来病房拔针头时，还当着我们的面掉过泪。

原来外科前段时间住过一个骨折患者，时间较长，他儿子大牛常来陪侍，很是孝顺，大牛在知青粮店上班，浑身都是面粉，每天一有空闲就往病房跑，打饭喂水，倒屎倒尿，忙完之后就又去上班了，甚得医务人员和其他陪侍人的好评，时间一长和护士小洪就认识了。

大牛中等个子，但长得瘦弱，脸色黄白，头发稀疏，更奇怪的是右耳后侧还有一簇白发，好像营养不良的样子。当时物资紧缺，都是吃定量供应，能在粮店上班，很是体面。

人们打趣道："在粮店上班，你怎不是膘肥体壮？"

大牛说他们粮店不属国家正规粮店，而是粮食局的附属粮店，粮油都是议价，比正规粮店要贵，但不用粮票可以随便买。职工属于临时工性质，照顾职工家属，收入不高。

大牛说他们粮店在老城墙基上，离地面有两米高，由七级台阶相连，每次补货，都是人扛肩背，工作很是辛苦，月底能够分些米面，也算一份收入。大牛虽然看得瘦弱，并不比人力薄。我和他掰过手腕，手劲确实很大，这和他每日搬运面粉有关。

却说大牛跑了几趟医院之后，鬼使神差地盯上了小洪，大牛他爸属于硬伤，熬日子就行，只是上下床不便，平时没有啥事。但大牛没事也窝在医院，经常帮小洪擦自行车，和小洪套着近乎。那时人们普遍单纯，小洪又刚参加工作，对于大牛的用心根本没有防备，也压根没有多想。大牛给小洪低价买过一壶菜油之后，更是感觉良好，站在小洪旁边，兴致勃勃地看她配药。小洪告他，配药属于无菌操作，闲人免进，更不能穿着一身面粉的衣服出入。之后，大牛再来的时候，时间宽裕就换上干净衣服。说实话，人们看惯了一身面污的大牛，待他换了干净的衣服，反而不顺眼了，特别是上身干净下身污，下身干净上身污，或者上下身都干净，而耳朵眼里、鼻子孔里、眉毛稍头还挂着面粉，不免有点滑稽。

大牛不仅对小洪好，对护士长和医生们，都谦逊有加，而且对几个陪侍人也是客客气气。谁家打水打饭都会主动上手，哪个病号要去处置室换药都会帮着推车，有着一副和年龄职业完全不同的老到成熟。

时间一长，人们看出了猫腻，老张说大牛病了，得了相思病。

郝桂香则不说话，见了大牛就把鼻子嘴往一块一挤，摆出古怪不屑的表情，小虎不管三七二十一，大牛来了就往跟前凑，问今天三七粉多少钱一斤，卸了多少袋，卖了多少袋。

马皮则不留情面，说："你爹早出院了，没事老往这医院跑，做啥呢！你把腰干脆砸断，一年四季住这就得了，让护士给你备皮导尿，多好。"

大牛并不恼，咧嘴笑笑，拿出烟来，会抽的人人有份，一一点上，眼睛却直盯着护士室。

马皮说得重的多了，大牛并不示弱，也回一句："你一辈子住在这吧！"

马皮再来一句："猫狗还有个二八月，你这每天摽着人家，能偷吃上？"

大牛再回一句："管老子呢，狗的腰才断了。"

那时电影院常放《追捕》《流浪者》，大牛每天缠在医院，见个机会就请小洪看电影，抓出一把瓜子请小洪吃，起先小洪也嗑大牛的瓜子，但任由大牛哀求，看电影从未答应。小洪再幼稚再青涩，也知道和异性出入影院是意味深长的事，此时也知道大牛的用心，一旦明白大牛是黄鼠狼给鸡拜年，不安好心，一切就不自然甚至扭曲起来。

小洪一看见大牛来了就躲在护士室不再出来，小洪不出来，并不能阻挡大牛进去，只有护士长能轰他出来，小洪的自行车推到病案室，自己擦拭，再不给大牛机会。忙过输液之后，小洪借故到其他的科室躲避，反正尽量避开大牛。外科的唐医生对小洪也有感觉，只是腼腆地不好意思表白，见大牛见缝插针，死缠烂打，见了小洪就往上贴，不由怒从心头起，骂过大牛几次。别人也都说论大牛和小洪的条件，完全是没谱的事。

老张说："剃头挑子一头热。"

郝桂香说："瞎子点灯白费蜡。"

一次大牛给小洪瓜子，小洪不接，大牛非要给，小洪一抬手，一把瓜子洒落一地，大牛甚是尴尬，恰好被马皮看见，马皮嚼着一块猪头肉，油光满面，哈哈地笑个不停，正好他老婆打水回来，马皮一声"你去死吧，"也不知是骂他老婆，还是骂大牛，还是两人一起骂，接着又是一声。

起初大家对大牛都有好感，后来有点厌烦，再后来就习惯了，一天不来就有人问："大牛没来？"

但不久，大牛对自己也厌烦了。

小洪的哥哥洪林是城边某村子的知青，在村子的铁工房里打铁，一身的疙瘩肉，与大牛的身材体量相比，完全是健美选手，有着天壤之别。当时我们县城有一批插队知青，离家较近，收工后并不在村子里留宿，而是都各自回县城的家里住宿，次日再上工。洪林就是如此。

得知有人纠缠骚扰妹妹，洪林先在家里批评了小洪，埋怨小洪不该让大牛买什么便宜油，又埋怨他妈说，小洪拿回一壶油也不问问清楚。家里的人为此事都心烦意乱，闷闷不乐。

洪林二十三四年龄，正值大好年华。那时刚刚由亲戚介绍处了一个对象，洪林虽然英武壮硕，在外面少不了打架斗殴，但每次见对象皆循规蹈矩，从来不敢造次，听了大牛的斑斑劣迹，不由怒从心起，想要教训大牛。

一天，洪林先来到知青粮店，大牛不在，又来到医院，大牛也不在，便在放射科门口等了起来。不到两根烟的工夫，半身面粉的大牛来到医院，洪林早打听清楚大牛的体貌特征，只是不知何方神圣，见了真人才知道，所谓的大牛不过是北关的瘦皮。

当年，我们县城的年轻人基本按城区和学校划分地盘，北关、南关、矿区、铁路、纺织厂五把子后生，各自组成团伙，都比较有名，大牛属于城乡结合部的北关，洪林属于城西北的纺织厂，两拨年轻人离得不远，每到看电影或其他活动的时节，时有打斗摩擦，不少人相互认识。而纺织厂这帮人向来瞧不起北关的，大牛就是被洪林他们收拾过的瘦皮。大牛见洪林瞪着自己，先是一愣，再看洪林有点面熟，又与小洪相仿。愣神间，洪林早跨到眼前，抓住大牛领口："你是谁呀，每天来医院干啥？"

大牛想掰洪林的手，如何掰得开："你是谁？和你有啥关系，凭啥抓我！"

洪林又一用力："老子我姓洪。"

二人吵吵之间，早有人看见，医院负责治安的也闻声而至，合力将两人分开，洪林指着大牛的鼻子："滚，小心点，再不三不四，老子要了你的狗命。"

大牛心知眼前之人和小洪有关，脸上红一阵白一阵，愤愤而去。

那时的县医院不大，半圈平房，中间围着一排房子，可以说就是一个大号的大杂院，医务人员不多，病人也不算多。大牛每天进出医院，外科的人心知肚明，其他科室的人员自然也是个个眼熟，或有所耳闻，或只当是普通陪侍人，经此一出，大牛和小洪就成了医院的名人，大牛无那个所谓，小洪却是倍感委屈，哭过多次鼻子。

消停了几天，大牛依然故我，得空就往医院跑，不过除了死皮赖脸，倒也没有出格之事，但在当时的年代，已经很是不堪了，小洪虽然不理他，但人们都传大牛和她处对象。在唐医生等人的眼里，大牛已经不是勤快的陪侍人，也不是帮人买油的热心人，而是一身面污的麻烦人，癞蛤蟆想吃天鹅肉的瘦皮，更是恬不知耻的无赖。大牛当然不止在医院纠缠小洪，也包括在上下班的路上。一天，我们见大牛鼻青脸肿，一只眼睛乌青，腿一瘸一拐，显然受了皮肉之苦，只是在哪被打的不知道，谁打的，大家能猜个八九分。我们问大牛脸上的伤是怎回事？大牛说骑自行车摔的。大牛挨了揍，索性不再遮掩，每天也不再上班，顶着色彩斑斓的脸在医院泡着，挑明就是要和小洪搞对象，非她不娶。

一次小洪骂他："你能不能要点脸？！"

大牛道："我命都不想要，还要他妈脸作甚？"

大牛还有意无意露出一把尖刀，大着嗓门对我们几个说："我要活不好，谁也别想活。"

活 着

这组小文原本是自己写来消遣，就是说自己写来看，自己写来玩的。我惊讶于这些人和事，一直在我脑海里盘踞，他们不过是多年之前我在医院短短几天里的巧遇。我动笔之时马皮等一干人，就在我的前后左右来回走动，是那样的独特、鲜活、生动，又是那样的悲苦、绝望、可恶。并且不断地跳出其他人来，瞪着悲愤的眼，要控诉，要公道！使我倍感诧异的同时，压力巨大，坐立不安，而又力不能任，自惭形秽。或许是因为医院和法院一样，是集中了人类最多愤怒、苦难和悲哀的地方，而自己又太过脆弱、多情和伤感吧。

黄泉路上无老小，人的生死，从来就是重大的命题，沉重的话题，甚至是无解的天题，古今中外的先贤智者，对此都有过精辟经典的论述，人们莫不耳熟能详。人们大都有过热血沸腾、激情昂扬的岁月，有过生为人杰、死为鬼雄的壮怀，并为此努力打拼，孜孜以求，奈何终归化为云烟，归为平淡，成为一个个老张、完孩、老王、马皮、李三。

历史长河，滚滚逝水，浪花翻卷，灰飞烟灭。大部分芸芸众生，既不重于泰山，也不轻于鸿毛，既不伟大，也不光荣，既不流芳百世，也不遗臭万年。但小人物是生命的常态和主体，正是他们才使得生命生生不息。而诡异的是，因为他们的众多和普通，进而使得他们的生死被漠视，显得微不足道、不值挂齿。不幸的是，我们大部分也都是蝼蚁百姓，也就是他们中的一员，他们的生生死死，就有了我们的影子，更多了榜样、范本、示例的效应。

老张、大牛、完孩这些活生生的你我他，虽然看似渐行渐远，实际上，这样的悲剧从来没有停止过，而且愈演愈烈。李三他们早已有了飞跃的发展，人员由单枪匹马，成为全家出动，姑嫂相约，鸡犬相闻的村庄成为卖血专业村，而且卖血已经发展成为卖肾，其罪恶后果更不单单为肝炎所能承载。

无论政治还是宗教，无论家庭还是社会，都要演算生死这一天题，有人说，生死是平等的。实际上，生死从来就没有平等过，非但不平等，而且常常颠倒扭曲。冥冥之中，是有一只巨手在玩弄操控。

战争、海啸、地震是苦难的集合，因而人们记忆深刻，心灵震撼，而分散的、零星的、大众的苦难常被人遗忘、冷漠。但战争，地震、海啸是偶发，日常的大众的苦难是常态，车祸伤亡损失是矿难的数倍，就是很好的例证。

我经见过不少人生无常，悲欢离合，所以，有时很乐观，有时很悲观，当前，社会似乎在整体进步，生活各方面有了好转，但眼花缭乱的繁荣，掩盖了百姓的挣扎、无奈，隐藏着巨大的罪恶，如果没有良知、道德作底线，这样的社会，必然问题丛生。

宗教有所谓天堂与轮回、极乐世界，医生反复强调要相信科学。我们常常见庙便拜，吃药打针，营养滋补，养生保健，那正是因为我们的渺小，但灾难依然会随时从天而降。所以，我不能释怀，也无能为力，因而倍感痛苦，只能时时默念一句重复了无数次的话：活着真好。

好在医院不大的产房里，尽管发生过老王式的悲剧，但进进出出的人依然是医院里唯一在痛苦中欢庆的群体，那里天天有新生儿降临，声声嘹亮的哭声，也是最幸福的哭声，每一声哭声分明是最动听的歌声，给人以喜悦、安慰，也给人以动力、希望和勇气。

雷人的职业病

　　"八儿"是雷起寿的小名。他是我小学、初中的同学，我们两家住得不远，上学放学差不多每天相跟，蹦蹦跳跳的情景，转眼间已是好多年的往事，先前在一起学习的情景已经模糊，但在一起调皮玩耍的事情，还常常忆及。

　　说起"八儿"的小名，还有一段比较雷人的小来历。

　　在"八儿"横空出世之前，他妈已经为他隆重预备了三个姐姐，那时的农村，这样的铺垫不管如何繁复、热烈、隆重都不算光彩，要知道无后为大呀。"八儿"的妈妈自觉矮人一头，在暗自怀着一肚皮忐忑和闷气的时候，心头早已搁上铅块，感觉到了空前的压力。

　　"八儿"出生时，不多不少整八斤，与生俱来的蚕蛹样小把儿，使其母如释重负、心满意足、喜不自禁、扬眉吐气，据此她给乖乖取名曰："八斤"。其爷爷当年恰逢八十高龄，喜得重量级的孙子，收到了如此厚礼，真乃双喜临门、如获至宝、乐不可支也，据此钦定乳名为："八十"，并央"八儿"的姑姑传话于儿子并月子里的儿媳。"八儿"的妈妈早前为连生三个丫头片子，没有少受公婆和小姑的联剿合击，此时如愿以偿、心想事成，故而今非昔比、底气十足，笑而不受公公的圣旨。在用"八十"还是"八斤"的问题上，双方既不沟通，也不相让，在"八儿"呱呱坠地到牙牙学语的灿烂时光里，公公和儿媳妇都坚持原则，我行我素，一字必争，各呼其名，一大家子人在不知不觉中，都卷入了这场激烈的明争暗斗之中，家人根据各自利益和喜好，一男各表，基本上分成了两个阵营，一半人叫他"八斤"，一半人唤其"八十"，而个别小股力量、散兵游勇，背后为了两边讨好，居然叫他为"八十八斤"。

"八儿"的爸爸将老大的希望，寄托在宝贝儿子身上，觉得爱子如此这般唤来呼去，有点名不正言不顺，让别人看了笑话，在韬光养晦了一段时间后，便两边权衡，求同存异，拟了个折中的方案，取了个单字小名："八儿"！方搁置了争议，相约共同培养，结束了这场可能愈演愈烈的内讧。这个名字，看似土里土气，却高度体现了他爸爸的超人智慧，因为在我们家乡，"八儿"的读音，恰好就是"把儿"，这样"八儿"不仅保留了老婆"八斤"，老爸"八十"的基因，又赋予了雷家后继有人的骄傲和自豪，可以说在巧妙地化解了激烈矛盾的同时，还不声不响地夹带了私货。一箭三雕，皆大欢喜。这让"八儿"他爸偷乐了很长时间，具体例证是，不分场合逢人就讲"八儿"的深刻内涵。

"八儿"打小就娇生惯养，但那时农村贫穷，加上当地为了小孩子好养好管，有穿哥哥姐姐旧衣服的习俗，"八儿"总是穿着三个姐姐的旧花衣，被他几个姐姐裹挟、熏陶着，培养了一身的巾帼气息。别人喜欢滚铁圈，他却喜欢跳皮筋，说话走路都是女里女气，见个虫子、老鼠都吓得要死。八岁时他发过一次高烧，几天几夜不见退，吓得一家老小烧香磕头拜菩萨，在一个高人的点化下，他妈给"八儿"的后脑勺留了一个小辫子，意寓"留子"，使他愈发像个姑娘了。当时，几乎所有的大人孩子，都揪过他脑后的猪尾巴，调侃和奚落更不在话下，为这事"八儿"和家人没少置气，他偷偷剪过两次，甚至还勃发出阳刚之气，私下出走过一遭。这条猪尾巴似的小辫，直到十二岁生日之后，才完成了它的历史使命，被他老子小心翼翼地神秘收藏。扎着红头绳的小辫，是全校师生乃至周边村落对"八儿"的共同记忆。记得那时就有大人替他发愁，感慨道：

"这个活宝大了可是怎呀！"

"八儿"初中毕业后即在村里瞎混，而我等人继续上学，来往相对减少。以后我在外地上学工作，见面的时候更少了，但关于"八儿"的情况，还可以通过乡村里卧底的余则成和翠平们，以各种传统的和现代的渠道，及时了解掌握。

"八儿"先前种地，之后又拴过大车，从煤矿拉煤到城乡挣运费，赶大车是他的最爱。"八儿"喂一头黑黄的大骡子，骡子脖颈上带一圈黄铜铃铛，手里甩一杆扎着红缨的长鞭，鞭挥车动，骡子仰头走来叮叮当当。当时，拉煤能够当天变现，虽然要起早贪黑切草喂料辛苦一天，身上脸上满是黑灰，但"八儿"朗声喊着"得—儿—驾"的口令，长鞭一甩，铃铛一响，兜里便有了票票，那阵子的"八儿"，坐在骡车之上，自是骡蹄矫健，春风得意，煞是雷人威风，这让还在课堂苦读的我们刮目相看、羡慕不已。不过好景不长，随着拖拉机等机动车越来越多，骡车已无利可图，"八儿"也清闲下来。但在这段空当中，"八儿"成了家。在他的儿子出生不久，"八儿"连车带牲口盘了出去，只将长鞭和铃铛留了下来，作了宝宝的玩具。

卖了车马后，"八儿"做过小买卖，倒腾过枣子、粉条、服装，但因本钱少、渠道窄等原因，赚得起赔不起，不久都难以为继，只挣下一个做过小买卖的名声。

"八儿"的老婆比她的婆婆争气，不久又给公公婆婆生了第二个孙子，没有给他们甩脸子摆难堪的机会。两个孩子渐渐长大，花销猛增。这期间不少人都翻盖了老房子，"八儿"却一直住在老宅之中，有心翻盖，无力实施，就连寻常日子过得也是紧紧巴巴，几次过年过节，都向我家借钱，拮据窘迫可见一斑。

在此困窘之下，有人撺掇他杀砍屠宰，告之来钱很快。"八儿"虽然生长在农村，但属于大田里的独苗，从小也是受着宠爱，娇生惯养，对于动刀子见红的营生，自是敢想不敢干，再说农村对于开杀房的人家，自古就有断子绝后的种种微词，"八儿"便借故推脱，困并难过着。

无奈，几张嘴要吃要喝，学杂费要交，人情礼往要随，感冒发烧要吃药打针，眼见搞屠宰的几个，大火一烧，猪血一放，拆旧房，盖新房，日子过得红红火火，"八儿"不觉也动了心思，便找到那几个人，要求加盟入伙，拜师学艺。

那时，县里对定点屠宰虽有要求，但雷声大雨点小，几乎没有管理，而且干屠宰的没有几户人家，有得杀，不愁卖。"八儿"就和这些人在自行车前把上盘一捆细麻绳，后衣架上架一块大案板，摇着铃铛走村串户，收了生猪，驮回来宰了卖肉，买卖顺风顺水，很是好做。

一天，我去他家串门，见"八儿"和两人正在院子里盘火灶，泥水活接近尾声，准备将一口一米五左右的大铁锅往灶上坐，我顺便搭了把手，和他们一起将铁锅抬起坐好。离锅灶不远处是个一米五宽二米长的大木案，院子里还搭着两排单杆，这些灶、案、杆，我自然知道排啥用场，分别是烫毛的，退毛的，开膛破肚，挂肉的，一个小型的猪羊刑场已经初具模样，跃然在不大的院子里。在他家中堂的地上，散放着勾、扦、小案、绳子和大小长短不等的几把刀子，宰杀用品一应俱全。

当日中午，"八儿"摆了酒菜，请了他的几个同僚，一起喝了开张酒，酒足饭饱后，放了一挂鞭，最后，将早已备好待宰的一头肥猪，放倒在一块大青石上，由"八儿"拉开架势，亲自操刀，攮向槽头喉咙，他用力压紧猪身，在声声嚎叫中，只见白刀见红，鲜血喷涌而出，在肥猪拼死吼喊的声息渐渐没去时，"八儿"算是开了杀戒，正式入了行当。

接下来的日子，大清早，艳阳下，风雨中，晚霞里，都不难看到"八儿"骑着一辆加重自行车，后衣架木板上捆着一头哼哼唧唧的生猪。如果他家院子里传出猪的嚎叫，污水口就肯定排出汩汩血水，大约一小时后，自行车的木板上就驮着白花花冒着热气的鲜猪肉，当后衣架上一览无余的时候，"八儿"的钱包就鼓了起来。

一天我正好碰上"八儿"操家伙。他将放了血的猪打上气后，把圆滚滚的猪放在热水锅里浸泡，再拖到大木案上，用铁皮刨嘞嘞几下，就将脏兮兮的猪毛刮净，让猪的私处也大白于天下了，动作麻利熟练，轻松自如，一气呵成。

"八儿"笑着对我说："给它洗个澡美美容，你看多白净！"我看着铁锅下的火星，问："水温怎掌握？"

"八儿"说："这水温要热到三把水的程度最好，就是能将手掌连续三次伸到热水里的温度，伸不进去是水温高，伸的次数多就是低了。全凭手感经验。"

说话间，一毛不剩的大肥猪，已被开膛破肚，俄顷便身首异处，脏腑离家。

听说"八儿"入行后，主要就是杀猪，也少量杀羊，但不杀马牛驴等大牲畜。我想，这应该缘起"八儿"拴过大车，喂过牲口，认为马牛驴为人辛苦劳作一生，临了还要挨了刀子，多少还存恻隐畏惧之心，不像肥猪，吃了睡，睡了吃，生就浑吃傻睡等宰的货。但也有人说，马牛驴不好宰杀，更要心狠手辣，"八儿"天生胆小，怕是端不起这碗更加沉重生猛的饭碗。可有一次，我看到有人牵着一头老牛进了他的院落，"八儿"八成也宰杀开了大牲畜。

自从"八儿"干上了这行，一家人忙个不停。"八儿"收猪、屠宰、卖猪肉，老婆收拾下水，在家煮好到市场去卖，孩子们课后抽空烫猪蹄，燎猪头，拨净残毫余毛，全家上阵，无一得闲。虽然满院子苍蝇飞舞，腥臊恶臭，但手头却实实在在地活络起来，而且一家子想吃猪羊身上的哪个部件，尽管炖了炒了煎了烤了，可劲地吃，只是一家老小，生就的素肠寡肚，时日不长，别说吃肉，就是连味也懒得去闻了。

不过，"八儿"他老婆到我家串门时，手里常常捏着一只猪耳、半截肥肠当见面礼，付她钱又不收，弄得我妈不知如何是好，那段时日我家也顺带吃了不少免费的时鲜下水。

"八儿"有个表哥在纺织厂食堂当主任，接上这层关系，"八儿"的猪肉更是不愁销售，他置了台小三轮，与自行车比自是鸟枪换炮，每天"奔奔奔"地左奔右突，搭扭着方向盘去收猪，再不用驮着二百多斤的生猪去蹬自行车了，两年下来，他就信心满满，准备翻盖房子了。

有人说，"八儿"的名字取得好，以吉祥数字命名，每天提秤点钱，是生就的买卖人，男女老少一见他就"八儿""八儿""八儿"地叫着，不发财才怪呢！

就在人们对他啧啧羡慕的时候，"八儿"却把院子里的灶、案、杆等一齐拆除，将刀具等一应家伙什锁了起来，准备放下屠刀，金盆洗手，不干这个营生了，为此和老婆还干了一仗，差点动了刀子。

见到"八儿"后，我问其缘由，他对我说道：

"老兄有所不知，这活不能长干，干这行赚钱全在买猪上，买猪玩的是手感和眼力，同样大小重量的猪，出肉量却有多有少，出得多赚得多，出得少赚得就少，里外能差不少。这活干的时间一长，我看一眼猪，就估摸个八九不离十，拿不准时，伸手一摸，基本就能做出定断，就好比给猪相面一样，少有失手。"

"八儿"停顿了一下，眼珠子上下打量起我来，然后接着说道："最近我发现我开始给人'相面'了，见了买肉的卖猪的，就盯着人家看，心里估摸着能出多少肉，有时看着人家的喉结上下滑动，脑子里就想，宰杀的时候，从哪里进刀合适，而且有这种奇怪的想法，时间已经不短了。一次有个后生，买了我二斤肉，给了我五十元，我找了他三十八，他愣说没找他，当时我真想捅了他，刀都攥在手里了。"

"事后我想着不对劲。现在管理员、收费的也多了，一没好气，手里就攥刀，你说，我这不是想要杀人吗？这活还能干吗？还敢干吗？"

听罢"八儿"的这番雷人雷语，想着他刚刚打量自己的神态，我不由地头皮发紧、毛骨悚然，说道："这活，确实是不能干了！不能干了！"

我想"八儿"大概每天在血雨腥风、刀光剑影中求财，或许得了什么强迫症，或者是患了什么习惯性、进行性屠宰职业病了，但不知有无这一病症。像"八儿"这样从事屠宰行当的人多了去了，不知还有没有像他这样给人"相面"的人，有多少像他这样爱好"相面"的人？同时我还想，"八儿"如果不干这个营生，不知还能干些啥！他那奇怪恐怖的念头，不知能否就此打住。

在我的这些胡思乱想渐渐平息下来之后，一天突然得到一个惊天消息："八儿"杀人了！

"八儿"用菜刀砍杀了他的老婆，在他提着菜刀发呆时，被人发现制服，也可以说他自动弃械。其原因无非是鸡毛蒜皮的家庭琐事。在"八儿"等待宣判的日子里，人们在同情他的老婆孩子时，居然津津乐道的是："八儿"用菜刀只一抹，就几乎将他老婆的头割了下来。

穿越千古的叹息
——《报任安书》解读

生死一句话
轻重一部书
魂断一把刀
情洒一封信

永恒的回信

两千多年以前，某个风和日丽的平淡午后，一个老人正在家中专心翻看竹简，有人给他送来一封书信。说他是老人，有点勉强，他只有53岁，只是面老而已，像个老人，实际上他更像一个老太太，他本已习惯了每天看书写字的日子，除了必需的上朝等例行公事外，很少和人来往。老人不是别人，正是被后世尊称为史圣的司马迁。那部让他梦魂牵绕的《史记》已经接近完成，他波浪翻滚的心潮渐渐归于平静。但这封来信却打破了他平静的生活。此信不是唠嗑拉家常、叙旧扯闲话，它是一份十万火急的求救信。写信者，任安也。是司马迁的老相识，老同事，原在京城卫戍区担任要职，以前经常见面，司马迁因牵连李陵叛变之事，被皇上追究法律责任，削去命根之后，他们的关系基本就断了，多年之后才恢复了往来，不过主要是书信交往。前一阵子，他还给司马迁写过信，大意是请司马老爷子在工作中要认真仔细，待人接物要谦虚谨慎，并利用在皇帝身边工作的便利，多多推贤进士，语气非常恳切。但司马迁心情复杂，并未给他回信。

司马迁知道，任安如今摊上了一件大事，他惹着了最不该惹，也惹不起的人——汉武帝刘彻。当年，武帝和他的儿子——钦定的大汉接班人、合法的皇位继承者刘据，大战于首都。在这史称"巫蛊之祸"的斗争中，作为军官的任安被迫挟裹了进去。值此父子大军对垒、自相残杀，满城刀光剑影、血肉横飞之时，刘据派人率先找到任安，要他选边站，亮明政治态度，并给他派发了兵符，下达了作战命令。任安情知事关重大、非同小可，尽管接了兵符，却任凭兵营之外战马嘶鸣，喊声震天，只是按兵不动。虽然任安不想掺乎父子俩的糗事，他压根也不想惹、不敢惹、也惹不起皇帝老儿和太子，但这件倒血霉的事还是硬生生砸到了他的头上。武帝在平息这一事件之后，以任安和刘据勾连为由，将其打入了大牢。如此任安恐怕是在劫难逃，可能秋后就要上路了。

行将赴死的任安病急乱投医，暗地里花了不少钱，托了不少人，能想的办法都想了，能用的招儿都用了。他搜肠刮肚、挖空心思捞取最后的救命稻草，发出了一封又一封的求救信。任安再次想到了昔日的好友司马迁。他知道司马迁曾冒死为李陵辩解，敢仗义执言，能舍己救人。于是摊开竹简，给司马迁写信，求他代为申冤。

司马迁多次阅读任安的来信，拿起来，看一看，又放下。说实话，对司马迁而言，这是一封不尴不尬的来信。因为来信深深触痛了司马迁脆弱不堪的神经，撩开了他依然滴血的伤疤。要知道六年前，司马迁正是为李陵说情而惨遭宫刑的啊。

眼看任安身陷囹圄处于生死关头，司马迁对于救人的请求依然无动于衷，没有四下活动营救任安，实际上更确切地说应该是无计可施。因为他深知自己卑微的地位，在武帝眼里，他不过是一个身份低贱、有前科劣迹的罪人，游说非但无益，反而可能加速任安上路，同时连自己的老命都可能搭上。加上工作忙、时间紧、琐事多，也未立即给任安回信，他面带苦笑，几次提笔想给任安回信，也都双手颤抖，思绪混乱，只好作罢。眼看自己又要跟皇上出巡远游，任安到了随时可能判处死刑立即执行的危急时刻，再不回信于情于理都不合适，即："今少卿抱不测之罪，涉旬月，迫季冬，仆又薄从上雍，恐卒然不可为讳。"司马迁才回了信，但回信的内容，不是告知任安有了起死回生的灵丹妙药，而是"是仆终已不得舒愤懑以晓左右，则长逝者魂魄私恨无穷。"也就是一方面害怕任安临死还抱怨自己刻薄寡情，避免他奈何桥头还遗恨满腔，另一方面使自己求得心理的安慰，并且要将自己心中长期郁结的郁闷、愤懑、苦恼、忧愁、不平、屈辱向任安一吐为快，昭知天下。于是，他拿起了笔，如醉如痴，似癫似狂，哼哼唧唧，念念有词，挥笔疾书，一挥而就。

然后他晕了过去。

司马迁写就的正是赫赫有名的《报任安书》。这是一个曾经饱受大苦大难、死过一次的死囚司马迁，与身陷囹圄、朝不保夕的死囚任安之间的对话。司马迁是寄信者、书写者、倾诉者，任安是收信者、阅读者、倾听者。对，《报任安书》就是两个死囚之间的对话。或许只有大祸临头、去日无多的任安看到这样的书信，才能读懂司马迁的信，理解司马迁的意，窥见司马迁滴血的心。

这样一封昔日故交间的求救信和答复信，因为收信人、写信人的特殊身份、特殊时刻和特殊经历，催生出了一篇惊天地泣鬼神的千古奇文，这篇两千多年前写给永恒的书信，悲怆处字字蘸泪，句句滴血，不忍卒睹，而激越处又荡气回肠，慷慨悲壮，浩气干云，成就了我国文学史上一篇伟大不朽的文学经典。我们应该感谢任安，感谢他那封让司马迁尴尬的去信。

牛人的末路

这是怎样的一封信呢?

古今中外有不少著名的信件,但《报任安书》区区二千八百余字,之所以能成为最经典最震撼最不朽的一封,是因为它在大汉罹患"巫蛊之祸"父子相残的大背景下,围绕"李陵事件""司马迁腐刑"等重大历史事件,由当事人回顾了事件的曲折经纬,讲述了有关人物之间的恩恩怨怨,表达了司马迁对历史事件的清醒认识和对人生意义的深度思考。信件除了涉及司马迁和任安两人外,点名的还有李陵、汉武帝、李广利三个重量级人物。把这几个人物请将出来,放到五千年的中华史上,都是牛人中的牛人,让我们再认识一下吧。

司马迁苏醒了,他拿起信件阅读起来,老泪模糊了他的双眼。这几个牛人再次站在了他的面前,也站在了两千年之后我们的面前,而且他们还会永远站下去,接受人们的臧否评判。在他们的前面,有一个小小的木匣,里面盛放着司马迁被削去的无比神圣的命根。在司马迁和人们不休无止的拷问之下,他们虽然入了土,心永远不会为安。

李陵是对司马迁一生影响最大的人,也是《报任安书》中着墨最多的人。他在历史上不是一个省油的灯,即使在今天也是一个颇有争议的人物。李陵身世显赫,乃西汉名将,其祖父为大汉名将飞将军李广,可以说是将三代,是将军中的牛人。他生年不详,卒于公元前74年,今甘肃天水人。书信中司马迁不吝笔墨,用他的如椽之笔,以欣赏的笔调,歌颂的口吻,对李陵的为人为臣为将,做了高度赞美。

李陵"事亲孝,与士信,临财廉,取予义,分别有让,恭俭下人,常思奋不顾身以徇国家之急。其素所畜积也,仆以为有国士之风"。"夫人臣出万死不顾一生之计,赴公家之难"的优秀品德,深深打动了司马迁，更为他在战场上的英雄壮举所折服。

　　"李陵素与士大夫绝甘分少，能得人之死力，虽古名将不过也。"天汉二年（公元前99年）李陵奉武帝之命出征匈奴，率五千步兵与数万匈奴战于浚稽山，"提步卒不满五千，深践戎马之地，足历王庭，垂饵虎口，横挑强胡，仰亿万之师，与单于连战十余日，所杀过当。"打得匈奴"虏救死扶伤不给，旃裘之君长咸震怖，乃悉征左右贤王，举引弓之民，一国共攻而围之。"之后在敌众我寡、没有救兵、粮草不给的形势下，"转斗千里，矢尽道穷，救兵不至，士卒死伤如积"。但李陵继续组织残部奋勇突围"一呼劳军，士无不起……北首争死敌。"如此了得，岂一个名将之号能足，简直就是天神下凡也。

　　司马迁与李陵曾在一个部门工作，均为朝廷侍卫，他和李陵虽然没有什么过深的交往，但这并不妨碍他惺惺相惜、崇拜英雄，他对李陵的为人品行还是相当地了解并仰慕。也就是说司马迁是李陵的铁杆粉丝。

　　但就是这样一个被司马迁视为无敌战神的人，终因寡不敌众，加上叛徒出卖，致汉军全军覆没，自己最后被俘投降。司马迁就是为了给这个"素非相善也，趣舍异路，未尝衔杯酒接殷勤之欢"的偶像，开脱投敌行为，被武帝打入大牢，处以宫刑。

　　司马迁清楚地记得，当李陵出塞攻打匈奴战败被俘投降的消息传回长安后，满朝震惊，这意味着武帝派出攻打匈奴的劲旅，全军覆没，主将投降。这无疑极大地挫伤了大汉的自尊，大长敌人的士气，大灭大汉的威风。所以武帝饭不香，夜不寐，上朝的时候，武帝龙颜大怒，群臣大惊失色。一群"全躯保妻子"的大臣，大气不敢出，不知说啥好，更无人替李陵说一句话。武帝见状，点着大臣的名，要他们汇报对此事的看法，被点的几个大臣都大骂李陵，纷纷请求主上追究他的刑事责任，定他的死罪，也少不了有人附和。

司马迁作为李陵的拥趸，听到群臣落井下石，心里很不是滋味，为李陵大感不平不爽。正在思忖间，武帝点到司马迁，要他谈谈对李陵投敌的看法，司马迁知道李陵素有国士之风、名将之勇，更有战场杀敌之功，他根据当时战场敌我双方的形势，本着为了宽主上的心、堵佞臣的嘴的目的，答道：李陵功大于过，他可能是在迫不得已、无可奈何的情况下，诈降匈奴，请主上放心，他会再找机会杀敌报汉的。

但是司马迁错了，满朝文武只有他这么想这么说，别人都不同意他的看法，而这显然也不是武帝想要听的意见。汉武帝听司马迁在众目睽睽大庭广众之下如此为李陵辩解开脱，脸色陡变，异常恼怒，遂即采纳几个大臣的建议，以诬陷大将李广利、为叛将李陵开脱、犯欺君之罪三大罪名，将他划入李陵同党打入死牢。而李陵虽在异域苟且偷生，其家人却为他极端自私的行为付出了代价，一门三族妇孺老幼被愤怒的汉武帝统统枭首夷灭，他自己的丑行也被五花大绑高高倒悬在刘氏大汉的耻辱柱上。同时，连带着也剥夺了司马迁作为男人的资格。

司马迁想不通的是，按照李陵的正常走向，他应该是横刀立马，保家卫国，战功赫赫，万人敬仰，扬名立万，青史留名。谁知竟然做了叛将，一叛国君，二背先祖，三祸家人，四害司马，五辱自身，以致身入蛮夷之地，做了塞外异域之鬼。岂不悲夫！你要戴罪立功，回归大汉，我司马迁何至如此！我司马迁何至如此啊！

再看李广利。即书信中提到的贰师将军，虽然他只出现过一次，但加给司马迁的三项罪状之一就有一条是涉嫌诋毁污蔑此人。那贰师将军何许人也？

司马迁自然知道贰师将军的威权。他是西汉著名将领，今河北定州人氏，虽然也姓李，但和李陵家族没有任何关系。李广利生年不详，卒于公元前89年，就是说比李陵早死了十五年，其妹妹本为歌伎，后来成了汉武帝的宠姬李夫人，从此一家人鸡犬升天，飞黄腾达。他是武帝宠臣、宦官、宫廷音乐家李延年的长兄，也是昌邑哀王刘髆的舅舅。他的女儿，嫁给了丞相刘屈氂的儿子。他集武帝的舅哥、帝妃的哥哥、皇子的国舅、丞相的亲家、宠臣的长兄于一身，又位居将军，大权在握，其自身轻重尽可掂量。虽有拽着裙带上位之嫌，但英雄不问出处，老李着实背景显赫，靠山坚硬，手眼通天，而且握有重兵，在长安城里跺一脚，满朝文武都得抖三抖。

李广利数次出征大宛及匈奴等地，因在贰师一带（今吉尔吉斯）率兵作战，缴得数百匹汗血宝马，为提高汉军的战斗力做出了贡献，故而人称贰师将军，曾被荣封为海西侯，可见他不是一般的武将，更是皇亲国戚中的牛人。问题是李广利作为战将，在猛将迭出的武帝时代，虽然战绩平庸，乏善可陈，但又弗思为君分忧，常存非分之念，是个不守本分贪得无厌的人。

征和三年（公元前90年），他在出征匈奴前与亲家刘屈氂丞相，密谋推立李夫人之子，也就是他的外甥刘髆为太子，事发后，刘屈氂被杀。身在前线的李广利知事败露，加上战场兵败，他便改弦易辙，投降了匈奴。匈奴的领导即单于为了笼络他，还将女儿嫁给了他，贵为匈奴的驸马爷，实乃不计前嫌，尊宠有加，续享荣华富贵。但武帝岂能和着苍蝇吞下这杯苦酒！遂按照汉律依法追责，将他在大汉的妻儿家人，悉数诛杀。

李广利原以为屈膝投降可以屈辱偷生，苟安于世，不料却在他叛降一年之后，即征和四年（公元前89年）被另一叛将设计借匈奴之刀杀死，用他的肥头祭奠了早先战死的单于。只是他比司马迁晚死一年，司马迁未能得知李广利可悲可耻的下场，但九泉之下的司马迁，定会为李广利深感悲哀的同时，长吁一口气。

论职，李广利是李陵的上司，当年李广利、李陵二将，曾经共同领旨抗击匈奴。李陵孤军奋战兵败，和身为主帅的李广利指挥不当、救援不力有一定关系。当司马迁在皇帝面前为李陵开脱时，你想，贰师将军的面色岂能好看？司马迁即便不被武帝定罪，也难逃李广利的黑手。司马迁焉能逃过此劫！

李陵由汉代名将成功转型为匈奴的将军，李广利也由大汉的皇亲国戚华丽转身为胡虏的高干，他们有了一个共同的新主人，也都有了一个永远回不去的故乡。从投降的那天起，他们就没有过过一天安心的日子，他们住帐篷，听筎音，喝奶水，吃膻肉，穿胡袍，说胡话，既不习惯，也不自然，过去率兵和匈奴血战的场景常常浮现在眼前，死去的战友们常常到梦乡和他们喝酒比武、讨论兵法战术，使他们的内心感到极度的愧疚、迷茫，感到极度的后悔、恐惧，以致身心俱疲，人格分裂，他们或许真的想过要寻找机会，回归大汉。他们或许留心着这样的机会，图谋戴罪立功，以求得武帝的宽恕。当武帝代表法律，斩断了他们家人的颈项之后，也彻底斩断了他们回归的路途。他们死心塌地地留了下来，和自己的主上，和自己的过去，和自己的故地彻底地决裂了，当他们开始带领匈奴的兵士，攻打大汉的疆域，杀戮大汉的将士时，汉奸的标志就永远地烙在了他们的前额之上。

帝王的悲哀

汉武帝刘彻是我们耳熟能详的帝王，更是司马迁爱恨交加的主上。他以雄才大略著称，开中华大汉盛世，对中国政治、经济、军事、外交、科技天文和思想文化的影响极其深刻重大，正是站在武帝开创的基业上，他的后代才能豪迈地向列强喊出："犯我大汉者，虽远必诛"的天音。他是中华帝王中的牛人，在古代帝王的排行榜上，武帝无疑是前三甲的人选，如果将中国历代几位开国皇帝请开，将其他众多的皇帝另外排队，以他无人可及的文治武功，天下无二的雄才大略，独占鳌头的开拓性、独创性，武帝无疑要稳坐头把龙椅，他不仅是大汉的武帝，也可以说是众帝之师，历朝历代的君王。

他是司马迁《报任安书》中提到次数最多的人，前后共有十二次。普天之下莫非王土，率土之滨莫非王臣，作为武帝的臣民，司马迁的一生就是为汉武帝服务的一生。武帝也是与《报任安书》中提到的几个时人，均有关联的人，可以说他是所有人物命运的操纵者。作为一国之君，他是战争的最高统帅，当李陵战败降敌时，是他立即下令拘捕了李陵的家人，当有人报告李陵在为匈奴训练兵士时，武帝毫不手软，立即下令斩杀了李陵的祖孙三代。李陵投敌后，当武帝询问司马迁的看法时，司马迁看不惯满朝文武明哲保身、落井下石的做派，本着为主上宽心、为李陵开脱的想法，替李陵辩解了几句，不料触怒了龙颜，武帝立即将他打入死牢。在"金钱不足自赎，交游莫救视，亲近不为一言"的情况下，又将司马迁处以宫刑。这不，司马迁一写到汉武帝，就感到胸闷气短，大汗淋漓。他仿佛看到了武帝又威仪十足地坐在金銮殿上，不由得两腿发软，扑通跪在武帝脚下，喊了一声："皇上。"

武帝和任安的交集是"巫蛊之祸"。这是汉武帝末年皇宫内部发生的一起重大政治事件，这个事件也见证了贵为天子的君王，如何被他人为了一己私利所戏要。

巫蛊本是一种巫术，是当时人们的一种迷信活动。他们认为，请巫师神汉将所怨恨的人做成木偶小人后，埋在地下谩骂诅咒，被谩骂诅咒者即有灾难。据说这样的把戏至今还有人在玩弄。征和二年（公元前91年），也就是李陵事件之后的第八年，有人告发公孙贺丞相的儿子公孙景声，狗胆包天，竟敢以巫蛊的方式诅咒武帝，并且色胆包天，与皇帝的女儿阳石公主勾搭通奸。暮年的武帝，体弱多病，对于蛊惑之事甚为敏感。这还了得！武帝大怒，即将公孙父子打入大狱处死。并诛杀了和此案有瓜连的诸邑、阳石两位公主，要知道她俩是武帝和卫子夫皇后（大将军卫青的姐姐）的亲生骨肉啊。

但此案并未就此了结。武帝命令由宠臣江充牵头，与宦官苏文等人一道，组成专案组，深入查办案件，拟将涉案人员一网打尽。江充平时与太子刘据有些矛盾，非常害怕太子登基后收拾自己。见皇帝心狠得连自己的女儿也不放过，此时还要进一步深挖细查。遂眉头一皱计上心来，阴谋借机陷害太子刘据。江充等人手拿尚方宝剑，有恃无恐，掘地三尺，查找罪证，组织人马去太子住地搜查时，趁人不备，把事先准备好的栽赃道具——木头小人和帛书拿将出来，污蔑谣诼道：在太子宫里掘出了大量的小木人，还有太子所写的诅咒皇上的帛书，说明太子要咒死父皇，意欲谋反取而代之。江充在拿到所谓的铁证后即刻奏明皇上，好借力将太子一棍子打死。

太子刘据发现江充的阴谋诡计后，深知自己处在极度危险之中，立即起身面见住在郊外的父皇，却被江充拦住。作为大汉太子、天生的政治家，刘据毫不含糊，干脆将江充逮捕旋即斩首示众。为了保卫自己的母亲——卫子夫皇后的安全，太子率领有限的兵力，包围了皇后的寝宫，不料江充的死党、宦官苏文乘机逃跑了出去，并向皇帝报告说：太子起兵谋反了。汉武帝信以为真，遂发兵平叛，派丞相即刻捉拿太子，大军向长安城中的皇宫直奔而来。

太子眼看大兵来伐，知道自己兵微将寡，难敌强军，便求救于驻防长安城的卫戍部队——北军，这里的指挥官正是任安，任安接到太子的兵符后，思忖再三，却按兵不动，并未出战。刘据只得将城中的百姓、囚犯等散兵游勇武装起来迎战，武帝末年甚是惨烈的一幕就此发生。父子兵戎相见，京城死伤数万，最后老子武帝打败了儿子太子。刘据、卫后双双自杀，太子的两个儿子也被杀死。

最终，尽管武帝查明了所谓"巫蛊之事"，不过是江充捣鬼陷害太子，实乃地地道道的冤假错案，遂诛杀了江充三族。可怜满头银丝的武帝，思子心切，捶胸顿足，悔之晚矣，正是云南白药也治不了心中的创伤。为了缓解心头之痛，武帝命人筑了"思子宫"，还在太子被害处建了"归来望思之台"，以志哀思。堂堂汉武帝居然被几个奸臣玩弄戏耍，白白要了皇后、太子、公主和皇孙的性命。即使修筑一万个"思子宫"和"归望台"又复何用！

司马迁拿起笔，在竹简上改了几个字。他知道，如果贰师将军是自作孽不可活、罪该万死的话，任安则是在不情愿不自觉，想躲躲不开，想跑跑不掉的情况下，被武帝父子二人逼上绝路的。司马迁擦了擦眼，闭目沉思起来。

任安跌跌撞撞向他走了过来，喊了一声："子长！"

飞来的横祸

与以上几位牛人比较，任安亦非等闲之辈。任安字少卿，西汉荥阳（今属河南）人，是一个封建社会少有的，通过个人奋斗并取得成功的标杆典型。他生于贫困家庭，年轻时靠打零工为生，主要以给人拉车为业，按现在的时髦话说，属于真正的草根。但他善于审时度势，有极强的自尊心，一直积极要求进步，努力改变现状，他知道自己一没背景，二无财富，只好在偏僻、艰苦的地方寻找机会、图谋发展，过了很长时间艰苦的日子，他一步步从基层干起，慢慢踏上了仕途。

任安记性极佳，提干当了亭长之后，他给几百个村民开会分配任务，一眼就能知道谁迟到、谁早退、何人没有来。后来他做了大将军卫青的舍人，算是遇到了贵人，找到了靠山，有了接近权贵的机会。正逢当时武帝开明，实施举孝推廉的人才政策，在卫青的荐举下，任安当了宫廷的侍郎，出头之日指日可期。之后，任安的才干进一步显现，他能说会道，有极强的煽动性，是天才的演说家，有"提枹鼓、立军门，使士大夫乐死战"的号召力，是不可多得的军事人才。通过不断努力，任安逐渐升迁为益州刺史，相当于今天的省纪检书记，贵为省部级高干，"巫蛊之祸"时，任安已经弃政投军，担任了卫戍部队——北军使者护军的要职，就是监理京城禁卫军北军的军官。

所谓北军非同小可，当时京师有三支部队守卫，这三支部队按里、中、外三层防区布兵，最外一层叫屯兵，把守各个城门，最里一层叫南军，直接守卫宫廷，而北军介于屯兵和南军之间，攻守兼备，是守城的精锐之一，倘若屯兵和南军有异，北军就成了定海神针。当武帝派兵攻打内城的太子刘据时，可以说北军倒向哪边，哪边的胜算就大增。当时太子将兵符送到了任安手中后，作为一个浸润官场多年的老领导，他深知兵符的分量，很难在武帝和太子父子间做出选择，可以说，面对虎符，他接是反贼，不接也是反贼，也就是说他接是死，不接是亡。生存还是死亡，他必须做出选择，他着实又无从选择。一个小巧的兵符将他陷入了生与死的两难境地，多年打拼的果实连同自己的小命，眼看就要断送在小小的兵符之手。

任安乱中接下了太子的兵符，但要了一个心眼，依然按兵未动。事件最终平定了，但此事并未了结，任安的麻烦才刚刚开始。武帝认为，任安的所作所为不过是官场老油条的一贯手法，不讲政治，立场不稳，"怀诈，有不忠之心"，准备"坐观成败"，犯欺君谋反之罪，将他打入死牢，准备秋后腰斩。任安就是在此万分危急之下，才病急乱投医，投书于司马迁，求他想想办法。

可任安他哪里想过，司马迁为给李陵求情，已经受过宫刑，倘若这次再惹恼了汉武帝，司马迁连受宫刑的本钱都没有了，恐怕只有脑袋搬家。再者说，当年司马迁"交手足，受木索，暴肌肤，受榜箠"，准备引颈就戮的时候，你任安又做了什么，你难道不是"交游莫救视，左右亲近不为一言"中的一个吗？

想到这里，司马迁深深地叹了一声。李陵，任安，李广利，连同司马迁自己，都是怎样的命运啊！一个是力战最后被俘投降的将军，一个是稀里糊涂"被谋反"获刑的军官，一个是存有非分之想甘当汉奸的重臣，一个是冒死直言被处以宫刑的史官，都曾是国之栋梁，但都在非常之时，自觉或不自觉间，成为悲剧的主角，做出或卷进了惊天之事，完成了由精英到罪犯的人生转换，进而成了在奈何桥上踱步徘徊之罪人。他们几个或身陷大狱，或夷灭三族，或妻死子亡，虽然事出有因，于法有据，但悲惨曲折的故事背后，充满了冤屈、无奈、愤懑、耻辱、无助、悲哀。在逆变之前，他们都是文臣武将。李陵是李陵事件的制造者和受害者，李广利对李陵兵败负有责任，某种意义上讲，他是李陵投敌叛汉的催化剂。任安是宫廷内斗"巫蛊之祸"的牺牲品，而司马迁自己是李陵事件的受害者，而合法加害者正是至高无上具九五之尊的主上——一个错杀儿女的皇帝。在这里，不论是皇子、公主、皇后，还是大臣，包括失去子孙的汉武帝自身，也都是受害者。这或许是皇权时代所有皇帝臣子的宿命，概莫能外。

千古的叹息

司马迁想到更多的还是自己的过去。

他于公元前145年，出生在黄河边上的龙门，就是现今陕西韩城一个书香官宦之家，也就是说生在知识分子兼官员的家庭。其父司马谈任职太史令，虽然级别不高，收入不多，权力也不大，但满腹经纶，学养深厚，通晓经史百家。司马迁少有大志，十岁即能诵读古文，曾拜当时的学阀董仲舒为师，自是博学多才，他在家乡过了一段耕读的生活之后，一方面为了增加自己的见识，同时为父亲的著述收集资料，二十来岁开始游历四方，所谓遍访名山大川，游涉南北各地，观齐鲁孔子之遗风，谒高祖霸王之家乡也。后"仕为郎中，奉使西征巴、蜀以南"。在少数民族地区宣威、布政、安抚、教化，圆满完成了上级交给的艰巨任务。

司马迁生在雄风劲吹的盛汉，奋进的时代背景，丰富的游学经历，良好的仕途起步，使年轻时的司马迁激情澎湃，和众多的热血青年一样，他怀揣着一个英雄梦，梦想着驰骋沙场，建立功勋，彪炳史册，光宗耀祖，他一直等待这样的机会，但在他年至三十八岁的时候，依然没有得到良机的垂青，同时，司马迁的人生轨迹发生了重大转折。

那年，其父司马谈重病缠身，司马谈一直想写一部横贯古今的史书，孜孜于此而未成，老爷子念及此书，老泪纵横，拉着司马迁的手泣曰："余死，汝必为太史；为太史，无忘吾所欲论著矣。"为了坚定他的信念，老爷子进一步叮嘱道："孝始于事亲，中于事君，终于立身。扬名于后世，以显父母，此孝之大者。"将完成此书提到了忠君孝亲立身扬名的高度，值此生离死别之际，父子二人哭作一团，孝顺听话的司马迁，只得受父之命，承父之志，遂父之愿，暂且收下鸿鹄志，接班当了太史令。

从此，他开始了案牍劳心的码字生活，在查阅档案、编写史记的过程中，陈涉"苟富贵勿相忘"的大公情怀，"燕雀安知鸿鹄之志哉"的远大志向；项羽"不学一人敌，而学万人敌"的胸襟气魄，见始皇仪仗即生"彼可取而代之"的霸王豪情；刘邦目睹始皇车辇当即发出"大丈夫生当如此"的帝王喟叹，以"布衣提三尺剑取天下"的丰功伟绩，吟唱"大风歌"的慷慨豪放，给他留下了深刻影响。太史这份工作，虽然级别低，俸禄少，几年干下来，他完全明白了这一工作的重要性，理解了父亲的临终所托，彻底爱上了这个岗位。他和其他大臣们一起上朝，认真阅读历史档案，记录主上的重要指示，记载宫里发生的大事。并将青史留名建功立业的强烈愿望，转移到了对历朝历代英雄人物的刻画上来，他坚信自己能做好这个神圣的工作，并扬名于后世，以告慰九泉之下的父母。九年之后，也就是司马迁四十七岁时，《史记》的编写已经小有成就，完成了很多篇目。

但这年，他的人生轨迹再次发生了重大转折，他以李陵之事下狱，横遭宫刑。出狱后，由太史令改任中书令一职，也就是担任宫廷机要秘书的职务。表面上是皇帝的近臣，实则就是侍候人的宦官，为当时的上流社会包括士大夫群体甚至普通平民所鄙视轻贱。中书令和太史令两职，虽然工作内容在舞文弄墨方面有相同之处，但一个是正常男子士大夫担任的文臣，一个是为阉人量身定制的宦官，两相比较有云泥之差天壤之别。只是司马迁笔耕不辍，始终没有停止《史记》的撰写。

李陵、任安、李广利、汉武帝着实都有不幸悲哀的一面，但不幸悲哀之处又各自不同，如果他们想要宽慰自己，还是可以找到想要的台阶，颤颤巍巍地落到地面，达到自我安慰的。

两千多年之后，在九泉之下，他们还在为这几个公案愤愤不平，互相攻讦调侃。

任安说，我不是乱臣，以乱臣之罪治之，虽然有些窝囊冤枉，即使死也难以引刀一快，但比叛徒李陵强多了。

李陵说，我功远大于过，是在万不得已的情况下被俘投降的，比李广利强多了，起码得以善终，而且不乏大批同情者，特别是始终有一重量级的哥们司马迁舍命力挺，他李广利是叛徒加乱臣，在罪行暴露之后主动投降匈奴的情况下，仅仅一年就被砍下了脑袋，供在了单于的祭奠桌上。

李广利说，不管三七二十一，我没有杀过自己的老婆孩子，你汉武帝糊里糊涂，亲手要了自己老婆孩子的命，你说蠢也不蠢悲也不悲？

汉武帝听到这些难登台面的窃语，大怒道，尔等再要胡说八道，朕将再次以欺君之罪把你们办了，但不要你们的钱财，也不要你们的狗命，让你们和你们九族之中所有的男丁都跟司马迁一样，砍掉命根，生不如死。

　　听武帝如此心狠，大家都静默了。是的，司马迁没有引刀一快的福分，他被处以宫刑，生不如死，最最痛苦。

　　他们几个都知道，司马迁为李陵辩解，不是头脑发热的一时冲动，也不是为了搭救亲故的性命，更不是收人钱财替人消灾。而是尽于忠而说，仗于义而言，是基于自己的分析判断所得出的结论，有理有据，实话实说。但是，这毕竟是在最不该说话的时候，在最不该说话的场合，为最不该辩解的人，向最不该面陈的汉武帝，说出了一番最不中听的话。

　　如果站在武帝的高度，在汉武帝看来，李陵投敌铁证如山，是可忍孰不可忍，站在朝廷的立场，军人英勇杀敌是天职和本分，无论什么原因，战将在战场投敌叛国都是亏失大节的耻辱行为，犯有不可饶恕的死罪。一名战将，过去是过去，现在是现在，人在不断变化，过去的功劳绝对不可抵消今日投敌的罪过。不投敌不叛国是大节大义所在，也是做人的起码底线。你司马迁竟然黑白不辨，扰乱视听，为叛将开脱，实乃死有余辜。

　　若在群臣看来，李陵尽管战功卓著，但投敌确是失节，既然主上龙颜大怒，金口发话定为诬上，遂奉命行事，谁还思考司马迁的话语有无道理，谁还敢附和司马迁为他进言，立即把司马迁下到死牢。

　　在世俗看来，司马迁一案，最高领导有指示，执法机构有证据，处罚讲原则，判罚有依据，司马迁真是罪有应得，罪该万死。

　　这正是司马迁的悲哀，司马迁可以奋不顾身，为了泛泛之交的他人在龙庭仗义执言，轮到自身处于险境时，却无一人为自己发声开腔。第二年汉武帝便杀了李陵全家，处司马迁以宫刑。当时恐怕没有一人想到，丢掉命根的司马迁还会成为什么史学家、文学家、思想家，被后世贵为史圣。

司马迁在给任安的书信中，用饱含血泪的文字，向任安诉说了他为李陵开脱的原因，被迫忍受宫刑的痛苦，含辱著作《史记》的情由。这是他首次向外人敞开心怀，但却是毫不掩饰保留、最彻底地敞开。

至今为止，我们知道起码至少有两件事，是司马迁明知其危险性和严重性而自愿去做的。

一是为李陵辩解的后果。作为一个史官，司马迁通晓大汉法律和宫廷制度。作为一个老干部，他也知道大臣们的毛病，唯皇上、权臣马首是瞻，千方百计讨皇帝的欢心，谁得势就巴结谁。说话言不由衷，总是说半句留半句，捡好听的说，当好人打哈哈随大流，违心议事，费心揣度，人云亦云，明哲保身，一副奴婢嘴脸。当然，逮着机会也会决不手软，毫不留情，落井下石，死整自己的对手，神圣的殿堂早已经形成一种独特的宫廷文化、官场生态，其龌龊之事一点也不少。他深知武帝的厉害，所谓君让臣死，臣不得不死，普天之下莫非王土，率土之滨莫非王臣。但多年的工作经历和先贤、父亲的教育，早已让他形成了特立独行、秉笔直书、仗义执言的秉性，他忠于自己的良心，忠于自己的职守，忠于自己的选择。面对李陵的危险处境，他没有过多地胡思乱想，理性和感觉告诉他，李陵不会投降，恐怕他另有打算。司马迁毫不犹豫地将自己的推测判断当面向皇帝全盘端出，他必须一吐为快。

二是宫刑之后的后果。司马迁深知宫刑的后果，宫刑是可以代替死刑的刑罚，之所以可以代替，不是因为主上仁慈、法外开恩，而是因为宫刑的惩罚之重实际上类同死刑，人犯虽得以保命，在当时的社会环境下，实则虽生犹死。在宫刑过程中，限于当时的医疗卫生条件，受刑存在很大的风险，不少人由于刑后感染而一命呜呼，侥幸活命的人，可以说都有严重的后遗症，受刑者不仅在排泄方面有很大的不便，罹患遗尿的毛病，在受刑之后，其面相、嗓音、毛须等会发生一系列生理变化，同时带来行为举止的相应变化，更主要的是失去了男人的资格，进而对人犯的性格、心理带来极大影响，给受刑者在精神上、肉体上予以残酷无情的打击。从羞辱惩戒罪犯，警示教育他人的效果看，宫刑往往比直接处死效果更好。但在被迫无奈的情况下，司马迁还是选择了宫刑。

司马迁从随时待斩的死囚，变成了侥幸活命的阉人之后，接纳他的不是同情的目光、安慰的表情、怜悯的话语，更无雪中送炭般的关爱，他虽然以命根代替了头颅，但"刽子手"一直没有停止对司马迁追杀。传统认知，思想观念，群众的舆论，同事的白眼，内心的魔障，精神的枷锁，肉体的折磨，都化作一把把锋利无比的刀剑，刺向他破碎的心。当年"刀锯之余"的司马迁面临怎样的险恶环境呢？司马迁在《报任安书》，为我们做了生动描写。

他为传统观念不容。司马迁熟悉历史典籍，知道阉人是高高倒挂在历史耻辱柱的人物。自古以来，人们就对宦官阉人蔑视轻贱，嗤之以鼻，"无所比数，非一世也，所从来远矣。"，他列举了三个历史例证："昔卫灵公雍渠与同载，孔子适陈；商鞅因景监见，赵良寒心；同子参乘，爰丝变色。"，这里的雍渠、景监、同子三个太监，并与重用太监交好太监的卫灵公、商鞅、汉文帝等，皆为当时的名流孔子、赵良、爰丝等不解、不齿，可见"自古而耻之"。

他为时代观念不容。司马迁知道当时社会的价值判断、思想观念。武帝的汉代是重视意识形态建设的时代，是注重儒家价值观世界观塑造的时代，经过多年的倡导、教育，诸如"行莫丑于辱先，诟莫大于宫刑""虽累百世，垢弥甚耳！""事关于宦竖，莫不伤气"的观念已经深入人心，具有浓烈的舆论氛围，阉人为人普遍厌恶，刑余之人难容社会，阉人、特别是因罪接受宫刑之后的阉人，不仅羞辱自己，还辱没先人，贻害家人。人们均以阉人为异类，耻于和宦竖为伍来往，更不愿意家族成员出此丧门之星、晦气之辈。家有阉人，不仅是最大的羞辱，而且为世世代代所不齿。所以，宫刑的选择与当时的社会风尚背道而驰。

他必将为时人所不容。面对强大的社会舆论压力，司马迁知道人言可畏，锋如刀剑，也深知人情的冷漠，世态的炎凉。虽"才怀随和，行若由夷，终不可以为荣，适足以发笑"，而面对即将腰斩，却"家贫，财赂不足以自赎"的艰难困境，得到的是"交游莫救，左右亲近不为壹言。""独与法吏为伍，深幽囹圄之中，谁可告诉者！"最后万般无奈之下，只得"茸之蚕室，重为天下观笑"。成了人人避之不及的丧门星、臭狗屎。

他的社会活动自然受限。虽然司马迁不是普通的阉人，还有一个中书令的职务，但工作时不可多言多语，更不得轻言妄议，否则，即是"昂首信眉，论列是非，不亦轻朝廷，羞当世之士邪！"因为"为乡党所笑，以污辱先人，亦何面目复上父母之丘墓乎？虽累百世，垢弥甚耳！"作为断子绝孙的化身，重大庄严的国事活动肯定不能参加，即是寻常人家的婚丧嫁娶，均讨厌阉人的出现，逢年过节不能给列祖列宗进香叩拜。即是清明中阳，也不能去祖坟扫墓，给亡故的长辈烧纸，即使死去也不得葬于祖坟。

司马迁选择了宫刑就是自取了最极端的侮辱，古代一直有"士可杀，不可辱，刑不上大夫"的观念，但因为羞辱的方法形式不同，羞辱的程度也不同，有时侮辱比杀戮更残酷更无情。司马迁书信中开列了"四等六级"十种不同程度的羞辱方式，而宫刑几乎是其他几种耻辱的集合，它集辱先、辱身、辱理色、辱辞令、诎体、易服、关木索被箠楚、鬄毛发婴金铁、毁肌肤断肢体于一身，所以"最下腐刑，极矣。"是最极端的耻辱。

在这样的历史认知和现实观念下，司马迁以"刑余之人""刀锯之余"，面对着无情难堪的处境，即："亏形为扫除之隶，在阘茸之中""身残处秽，动而见尤""函粪土之中为乡党戮笑，污辱先人，虽累百世，垢弥甚耳。"这让司马迁的精神倍受折磨。信中司马迁使用了"大质已亏缺"，来比拟受刑之后的自己，对受刑之辱念念不忘，伴随余生。

受刑之后，司马迁继续在宫中任职，他一片忠心被误解，拳拳忠心换来的是屈辱、耻辱、羞辱。仗义得到的是痛苦、冷漠、嘲笑。即使这样他还得兢兢业业地为主上服务，每天逆来顺受、跪拜谢恩、山呼万岁、歌功颂德，作为有"前科劣迹"之人，随时都有被下狱处死的危险。不得不"从俗浮沉，与时俯仰""忍辱苟活"，与佞臣、"全躯保妻子之臣"共事。尽管司马迁地位不高，但他毕竟还是朝廷命官，更是一个学富五车的超级智者，一个大彻大悟之人，在他受到来自朝廷、狱吏等外部施加的迫害、凌辱、侮辱的同时，其内心的屈辱、耻辱、羞辱更敏感、更强烈，也更深入、更持久。

司马迁因仗义执言而获罪，赤胆忠心被曲解，受此奇耻大辱，他倍感屈辱。他认为自己是冤屈的，故而痛心疾首，终日愤懑。他不被理解，不被认可，只有满腔义愤、郁闷、苦楚、压抑，充满了痛苦、屈辱、孤独，内心极度的抑郁。他一肚子话语要说，但"今虽欲自雕琢，曼辞以自饰，无益，于俗不信，适足取辱耳。"他积压的愤懑太久了，他受的冤屈太重了，他的委屈太多了，他的耻辱太深了。他一直想控诉、申辩，但他知道，"士为知己者用，女为悦己者容。"可为智者道，难为俗人言也！所以有怨没处说，有屈没法说，有苦不想说，"谁为为之？孰令听之？"一肚子愤懑不知给谁说，满腔血恨说了谁来听？"事未易一二为俗人言也。"只能"是以独抑郁而无谁语。"悲叹："尚何言哉！尚何言哉！"徒唤："嗟乎！嗟乎！"痛呼："悲夫！悲夫！"

这些所有的凌辱、侮辱和羞辱，都化作了内心的屈辱，耻辱，污辱。面对冰冷的现实、无情的环境、寡义的朋友、冷漠的同事、无奈的家人、尴尬的职务，他心如死灰。苟且偷生的司马迁其苦楚难于言说，而宫刑直接带来的痛楚是暂时的，宫刑所带来精神的无情打击，身心的极大摧残，尊严的肆意践踏，心灵的极度蹂躏，心理的深度创伤，人格的侮辱戏耍，不仅没有随着时间的流逝而衰减，而是无休无止地如影相随，在他的心里生根发芽，不断加剧痛苦，使他心如刀绞，肝肠寸断。

他整日恍恍惚惚，犹如梦游，惶惶不可终日。"是以肠一日而九回，居则忽忽若有所亡，出则不知所如往。每念斯耻，汗未尝不发背沾衣也，亦何面目复上父母之丘墓乎？"他自惭形秽，内心的魔障不停地追杀他，折磨他，颈项上的精神枷锁一刻也不曾卸下。

他心有千言万语！他要舒愤懑以晓左右，只是没有倾诉的对象，一直无言冷对默默地忍受着。当过去的高官，昔日的故交，今日的死囚——任安，死到临头，在死牢之中向他发来那封求救信时，他才终于在濒临崩溃之中一吐为快。

而这一切到底是自取其辱，还是时代的悲剧？性格的悲剧？抑或是命运的悲剧？如果说司马迁肠一日而九转，感到了无比的屈辱，那么汉武帝惩治他的目的就达到了吗？

总之，任安连同两千年之后的我们，听到了他深深的叹息，窥见了他破碎的内心，看到了他历经两千余年风吹暴晒而不干，从心头滴下的鲜血和泪水。

万世的风流

唯有极端之时，方出杰出人物，识非常之人，显非常之心，成极端之功。如果司马迁甘愿就戮，或宫刑后就此倒下，那就不是司马迁了，他痛苦屈辱的过程就是和多舛命运不断抗争的过程，无情的摧残，残酷的打击，没有将司马迁击倒，至高无上的朝廷，无处不在的世俗，每日面对的乡党，同屋相处的家人，抬头即见的同僚，以及致命的迫害和内心的耻辱，都被他统统放下、甩过。他虽然没有战胜汉武帝，但战胜了世俗战胜了自己，而解救他的唯有自己的意志，可以说，他是一个人在战斗。

司马迁快要崩溃的时候，就会想想老父亲临终前的嘱托，想想就要完稿的《史记》，想想高祖刘邦、西楚霸王项羽，以及其他伟岸的历史人物以自勉，特别是以多舛而杰出的历史人物来自勉，比如关押在羑里的周文王，四处碰壁的孔仲尼，遭受放逐自投汩罗的屈原，失明的左丘，膑脚的孙子，被迫迁居蜀国的吕不韦，囚禁在秦国的韩非，等等，以部部熠熠生辉的《说难》《孤愤》《诗》《周易》《春秋》《离骚》《国语》《吕览》《兵法》来激励自己。

他还以忍辱苟活的历史人物来自慰，比如拘于羑里的西伯；具于五刑的李斯；受械于陈的淮阴侯韩信；南面称孤，系狱抵罪的彭越、张敖；诛诸吕，权倾五伯，囚于请室的绛侯；衣赭衣、关三木的大将魏其；为朱家钳奴的季布，受辱于居室的灌夫，等等。司马迁在书信中告任安说，这些人物都贵为王侯将相，声闻邻国，及至刑具加身百般受辱的时候，还不能引决自裁，我一个小小的太史令又有什么不能忍受的呢！

隐忍中，他按照预订的计划，循序渐进，按部就班，一篇一篇地写着《史记》，一捆捆竹简早已堆满了屋子。

司马迁有浓厚的英雄情结，他仰慕英雄，他有一个英雄梦，有一颗高傲的孤独的心灵，他首先是英雄，然后才是史学家、文学家。但命运作弄了他，司马迁遇到汉武帝，就像熊朝忠遇到了泰森。在当了史官之后，他深知带兵打战、建功立业的英雄梦已渐行渐远，宫刑更是无情地彻底阻断了他的英雄梦，使他建功沙场的理想完全破灭，他把自己的英雄梦，倾注在了笔端，塑造了一个又一个顶天立地的英雄形象，让他的笔下人物代为实现。甚至他还把自己的英雄梦寄托在了李陵身上，《报任安书》中的李陵，无疑就是他自己梦中的英雄，可以说，他笔端下的李陵，未必是真正的李陵，但无疑是他心中那个理想化的，拔高了虚化了夸张了的英雄。

给任安写信的时候，司马迁已经 53 岁，他感觉自己的身子骨大不如前，之前他就萌生了把自己的过去总结一下的想法，在信中司马迁了却了这个心愿，他自我总结道：

他忠于君主。时刻把君主的喜忧哀乐放在心上，先君主之忧而忧，后君主之乐而乐。比如李陵兵败后，见"主上为之食不甘味，听朝不怡。大臣忧惧，不知所出。"便"仆窃不自料其卑贱，见主上惨凄怛悼，诚欲效其款款之愚""欲以广主上之意，塞睚眦之辞。"

他尽职尽责。一贯地"绝宾客之知，忘室家之业，日夜思竭其不肖之材力，务壹心营职，以求亲媚于主上。"可谓一心扑在工作上。

他善待同事，义字当头，爱憎分明。他为"素非相善也，趣舍异路，未尝衔杯酒接殷勤之欢"的李陵舍命开脱；他能在朝廷之上愤怒谴责尽出"睚眦之辞"的"全躯保妻子之臣"；他还严词声讨当他需要帮助时"交游莫救""左右亲近不为壹言"薄情俗人。亦可谓刚直不阿，一身正气。

他刻苦钻研，孜孜不倦地研究学问，力戒人云亦云，而是究天人之际，通古今之变，成一家之言。并将研究成果藏之名山，传之其人，通邑大都。力求学术思想富有极大的创造性开拓性。

他还重申了以儒家思想为主体的价值观，始终与当时"罢黜百家、独尊儒术"的主流意识形态保持一致，积极推崇"修身者智之府也，爱施者仁之端也，取予者义之符也，耻辱者勇之决也，立名者行之极也"的君子标准，严格要求自己，并向心中的偶像李陵将军学习，努力做一个优秀的知识分子。

他勤于思考，坚决反对迂腐的本本主义形式主义，形成了自己系统的英雄观、君子观、生死观、荣辱观、学术观和朴素的辩证法，特别是他提出了"人固有一死，或重于泰山，或轻于鸿毛"的著名论断，亮明了对于生死的态度，提出了自己的生死观。他结合李陵兵败和自己打入死牢两个实例，把一个宏大的命题给出了答案。就是在战场上，万不得已的情况下军人可以诈降，等待机会再报效朝廷杀敌立功。其他亦然，不争一物得失，不争一时长短，不争一事高下，为了更加重要的东西，为了更加远大的目标，可以暂且忍辱苟活，不做无谓牺牲。比如他在宫刑前后，还有一件极其重要的事，即写作《史记》，要做这件大事，首先必须得活着，而要活着必须忍受宫刑的时候，就要忍受。这不仅超越了一般的生死观，也超越了孟子的生死观，孟子提出了舍生取义，而司马迁显然前进了一步。他以自己的生命实践阐述了什么是真正的义，什么样的义可以为其舍命，什么样的义不值得去死，什么是真正的荣和耻，等等。由此他还进一步阐发了逆境与顺境，幸与不幸的关系，指出所谓"勇与怯，势也。强与弱，形也"，阐明了二者之间相互转化的辩证关系。

　　由此我们知道，在庙堂之上，司马迁面对武帝的询问，他知道他的想法说出去后意味着什么，在本可以随大流不为李陵辩护的时候，他吐露了自己的心声，亮明了自己的观点，导致下狱；在本可以死免辱的时候，他甘愿接受宫刑，接受心灵的、道德的、庙堂的、世俗的无休无止的多重审判；他之所以勇敢面对，言他人所不能言、不敢言之言，受他人不能受之苦，忍不能忍之辱，正是是因为他心中有道德，胸中怀理想，知道生命的意义，知道荣辱的轻重，懂得如何面对，如何选择。就是因为他能够战胜自己，战胜世俗，暂且放下该放的，一心一意做自己的事情，还因为他有一个英雄梦。他深知"死日，然后是非乃定。"他有无与伦比的慧力、毅力和定力。

　　终于，《史记》就要完稿了，他把《史记》的目录，在信中一一向任安开列了出来，此乃这封悲怆回信中唯一暗含欣慰之意的地方。最后，司马迁成功了，他蹬着这部天梯，置身彩虹之上，把自己托举到了史圣的高位，伟大的司马迁以不朽的《史记》给我们打开了斑斓的历史之门，同时他用一封书信打开了他沉重的心扉，通过《史记》，我们看到了历史人物的丰功伟业、音容笑貌，知晓了历史，丰富了知识，同时在《报任安书》里，窥见了他的无奈、愤懑，感到了他滴血内心的颤栗，我们听到了他沉重的叹息，这一封回信掀起的波澜经千年翻卷而不衰，这一声从心底发出的叹息历千年回荡而不息，这封用血泪写就的千年一信，是司马迁写给任安的，也是写给众人的，写给历史的，写给未来的，它以极其丰富的历史信息，无与伦比的文采表达，强烈奔涌的情感渲染，博大精深的思想内涵，创造了经典，也创造了历史，真可谓旷世书信《报任安书》，万古文章在《史记》。他以前无古人，后无来者，不可复制的命运，谱就了一首无韵离骚，他以为人不齿的刀锯之余、刑余之人，高歌了一曲史家绝唱。公元前 90 年，司马迁驾鹤西去，他把自己大质亏损的刑余之身，葬在了《史记》这株璀璨鲜艳的牡丹花下，因而获得了万世的风流。

郝 丽

郝丽者，冀人也，李汉妻，教书为业。半百徐娘，心性异变，师从某僧，潜心学佛，芳名慧清，如醉如痴也。颈垂大串佛珠，腕结黑漆墨球，桌供佛像，壁悬宝图，柜藏经卷，室漫檀香，木鱼法器齐备，衣履铺垫俱全，佛气升腾也。晨三时起，夜三更眠，日日兮准时无误。打坐目不斜视，诵经心无旁骛，行坐间犹念念有词，视奔突车辆如无物，虔诚至极。

初始李汉未置可否，静观其变，继而力阻坑陷，忧心如焚。而郝丽一日不修即惶惶不可终日，稍有差念则慌慌若临深渊，啖丝毫荤腥，厌而翻江倒海，睹肉铺鱼摊，恐而急避三舍，捧经书犹啬啬鬼持账策，转佛珠似守财奴溜金丸，渐而形貌枯槁，呆似偶像，坐则面无表情，立而旁若无人，饮食家政不理，人情礼往俱废，俗务皆心不在焉。与人言语，张嘴因缘，闭口轮回，才说供养，又曰福报，或言不由衷，答非所问，邻里以为怪，巫婆视之，避矣。面讥曰：僧侣之专弗及汝之精也。李汉父子自觉贤妻良母去也，悔之晚矣。

而登台授课亦颠三倒四，弗知所云，惟阿弥陀佛声震屋宇，师生皆怨也。

众苦口婆心，好言导引，郝义无反顾，依然故我。劝阻愈勤，其变本加厉日甚，房门大开以去，锅焦饭煳不知，眼前皆是俗人，身旁俱是凡胎，弃父母如草芥，视夫子类敝履。所谓孩儿祈求铁石心肠，双亲怒斥冥顽不化，众人力劝乖张如初，领导狠批死不悔改。啸聚十余同好，互为依仗，辗转于密室，观视屏，听讲座，谈心得，辩佛理，持杵摇铃，三拜九叩，哼哼哈哈，神神道道，孜孜以求，唯我独尊。私遁寺院如进客堂，匍匐青藏如履平地，放生必往，法事即去，舍身奉献，倾囊捐贡。并反诱李汉父子同为之，汉断然拒之。郝丽尝与人语："志在佛门，去意定矣。"

李汉目睹妻离子散，家不将家，计无所出，怒不可遏，恶向胆生，愤而撕经书，毁画像，捣泥胎。郝丽奋而力敌，汉掌掴其嘴，脚踹其膝，拳打其目，肘击其腹，上下痛殴之。郝丽双眼暴肿，唇角滴血，犹持卷拨珠，跪拜诵经。人皆以为疯魔。李汉秘困郝丽于室，求助120。但闻笛声尖鸣，须臾白衣大汉至焉，乃疯癫科医师，得报准告。众再无二话，合力擒郝丽于囚栏，呼啸而去。李汉询故，白衣曰："寻常之事，走火入魔耳，病人眼中无健夫，疯婆心里皆癫汉也。"汉心有不甘，复求110，警官亦登门详访，一一登录。曰："今有邪恶之人，兄弟姑嫂相约，假扮僧人，设坛置点，巧鼓三寸长舌，阴施蛊惑奸计，招摇撞骗，控制恫吓，蒙蔽洗脑，谋财骗色，失足者众耶。"遂顺藤摸瓜，果如是，擒男女老少十余人也。郝丽乃得返。

毕　虹

毕虹者，官员，副处，自视高，剩女也。单位重组，其与新僚共处同室，内有裘进、边昌者，皆高工也。边已婚，裘单身，朝暮相见，友善共处矣。边以工作故，常随毕出入调研，而裘暗怀情愫，借机近矣。初，毕未察其妙，趾高气扬依旧，颐指气使如常。某日，三人共赴企业督查，待之尊极，气氛甚烈，贵宾室红毯遮地、水果飘香、鲜花盛放，红包暗纳，名牌赫然而立，毕居中，裘、边左右拱列。彼时也，毕正襟危坐，侃侃而谈、口吐莲花。众人乃有问必答，展薄速记，诚惶诚恐也。而突有窃窃私语者，喜形于色，忍俊不禁，讶然失笑矣。毕大怒，严斥其不可理喻。日久，谗言汹汹，戏语滔滔。毕觉而警之，大窘，寻隙将裘、边下派矣。有言戏曰：毕虹真红，求进难近，而鞭长莫及也。

孙　明

孙明者，救急车夫也。貌凶而体壮，好酒而多事，饮则八两一斤，酒后车者，险象环生，而侥幸得脱，迭遭惩罚，人皆厌之。孙有心悔改，然积习难除矣。头领曰："复饮，削汝职位也"。孙闻之色愧，掌嘴曰："痛改前非，饮则舌烂"。孙收敛有时，而不日复饮，半醉也。惧头领责难，裹足弗敢点卯矣，游而荡之，至一酒肆，嗅佳肴飘香，垂涎三尺，禁戒俱抛，碎银尽酒，大醉也。是日，数人弈棋于此，飞象走马各不相让，楚河汉界战云密布，孙近前观战，曰横车，曰架炮，曰拱卒，步步臭着，声声俱厉，人弗之从。孙手痒难耐，径自弄棋矣，人以其醉，未与之争，孙犹执棋将，众怒："贱者何来？骨紧待松乎？"孙当啷掷棋，狂嗥掷语曰："尔等鼠辈，有眼无珠，吾乃金刚之弟也。尔等无礼，小命休矣。"金刚者，黑道老大也。凶残异常，名赫于世，人皆怖之，业已就擒，而余党四窜矣。弈者闻之大惊，默无一语，惶惶然收棋告退矣。孙大喜，复饮，一瓶尽矣。昏噩迷离之时，突现壮汉数名，将其团团围定，重拳覆之于地，银环锁腕矣。壮汉者，刑部捕快也。得报金刚余孽滋扰，欲生擒矣。

贼人既获，遂拖至包间，就地突审，意将同党网尽矣。捕快频换手段，孙岂肯就范哉，遂车载以归，囚困于无窗雅室。孙怖，尽食不实之词，详吐姓氏职业，捕快焉能信兮？轮换为之醒酒矣。孙焉能抵挡耶？一轮过罢，屈膝告饶，苦苦哀求未准。几轮过罢，口鼻淌血，四牙脱落。而手段用尽，未获所求，孙亦身无完肤，遍体鳞伤矣。俟酒彻醒，哀嚎曰："父乃衙门幕僚官，求核实之"。捕快审之不得，建功无望，空耗精力耳，遂依言察之，诚如其言也。众情知有异，恐生事端，乃诱其饮后滋事，醉酒自伤，孙认错服教，遵令画押。诸事妥善，皓月当空，乃令其妻提人矣。

牟氏兄弟

牟大发者，康庄村民也，妻早亡，生二子牟成、牟顺，皆婚娶也。发勤而俭，置上下两宅，下宅归长子，上宅为次子与其共有，欲百年后遗顺矣。牟成者，身长体壮，人言力扛五百斤。牟顺亦然，稍逊于兄。成恨上宅归于顺，阴谋夺之久也，多有挑衅，言弟必称畜生矣。发知兄弟反目指日可见，嘱顺避之。某日，兄弟殴于宅院，顺不敌，成脚踏其胯曰："小畜生，打死尔！"发怒而叱之，成对曰："老畜生，觅死乎？"发持杖殴之，成愤愤然拳脚乃父，发应声俯首，抚肋呻吟。方是时，粗汉咆哮于堂，孱弱倒伏于地，妻子喧嚣于宅，鸡犬奔吠于院。邻人闻声知异，斥而令其就诊者也。成有愧色，马车载父弟医之，顺坚拒不就，止发往矣。成于半途语父曰："今之事家丑也，人询之，毋曰余之为，尽言牲口蹄之为。"诊毕，幸胸肋无恙，仅肌肤之患耳。医师问成曰："汝之臂膀，血痕鲜活，青紫斑斓，何为兮？"成曰："恶狗所扑矣。"

复二载，发生疾，肝癌也，肋胁痛不欲生，奄奄兮不久于世，人皆言癌苗为成所种也。成悔甚，早晚侍奉于前。语父曰："上宅归于弟者无异也。"发乃释然。发亡，成坦言于顺曰："尔无忧哉，殡葬兄独担矣。"然话音未落，不测祸至，成风雨疲奔，日夜与亲朋合议并谢酒，不觉昏昏然过量，四更和衣而眠，然晨起大呼不应，众人诧异细察，竟体凉身硬，不知何时亦呜呼兮西归。牟氏之府，上下两宅，穿孝挂幡，一丧变双丧矣。成妻邹氏语叔曰："家生横异，非常时也，某操夫丧，尔理父事，两不相干矣。"顺无语，草草葬父。

邹善赌而精算，顺喜赌而技劣，叔嫂同台共赌多矣。邹与赌徒胡二暗通日久，人谑之曰"胡邹"，独顺不知。二人设局诈之，不出一年，顺财尽物竭，欠债丰矣。后"胡邹"生变，胡终弃邹，厉逼叔嫂也。顺无所计者，遂以屋抵债，上宅乃归于胡二矣。

老　妪

徐林者，镇府值班员也，甫入职，初班无所事，品茶展报也。时值中午，止徐在焉，百无聊赖。闻叩门，急入唤，应声而进者，持杖老妪也，头发尽白，鸡皮麻面，唯声巨音高，精神矍铄。

妪不请自言曰："某汉者，有妇之夫也，倾慕余女，觊觎日久，施百般花招，蹂躏复厌之，今则得寸进尺，别有图谋，竟垂涎老妇之身，意欲侵淫也。袭宅扰寝，不舍昼夜，四邻难安也。"

徐怒曰："焉有如此禽兽？天打雷轰矣"。岌岌乎展薄笔录。妪言犹未尽，泗泪滂沱，倚靠座椅，气喘吁吁，杖击木地，轰然如雷，稍定，燃烟狂抽猛嗑，烟气腾腾，氤氲弥漫也，稍安，复述如前，再杖于地，而悲苦之状尤甚。徐善言宽语之，递水以饮，妪复燃烟，神稍安，曰："无定论说法弗去耳"。

徐曰："某汉者，何人哉？"

妪曰："又复何人，胡镇之胡世忠也，老狗贼人见可诛矣。"

徐闻言大骇，强作镇静，而汗下如注也。

胡世忠者，徐林之姥爷也。伤天害理若此，何面苟活于世邪？徐转念姥爷卧病久矣，闭门静养，足不出户，莫非陈年旧事兮？思之指颤弗能记，情迫难为言矣。斜睨窥之，见老妪双目如刀，严逼而来，寒光冰冷，似有异，大窘，恨无地缝也。狼狈无所计时，王头领至，视妪而厉斥。妪静声敛气无言对，默然持杖出，与前云泥两人。徐弗解，王语曰："毋理之，病妇焉。"

日久，徐方知老妪乃王头领本家，其夫淫棍也，因罪获刑亡于牢，恼羞致疯癫也，哭述之事，俱为其夫所为耳。

奈何托名状举胡世忠哉？徐林未敢直面，亦终无解矣。

邓美丽

邓美丽者，山城人，冥品商也，貌如其名，性似陋汉，昔与须眉殴于市，未落下风。家贫，初售纸币寿衣，后营木棺石碑，渐次坐大，富甲一方，有名致富巾帼，无冕三八旗手也。周边县市兼有分店，土工匠、阴阳师、吹鼓手均以挂靠为幸，麾下员工众也。

山城旧习崇俭，而今夸富。修阴宅建冥府，掷巨资争上游。繁文缛节不厌其扰，松宽柏厚力居人前，雪柳花圈遮天蔽日，铭旌魂幡雪舞风飞，戏班杂耍各显其能，孝子看客闭路塞道，苦嚎痛歌声振寰宇，哀乐悲音催人泪下，人流车队绵延不绝，饭堂酒肆应接不暇，厚葬重丧无出其右，排场豪阔盖世少有，奢靡之俗皆邓所引也。

二中九班，出三大款，二处长，一副厅，乡官小商若干，二中荣之，邓为其一。早年聚会，共济一堂，师生欢歌笑语，校募善款，大款曰："捐资十万"。掌声雷动。二款曰："捐书万册"。掌鼓欲聋。人皆视邓，邓缓言曰："先前，校长逝，七折理；班主任故，五折办；班长没，亦五折；九班师生，若遇事，均一视同仁，五折受理。"众面面相觑，皆无力鼓掌也。

聚会次月，邓与其子奔丧，夜遇车祸，山道落崖而亡，故旧亲朋，闻者哗然。而其丧事简之尤简，吊唁者皆叹世事无常、造化弄人也。

牛　劲

牛劲者，鲁人也。自名无聊汉，人呼没劲郎，前为央企技工，后则停薪留职，主业鞋店，兼营饭馆。风餐露宿有成，东奔西突见效，苦心孤诣经年，店已四矣，日入之利，坐吃即可。业之风火，人之风光，众皆慕之，呼为大款，未可限量矣。然事业如日中升，勃然兴旺，而劲则与时背反，暮气沉沉，萎靡日甚一日，店铺不入，业务不理，前言不记，后语尽忘，醇醨兮无味，参鲍兮不香，卧榻汗淌梦乱，立案头晕脑胀，昼夜闷闷不乐，长短闭户不出，惶惶兮不可终日，炎炎兮心乱如麻，忡忡乎如芒在背，忽忽乎魂无安处，奈何逆水行舟犹进，顺风扬帆不前耶？众窃曰："乐极生悲，势颓运去，败相初现矣。"家人托医偷窥之，似抑郁症候也。亲故百思无解。巧梳妙理，得缓，劲坚意返厂，阻而弗能，诸店尽由妻儿打理，径自重操旧业矣。

劲语与主任曰："余日与商贩为伍，面衮衮诸众，被人山呼于前，甩手于后，观脚之大小，量鞋之宽窄，斥盐之咸淡，责菜之温凉，受油烟臭袜之熏，接食客男女之白，殷勤备至，难得热脸，稍有不妥，冷语相加矣，而阎王好见小鬼难缠，罚单执者，皆可登堂入店，奉费而色悦，怠慢而眉横，赖爷之袭，痞哥之扰，尤不胜烦，日日晨昏颠倒，天天疲惫不堪，久而心力交瘁也，故尔得闲即胡吃海喝，有空则寻欢作乐，日抽烟三包，夜驭女数人，灯红酒绿，荒唐无聊，红男绿女，厌恶至极矣。乃至心不在焉，百事无趣，万念俱灰。每思单位之好：存恶批之，积善励之，互助蔚然，进取斐然，病痛众人登门，婚丧领导拜访，粗茶淡饭知足，寡味薄酒愉悦，人人平等，融融其乐，倘有愤骂怒殴，事过皆去，不存心肠，今次回归乃温故也，找组织，回老家，求责寻助矣。"

主任闻言，含笑无语。单位一成不变者，惟物也，厂房门窗原状，车床飞转如常，油烟扑鼻似初，铁屑锋利依然，而时过境迁，物是人非。其跃跃欲近，人漠然视之，嫌薪水似蝉翼，恨辛劳如牛马，烦工头之寡廉，叹福利之微薄，怨声载道，戾气冲天者，不一而足，难以名状矣，才出厂房即入酒肆，工装未换相约歌厅，遇事裹足不前，每议酒色财气，抱团取暖不能，同甘共苦难再，今昔大相径庭矣。

劲始则睹物亲切，久则视人生厌，喟然叹曰："单位依然单位，牛劲已非牛劲，工友亦非工友矣"。终至难以存留，未出五日，再萌去意。众亦视之如怪物，无日家返。今之失联久矣，何所在耳？渺无讯也。

肖 太

肖太者，东村人氏，己亥年生，财主之后也，祖上广有良田。父肖连捷，生三子，太为长，其性强命弱，十岁丧母，大弟脑瘫，九岁死，小弟落井，五岁夭。太十二辍学，与父肖连捷相依为命，务农为生，以无兄弟姐妹故，势单力孤，人呼之独头蒜，常顾影自怜。尝与人殴斗，饱受皮肉之苦，折指一枚，终身钩曲矣。太十九成婚，娶西村杨氏为妻。捷太父子，以命薄为惧，以人稀为耻，力求子嗣以光前。杨氏次年生子，捷太一家大喜，呼之为大虎，肖宅门庭焕然，一扫颓势。之后六年，连得三子，曰二虎、曰三虎、曰四虎也，舍中子哭儿啼，羔呼崽唤，皆为天籁，幼孙之欲，长孙所求，具为圣旨焉。捷太待杨氏以捧珠，四虎视杨氏如绵羊，人戏曰：羊生四虎，四战连捷也。捷太父子日出而作，风雨无阻，杨氏居家操持，含辛茹苦，皆为命根四虎矣。而四虎不负众望，见风猛长，虎虎生威，肖氏老宅满院生辉也。

　　大虎岁十五，捷病重，执太之手泣曰："四虎壮哉，为父此生无憾，汝好生待之，肖门有望也。"捷驾鹤西游，太携四虎相送，一字长蛇，悲号恸哭。然路遇马车卧道，驽马竭力未出，空自喘息，进退不得，致路封堵矣。太急，持丧棒击之，马窜，车主怒，往来叫骂不休，大虎闪出，抢棒只一击，车主倒矣。是时，乱作一团，号哭立止，众人合力将车主送医，又别寻牛马，拉车出坑，平整覆盖，始行矣。然行不足半，车主之子王海至，持刀横于道前，指肖家男女咒曰："丧门星，彼已死，奈何以死者迫生人耶？"众人以非常之时力劝，始休，海掷语曰："后会有期。"太自坟场甫返，海亦随至，狮口大开，索巨额赔偿，太无所出，海遂报官。捕快旋至，缉拿大虎，太见状，悔之晚矣，欲代虎就刑，弗许。幸赖车主苟活，以伤害之罪，宣刑五年，因于矿洞劳役，四年末，矿难发，大虎遇矣，尸无完肤，享年十九也。

　　二虎者，厨师也，因豚肉事，与屠夫争，二人不依不饶，俱提刀力搏，而二虎不敌，死于非命，殁年岁双十，距喜日只一月也。肖家迭出恶事，一祸方息，一祸至焉，挽联才干，复粘新联，坟丘犹鲜，再堆新墓也，杨氏呼天抢地，一病不起，竟至疯魔也。人皆以为怪。三虎外出谋生，一去弗返，死活杳无音信。杨氏日夜呼唤其子，声声泣血，悲惨至极，父子心惊，四邻悚然。肖太屡遭雷霆之击，未老先衰，万念俱灰，几欲自绝也。然四虎性情沉静，收放有度，课业名列前茅，高中在望，尚可慰藉一二也。

第四辑　醉步山河

你的心色彩斑斓，

你的情高耸云端，

你抖抖翅膀

和风随雨吟唱，

你与蝴蝶

轻轻地交谈，

樱花知道

你的家乡在那遥远的青山。

小鱼窃语

清儿姑娘酿酒在彩虹桥南。

王霸之城话太谷

　　山西太谷属于晋中地区，夹杂在榆次、清徐、榆社、祁县之间，人口不足 30 万人，与周边各县大同小异，是个不起眼的小县，除离太原稍微近些，并无特别之处。早先从太原回老家，我无数次地路过太谷，从无在此下车到太谷一游的想法。而同事老李，因一口拗口的太谷土话，常常是我们调侃的对象，被大家集体揶揄为"老古"，又以太谷泰国音近，老李又被戏称为"太谷华侨"。但老李会两手三脚猫功夫，没事就拉开架势比划一下，虽是花架子，也有模有样，标榜曰：形意拳。多年以后，机缘巧合，我数次到过太谷，在老县城逛过景，在三多堂旅过游，在无边寺敬过佛，在孔祥熙故居留过影，还在药店购过药。当然，毫不例外，也在太谷吃过壶瓶枣和太谷饼。由此渐对太谷有所了解，知道了太谷辉煌的过去，感受到了太谷与众不同的神奇。

　　事实上，以前对于太谷，多少还是知道他的特殊之处，譬如我早知太谷有师范学校和卫校，还有山西农业大学等大中专学校，火车每到太谷，总有大批学生摸样的旅客上车下车，这在山西诸县应属孤例。也知太谷有个中药厂，出产龟龄集、定坤丹等名贵成药，而且晋中第二医院也设在太谷。早在上世纪七八十年代，我们老家的危重病人需要转院时，医生开具转院证，首先考虑的是太谷，然后才是榆次、太原。每到西瓜上市的季节，太原等地的瓜摊，几乎清一色是太谷的西瓜，而在秋季则到处是太谷的苹果、葡萄。长期以来，这些司空见惯的东西，早已见怪不怪，习以为常，从未探究过背后的原因。而一旦知道了它的秘密和缘由，便惊叹不已，为老太谷的底蕴之深、文化之厚、财富之巨而瞠目结舌。一切皆有因果、传承，而其内在的秘密，皆与赫赫有名的晋商有关。

近年来，随着晋商大院旅游资源的开发、晋商电视剧的热播，关于晋商的研究十分火热，几乎形成了晋商学，强烈震撼着今人的心灵。晋商可以说是中国最早的商人，其历史可远溯到春秋战国时期。隋唐时期晋商的代表人物是武皇之父武士彟。李渊父子起兵太原时，木商武氏从财力上大力资助，李唐王朝就是凭借太原晋军这一天下精锐与武氏财团的雄厚财富而建立，大唐建国后，武氏被封为国公，地位等同秦琼等出生入死的战将，由此可见，商人武士彟对李唐王朝的贡献、在李唐王朝的地位。

明清以来，晋商进入鼎盛时期，商人的足迹，从全国各地，而印度、日本、东南亚、阿拉伯，直到俄罗斯，驰骋欧亚；其经营的范围包罗万象，人称："上到绸缎，下到葱蒜"，从盐业、粮食、布匹、中药到茶叶，无所不包，应有尽有。特别是夺金融之先声，创立票号钱庄，汇通天下，富可敌国。因晋商的实力极其雄厚，史称海内首富，赫赫有名，誉满天下。如侯氏、乔氏、冀氏、曹氏、孟氏、渠氏、范氏、孔氏、亢氏等，如雷贯耳，代有富豪，绵延不绝。当年八国联军向中国索要赔款，慈禧太后不得不向晋商借钱还债。晋商以其诚信勤劳的经商理念，敢为天下先的勇气，以及独到的眼光，创造了亘古未有的繁荣和辉煌灿烂的商业文化，在商界称雄达500年之久，号称天下商帮之首，中国十大商帮无出其右。而晋商最重要的一支，就是以太谷、祁县、介休、平遥为代表的晋中商人，晋中商人中，尤以太谷商人为雄，因势力大、财力厚，人送雅号"太谷帮"。

一

太谷，始建于西汉，历史悠久，物华天宝、人杰地灵，是晋商的发祥地之一。太谷自明朝至中华民国，商贸文化发达，单就经济而言，太谷为三晋之首，山西的商会即设于此，而未在省会设立商会，乃是全国唯一的孤例。"太谷帮"作为晋商的重要分支，商人绵延不绝，代有豪强，先后有孟家、曹家、王家、武家、贠家、郭家、要家、赵家、孙家等富商，人说山西是北中国的银窖，而太谷便是山西的银窖。所以当时的太谷有"金太谷""小北京""中国华尔街"之称。如果这样形象直观的说法，还难以让人置信的话，还有一个比较说法："金太谷，银祁县，平遥人闹的是小摊摊。"精明干练惯于经商名声在外的平遥人，在太谷人面前，不过是难登大雅之堂的小伙计，自惭形秽。据老人讲，昔日的太谷高墙豪宅，丛楼耸翠，垣宇蔽天，富丽堂皇，比今日的古城平遥更加宏伟雄壮。当年，见多识广的宋大小姐宋霭龄女士，随太谷人孔祥熙省亲时，还以为是到穷乡僻壤遭罪，极尽愁苦不愿，没承想到了太谷之后，迎接大小姐的是她从未尊享过的奢华生活。孔祥熙在 1907 年的一个讲话中曾说："六年前，我到美国的时候，发现纽约的房屋建筑，普遍不如太谷之华丽而坚固。在我小时侯，太谷一县拥家资 300 万两以上的富户，即有 13 家之多，七八层楼的大宅院，到处可见——太谷县城里有一家姓孙的修盖花园，竟用汉代的白玉铺砌地面。"所谓 300 万两，现在大约折合 2 亿人民币，而这还是"太谷帮"步入衰退期的时候，其富豪由此可见一斑。而太谷特产：软糯甘怡、久存不坏、人人传唱的太谷饼，能够出自此地，也就不足为奇了。

不仅如此，以广誉远为代表的太谷中医中药文化源远流长，与晋商有千丝万缕的联系。明末清初是"太谷帮"鼎盛时期，随着经济发展，人们对健康日益重视，一些富商为了保障自身和家人的健康，设立了家庭药房，这些家庭药房，成为当地望族富贾雄厚实力的象征，也极大推动了当地中医药的发展。比如，当年曹家的允生堂药房就颇为知名。

明清时期太谷商人中的广帮药商，则是"太谷帮"中一支特殊的商队，他们以中药材经营为大宗生意，通过广州、香港口岸出口中药材，并进口东南亚等地区的南药，直接运往全国药材大市场祁州和禹州批发销售，还在太谷总号销售，由此把持了中药材市场，进而称雄全国、驰骋欧亚，创造了中医药经销的辉煌时代。

而太谷的广誉远，就是广帮药商的代表。广誉远起源于1541年，至今已有460余年，可谓中国最早的民间药店。它在明朝嘉靖年间所创，几经倒手，至清朝嘉庆年间，一名叫姚聚的商人新增了股份，遂改组更名为广升聚。以后，由于太谷富户集中、生活骄奢，加之鸦片流行，对医药的需求极为迫切。因此，太谷医药行业适时而兴，许多资本流向药材行业，大户富商也纷纷在自家设立药房，产生了不少全国有名的中医，并从中搜集到龟龄集这样源自宫廷的珍方密药。广誉远的前身就是在这样的时代背景及经济环境中得到快速发展的，以后又经历了广升远、广升蔚、广升誉的分化、演变、重组，它们相互竞争，各自设立分号，扩大业务，不断发展，尤其以广升远为盛，其远字品牌，最负盛名。历经数百年的发展，最后合并共组为广誉远药店，一直延续至今。太谷广誉远属于首批中华老字号企业，与北京同仁堂、广州陈李济、杭州胡庆余堂并称四大药店，其龟龄集、定坤丹、牛黄安宫丸等众多知名成药，疗效显著，畅销不衰，闻名遐迩，远销海外，是著名的中药品牌。目前小小的太谷，现有三家中医药企业：中远威药业、广誉远国药及黄河制药，皆与太谷这段历史有关。

广帮药商的产生发展与名药龟龄集有很大的关系。龟龄集是中国最早的中药复方升炼剂，明代嘉靖年间，嘉靖皇帝因体弱多病，在全国广集强身不老药。方士邵元节和陶仲文把宋代道士张君房《云籍七笺》中的老君益寿丹增删后，更名为龟龄延寿丹献给了嘉靖皇帝，因颇有疗效，被钦定为御用圣药。该药后经太谷籍的提调官陶某辗转从御医院抄出，传回了家乡太谷。嘉靖二十年（1541年），太谷广盛号药店的老板石先生，据此秘方，以转让广盛号的办法筹资试制了龟龄集。明天启六年（1626年），北洸村吴氏也试制了龟龄集。从此龟龄集成为太谷独有的制药方剂。进入清朝后，蒙汉贸易扩大，商品流通日盛，太谷各药店为争得龟龄集的正宗地位，重金延请名医精心研究处方，同时不惜代价在药材上狠下功夫，进而发现了中草药蕴藏的巨大商机，开始大规模经营中药材生意。

龟龄集之所以疗效显著，是独特的古方、地道的药材、严谨的加工方法使然，据记载，龟龄集融合天上飞禽、陆地走兽、水中游物以及植物、矿物之精华，以应天、地、人三材，共28味药材。其中地黄的炮制就十分讲究，在日晒夜露的同时，药师采用九蒸九晒九炙的工艺加工炮制，使地黄的香味沁人心脾、令人愉悦陶醉。

而定坤丹的产生，也有一段传奇故事，清乾隆四年（1739年），太医院召集全国名医研制出了宫闱圣药定坤丹，专供内廷使用。时任监察御史的太谷人孙廷夔，因母病求医，花重金从太医院将定坤丹秘方抄出并传回太谷。从此，定坤丹成为太谷县的又一独特中药名品，使太谷药业蒸蒸日上。资料记载，道光年间太谷药店林立，一度发展到60余家，而多数药铺为前店后厂，一边自产成药，一边购销中药材。他们依托遍布大江南北的商业网络，进行大规模的药材贸易，几乎垄断了中国北方的中药材进出口市场。至中华民国年间，依然盛况空前，太谷城乡计有各类药店百余座，或川药批发，或参茸批发，或进出口贸易，执全国药市之牛耳，成为名盛一时的药都。资料记载，北京同仁堂和天津达仁堂等驰名全国的"乐家老铺"，所进南药都由太谷广帮供应。

目前，本人尚未找到关于传奇中药安宫牛黄丸的典故传说，只是这个颇为神奇、起死回生的救命神药，前些年，以为有些年份的老药货真价实，疗效奇特，价格被炒得上了天，以致万元一粒，洛阳纸贵，一药难求。所谓新老药，当以1993年为界，之前为老药，之后为新药，区别在于老药有犀牛角成分，新药则以水牛角代之，盖因动物保护也。当时媒体多有报道，沸沸扬扬。还是专家出来辟谣说：任何药物不是越老越好，都有有效期，过期的药物不仅药效下降，而且可能服之有害。方将这锅鼎沸的药汤冷却下来。

太谷的武家明代即已发家，初期经营布匹绸缎，清朝中后期经营药材，开设药庄，进行草药和成药的批发，还自制龟龄集、定坤丹。武家的天益堂，为清末京师药店之首，在东北还有众多分店，安宫牛黄丸等名药也出其门下。而孙家在清朝时，一度力压曹家，贵为太谷首富，但后人重功名，多在朝廷为官，或从事教育。曾任监察御史，在太医院偷抄出定坤丹秘方的孙廷夔就是孙家后人，太谷县城有孙家巷，雄踞东南一维，就是孙家的家业。而贠家在药材经销上也曾独占鳌头，使广帮药商声名鹊起。

二

形意拳是我国著名的拳种，由山西人姬际可在岳家枪和少林拳的基础上创立，后传艺多人，在山西、河南、河北等地流传，河北人李老能、太谷人车毅斋对形意拳的发展居功至伟。该拳分别取"龙、虎、猴、马、鼍、鸡、燕、鹞、鲐、蛇、鹰、熊"十二种动物之形，拟"腾、扑、灵、撞、云、抖、掠、翻、惊、活、爪、猛"之意，象形取意，天人合一，人们仿其法、效其技、练其功，内外兼修，易学易练，强身健体，延年益寿，攻防兼备，克敌制胜，如今已走出国门，扬威世界。

形意拳的发扬光大也与太谷有关。俗称：穷文富武，它的产生、发展也和晋商紧密相关，得到了太谷富商大户的参与、鼓励与支持。晋商外出经常长途跋涉于千里之外，困难重重，险情不断，甚至遭遇盗贼匪帮的袭击，因此历来重视武术，多习拳健身、自卫防身，而有武功技艺的拳师，受聘于富户豪绅看家护院，或在镖局充任职业保镖，保护物资运送安全，地位优越，待遇优厚。与太谷渊源颇深的形意拳，就是在这块沃土上获得了新生。

太谷在晋商鼎盛时期，不仅是药材中心，而且一度是中国传统的金融中心，安全保卫极其重要，镖局拳师生意兴隆。据太谷史志资料记载，清代康熙年间，太谷大户贠成望就成立了"志成信"票号。以后，直到嘉庆、道光，而咸丰、同治，而光绪年间，又陆续有协成乾、世义信、锦生润、恒隆光、大德玉、大德川等票号出现，在金融业务上形成了新的"太谷帮"。而票号和商队，使得镖局应运而生，当时有很多拳师在太谷谋生。事实上早在明代，太谷贠家就开办了"隆盛镖局"和客贷栈，代客走镖运款。咸同年间，太谷设有"太谷标"的机构，每年的2、5、8、11月份，商家归现、票号放款之时，票号之内到处堆满元宝，过标（兑付现银）之时，太谷商家还要邀班唱戏，太谷城像过节一般，热闹非凡。各路拳师即担起了镖师的重任，负责安全保卫。

道光二十九年（1849年），直隶的拳师李老能被当时太谷四大富绅之一的孟綍如请来看家护院，而富商武柏年和孟綍如私交甚好，武家的赶车师傅车毅斋和商号伙计贺运恒、李广亨也爱好武术，皆有良好的武术功底，孟綍如便介绍车毅斋及贺、李等人拜李老能为师学艺。李老能与其弟子车毅斋、贺运恒、李广亨、宋世荣、宋世德等融汇各家拳术之长，创编出了技击性强，观赏性强，又具有强身健体功能的全新的形意拳。李老能的五名弟子，常常相聚一起，交流传授形意拳艺，民间有"五星聚太谷"之称。而"五星"中尤以车毅斋技艺精深，形意真功达到了出神入化之境，其游鼍化险之招，被武林誉为绝技；李广亨人称"试金石"，乌鸦伏卧为其特技；宋世荣长于内功，燕形技艺令人叫绝；宋世德轻功出众，常越城而出，汲水于酎泉；贺运亨人称"铁腿"，腿功技艺超群。一时间，太谷成为形意名流荟萃之地。

在《太谷人物志》中有文字记载："车毅斋，名永宏。因排行二，故人称车二师傅。贾家堡人，幼年家贫，三弟被卖，9岁丧母，决心学武术。12岁即赴山东一边做工一边学习查拳。16岁回到太谷，到晋商富户武柏年家赶车，并随少林拳师武鸿圃学艺，后又拜武鸿圃之师交城王长乐为师深造。此时，他痛感清廷腐败与人民的痛苦，遂生以武救国之志。道光二十九年开始和太谷孟綍如先生家之护院（拳师）李老能学习心意拳。咸丰六年，正式拜李老能为师。此后，任武家护院，并开始随师保镖。约咸丰末年，和李老能开始改革心意拳，共同创造了形意拳。同治六年，李老能返回老家河北深州。毅斋独挡太谷商行保镖大业，大江南北，长城内外，足迹所至，豪杰影从，武林中有'车二镖师行天下'之誉。另一方面，与其弟子李复桢一道继续研究改革形意拳，创编了十个对练套路，使形意拳形成一个内外功具备，单练对练齐全，实践理论皆有，并且以中国传统文化为核心的大派拳种。"

从车毅斋传记中可以看出，形意拳名家都有护院保镖的经历，形意拳的高手大多被祁县、太谷、榆次等地富商聘任为护院拳师，如仅仅曹家的三多堂就有护院家丁500余人，李老能、车毅斋、贺运亨等，也曾在三多堂担任过护院拳师，受到良好的礼遇和优厚的待遇，可见晋商的发展为形意拳的产生创造了条件、提供了沃土。

三

十九世纪后期，基督教开始在我国大肆传教，美国的欧柏林大学，派人来到中国，主要在山西的太谷、汾阳等地活动传教。

1881 年基督教公理会美国分会，以欧柏林大学为主体，开始在山西传教，原计划在太原设立总堂，后因房舍难以租赁，遂把目光停留在了太谷这一富甲一方的金融中心，将总堂设立在了太谷，而之所以能够顺利如愿，还有一个插曲，即县太爷的公子患有眼疾，久治不愈，而传教士兼医生很快治愈了公子的眼病，故得到了县太爷的支持，使教士可以公开活动，租赁房舍，当时的太谷经济繁荣，交通便利，人员密集，确是传经布道的理想之地。

金发碧眼、高鼻深目的外国人即使在今天的太谷，自是难得一见，定有很多人看稀罕、瞧洋景，更不要说一百多年前的太谷了，因为相貌语言衣着饮食的迥异，他们常常被视为异类，所以传教士的首要问题就是与民众沟通，让民众接受自己，并信任自己，倘若见了民众百姓，一上来就是一套上帝、耶稣啊，天堂、犹大啊，博爱、宽容啊，估计不仅难以传教，恐怕连立脚也很困难。特别是太谷和其他地区一样，是一个佛教道教盛行之地，让笃信观音菩萨、关老爷和玉皇大帝的民众，转信基督，难比登天。所以，他们首先从民众最需要的地方着手，大作好人好事，进而博得了民众的好感和信任。

那时的山西是鸦片吸食的重灾区，太谷亦然，所以公理会的传教士首先在太谷的一个乡村开设了戒烟局，帮助民众戒烟，以此来吸引民众入教，即以精神鸦片来对冲物质鸦片，此举果然奏效。一些瘾君子经过脱瘾治疗，很快摆脱了鸦片的依赖，教士把这一切都归功于万能的主——上帝，以此增进人们对上帝的膜拜。

万贯缠身难抵烟枪一支，如此吸食鸦片烧钱毁身体，何如来点精神鸦片，忏悔祷告诵经，一些人便辞别了阿弥陀佛，拜起了耶稣基督，既时髦，又安分，何乐而不为呢！

戒烟局的管理人员教士医师一肩挑，所以戒烟局并不单单戒烟，还给民众治病，可以说戒烟局也是太谷最早的西医诊所，因起效快，不费事，受到了十里八村民众的欢迎，当人们治好疾患之后，脱下白衣的医生就变身为传教士及时跟进，加强思想政治工作，告知曰：你的疾病是英明的主给治好的，只要相信上帝的存在，忠心事主，为上帝所驱使，就可以消灾避难，逢凶化吉。人们在将信将疑中，对这些传教士由排斥抵制而容忍接受，甚至洗礼入教，使传教士渐渐站稳了脚跟。为了扩大教会的影响，进一步打开局面，公理会于1887年在汾阳设立第二总堂，这样除了太谷外，汾阳就成为山西基督教会的第二据点。传教士于1889年在太谷县城租赁房屋，把戒烟局诊疗室开到了县城，还开展小型外科手术，受到了人们的欢迎，当年的孔祥熙就是在这里，让洋大夫治好了他的腮腺炎。

1900年，义和团运动时期，太谷的基督教会受到了致命打击，但在清政府的妥协下，基督教会很快起死回生。

1904年，美国医生韩明理——据说是作家海明威的叔叔，奉公理会美国总会直接派遣，携眷来到太谷，他募集到一笔资金，在原有小型诊所的基础上，成立了一家医院，后来取名为仁术医院，并不断扩大规模，修筑了病房和手术室。为解决医护人员紧缺的问题，医院于1917年创设了护士学校，招收当地女子边学习卫生知识，边从事医护工作。1923年，还成立了女子病房，加装了电灯，添置了设备，其儿科、妇产科、外科一应俱全，并且都达到了很高的水准，可以说仁术医院已是当时国内较高水平的西式医院了。同时他们还在清源等地开设分院，周边县市多有慕名求诊者。再后来，时局动荡，战乱不已，该医院相继经过美方、日寇、阎锡山地方政府管理，至解放后，被人民政府接管。这个基督教背景的仁术医院就是太谷县人民医院的前身，而那个护士学校也可以说是太谷卫校的前身。所以太谷的医院，要比周边诸县的基础牢、条件好、医术高，自然也是政府重点建设的医院。而解放后，将晋中第二人民医院建在太谷，与当地有良好的医疗资源有很大关系。

公理会在设立戒烟局的同时，还在山西设立基督教会的学校。1889 年在太谷创办了一所男子初小，名曰：明道学校，学生实行寄宿制。学生由十来名而几十名，逐渐由少变多，影响不断扩大，后来还成立了女校，宣传反对缠足，促进妇女教育，而教师则是从美国欧柏林大学派遣而来，其中有贝如意女士、露美乐女士等，她们在教学或出诊之余，走村串户，开展传教。

戒烟局和学校的开办，使基督教以太谷为中心，不断扩大影响，辐射至了清源、榆次、祁县、徐沟、交城等地。我们现时在这些地区看到的老教堂，就是这个年代的产物。在太原南郊的姚村，有一个著名的眼科大夫，就是一个修女，医术精湛，收费低廉。二十世纪九十年代初，我曾经陪同一位患者，专程到此医治。说是医院，实际属于家庭式诊所，条件简陋，与太原的眼科医院不可量比，但在七八十年前，实属难能可贵。老太太温文尔雅慈眉善目，因年事已高，将手艺传给了儿子，自己退居二线，当时一般的县医院也有了眼科或五官科，但其院子里依然站着不少来自各地治疗白内障、青光眼的患者，给我留下了深刻的印象。或许她就是太谷卫校毕业，在仁术医院学的医术吧。

四

古老的晋商，全方位影响了太谷社会的方方面面，同时还催生了新一代晋商孔祥熙的诞生，孔祥熙一直兴旺于中华民国时期，号为中华民国四大家族之一，亦官亦商，对当今太谷的文化教育还有影响。

如果说，过去的晋商留给现代的是一大堆瞠目的财富传说和惊人的财富账本，还有坚固奢华的私人宅邸，那么孔祥熙留给社会的除此而外，还有现代的学堂，先进的教育，发达的农业生产技术，重文重教的社会风尚，这些宝贵的物质与精神财富，直到今天还普惠大众，这也可以说是晋商的进步。

孔祥熙，1880 年出生，1967 年去世，历任中华民国中央银行行长、财政部长、行政院长等职，长期主政中华民国财政。不仅自己的生意风生水起，而且打理一国财政，将晋商做到了极致。可以说一段时间，他与山西的阎锡山撑起了中华民国的半壁江山。蒋介石被戏称为运输大队长，而他之所以有运不完的武器弹药，全赖孔祥熙在后面苦苦支撑，国民党气数耗尽的时候，连孔祥熙也回天无力，徒唤奈何了！

孔祥熙本来出生在一个亦商亦儒的家庭，其父吸食鸦片败家，6 岁时，母亲早逝，也是一个苦孩子。1889 年，罹患腮腺炎，经中医医治效果不佳，转而求治于教会的仁术医院，很快痊愈。后来家人有病求治于教会医院，也都痊愈。进而使小孔全家对教会抱有了好感。1890 年孔进入教会学校就读，1893 年以优异成绩毕业，1894 年—1899 年被保送到教会在北京通州的潞河书院就读，并在此皈依基督教。1900 年因义和团停课，辗转回到太谷，不想太谷也在闹义和团，孔和其他教士被困在教堂，生死旦夕之间，后被族人救出，逃过一劫。但教堂里的其他教士和教民有 14 人被打死。

实际上，义和团在山西巡抚毓贤的支持下，共杀死传教士 191 名，杀死教民及家属 6600 余人，烧毁教堂、医院等建筑两万余间，山西是全国死人最多的省份。

孔祥熙赶回北京向教会汇报了山西的危难局势，又不辞辛劳，陪同教会人员返回山西处理教案，因对教会忠心耿耿，处理问题坚决果断，受到教会的肯定，于 1901 年选配到美国欧柏林大学留学，1905 年又考入耶鲁大学研究生，研习矿物，1907 年毕业。

义和团之后，八国联军打入北京，慈禧西逃西安，随即下了软蛋，向列强赔款，力挺义和团的毓贤被斩，最直接的后果还有：由山西分摊的庚子赔款最多，每年达 116 万两，另外赔偿山西教会共 263 万两，厚葬殉难教士并为其树碑立传。孔祥熙和教会人员就是在此基础上，与太谷当局谈判的。

孟家是太谷县城望族，康熙后，进士举人辈出，先后有 30 多人在朝为官，十六世孟生蕙曾任鸿胪寺、光禄寺少卿。乾隆年间孟家经商发迹，钱庄、粮店、当铺、布店众多，从此家族兴旺，还在太谷开有银炉。太谷义和团杀死传教士及其教徒后，美国基督教公理会索要赔款后，将孟家花园别墅区低价购入（一说割让）作为坟地，把被杀的传教士葬于此处，如今坟茔犹存。1930 年，孟家后人孟广誉将无边寺西旁的宅院卖与孔祥熙，如今作为孔祥熙故居，对外开放，接待游客。

1909—1910 年孔祥熙回乡，携带着在美国募捐的善款，一说是庚子赔款，创办了铭贤学校。学校初建时，是一所包括初小和高小在内的完全小学，后增设中学班次，因学生增多，迁往埋葬传教士的孟氏花园。该校老师多为来自欧柏林大学的外国传教士。也就是说我于二十世纪八十年代初，在上海滩才首次见过金发碧眼的外国人，而当年的太谷，百年前的二十世纪一十年代，即有外国老师授课的教会学校，孔祥熙亲任校长兼教授史地、矿物学。史料记载，学校十分重视体育教育，自制木枪，以美国步兵的操典来训练学生。或许这为其荣任国际奥林匹克委员，加分不少。

铭贤学校是太谷第一所现代中学。1911 年辛亥革命时，孔还组织学生护卫治安混乱的太谷县城，保境安民，并在娘子关参战。

孔祥熙从小生活在太谷这个商城，对生意无师自通，是天生的生意人，大脑之中刻着天然的算盘，1912年，孔祥熙创办了祥记公司，在山西独家经营煤油生意，并创办裕华银行，赚得盆满钵满。1913—1914年南北对峙时，孔逃亡日本，结识了孙中山，并认识了孙的英文秘书宋霭龄。孔祥熙曾于1908年与潞河学院的同学结婚，其夫人不幸于1912年病逝，此时孔祥熙正值单身。共同的美式教育、基督教的背景，雄厚的财力、远大的前程，使他们很快走近，相见恨晚，二人于1914年喜结连理。

1915—1921年孔祥熙回国，继续办学经商，宋霭龄也在学校教授英文。期间两儿两女相继出生。并经营铁矿生意，将阳泉铁砂运至天津出口。孔顶着留洋人士的光环，学识渊博，结交广泛，而为人谦和，工于心计，各界均视为难得的人才，被阎锡山聘为高干参议，多次出面接待来晋的外国使团。1927年，孔投靠了蒋介石，促成蒋宋姻缘，从此飞黄腾达，官运亨通。由工商部长、实业部长，而行政院副院长兼财政部长等职，直至官拜行政院长。

铭贤学校在孔祥熙的领导下，蓬勃发展，不断扩大规模，1916年增设大学预科，1925年，孔祥熙赴美募集75万美金，成立铭贤学校办学基金。1928年增设农科，1929年，接收教会贝露女校，改为铭贤学校女子部。1931增设工科。但1937年以后，受日寇全面侵华战争影响，铭贤学校和其他学校一样，向西南地区迁移，最后南迁至四川金堂。1940年，经国民政府批准，成立了铭贤农工专科学校，1943年又扩为本科铭贤学院，1947年将学校迁址到成都，1950年太谷解放后，回迁旧址，1951年成立山西农学院，1979年更名山西农业大学，列为全国重点大学。由此，太谷一直是山西乃至华北农业科研和教育的重地，培养了大批农业科技人才。

孔祥熙人称"哈哈孔"，一身喜气，满脸福相，看似与世无争，谦让有加，实则精明干练，魂魄如山，是少有的福将。小时候生病，闹义和团差点死于非命，老婆早亡，看似压顶的灾难，不仅没有击垮他，反而使他都能够因祸得福，逢凶化吉，化险为夷，绝处逢生，真是奇也怪哉，诚吉人自有天相也。他经商煤油独家买断经营权，出口铁砂矿，开设银行，无不生意兴隆。他做官由部长而院长，一人之下，万人之上，荣立四大家族之列，胆识超人，慧眼独具。他做事投资教育，创立学校，惠及当代，利在千秋。而结交宋家千金，谈恋爱，娶老婆，组家庭，生孩子，均顺风顺水，吉祥如意，直至87岁高龄病逝于美国。如今整个家族，依然人丁兴旺，凡人难以复制。太谷富豪曹家"三多"的期望，被其一人悉数占尽，不仅多子、多福、多寿，而且多禄、多才、多贵、多财，官商儒，三合一，达到了晋商从未有过的高度，攀上了凡人难以企及的顶峰。

晋中的农业素来精耕细作，农业基础良好，而太谷温差较大，人称"暖平遥，冷祁县，冻死人的太谷县"，独特的地理地貌小气候，加上发达进步的农业科技，得天独厚的条件，为太谷的农业果林发展插上了翅膀。早在1935年的时候，铭贤学校的师生，就成立了全省第一个苹果园，从美国、烟台、锦州引进品种，大大促进了果林发展。如今，依托山西农大和省农业科学院果树研究所的科研优势，经过几代人的努力，太谷已形成了南山百里林果带，计有15万亩红枣、13万亩水果、10万亩苗木、9.6万亩设施蔬菜的种植规模，是山西唯一的现代农业改革与建设试点县。其特色壶瓶枣，形如壶瓶，肉多核小，甘甜如怡，名声远扬，拥有"中国枣乡"之誉，还建立了怡园酒庄，其拳头产品为世界顶尖葡萄酒。另外，太谷也是华北最大的苗木培植基地之一，培育栽种城市绿植，建立了农业旅游点，乡村特色休闲旅游已经走上正轨。

五

总之，太谷循着商贸中心，而金融中心，而药材中心的路子，成为形意拳之乡，同时受到传教士的关注，一度成为山西基督教的宗教中心，由于传教士的出现，太谷又成为现代文教中心、现代卫生中心、农林科研中心。但之后，随着太谷经济一落千丈，特别是太原、榆次的迅猛崛起，太谷风光不再，所谓的金太谷逐渐跌落神坛，一切成为过眼云烟。

而国运衰落，兵荒马乱，连年战争，是晋商衰败的主因。如太平天国、甲午战争、日俄战争、辛亥革命、抗日战争、外蒙独立都对晋商造成了致命的打击。加上子弟不思进取，吸食鸦片，坐吃山空，五百年辉煌灰飞烟灭，太谷也放下了身段，退去金色，一身土气，步入了平庸的行列。

毋庸讳言，正如今天的山西整体落后一样，太谷也整体落后了，昔日的辉煌，尽管还有迹可循，早已物是人非，云泥之别，祖上的阔气霸道，如果成为残壁瓦砾，故纸断册，仅仅存活在景区的介绍、博物馆中的档案、导游小姐的嘴巴里，化身为旅游景点人人不可触碰的文物，如此只是祖上阔过而已，祖上越阔气，只能说明子孙越不肖。如果说子孙与祖上能够比肩而立，那才是真正的阔气的话，太谷就显得太寒酸寒碜埋汰了，如此而言，太谷的路还很长很长。

现在太谷的支柱产业是玛钢业，也就是管件、暖气件，得益于我国房地产市场的空前繁荣，玛钢业也是蒸蒸日上、如日中天，有亚洲玛钢在中国，中国玛钢在太谷之称，但房地产市场的泡沫总有破裂的一天，那时，太谷的玛钢业能够挺住吗？

　　五大道地区是天津名居名宅最为集中的地区。作为近现代天津历史的象征，这里蕴藏着丰富的文化内涵和浓厚的历史气息。许多近现代名人在这里留下了深深的足迹，充分展现着近代中国的百年风云。来天津，必须到五大道。

　　十多年前我曾走马观花般转过天津，印象散乱浅显。2013 年，我有了一段随意支配的时间，可以自由行了，期间走了不少地方，从三月份到六月份，我前后去了八九趟天津，成就了我的二番天津之行。每次早出晚归，坐地铁到北京南站，再从北京南站到天津，地铁半小时，高铁半小时，而坐高铁比坐地铁舒服了很多，有水喝，有卫生间上，有随车的服务员养眼，有全新的速度体验，还有地面之上的风光调剂。

　　俗话说，看景不如听景，但我外出，一般不会详细查看介绍，主要是想得到意外的感觉、惊喜和体验，同时以免失望。经过若干年的积累，我对天津还是有个基本的了解，比如赫赫有名的五大道等，所以我的二番游览是从五大道开始的，而五大道一带的游览时间前后用了六天时间。

五大道离火车站不远，公交走不多远就到了，所谓五大道是一个近百年前达官显贵集中连片的住宅区，五大道的看点有两个，一个是欧式的老宅，二是住在老宅里的主人，特色的老宅都住过显赫的人物，换言之，凡是在五大道置办房产的大人物，必然精挑细选，宅子自然豪华高档，可以说每幢建筑里都蕴含着故事。五大道本身是一个固定的区域，位于天津中心城区的南部，东、西向并列着以中国西南名城重庆、常德、大理、睦南及马场为名的五条街道，并辐射出22条马路。此地拥有二十世纪二三十年代建成的英、法、意、德、西班牙不同国家建筑风格的花园式房屋2000多所，其中具有独特风貌的建筑和名人的故居就有300余处，被公认为独具特色的万国建筑博览会，也是了解中国近代史和天津风土人情的活字典。但类似五大道风情的欧式建筑、名人故居游览区，则是一个非常宽泛的区域，可以向周边街区加以延伸扩展，大大丰富旅游的内容。

我的游览，空间采取的是中心开花、扫荡四周的办法，时间则有些拖拉，集中开花是在仲春，扫荡则战线较长，一直延伸到六月份。我初来此地，时值三月，杨柳刚刚泛绿，值此漫步游览的好地方，正是闲庭信步的好时节，春风得意，怡然自乐。一开始，我醉心于这里古朴、宁静的异域风光，只顾观光、拍照，有时走着走着就能返转了回来，不免有迷路的担忧，但游览一阵子，就能知道大概区域，作为功能齐备的开放街区，五大道街巷纵横，相互贯通，其间穿插着高校、政府机关、企事业单位，如错开上下班（学）高峰期，当地的居民、行人并不多，更多的是三三两两的游人，这里通行汽车，设有公交车站，特别是还有自行车出租，观光的电动三轮随时会停在你的旁边，游览还是很方便的。这里整体保持着幽雅别致安静的风貌，到此让我们远离了喧闹的浮华世界，心绪暂时平静下来。这里也有观光马车，威风凛凛的高头大马，古典喜庆的红顶车厢，叮当作响的铜铃铛，志得意满的赶车人，风情别样，妙趣横生，与五大道古朴的异域风情浑然一体，让人眼前一亮，跃跃欲试。这不仅仅是尝试和代步，更多地是满足和享乐了，当然费用也很可观。

　　所以五大道没有所谓的入口、出口，游览时可以任性一把，信马由缰，不受约束，从任何一个街道开始或结束。信步走来，都是单门独户以二三四层为主的低层小楼，它们风格各异，大小不等，精工细作，争奇斗巧，五颜六色，但主色彩以红、黄、灰、白为多，这些风貌建筑从建筑形式上丰富多彩，据介绍主要有文艺复兴式、希腊式、哥特式、浪漫主义、折中主义以及中西合璧式等，构成了一种凝固的艺术。而且都是原汁原味，不雷同，不死板，各有奇巧，各显其美，丰富多彩，百看不厌。目前，我国各个城市都有连片开发的欧式洋楼别墅区，似乎都是高大上的完美杰作，但同一社区建筑完全一致，即使不同社区甚至不同城市之间，实际也都相互抄袭，风格相近，大同小异，五大道多样丰富的建筑与其形成了鲜明的反差。同样是欧式建筑，因为用途不同，哈尔滨、大连、上海留存的旧建筑以公用为主，更加雄浑壮观、霸气十足，而天津五大道的建筑类似青岛八大关，以居住为主，个性明显，精致小巧。共同的特点是，精心设计规划，做工精良考究。

　　五大道的建筑，政府在多年前就认真做过清查，家底清楚，价值明了，所有历史风貌建筑的门旁，均有市政府设立的标示，内容为：名称、编号、保护等级、文物保护单位，等等，这里有些建筑正在保护性整修，一眼望去，有的新，有的旧，显得有些凌乱，但所谓新旧是以近期是否进行整修而定，整修过的就新，尚未整修的就旧，实际都是一大把年纪的老宅，可以预见的是，不久的将来这里都是簇新的老房子。

　　经过多年整修开发，五大道已基本消除了过去大杂院的散乱格局，总体恢复了私人宅院风格，有的住人，有的空闲，有的搞经营，有的作公房，所以几乎所有的小洋楼都只能远观，不能进去参观内部结构，这不能不说是一个很大的遗憾。

这些小洋楼价格高昂，据说当时有些建材是从外国直接进口而来，当年一套小洋楼的价格抵十几套四合院，现在可能就更贵了。凡是有特色的房子，都有一个身份证，标注着建筑风格，建筑年代，和曾经显赫的主人。在这里参观，如果有初步的建筑知识和美学基础当然最好不过，面对海量的实物，现学也能有所收获，如果什么也不懂，要问这里有什么风格特点，只要和我们北方传统的四合院相比，就能看出它们的不同，就像各种肤色各国人员的穿着打扮和国人的区别，或者是少数民族的衣着和汉人的区别，而且时间要倒退回百年之前。

房子特别是住宅和人一样，不仅有生命，而且是有气质的，是有性格的，是有脾气的，也要吃喝拉撒穿着打扮，所谓的建筑师，设计的更多的就是房子的性格和气质，也即端庄稳重，还是灵动活泼，是质朴大方，还是雍容华贵，洋楼既有霸气雄阔的大块头，也有玲珑碧玉的小甜点，但犹如一个姑娘，许配不同的郎君，会有不同的生命运势，同一套房子属于不同的主人，会使房子或主人的性情大变，要不房子出问题，要不住户出问题，要么房子和主人共荣共兴共衰共败，这或许就是神秘的风水吧。

因为这里原来是九国租界地，五大道一带的第一批房子自然体现的是租界国的风格和意志，英国法国是最早开辟租界的国家，这里最早出现的也是英法两国的房子，但至今连片保留最完整的是意大利租界，雕栏玉砌今犹在，朱颜未曾改。意大利租界紧邻海河，以马可波罗广场的胜利女神雕像为核心向四周散射，已经开辟为意大利风情区，出售意大利的食品酒类，这里游人如织，不少是金发碧眼的老外，据说此地比意大利还要意大利，集中了世界顶级的西餐厅，也是天津高级西餐厅最多的地方，于老外而言，在此可以聊补一丝思乡之情，于国人而言，置身这个活生生的欧洲建筑博物馆，完全可以实现不出津门游欧洲的愿望。

租界不仅房子是洋楼，道路也是洋名，房子的主人自然是深目高鼻的洋人。之后随着九国势力的此消彼长，租界在变换着国家，房子变换着主人，及至租界收回国有，这里的街道不仅以中国的城市冠名，而且主人也相继大批更换。清朝的皇亲国戚、遗老遗少，以溥仪、载沣为代表；北洋的总统重臣军阀名将，以袁世凯、段祺瑞、曹锟、徐世昌、冯国璋为代表；中华民国的达官贵人新军阀，以张学良、顾维钧、孙殿英为代表；社会贤达文化名士，以梁启超、曹禺为代表；富商巨贾名伶实业家，以马连良为代表，当然也有新的洋人，以端纳、胡佛、马歇尔为代表；这里也有架子不倒的破落户，还有讨要嚼谷的平民，游荡江湖的闲汉。最后，随着天津解放，这里的豪宅罚没收公，昔日王谢堂前燕，飞入寻常百姓家，一部分降下身段，屈尊成了大杂院。在这个国家与国家之间、新老势力角力的地方，在这个孔方兄、刀把子、印把子撒欢的地方，北洋州府的人物最高端、最集中，共有 5 个总统、6 个总理、19 个总长、17 个督军、2 个议长、7 个省长、2 个巡阅使在此居住，但从侧面说明了他们是昙花一现风光不再的没落群族。

如果你有时间，在五大道一定不要匆匆而过，完全可以放松心情，缓行漫步，品味欣赏。而和煦春日、金色之秋，更应浪漫小资一把，尤以小雨、雪后、风平之时为最佳的选择。强烈的历史感、艺术感、流动感、立体感，就似一幅百年的风俗画，在眼前流淌，三天、五天不少，十天半月不多，这一绝佳的理想居所，如有可能愿定居于此，休闲，生活，当然也有思考。

这里有几个旧居名气很大，保存完好，我有幸得窥全貌或近距离亲近，不得不提。

静园，位于鞍山道 70 号，是清朝末任皇帝溥仪的旧居，原名乾园，为北洋政府驻日公使陆宗舆的宅院，是一折中主义的砖木结构三层楼房，兼有西班牙和日本建筑的风格，是庭院式私人宅邸的典型代表，当年溥仪搬进来后，改为静园，寓意静养浩然之气。现在经过整修，已经成为游览景点，对外开放，门票20元一张。这里按照原来的格局，恢复了溥仪的办公室、卧室、书房、浴室、佛堂等私人专用房屋，还有警卫室、传达室、会议室、会客室等公用房屋，展览着他作为大清也是中国最后一位皇帝荒唐屈辱而又悲愤的一生。溥仪一生三次登基，龙袍与血泪相伴，皇冠与仇恨并举，玉玺与屈辱影随，权杖与挽歌共舞，辱没了列祖列宗的辉煌，遍尝了亡国之君的耻辱，至少从清朝的角度看是这样。静园看似一应俱全，应有尽有，但是这里不仅不能和紫禁城比，也不能和长春的"伪皇宫"比，根本原因，就是这里丢了魂，散了魄，丧了气。失去了紫禁城，失去了社稷，尽管端着皇帝的架子，有人站岗放哨，锦衣玉食，吆五喝六，不过夜行咳嗽给自己壮胆，一切徒然，自欺欺人罢了。此处即使在五大道的宅院中，不过中等偏上而已，更加悲哀的是人生自由受限，站岗放哨的居然是日本人。作为昔日金口玉牙的一号男，大清的法定继承人，普天之下莫非王土的拥有者，没落如此，实乃时也运也命也。

作为亡国之君，溥仪的确阳气不足，气魄松散。痛定思痛，确实该养养浩然之气了。但从之后的情形看，他的静气没有养好，没有养足，男儿之身徒有其形，皇帝之位徒有其名，一身戎装徒有其表。每天在此吃西餐，喝咖啡，养尊处优，醉生梦死。攻城略地、纵横世界的王霸之术没有学会，荒淫无耻、犬马声色的亡国之音声声入耳。三岁登基，深宫大殿里走出来的他哪里知道，所谓的霸气王气是在秋收起义的血泊中养，是在长征途中的雪山草地中养，是在井冈山的长矛尖上养，是在延安窑洞的作战图前养，是在三大战役的枪炮声中养，是在平型关上甘岭的火海中养，岂是一个静园能养？不过，作为亡国之君，溥仪历经四朝，颠沛多地，流离数国，不仅没有死在刀枪之下，还能颐养天年，不能不说是奇货可居吉人天相了。

孙殿英旧居，位于睦南道 20 号，天津文物保护单位，1930 年为其三姨太所购置，后作为他驻天津的办事处，在此大肆从事贩毒、走私、贩卖假钞和军火活动，这里还是出售东陵被盗珠宝的窝点。孙殿英绿林出身，信奉有枪就是草头王的信条，先依附冯、阎，又投张靠蒋，再效汪降日，最后被解放军所俘，作为军人可谓乏善可陈，劣迹斑斑，但他的这栋旧居确属上乘。该建筑为三层砖木结构，具有西洋古典风格，外部造型特色鲜明、高大气派，其大型露台舒展明亮，四组立柱雄壮大气，上部拱圈式、下部矩形式的窗户富丽堂皇，错落有致，具有鲜明的折中主义西洋风格。孙殿英的一生也有嚼头，多少武夫军汉，靠着几条破枪，横行一时，霸道一方，但没有信仰，没有主义，没有理想，没有好的领路人，有枪杆子不行，枪杆子壮亦不灵，顶多就是孙殿英之类而已，住在如此雄壮的房子里，只能干着贩毒、走私的龌龊勾当。"枪杆子里面出政权"，并非人人皆然，只对有信仰、有主义、有理想、有道德，得到群众拥护，有好的领路人方才成立，唯此，没有枪杆子，可以掌握枪杆子，几条枪杆子可以换成炮管子，即使住在窑洞里，睡在土炕上，吃着南瓜饭，也能心纳五洲，拥有天下。

张园，位于鞍山道 59 号，是山西榆次人、武举人、清末湖北提督张彪的宅院，于 1915 年至 1916 年间兴建，是西洋古典风格的楼房，当时名"露香园"。因为园主姓张，故为"张园"。张园占地 20 余亩，主建筑时名"平远楼"，为混合结构二层楼房，采用不对称形式，在转角处设有塔楼，突出而高调，在宏大的平面为主的结构中，强调竖向的构图，有以一当十之功，外墙开窗形式多样，立面效果丰富，楼房入口处设有台阶，四周长廊围绕，园中还设有石山，水池，花园和水亭。1923 年，张彪和他人合作在此开设餐馆、剧场、曲艺场、露天电影场和台球房等休闲娱乐项目，使这里一度成为游乐场。1924年孙中山与宋庆龄在此居住了27天。1925年溥仪来到天津入住张园，并住在孙中山夫妇54天前所在的卧室，1931年溥仪由此移住静园。此后，张园先后作为日本警备司令部，中华民国天津警备司令部。天津解放后，张园曾为新中国的天津警备司令部，后改为市少儿图书馆。2006年，天津京剧院迁址到此。六月份我曾到此一游，但有人把守，游人不得进入，只可在外面大略参观，当时巧遇剧团演出回来，正在搬运道具器物，我一则看到园主张彪为榆次人，感到亲切。二则该楼保存完好，特别是塔楼气派雄壮。三是此园住过多位名人，很值得一看。便顾不得许多，乘乱而入，得以在此养了养眼睛，不过时间不长，遗憾不能大饱眼福。

庆王府，位于重庆道55号，是五大道标志性的老建筑，也是标志性的旧府邸，在五大道的一群洋楼中，是保持中式建筑元素最多的旧宅，是乾隆帝的玄孙、庆亲王奕劻的长子、清室第四代庆王载振的故居，全国重点文物保护单位。王府始为太监大总管小德张（张兰德）亲自设计、督建的私宅，于1923年建成，并在此居住3年。1925年，载振从小德张手中购得此楼。庆王府高墙阔门，深宅大院，气势非凡，占地面积4327平方米，建筑面积5922平方米，建筑外立面为中式青砖砌筑，外檐为水刷石，四周环绕着回廊和立柱，均以蓝、绿、黄三色中国传统琉璃栏杆为材。庆王府主楼的大门前建有一座宝塔式的十七级半台阶，所谓半阶是指第一级台阶比其他台阶矮。这是因为"十八"为皇帝御用，小德张虽然野心勃勃，但也心存畏惧，不敢张胆僭越，将自己入户台阶建为十七级半，看似十八级，实则矮了半分。一个太监，还有如此雄心壮志，付之行动，表明心迹，也够励志了。依我看，此事发生在清帝逊位之后，否则的话，借他小德张几个胆，怕也不敢，即使造了，莫说皇帝，王爷就要了他的狗命了。院内建有花园，园有水池喷泉和假山，假山上设一亭子，有平衡美化的作用，或许还有镇宅之功。庆王府现为一家企业托管，似有酒店对外营业，主要出入口都有保安把守，不少建筑红链圈围谢绝参观，中庭一侧有几间房子开放，展有庆王府的历史图片。

庆王府的内装饰以中国传统文化为主，其工艺较为复杂，宅院中的雕花木门，画面皆为荷花、梅花和牡丹等祥瑞花式，寓意吉祥富贵，楠木透雕装饰，雕有渔、樵、耕、读、商等劳作图景，祈求子孙平安。墙面还有很多精美彩绘，颇具艺术价值。其中196根六菱形琉璃柱，均为当年从北京运载天津，琉璃柱的蓝、绿、黄三种色彩，是皇家御用之色，因而使得整个宅院尽显皇家血统。而镶嵌的彩色玻璃，悬挂的葡萄吊灯，明显是西洋风情，在当时实为建筑装饰中的奢侈品，非等闲宅院可用，显示着主人的眼光、情趣、财力和势力。

据介绍当年载振在庆王府的起居饮食仍保持王府的旧制，每天大吃二喝。1937年，载振五十岁生日那天，在大厅安装了活动小舞台，大宴亲朋好友，日常载振就是在此玩花鸟、宴宾客、办堂会，直到1947年去世，在这里共居住了二十一年。这就是一个前朝退职高干在天津奢侈而无聊的生活。

"疙瘩楼"也是五大道名气很大的旧居，位于睦南道，是一个四层砖木结构、八门连体的西洋公寓式洋楼，尽显一种低调的高贵、质朴的奢华、内敛的沧桑之感，以墙面错落有致地砌筑着很多焦黑不整的乌砖而名，是京剧表演艺术家马连良的旧居，此楼的建材疙瘩砖，原是砖厂烧制时火候过头的废品，虽然四面不平，颜色古旧，但质地坚硬，胜似耐火砖，被一意大利建筑师相中后，废物利用，设计建造了此楼。原是英国某公司的大楼，二十世纪20年代，马连良购得并搬进此楼，成了他的居所。据溥仪的堂弟溥佐回忆，当年的"疙瘩楼"曾经"车如流水马如龙"，经常出入此楼的宾客有袁世凯、冯国璋、靳云鹏、曹汝霖等政要以及梅兰芳、荀慧生、杨小楼等艺术大师。现在的"疙瘩楼"外立面上装饰了一些中国明清时期的瓷片，建有华蕴博物馆，陈列着青铜器、铜器、木雕、石器等文物 100 多种 3000 余件。

今天我们喜欢歌舞娱乐，声色犬马大行其道，但往往又看不起艺人，为何众人高招迭出，手段使尽，争先选秀，不惜一脱拼命出名？站在疙瘩楼前，自会了然：混出个名堂、成了气候，不仅是艺术家，更有疙瘩楼之类的豪宅栖身，混不出名堂，只能在歌厅咖啡屋卖唱。不知这是否属于传承有序后继有人？

五大道还有天津外国语大学，两组精心设计布展的瓷房子等等，均特色鲜明，风格独居，价值极高，我都认真参观了。散落在街头的各种雕塑：马车、踢球的少年、拔萝卜的孩童，及造型特异的太湖石，均人气很旺，成了留影纪念的好背景。周边街道的商场、银行、公司不少是欧式老建筑，一色的钟楼贯天，石砌厚墙，典雅庄重，巍峨森严，皆远眺近睹，在此不一一叙述。而天津市宾馆及某中学校的欧式建筑也非常喜欢，只是保安肃立，无缘深入。号称左右逢源的袁世凯、冯国璋旧居，居然擦肩而过，深感遗憾。

为何天津有如此连片的洋楼，这里为何聚集了大批的社会名流、达官显贵，对后世有何影响，对当时的天津有何影响，现在的天津，除了五大道上的洋楼，还有什么风俗习惯、生活方式，遗存在天津人的日常生活中呢？不可不察也。

天津，一个津字，即可揭开这个秘密，这是一个因水而立、因水而壮的城市，渤海、海河、古运河，把天津打造成了渡口海港，天津位于华北平原，沃野千里，置于水陆要冲，不仅交通便利，而且距北京仅一百多公里，又使它成为北京的屏障，北京能闻到沙漠的气息，也能闻到海洋的气息。当年，英法列强就是相中了天津的地理之优，逼迫清廷增设口岸，开阜通商，不从，便纠集联军炮舰伺候，轰开了天津，列寇不日即可到达北京，所以，轰开了天津，亦即轰开了北京，轰开了北京，就轰开了全国。天津这个离权力最近的地方，也成了离死亡最近的地方。

一个个条约签订了，大批的殖民者纷至沓来，要吃要喝要养家，还得有地待，有地方还不行，还要我行我素、不服清朝管制，你的地盘我做主，要封闭起来，我可自由进出，你们不能进来，洋人自己管理，按自己的法律规矩管理，便设立租界。一个看一个，一个学一个，英国人有了，法国人美国人也要有，意奥比俄日德都要有，天津成了列强纵横角力的博弈之地，这种模式一直在青岛上海大连哈尔滨复制着，这就有了九国的租界，有了五大道的雏形。当年满人入了关，那是汉人的祖宗来了，如今洋人来了，那是洋人入关了，满人的满人来了，也就是满人的祖宗来了，你得伺候着，不乐意，老子要你的脑袋。你们的四合院，洋大人住得不习惯，不舒服，便按照洋人各自的习惯喜好，自己设计，自己施工，靠枪炮顶着做生意，列强有的是钱，要盖就盖得漂漂亮亮，结结实实，无与伦比，比西洋东洋老家的还要好，也要比左邻右舍的好，各色精美的小洋楼就此拔地而起。在中国的地盘，不仅要做主，要发财，而且要好好享乐，跑马场之类的娱乐场所就应运而生了，有钱有势没人管，必然可劲造可劲作，最早的任性就在天津的租界发生了。

洋人来了离不开地头蛇，他们要和中国人打交道，做生意，需要翻译需要打手轿夫伙夫，一句话，就是需要奴仆，也要合作伙伴，这就有了吃洋人饭的买办，为便于伺候主子，他们一些个就住在了租界附近。

如果是公平式的融入和交流，那是一种进步，如果是掠夺式的建设和繁荣，那就是一种耻辱。所谓丧权辱国的屈辱，感受更深的可能是权倾朝野的皇亲国戚，脑满肠肥的达官贵人，至于某些寻常的平头百姓，或许就如吃料犁地的牛马，没人把他当人看，自己或许也不把自己当人看。满人是爷，洋人也是爷，区别不过是留辫子的爷，换成了黄头发的爷而已，总之谁都是爷，有口草料就行。譬如皇帝一路往西安逃命，尽管端着老大的谱、有一帮人伺候，依然遮不住丧魂落魄、疲于奔命的丑态，其内心不比穷人卖儿卖女好受。他们或许最恨洋人，但计无所出、束手无策。只得割地赔款，以中华之物力换蛮夷之欢心。除此而外，总得有个态度。

这便有了洋务，要练新兵。天津小站就是当年练兵之地，也是虎狼的蛰伏之地，在这里走出了清廷的新式军人，也走出了一群给清廷掘墓的人，还走出了一个个北洋政府的总统、总理、督军。他们得意的时候，感恩于这块土地，当他们失意的时候，再次把目光聚集到天津，纷纷把晚年寄托在五大道周边。

武昌起义了，辛亥革命了，八旗子弟尝到了亡国之恨，紫禁城不能待了，北京也不能待了，总得有个栖身之所，思来想去，天津最好。大批的遗老遗少在溥仪的带领下，来到天津，除了老大的不愿意，腰里还夹着珍奇古玩，他们伺机待发，图谋东山再起。来天津了，架子照端谱照摆，要置房子要置地，就大把地往渤海之滨的五大道甩银子，没钱花就变卖珍宝，没事干就听戏找乐，喝洋酒听洋曲住洋房，在夜夜笙歌觥筹交错中坐等机变。

共和了，总统轮流坐，今天到我家，你方唱罢我登场，大家各显神通，争圆总统梦。有人坐在北京总统的宝座上，必然意味着另一个要坐在前总统的非宝座上，这若干个非宝座一一安放在了海河两岸五大道一带。

对于这些失意的政客、光杆的司令，坐享富贵、花天酒地的遗老遗少，北京只是暂时地躲开。脑瓜灵光的为免坐吃山空，就地经商开矿办实业，成了再次阔起来的人。

因此，五大道短时间聚集了一大批有钱有闲的人，没闲有钱需要应酬的人，这里酒肆林立，霓虹闪烁，京剧相声，日日漫舞，溜冰跑马，夜夜欢歌，排场不比京城小，吃喝讲究，穿着攀比，肆意尽情地作，巨大海量的消费能力，促成了当时令人目瞪口呆的繁荣。有闲没钱的也混迹于此淘金，一不小心成了半有闲半有钱的人。

于是乎，五大道这一弹丸之地，连接了中国的近代和现代，连接了中国的政治和经济，连接了中国和列强的风云变幻，连接了皇权与民权，也连接了枪杆子和印把子，总之连接了古今中外。也连接了金钱和风月，连接了坑蒙拐骗与酒色财气。

关于天津，关于五大道，从这些纷繁复杂的人和事中，我们或许能够找到想要的答案。

风雨交加登基辅

　　在天津要感觉海，就要到塘沽，这差不多是北京到天津的距离，好在塘沽有著名的基辅号航母，供游人参观。

　　春日，我去塘沽参观了航母。

　　从北京南站直奔塘沽，耗时一个小时，塘沽车站一般，充其量也就是中等城市车站的规模。从车站有直达航母景区的公交，但距离较远，比北京到塘沽的时间还长，一路上乘客不多，天雾蒙蒙的，但沿路仍能看到不少泰达公司的建筑和巨幅广告。到站后公路两侧空空如也，天气预报很准，小雨如期而至，被风夹裹着直往脖颈里钻，阴冷如冬，好在我有所准备，戴着套头帽穿着羽绒服，路边没有路标，我顺着小路往里面走，前后未见一人，心中不免忐忑，等了好一阵，才看到一个建筑工人，询之，方知还有很长的距离，需要另行打车，并告我向左侧走，应能看到出租，走了一会果然有车停在一侧，司机主动招呼，是个没有标志的黑车。坐上车，景区很快就到了。票价 220 元，游人很少，前面商店里，连游人带店员稀稀拉拉几个人，有些冷清。

　　穿过前区过道广场，眼前赫然一个庞然大物，这就是航母无疑了。和所有的男子一样，我从小崇拜军人，爱玩武器一类的玩具，首次到京，就去了军博，过足了机枪坦克飞机大炮的眼瘾，之后又在青岛、大连、秦皇岛参观过不少舰艇，因为都是退役多年的老旧家伙，实话说感觉一般，只有青岛的一个观光潜艇印象深刻。而眼前的航母着实太震撼了。

航母如此体量，要办展览，必然需要大块空地，既是舰艇必然要有水域，以营造实景氛围，建景区就要有游客，交通必须方便，要满足这几个条件，这里可能是最好的选择了，游客想图省事少走路绝对不行。

掀开一个厚门帘，即可进入航母，我按指示标牌一一参观，外面特别阴冷，但航母里面温暖如春，特意加穿的羽绒服成了累赘。航母以甲板为界，上下均分为几层，但有规律可循，好比一个高大的楼房，化为一家一户，也类同天津五大道，看似一大片洋房，密密麻麻，大同小异，但用道路经纬定坐标，用门牌号码做标识，以居住的主人为标志，貌似一头雾水，杂乱无序，其实井井有条，各得其所。航母亦然，一切以实战、高速、安全、方便、节约空间为原则，分为若干个大的功能区，每个功能区又分为若干个隔舱，各尽其责。不同的功能区或者说不同的隔舱就是公园不同的景点，游人在不同的隔舱中游览串门，就是了解航母内部结构的过程。隔舱转遍了，也就是公园游完了。

按我多年和大型机电设备打交道的经历，加以自己的观察和理解，举一反三触类旁通，也能把各个隔舱粗线条来划分归类，即以起落飞机的甲板为界，分为三大部分。甲板。甲板上安装通信雷达为主的舰岛、防卫性武器。甲板下面的功能区即动力导航区、武器装备库和作战区、生活区。在甲板的上下前后，均配备有进攻和自卫的武器，停放着飞机，安装着起降设备。我想这种隔舱划分的基本原则，和一般的舰艇以及大型的机电设备是一样的。

甲板下面是航母的主要部分，也是航母的神秘所在，游人参观多集中于此，时间多消耗于此，这里虽然集中了动力区、作战区和生活区，人们感兴趣的主要有两大部分，一是武库区，主要在航母的前半部，又分为导弹库、鱼雷库、机库等等，基辅号在出售时，已经把关键武器装备全部拆除，留下的基本是空壳，这里展出的都是后配的报废武器，或者是模型空壳，尽管如此，依旧森森然杀气毕现，人们对此兴趣浓厚，争先在鱼雷、飞机、导弹、火炮等武器前合影留念，其中一款飞机绿色机身，红嘴白牙，恰似张开血盆大嘴的鲨鱼，样子恐怖，威慑力十足，还有一款黑色如蝙蝠的鹞式战斗机，令人印象深刻，而多种型号的反潜导弹发射器、鱼雷发射管、防空导弹发射器，可以说是航母的标配。其中 SA-N-4 防空导弹发射器 4 具（分为 2 对）一具能发射 18 枚导弹，展示着它强大的防潜防控能力。高大的导弹库里依次排列着粗大壮硕的红色导弹，凝集着摧枯拉朽的万钧之力，就是这种强大能力的直接写照。它们生动地诠释着什么叫作一半是海水一半是火焰。战备的时候，导弹各就各位静静地待命，一旦得到指令，它们就争先恐后，次第腾飞，咬住对手，将自己惊天动地的全部能量加给敌人，可以说打击摧毁是它们的全部价值，彻底粉碎是它们的唯一使命，浓烟烈火是它们的凄美化身，大海蓝天是它们永恒的归宿。所以，这里也是航母的力量、价值和神秘所在，自然成为航母的著名景点，有个别游人或许稍具专业知识，观察认真，仔细探究着导弹、鱼雷自动填装发射的工作原理。

另一个是生活区，或许生活区和每个人都有关系，设施设备让人亲切温暖，没有距离感，故而游人对生活区尤其兴趣盎然，据说全舰舰员 1200 余人，出海一次动辄半年几月，长时间在海上执行任务，吃喝拉撒，头疼脑热，非同小可，作为超大型军事设施，军人各有其所，各就其位，各负其责，必须循规蹈矩，井然有序，日常生活也是如此。这里不仅厨房、餐厅、床铺、理发室、医务室、洗衣淋浴间齐全完备，酒吧、舞厅、图书室、影院也是应有尽有，完全是一个流动的社区。但限于空间有限，大多功能区都是小巧玲珑点到为止。舰长作为最高军官，担负全舰的指挥任务，重任在肩，待遇优厚，舰长室相对宽大高档、优越舒适。

航母的低层是动力舱、油库区，安装有声呐系统，还有堆满钢丝绳、尼龙绳、铁链、铁锚、防火毡子一类的杂品库，这里光线较暗，少有游客，即使有人也匆匆而过。

为了增强现场感，航母在几个区域安放了军人模型，模拟了设备工作状态，这里仪表发光按钮闪烁，雷达屏幕滚动显示，军人口令严厉，动作规范，呼叫响亮，应答准确，电光和仿真效果良好，逼真再现了工作实景中的航母。

这里仅有的原配设备，以今天的眼光看，当然比较落后，比如操作台简陋土气，但是这里是视野最开阔的地方，不少人坐在操作椅上，当舰员找感觉，直视前方，表情庄严，过一把驾驭航母的舵手瘾。

参观完航母底部之后，从旁门一出即可直达甲板，航母甲板一览无余，平直开阔，停放着几架战斗机、直升机。甲板上密密麻麻布满了金属泡钉，据说起防止热胀冷缩和增大摩擦力的作用。

甲板上大雾浓重，风雨交加，舰身栏杆上的各国国旗，飞舞翻卷，瑟瑟有声。我迎风向前，却冷雨扑面，难以站立，完全是一种大海上搏风斗雨乘风破浪的临战之感。前后左右能见度很低，但右边雄壮威武又显神秘的舰岛还是依稀可见。白色的圆圆的灯罩状和灰色的网格状的雷达、天线等预警通讯设备，高高在上，直指天空。登临其上，指挥室、观察室尽现眼前，遗憾的是风大雨急，不能多作逗留，如此略知军人艰辛之一二也。

甲板前部还安装着几组导弹发射器，其中一款，发射管直径一米有余，贴有说明：三分钟完成填装，雷达制导后即可发射，射程达550公里。

航母各个功能区，有宽大的走廊相连，使得分散的隔舱成为一个战斗的统一的整体。在两侧走廊上展览着各个时期苏联的海军英雄。有些隔仓改为航母知识展览室，其中出售航母等军事主题以及俄罗斯主题的商品，如军舰坦克飞机模型及套娃等，还开设有酒店、旅馆、吧台，为游客服务。

整个航母参观完毕，包括简要阅读航母图片知识，大约需要三个小时左右，认真仔细一点，需要四个小时。在航母上参观，没心没肺地走马观花，凑热闹看稀罕是一件放松的事，但航母上展览着航母历史现状等知识，走廊里到处悬挂着苏联建有赫赫战功的海军英雄画像，这对于任何一个中国人来说都不是一件轻松惬意的事，不仅因为航母知识的匮乏，更多感到的是窝囊羞耻，不由让人感慨万千思绪飞扬。

一叹基辅之悲。基辅号的命运令人唏嘘，舰艇属于水命，和火相克，它和鲨鱼鲸鱼一样，在水面上游弋才是它的存在方式，也是它的生命意义，游弋方能体现价值，一个航母离开了水面，也就预示着它的死亡，离炼狱之火零距离或一步之遥也。该舰完工于1970年，是苏联"基辅"级航母的首制舰，曾是强大苏联的"国家名片"，也是苏联海军的象征。1991年苏联解体，长达69年的超级强国人间蒸发，强大的苏军分崩离析，"基辅"号连同其他保家卫国的战争利器，在国家面临灭亡之时，空有一身本领，袖手旁观，束手无策，最后坐以待毙，终于在1994年提前退役，2000年"基辅"号只能被作为废金属拍卖。"基辅"号当年下水的时候，有谁能预测出它未来的命运！

二悲苏联之丧。苏联是拥有世界最强军事实力的超级大国，在戈尔巴乔夫和叶利钦的联合蹂躏下，三拳两脚就将如此强大的国家葬入坟墓，未发一枪一弹，就把苏共就地解散，而彼时全国无一个党员质疑反抗，乃至决定了强大无敌不可一世的苏军的命运——顷刻土崩瓦解灰飞烟灭，也决定了基辅号航母的命运，不在海洋游弋的大杀器，成了弃儿，拆解卖铁，结局如此一点都不奇怪。这告诉我们这样一个事实，不可一世的希特勒没有战胜苏联，是戈尔巴乔夫和叶利钦两人，联手战胜了列宁斯大林，埋葬了苏军、苏共和苏联。国运衰，国贼出，国贼当道，气数尽矣，万劫不复，军力再强也没用，再多的航母也不灵。

三痛旧中国之衰。英国、美国、日本等国在航母的发展过程中，有着辉煌的历史，百年前后，是美国人第一个在停泊的舰艇上起降，是英国人第一个在航行的舰艇上起飞，第一艘为飞机同时进行起降作业提供跑道的是英国船只，第一艘安装全通飞行甲板的航母是英国改建，并首次从该舰上起飞进行攻击。而第一艘作为航母设计建造的舰只是日本的凤翔号航母，于1922年12月开始服役，从此，全通式飞行甲板、上层建筑岛式结构的航空母舰，至今还是各国航空母舰的样板。与此同时，中国在接二连三地签订不平等条约，战火连天，饿殍遍野，辛亥革命之后，溥仪忙着倒卖故宫珍宝、袁世凯忙着称帝，北洋军阀忙着当总统，国家元首走马灯似地更换，大小军阀扛着马枪、步枪混战，天津的五大道成了洋人、买办、国贼、军阀形形色色之人的乐园。别说航母、飞机、大炮，连步枪都造得费力。彼时把中国打得跪地求饶、割地赔款的英国、法国、日本诸强，首先是军事上的强国。中国丧权辱国，一是统治者腐朽昏聩软弱无能，二是民众愚昧无知一盘散沙，埋怨别人心狠手辣惨无人道的时候，先要扪心自问，挨宰的为什么是你？

四喜国家振奋。航母作为以舰载机为主要作战武器的大型水面舰艇，可以提供军用飞机的起降，有了航母，一个国家可以在远离国土的地方、不依靠当地的机场来施加军事压力并进行作战，是现代海军不可或缺的武器，也是海战最重要的舰艇。二战中，航母在太平洋战场上起了决定性作用，冷战期间包括现在，航母得到了世界各国的重视，目前世界上公认的，计有十一个国家拥有航母：阿根廷、法国、意大利、俄罗斯、西班牙、巴西、印度、泰国、英国、美国，另外韩国拥有小型航母。其中美国拥有十一艘航母，是世界拥有最多、最大航母的国家，其他国家多是轻型航母，差距其大。世界上所有航母一共约可以装载 1250 架飞机，其中美国的载机数超过 1000 架。与此同时，我们完全依赖陆基导弹进行被动式的防御，早先我们没有能力建造航母，后来国力虽然强大了，却依然没有转变国防海防观念，对航母不屑一顾。1980 年 5 月刘华清访美时，美方安排其参观"小鹰"号航空母舰，这是解放军和科技人员首次踏上航母。2012 年 9 月 25 日中国几经周折，才完成了乌克兰瓦良格号航母的改造，名为辽宁舰，交付海军下海训练。和列强相比，在航母方面，中国落后了近百年的时间。好歹我们有了，好在不久还会有更多的更好的航母下水。

据说现在规则文化盛行，国际社会已然到了用规则调节关系的新时期，而规则也就是条约，纵观世界风云，所谓规则或曰条约，大多是刺刀蘸血写成的，就像当年的天津条约、辛丑条约一样，无论何时，条约的武器，不能代替武器的条约。否则，不仅条约类同废纸，而且擎着条约到处说事的人，可能死无葬身之地，在签订天津条约的城市，站在基辅航母上，站在五大道的洋楼前，站在锈迹斑斑的大沽口炮管前，这种感受异常强烈。

原子弹有几颗，雄心就有几颗。航母是国家的神器，甲板和胸怀成正比，国家的胸怀越大，甲板的面积就越大，国家的理想越高，战机的高度就越高，有多深的仇恨就有多深的吃水线，有多大的气魄就有多大的航母，有多少个梦想就有多少个舰载机。导弹是国家的臂膀必须粗壮有力，导弹粗胆就壮，看得越远，导弹的射程就越远，想得越远，航母的航速就越快。如今国力日盛，外国连连喟叹中国的现代化舰艇犹如煮饺子般下水，中国的新一代战机突飞猛进日新月异，中国人民的自信心空前高涨，再没有任何一个国家敢于轻视中国，我们充分相信在不久的将来，太平洋、印度洋、大西洋上，都能看到中国的航母。

壮阳补钙在茂陵

陕西的黄土塬，确实非比等闲，历朝历代的帝王陵寝共72座，而乾陵合葬着武则天和唐高宗，实葬73位帝王，更有数不清的妃子大臣陪葬墓，地下文物全国第一。当你行走在西安周边市县的田间地头，眼前随时会有一堆石岭土丘，没准就是一座帝陵。

汉武帝刘彻的茂陵位于兴平东北，南北遥屏终南山远依九嵕山。传说武帝打猎时，于茂乡发现一只麒麟状动物和一棵长生果树，认为此处是风水宝地，遂钦定为长眠之地。现在的茂陵主要由博物馆和武帝陵两部分组成，博物馆有西汉石像、武帝蜡像、出土文物展，大将军卫青、骠骑将军霍去病墓。远处起起伏伏小岭般的陵墓，则是茂陵的主体汉武帝陵以及皇后李夫人大臣霍光等人的陪葬墓。两组14件石虎石马石蟾蜍以及人熊相搏马踏匈奴等石像，号称国宝，特别是马踏匈奴石雕，不仅造型古拙、简练雄浑、孔武有力，而且意义非凡。生动地诠释了"匈奴不灭，何以家为"的大汉雄风。

博物馆建筑是仿造秦汉风格新建的，略显偏僻。而在汉宣帝本始元年（前73年），茂陵置县，徙天下富豪6万余户，最多达27.7万余人。可以想见，当年此地建筑巍峨，规模宏大，门禁森严，是何等的气派肃穆繁华。博物馆的最高处就是卫青墓，登临其上可见李夫人陵，金日磾、霍光墓，翻过山顶立一巨石，上有杯口大三个石窝，号称三窝石，以钱币投掷，可占卜吉凶，祈求平安。还有一块能将疾病抖落，使人健康的去病石。而真正的茂陵，距博物馆还有一段距离，其主体只有一个巨大的封冢，能看得到的别无它物。

帝陵的建筑主要分为地上地下两大部分，地上是礼制祭祀的建筑，如陵阙、殿阁、房舍等，附属建筑众多；地下是地宫，也即寝陵和从葬坑。从陵墓主人看，又分为主墓、陪葬墓两大部分，地域广大，方圆数十公里。秦始皇陵是仿照生前的都城——咸阳的格局设计建造，上具天文，下具地理，想必茂陵大同小异。

西汉王朝，凡214年，略去废帝，历经11位皇帝，建陵11座，有9座位于咸阳原上，其中最为显贵的有五陵，即高祖长陵、惠帝安陵、景帝阳陵、武帝茂陵和昭帝平陵，横亘百里。汉墓掘地而为，封土成冢，覆斗堆土，高大如山，从出土的汉墓看，其从葬的汉俑与秦始皇兵马俑相比明显不同，均以步兵骑兵组成的仪仗为主，另有部分女侍、乐舞、动物俑，虽然规模大，数量多，但与秦代真人真马大小的兵马俑相比，汉俑较小，立俑约55厘米，相当真人的三分之一，骑兵俑70厘米，坐俑30多厘米左右，但精工细作，一丝不苟，塑造技艺高超，人物形神兼备，手臂可拆卸活动。茂陵和唐陵区别也很明显，唐陵是凿山为陵，唐俑主要是唐三彩，大型仪仗则以壁画代之，如九嵕山之昭陵，梁山之乾陵。

茂陵高46.5米，覆斗形，在西汉11座皇帝陵中蔚为大观，独树一帜，有东方金字塔之谓。在汉陵之中，茂陵创下了七个之最：一是工期最长，历时53年；二是规模最大，仅探明的从葬坑就达400多处；三是葬品最多，武帝下葬时，陵墓中的葬品不复容物；四是耗资最巨，修陵费用占武帝时期每年税赋的三分之一；五是城邑最为繁华，司马迁董仲舒等都曾在此居住；六是陵区最广阔，数十座陪葬墓大多各具特色；七是茂陵本体最为高大。武帝属于帝陵中的厚葬，故史上数次被盗，几为一空。

说茂陵阳气十足，和他的主人息息相关。汉武帝是西汉最伟大的皇帝，也是中国最杰出的皇帝，他奠定了中华疆域的版图，其雄才大略丰功伟绩，彪炳千秋与日同辉。武帝生于公元前156年，4岁为王，7岁为太子，16岁登基，在位54年，逝于公元前87年，享年七十岁。他登基之后，在政治、军事、经济、文化、外交等方面，革故推新，实施了一系列富国强兵的国策，他在中央建立中朝，在地方设置刺史，开创察举制度，不拘一格选拔人才。他颁行推恩令，分化王国势力，打击豪强，并将盐铁和铸币权收归中央。他首创年号，首兴太学，采纳董仲舒的建议："罢黜百家，独尊儒术"，结束先秦以师异道、人异论、百家殊方的局面，统一了臣民的思想。他首开丝绸之路，促进了经济贸易和民族融合，稳定了边疆。特别在军事上，他首举义兵，主动出击，发起歼灭匈奴的战役，东并朝鲜、南吞百越、西征大宛、北破匈奴、攘夷拓土、国威远扬，奠定了大汉帝国的版图，形成了政治稳定、经济繁荣、国力强盛、四夷臣服的鼎盛局面。武帝以其无与伦比的丰功伟绩，成为千古不朽的帝王之王、民族之魂、精神之源和自信之根，令人高山仰止顶礼膜拜。

汉武帝是西汉诸皇中寿命最长、在位最久的皇帝，在位时期也是汉朝的鼎盛期，即使放眼上下几千年，把汉武帝置身中国大小83个王朝，559个帝王之中，也是傲视群雄、睥睨天下。他也是最长寿的帝王之一，仅次于乾隆、武则天、梁武帝、宋高宗、唐玄宗、元世祖，与吴大帝、明太祖平寿。但武帝所处的朝代是次早封建王朝，限于当时的卫生医疗水平，其年龄已是难以企及的高度，更远远高于42岁这一历朝历代皇帝的平均年龄，同时武帝在位54年，时长名列前茅，在位年富力强。绝佳的年龄和帝龄，加上独特的精神气质，特殊的时代机遇，前代的多年积累，神州之同仇敌忾，臣民之上下同欲，为他建功立业、文治武功创造了基本的条件。武帝在汉朝是承前启后的帝王，在史上是开天辟地的君王，他是唯一带领农耕民族横扫游牧民族的帝王。他开创的时代，雄健慷慨，磅礴宏阔，自信阳刚，伟岸壮美，而最浓艳的色彩最雄浑的旋律就是雪恨与征服。他的后人汉宣帝，完成了他的夙愿，追杀匈奴六千里，斩杀单于西域。喊出了"犯我大汉者，虽远必诛"的时代最强音。与汉武帝相比，众多的帝王不过是宫殿里的匆匆过客，更有甚者，乃行尸走肉，虚有其名，辱没其位，徒增笑料。武帝的横空出世，让碌碌无为的帝王黯然失色，让荒淫无道的君王无地自容。

公元前 87 年，武帝巡游中，病逝于周至五柞宫，入殡未央宫前殿，逝后 18 日葬于茂陵。由于武帝身体健壮，茂陵建造时间太长，期间他的心腹爱将多人先他而去，汉武帝颁诏将他们葬于茂陵，其中有霍去病，葬茂陵东侧 1 公里处，墓形祁连山，比武帝早葬 30 年。卫青病逝，葬茂陵东北 1 公里处，墓形庐山（阴山），与霍去病墓并列，比武帝早葬 19 年。同时将郡国的豪杰臣民迁徙于茂陵，为其守墓，提升人气，这比武帝下葬提前了 9 年。

茂陵陪葬墓主李夫人、霍光、金日磾等人的命运虽然令人唏嘘，但卫青、霍去病无疑是汉朝乃至古中国最阳刚最提气的人物。他们也是茂陵博物馆中现存最重要最中心的陪葬墓主。

卫青（？—前 106 年），字仲卿，河东平阳（今山西临汾）人。西汉时期名将，汉武帝第二任皇后卫子夫之弟，武帝时期著名军事将领，官至大司马大将军，封长平侯。

卫青的来历颇为屈辱辛酸，其母史称卫媪，即卫太太，与其夫生有一男三女。一家人为武帝姐姐平阳公主家奴婢，卫媪在老公死后，与同在平阳侯府中当差的县吏郑季郑老四，私通款曲，珠胎暗结，生子卫青。因生活困难，卫媪把卫青送到亲父郑季家里，但郑老四对卫青这个意外之子寡淡冷漠，打小即令放羊，郑家其他儿子对其更是刻薄有加，视为奴仆任意打骂虐待。卫青稍大之后，不愿再受奴役，便回到母亲身边，在侯府曲身马凳，做了平阳公主的骑奴。

其三姐卫子夫被到平阳府中的武帝看中，入宫时卫青随同前往，起初做些普通的安保工作，建元三年（前138年）卫子夫怀孕后，卫青这个未来的国舅却被大长公主、陈皇后母女俩派人绑架，差点死于非命，命悬一线关头，多亏同僚公孙敖全力搭救，才幸免于难。武帝得知此事大怒，在加封卫子夫为夫人的同时，提卫青为建章监、侍中，并数次重赏卫青。其他兄姐也因祸得福，加官晋爵，喜得佳缘，人前显贵，彻底翻了身。

卫青通过近十年的学习历练，指挥管理能力大为提高，受到了武帝的充分信任，元光六年（前129年）被封为车骑将军，开始了他最为精彩的战神传奇。他从首次出征奇袭龙城始，到漠北战役大胜止，十年戎马生涯，七战七胜，所向披靡，封侯晋爵，官至大司马大将军，成为汉帝国的军事统帅，职权在太尉之上。可以说卫青是历史上出身最低，功劳最大，而官位最高的杰出代表。

卫青的赫赫战功概括起来主要是：龙城大捷、收复河朔、奇袭高阙、二出定襄、漠北大战等。

公元前129年，卫青被封为车骑将军，首次出征。汉军四路出兵，其他三路，两路失败，一路无功而还，名将李广几为匈奴生擒。只有卫青果敢冷静，出其不意深入险境，直捣匈奴祭天圣地龙城，俘虏匈奴700余人。武帝龙颜大悦，封卫青为关内侯。龙城之战，袭击的地方是匈奴敏感核心地带，政治意义非凡，打破了汉初以来匈奴不可战胜的神话，成为汉匈战争的转折点，具有划时代的意义。

公元前128年秋，车骑将军卫青，又领三万骑，兵出雁门，长驱以进，斩首敌虏数千人。

公元前127年，匈奴大举入侵。武帝派卫青率军进攻久为匈奴盘踞的河南地（黄河河套地区）。卫青领四万大军，采用"迂回侧击"

的战术，西绕到匈军后方，迅速攻占了高阙（今内蒙古杭锦后旗），切断了驻守河南地的匈奴白羊王、楼烦王同单于王庭的联系。又率精骑，飞兵南下，形成了对二王的包围，二王仓皇率兵逃走。汉军活捉敌兵数千人，夺取牲畜数百万头。河套原为秦朝辖地，后为匈奴所占，此战之后，汉朝设置了朔方郡、五原郡，使其重归华夏版图。

公元前124年，卫青率兵奇袭高阙，包围了匈奴右贤王，俘虏了小王10余人、男女15000余人，缴获牲畜近万头。此役之后，卫青官拜大将军，成为最高军事指挥。

公元前123年，卫青统领六路大军十万骑，从定襄（今内蒙古境内，下同）出发，浩浩荡荡，北进数百里，此战，卫青派霍去病独领八百骑兵，大漠奔驰数百里，斩获颇多。全军休整后，再次出塞，扫荡了漠南伊稚斜单于的大本营，歼敌过万。

公元前119年，汉武帝发起了规模空前的"漠北大战"。命卫青、霍去病各率骑兵5万，补给部队五十万，分出定襄和代郡，深入漠北，决战决胜。是役，卫青所部和单于兵相遇，在李广等部违令未按时包抄的情况下，包围了单于的大营。汉军掩杀阵斩万余人，追袭二百余里，惟单于伊稚斜逃跑，以弱胜强，缴获无数，击败了单于主力。

卫青的战略战术，极其灵活而富有创造性。他善于发挥骑兵的特长，远程奔袭、包围歼敌，在沙漠组织骑兵集团战役，极大丰富发展了我国古代的军事思想，卫青之前，汉族名将无人在沙漠草原指挥过如此规模而又大获全胜的战役，影响极其深远。

霍去病是西汉著名的少年抗匈将领，霍去病和卫青类似，也是出生在卫媪这个传奇家庭。霍是卫青的二姐、平阳侯府女奴卫少儿与侯府小吏霍仲孺的儿子，该小吏不敢承认与公主的女奴私通，霍只能以私生子的身份降世，就是说卫青是霍去病的小舅，卫少儿随妹妹进宫之前，已经生子霍去病。霍仲孺虽未尽父之责，但霍去病知道自己的身世后，已是骠骑将军的他，出征路过平阳，将霍仲孺请到旅舍，跪拜认父，霍仲孺愧不敢应。霍去病为父置办了田宅奴婢，领军归来之后，还将同父异母的弟弟霍光带到长安教养栽培。

霍去病虽然出生卑微，但足智多谋，勇冠三军，是天赐给汉武帝的无敌战神，不可多得的军事奇才，他天赋异禀，战无不胜，17岁出定襄、19岁收河西、21岁纵横漠北，四战四捷，每战均出其不意，攻其不备，灵活机动，迂回穿插，创造了全新的骑兵战法，杀得匈奴心惕胆寒，年仅21岁就身居大司马高位。

公元前123年，17岁的霍去病已被武帝命为骠姚校尉，随卫青击匈奴于漠南，独领八百骑勇出击，远离大军数百里，奔袭斩获匈奴2028人，其中包括相国、当户等高官，斩杀了单于祖父籍若侯，并俘获了单于的叔父罗姑比，一战成名，一鸣惊人，被武帝封为冠军侯。

公元前121年，武帝任19岁的霍去病为骠骑将军。两次率兵万人，出击占据河西（今河西长驱走廊及湟水流域）浑邪王、休屠王部。是年春，他率部长驱直入，势如破竹，穿越五个王国，俘获了单于之子，连续转战六日，鏖战于皋兰山下，斩杀了折兰王、卢侯王，俘获浑邪王子及相国、都尉，斩敌近九千人，缴获了休屠王祭天金人。是年夏，汉武帝展开收复河西之战。霍去病升为汉军统帅，而老将李广等人只作为他的策应部队，令人唏嘘的是，配合作战的公孙敖部迷路，未尽助攻之责，而李广所部则被匈奴包围。但霍去病依然孤军深入，奔袭匈奴，并再获大胜。就在祁连山，霍部斩敌3万余人，俘虏匈奴王爷5人以及匈奴大小瘀氏、王子59人、相国将军当户都尉共计63人。霍去病一年两战共歼敌4万余人，出其不意攻其不备的战略战术，大无畏的英雄主义气概叹为观止，无以复加。

同年秋，霍去病奉命受降匈奴浑邪王，在休屠王等降众变乱的紧急关头，他率极少部卒，驰入匈奴军中，斩杀变乱者，熄灭哗变，使浑邪王率4万余众顺利归汉，创造了虎胆受降的经典神话，这是中国有史以来首次受降外虏，不但使饱受匈奴百年侵扰之苦的汉人扬眉吐气，更使武威、张掖、酒泉、敦煌四郡尽归汉土，从此河西走廊正式并入汉家王朝，为打通西域奠定了基础

公元前119年春，在漠北大战中，霍去病率军北进两千多里，越离侯山，渡弓闾河，与匈奴左贤王部接战，歼敌七万余人，俘匈奴屯头王、韩王等3人及将军、相国等83人，乘胜追杀至狼居胥山（今蒙古肯特山），举行了祭天封礼，在姑衍山（今肯特山以北）举行了祭地禅礼，兵锋逼至瀚海（今俄罗斯贝加尔湖）。经此一战，漠南匈奴被汉军荡灭，单于逃到漠北，从此漠南再无匈奴王庭。

霍去病一生四次领兵出击匈奴，均大胜班师，灭敌十一万，降敌四万，开疆拓土，战功比其舅卫青还要壮观。他率兵从长安出发，一路奔袭至贝加尔湖，打得最远，斩获最多，成为中外军事史上彪炳千秋的传奇。

战争之胜负，要从兵勇死伤、武器损失、后勤难易、攻守转换等诸方面综合考量，无论从哪个方面看，卫霍都获得了绝对的胜利。匈奴骑兵兵强马壮，弓马娴熟，训练有素，速度奇快，是汉军的心腹大患，立国初期，大汉江山成了匈奴随要随取的后院，边民生命财产朝不保夕，汉高祖困于平城，几丧性命，几代帝王忍辱和亲，即使贵为大汉皇后的吕雉也遭辱蒙羞。汉武帝发动的对匈战争，既是报仇又属开疆拓土，几场战役的胜利，一劳永逸彻底解决了困扰大汉的边患问题，卫霍二将功高盖世。

总之，卫青霍去病在金戈铁马刀光剑影中迅速成长，由奴家子而大司马，大放异彩一路凯歌。或奇袭闪击，就地围歼；或长途奔袭，运动取胜，均战无不胜，攻无不克，所向披靡，威震敌胆。兵马益多，职务益高，战法益精，机谋益奇，追袭益远，胜仗益大，得地益广，

斩获益巨。成就了汉武帝的雄才大略，谱写了大汉民族的英雄史诗，铸就了千年不朽的战争奇观，完成了平民逆袭的经典神话。

　　遗憾的是，霍去病年仅 24 岁即英年早逝，上天赐予大汉帝国的天剑，其利无比而不折自断，只能在另一个世界，永远地守卫在汉武帝的脚下。

　　茂陵博物馆中心就是阴山状的卫青墓、祁连山形的霍去病墓，墓山碧绿苍翠，墓碑庄严肃立，马踏匈奴、力搏熊罴的巨石雕像，悠扬沉浑荡气回肠的编钟石磬，让人感慨万千，真是往事越千年，金戈铁鞭，胡儿悲哀哭声苦，更闻杀声震天。这里虽是陵墓，但圈在旅游景区，更有战神的护佑，不仅全无阴森之气，反而让人壮阳补钙，血脉贲张，意气风发，精神大振。

不得不去的哈尔滨

哈尔滨是我纠结多年的城市。

小的时候，对于哈尔滨的了解，仅限于地理课本的知识点，那不过是偏远省份的一个省会，但她并不讨我们喜欢，因为在众多以两个汉字命名的省会中，她和几个城市一道，标新立异地多出了一两个字。在贪玩者的眼中，三个字便是要我们多写一个字。即使在和同样三个字的省会城市比较中，哈尔滨的芳名，也远不及石家庄朴实、低调、接地气，人家石家庄一眼看上去，和我们老家村边的李家庄、赵家庄相差无几，好像姑表亲戚，乡土气息浓郁，让人倍感亲切。不似哈尔滨叫人丈二和尚摸不着脑瓜，雾里霾里，不知所云。

有了电视机后，哈尔滨又成了天气预报的一个气候带，好在她抢占了一个制高点，首都之后，非她莫属，一市之下，百市之上，俨然是天下老二。中国各地的天气景况，每天就在哈尔滨的引领下，穿上云衫雾罩，顶着电闪雷鸣，东边日出西边雨，次第亮相，一路南下，直奔曾母暗沙，浩浩荡荡，风生水起，由严寒冰雪，逐渐回暖升温，直到温暖如春。当时我还纳闷，都是东北，一样寒冷，你看沈阳、长春，不是晒着太阳，就是吹着春风，让人温暖亲近，不像哈尔滨，虽然此滨非彼冰，总是冷冰冰地透着一股寒气。

工作以后，因为有领导于哈尔滨求学，有同事老家是那旮旯的，耳濡之下，关于这个城市的印象比地理课本和天气预报鲜活起来，等《太阳岛上》甜美的歌声唱响神州大地时，哈尔滨在我们的心中又幻化为了浪漫之都。美丽的太阳岛上，灿烂的阳光下，小伙们背上六弦琴，扎好了露营的帐篷，用着垂钓的鱼竿，带上了心爱的猎枪；明媚的夏日里，姑娘们穿上了泳装，尽情地畅游、歌唱，这是多么的快乐，又是多么的令人向往。哈尔滨该是怎样的一个欢快之都啊！王刚《夜幕下的哈尔滨》在全国播送时，这个城市雄起为对敌斗争的战场，在和日伪斗智斗勇你死我活的较量中，哈尔滨又在我们心中成长为一座英雄城市。

受郑绪岚和王刚的煽动蛊惑，我和众人一样，对这个迷人的城市，也有了心向往之的冲动，去一趟哈尔滨的热望，不断地在心头燃烧，无奈机缘不到，几次未能成行。刚刚立体鲜活起来的哈尔滨，就再次扁平到地理课本、冷冻到了天气预报之中，只能偶尔哼哼一下《太阳岛上》的旋律，聊以自慰。

后来，单位领导由哈局交流过来，我们在会场听到的重要报告，当面接受的最高指示，都以东北腔作为载体，单位也经常过来一些个哈局兄弟单位的同行，哈尔滨被几个同事常常提及，这个城市重新走进了我的视野，再次变得立体起来，有几个哥们还暗地计划去哈局骚扰一下。最悲催的一次是，单位组织到齐齐哈尔疗养，我本来和领导说好，这次一定要踏上这片黑土地，消灭这个感情空白点，一切都办妥了，还是不能成行。尽管恋恋不舍，也只能忍痛割爱，我把这个宝贵的指标让给了我的伙计，据说老家是哈尔滨的郭老哥。懂我的同志们，在看够了五大连池的火山岩和丹顶鹤后，给我带回来两个指甲钳，一个 CCCP 式望远镜和半截哈尔滨红肠，才暂时浇灭了我向往的火焰。

这郭老哥，人们叫他郭大头，生得黄目卷发，高鼻美髯，身板似铁，嗜酒如命，和我们科室的人站在一起，有明显的特异反差，差异的秘密在哪里？这不是一般的填空题，一直是我们心中一道大大的论述题。他们从齐齐哈尔回来后，破解了我们心中的这个疑惑，郭大头的身上的确有俄罗斯的血统。他的姥姥就是俄罗斯人，众人在哈尔滨见到了他的亲人，还近距离端详了他姥姥的遗照，一个慈祥的富态的正宗的俄罗斯妇女，他的几个舅舅和他有百分之七十的相似度，虽年近古稀，依然大碗喝酒，千杯不醉。据说六个爷们，在其中一人喝白水，一人喝哈啤的情况下，把他们带去的一箱老白汾，一次就给干掉了。此次疗养回来后，这几个哥们大概有一年多的时间，都在谈论齐齐哈尔和哈尔滨，不断弹拨着我脆弱的神经。

再后来，我的生活中增加了一个新朋友——王老弟，他们举家从东北的东北——黑龙江抚远迁到了我们老家，我们经常在一起聚餐唠嗑，王老弟性格豪爽，快人快语，体魄健壮，酒量惊人，他早年在哈尔滨上的大学，当过体育老师，叔叔、姑姑几个长辈都在哈尔滨生活、工作。他爱谈《智取威虎山》和《闯关东》，也爱唠哈尔滨。因为好酒善饮，王老弟也爱烧菜，什么小鸡炖蘑菇、氽白肉、水煮鱼、酸菜饺子、杀猪菜，都会来几样，而且风味地道。他一喝酒就开唠，从佳木斯一直唠到哈尔滨，嘴里嚼着馒头，就说大列巴。端着酒杯，瞪着冒血的眼珠子道："有哈尔滨红肠就好了。"一次，我们聊起了游泳，忘了谁问了一句："老王会游泳吗？"

王老弟把杯中酒一饮而尽道："你们听说过乌苏里江吗？"

我们说："听说过"。

王老弟又问："你们听说过松花江吗？"

我们说："听说过。"

王老弟说："那可是江啊，可不是水泡子。我就是在这两个江中游泳击水摸鱼捞虾。"

众人刮目相看。问王老弟会不会游泳的人，只得自讨没趣地自罚一杯。

和王老弟见面一次，我们就喝酒一次，每一次喝酒的过程，王老弟都会不失时机地对我们进行爱家乡、爱东北、爱哈尔滨的"三爱"强化教育，他的教育培训方式总是从杀猪菜、炖蘑菇、氽白肉，这些催人涎下的方面打开缺口，这样的教书育人，对我们意志薄弱者而言无疑是一个摧残。不久，有几个东北菜馆在我们老家的一条街上扎下了根，王老弟也成了头上冒油小肚溜圆夜间关门数钱的老板，我们喝酒的地方更宽敞了，东北再也不是一个地理区域概念，和我们的生活紧密联系在一起，而哈尔滨也不再是一个边远省会城市，因为哈尔滨不仅和王老弟有亲缘，而且和我们还有"血缘"——杀猪菜里的血肠之缘。

大约七八年前，我新添了一个没出息的爱好，在别人光着脊梁，单穿裤头，甩开膀子，拼了老命，甚至裸奔在致富大路上的时候，我居然鬼迷心窍，读上了老孔的书，常常在火车上，睡榻上翻看他那几本"流毒甚广、害人不浅"的破书，什么《脍炙英雄》《生活的勇气》《47楼207》等，使我中毒不浅，问题是这孔和尚居然也是哈尔滨的，常常在各种场合，比如博客上、讲座中、课堂里，绘声绘色地大肆宣扬他的哈尔滨、哈三中，更要命的是，他虽自谤和尚，却酒肉无忌，江湖上唤他做"醉侠"，如果学知识分子，附庸风雅往好里说，他是个美食家，如按我们大老粗的言语，不用太讲究，咱就往俗里讲，他是个胃口超好的吃货，据说他的理想之一就是要做能吃能喝的人。他这方面的天赋虽然稍逊于我的同事郭老哥和我的朋友王老弟，但也让江湖上中伤、诋毁、仇恨他的泼皮无赖们黔驴技穷、怕得要命，因为醉侠身怀一门盖世绝技，喝一口米粥，吃一块咸菜，都能化作浩然正气、八斗才气，大碗喝酒大块吃肉那还了得！和尚不仅哈啤、红肠、大列巴老爱叨叨，五常大米也常挂在嘴上，大谈特谈哈尔滨人的生活，诸如溜冰打猎、唱歌跳舞、夏喝啤酒、冬吃冰糕之类，说什么不仅穿着讲究，而且还喜欢装修房子云云，生怕人不知道哈尔滨是东方莫斯科、亚洲小巴黎。

我这人，平时虽然与世无争，没心没肺，遇事一笑了之，但那颗好奇心却从童年时代一直保鲜到天命之年，在皱褶一脸、胡须一把的年岁上，倘若拂去尘埃，还是鲜嫩如初。有时候如果哪根筋要是不对了，也爱争强好胜地较较真，真要较起真来，不管你是哪路神仙，何方神圣，如何地海阔天空，口若悬河，天花乱坠，侃侃而谈，不亲口尝一尝南坎的大白梨，我就压根不会相信你说的那个味道。

亲自走一趟，呡一根马迭尔的冰棍，已是箭在弦上，势不可挡。

决心下定之后，北京的大街小巷，已是随处可见哈尔滨红肠的专营店，如果以公交车一站地为一步的话，也是三步一店，五步一铺，空气中处处弥漫着哈尔滨的味道。为了给不久之后的哈尔滨之旅热身，我频繁出入于一家一手店，红肠和猪头肉扎实吃了不少，尽管猪脚的滋味还没有品出个子丑寅卯，我的双腿已率先预热到了临战的状态。

3月下旬的一天，经过在沈阳晒太阳、长春浴春风的数天铺垫，我来到了传说中的小巴黎。

动车到哈西站的时间是17点多，这里和全国的高铁新站一样，也是远离市区，建在地产商未开发的处女地上。为了省去找旅店的麻烦，我提前订了中央大街附近的如家快捷酒店。坐上到市区的公车，尚在半途已是灯火阑珊，环视左右真正已是夜幕下的哈尔滨。天气果然比长春冷，地上都是未化的冰雪。刚出站，就有多个旅店拉客女迎面而来，我向一位妇女咨询交通事宜，不想泄露了天机，被几个热心的大嫂，裹挟进了小旅店，循循善诱，苦苦相留。我嫌不能洗澡，准备择枝高攀。谁知旁门一开，出来一个方脸汉子，双手一摊，两眼一瞪："让他走，爱住不住，有的是人。"但大嫂不为所感，在愤怒谴责了汉子的无礼之后，继续对我动之以情，晓之以理，整得我抵不住价低、暖和、就近、方便的多轮袭击，三招两式就被俘虏在此。只好陪着不是，退掉了如家的房间。草草洗涮了一下，便外出觅食闲逛，正式开启了印证之旅。

从红军街转到省博物馆处，没见到一家如意的饭店，卖哈红肠的店铺倒有多家，香气浓郁，自是挡不住的诱惑，顺路买了三根，消费26元，边走边吃了一根，味道似乎比北京的要好，但好在哪里，也说不清楚，大概北京的一手店里，卖的都是哈尔滨的二手货吧。倒是苏军战士的纪念碑引起了我的注意，驻足拍照，但灯光昏暗光线较差，照片模糊。绕在红军街背后，踅进一家大型超市，人说楼上有很多饭店，上去一看大部分饭档已经闭客，只好在一家面馆要了一碗热汤面，25元一碗，内含鹌鹑蛋一枚、红虾仁两个、木耳花三朵，面条紫菜若干，尽管内容比较丰富，用过之后感觉还有些空虚，就又追加了一根红肠。

次日，我按照原定计划，依次拜访了中央大街、防洪纪念塔、斯大林公园、松花江、圣索菲亚大教堂、圣母守护教堂、基督教堂、太阳岛公园、省博物馆等著名景点。按说写游记什么的，应该重点描写当地的古迹名胜、风土人情等自然人文特色，但我以为，在信息高速传播、网络高度发达的时代，你写得再好，不仅可能挂一漏万，误人子弟，还有从网络下载抄袭的嫌疑，所以在此主要谈谈个人旅行的观感，如果哪位大哥小妹对这些景物感兴趣，不妨上网搜搜，免得小可授人以柄，大可贻笑大方。

在哈尔滨的两天里，我先后三次逗留于索菲亚教堂左右，和想象的基本一样，这个俄国建造的东正教堂，哈尔滨的地标，气势恢宏，摄人魂魄，动人肺腑，强烈震撼，完全可以和故宫的太和殿类比。现在的索菲亚教堂里面展览着哈市历史风貌照片，门口还有几个商贩兜售物品。昔日的教堂已经蜕变为建筑博物馆，正如紫禁城脱胎为博物院一样，我觉得没有皇帝颁旨、皇后发令的紫禁城，和没有神父布道、修女祈祷的教堂一样，少了灵魂，空留其壳。但即便仅留其壳，也足以飞驰想象，如果强拆了这座教堂，哈尔滨的小巴黎、莫斯科之谓，恐怕要打个七折。

哈尔滨的圣母守护教堂、基督教堂，同样有自己不凡的历史，只是圣母守护教堂紧闭着厚重的大门，阻挡着人们火烧火燎的欲望之心。好在基督教堂开放，在威严神秘的教堂里，坐在长条凳上，闭了眼睛，可以暂时小憩整理一下疲惫不堪的心灵。从楼上下来，狭窄的木楼梯上，噔噔噔的脚步声，深沉、悠长而神秘，敲击着心坎，仿佛告诫：孩子，慢些走，你累了，就坐下歇会。如果你感觉自己罪孽深重，需要深刻忏悔，哈尔滨还有很多历史悠久的教堂，尽可安放抚慰你散乱惊恐不安的灵魂。

斯大林公园是松花江畔的开放式滨江公园，感觉和一般的滨江公园大同小异，只是散落着几幢俄式建筑和小木屋，颇显特色。但名字起得如此霸气，想必和苏军有很大的关系，不知是不是有一批日寇在这里被苏军赶到松花江里喂了鱼！我欲在刻着"斯大林公园"的巨石前留影，烦请一位老哥帮忙，谁知老哥给我连拍了三张都是虚影，甚为遗憾。

松花江被厚厚的冰雪覆盖着，正如《三套车》里冰雪遮盖的伏尔加河。当年，王老弟不知是否从这里下水，在松花江搏击风浪。冰面上寒风逼人，却看不见可怜的老马，也听不到忧郁的歌声，岸边有几个大妈兜售手套、围巾、风筝和俄罗斯硬币，江边似有人在滑冰、放风筝。一个大妈非常热情，非要主动帮我拍照，便敬而从命，大妈摄影技术很好，与在斯大林公园帮我拍照的老哥有云泥之别。大妈指着远处横亘两岸的大桥道："那是铁路大桥（滨洲铁路），以这个大桥为界，这边是道里，那边是道外。"呵！哈尔滨人常挂嘴边的里里外外，原来是如此而分，并没有什么深刻的道理。我知道这就是赫赫有名的中东铁路，当年这条铁路的每寸钢轨，都抛撒着国人的血泪，它给哈尔滨、给东北、给中国抑或给世界，带来的影响忒大了。为了感谢大妈给我普及史地知识，我花 20 元买了大妈两套硬币，多乎哉？不多也。

高耸的防洪纪念塔，背江而立，虎视着中央大街，塔座上介绍着哈尔滨人民英勇抗洪的英雄事迹。中央大街是步行街，是哈尔滨的标志之一，游客必至。大街条石铺路，游人漫步，两旁洋房林立，争奇斗巧，尽显异域风情。这里和天津五大道，青岛八大关，大连中山路，上海外滩有异曲同工之妙。在这条闻名遐迩的步行街上，我步行了两个来回，只是忙于拍照，流连忘返，多次路过马迭尔宾馆，居然没想起来吃一根神秘传奇的老冰棍。

来哈尔滨，太阳岛是一定要去的。但卖硬币的大妈力阻道："去了你就后悔。冰灯什么的都已经撤展，只有一些枯枝败叶和冰窟窿，有啥好看的。"但为了回味一下郑绪岚甜美的歌声，我决定去冒一次险。公园虽然没有大妈说的那样不堪，但也基本属实。只见：树梢思绿撩春风，雪人恨水躲残阳。一男两女摄寂寞，三群四伙遛彷徨。小贩倚门开腔懒，蛮汉挥锹除冰忙。如虹木桥无鸟过，挂锁铁门有人访。六弦琴声绝对没有，游泳的更没有，只有嗖嗖呼啸着的寒风，和稀稀拉拉的游人。好一个美丽的太阳岛，宁是插在了一坨时令的牛粪上。大妈说得对：时令不好，冰雪就要消。郑绪岚明明唱的是明媚的夏日，而我却擅自提前，早春而至。不是太阳岛不好，而是我来得不巧。加上薄衣里面揣着一颗浮躁的心，别致的美景就在眼前消失了。

黑龙江省博物馆离旅店很近，既免费，又温暖，偌大的博物馆本身就是很有来头的俄式建筑，原是莫斯科商场，也有百年历史。这里看到的东西最多，最好，最真，了解到的历史也最长。哈尔滨是特色鲜明的城市，要了解哈尔滨，必须了解黑龙江，要了解东北，必须从女真人等少数民族的兴起，从俄罗斯（苏联）、日本、朝鲜等国的影响，从金国、大清、伪满洲国的建立、从中东铁路的修建，以至闯关东、张作霖统治东北，到抗日战争、苏联出兵、抗美援朝等等一系列历史人物和历史事件中去寻找答案。但这样的课题太宏大、太沉重、太专业，远远不是一个蜻蜓点水、走马观花的旅行者所能肩扛背负，找一本《哈尔滨志》读读，或许是最佳的选择。

回到旅店，已是晚上九点多钟，房间里真暖和，睡吧有点早，出去转吧有点累。只好躺在床上有一眼没一眼地看着电视。旅店所在的红军街，有十几座欧式建筑，我住的旅店就是其中之一，上下二层，有十来间房间，前头还有一个小院，外墙刷着米黄色涂料，外观上看不出是希腊式还是意大利式，或是什么折中主义风格，总之是欧式的。但整体显得老旧沧桑，一副见过世面阅尽人间春色的样子，我下榻的房间很高，但颇窄小，是细长条形状的，窗户那边，三面靠墙摆一张袖珍双人床，门口这侧，立一个电视柜，放一把椅子，支一个衣架，剩下的地方就刚够一个人转圈了，我琢磨半天也搞不明白，这窄窄的房子原来是派啥用场的？正好方脸汉子送水，便询之。方脸汉子不是别人，正是店家店老板。他双手叉腰，不紧不慢地说："老哥，说了你也不要在意呵，这里原来是马厩，你这个屋，刚好是拴一匹马的地方。"说完哈哈大笑。

又说："别看是马厩，这套房子，是荷兰人留下的，也有一百多个年头了，文物，现在值老鼻子钱了。"

我不解道："这里当马厩是否大了点？"

店家道："听老辈人讲，洋马大着呢，都是高头大马，况且这里圈养的都是种马，就你住的这房子，还不知给多少洋马当过洞房呢。"说罢诡异地一笑。

店家很是热情，与昨天的凶神恶煞判若两人。他问我要去哪里，说可以帮我指路："我家三代都在哈尔滨住，没有我不知的地方。"

我道："十八天大楼知道吗？"

店家抓耳挠腮："好像听说过，在哪个区？叫什么路？有什么标志性的东西没有？"

我说："具体我也不知道，只听说老刘家（《老刘家》）在那儿住着，大小子叫刘杰，人们都叫他大傻子，二小子叫刘波，你们当地人喊他叫刘二，还有个姑娘叫树枝。"

店家道："你家亲戚？"

我说："算不上亲戚，认识，好多年不来往了。"

店家面露难色，托腮琢磨了半天："你这样式问路，没人知道。"

店老板走了，我也困了，这个温馨如春的马厩不知能给我带来什么春梦。

第三天，我来到了东大直街，相继逛了秋林公司，几家商场，俄罗斯一条街，小吃一条街。这里最是秋林公司让我意外。记得某年金秋一个阳光灿烂的日子，东博大侠朴清扬大哥赠我几瓶秋林格瓦斯，颇让我欣喜若狂，受宠若惊。在此我郑重声明：面包饮料味道纯真，口感上佳，饮过之后基本都吸收了，瓶子我珍藏在密柜里，情义珍藏在了心里，"秋林"两字连同大哥一道，深深刻在了我的脑瓜里。

我一直以为，秋林是城郊一个在白桦树掩映之下，见排排厂房、闻机器轰鸣的现代企业，没想到竟然是闹市当中一个百货大楼式的洋卖场。浑厚的墙壁，典雅的门窗，无不洋溢着异国风情，诉说着昔日繁华，这里秋林依然，格瓦斯还是那个味道，只是王家殿堂谢家燕，换了主人，进进出出的顾客，早已不见了故人。

我是从秋林公司出发，沿着果戈里大街走到哈三中的。记得三中校友杨光女士在一篇纪念文章中曾写道，她就走着这条路到三中上学。路不宽，车辆较少，行人也不算多，我最喜缓步在这样的路上。我想很多哈三中的师生都曾走着这条路到三中，想必老孔当年也常在这条路上打着雪仗。约半个小时，三中到了。"哈尔滨三中"的牌匾赫然在上，果然一派名校风范，没错，这里就是小醉侠温酒一杯上北大的吉祥地，十三棍僧闹学堂的纪念馆，头猛、二猛、三猛"不耻下问"的见证者。

不巧的是周日，学校关着门，看不到学生，只能沿着外墙参观，转到学校背后，就能看到哈三中藏书楼式的标志性校舍，但见：红柱黄墙绿瓦，重楼高窗飞檐，轩昂而立，傲然雄视，夕阳之下，"哈尔滨第三中学校"的金色大字熠熠生辉。墙上嵌着一个石匾，上刻："二类保护建筑，建于1925年，中国传统建筑风格。"此的确是中式建筑，但悲催的是建筑师居然是个老外。三中的左手一侧马路对面，就有几幢气派的欧式建筑，不要说过去以洋房为主的那个年代，就是在今日，三中也显得鹤立鸡群。像我这等浪子，堂堂北大都可如履平地，如此雅致之所，只能隔墙外观，不能进去端详一二，只得徒唤奈何。但转念一想，校舍固然一流，这里一代一代优秀的师生，才是哈三中的灵魂。这般想来一切也便释然。

就此我请教了在此锻炼的一位老者，他说，哈尔滨的中式老建筑不多，三中算一个，还有文庙，另有一个道台府。他建议我到道台府，也就是哈尔滨的老衙门看看。我打车到了道台府后，却颇感失望，这里确是原老衙门所在地，但都是新修的仿古建筑，属于典型的小伙子拄拐杖、嫩黄瓜刷黄漆——装老，主体建筑群尚未开放，一些房间被商家租用，商铺均已打烊，只能恨恨折返，路上看到了一座宏大的清真寺，便半途下车，拜谒了这座寺庙，遗憾里面不予开放，市民和游人都在广场上休闲，如此壮观的清真寺，我还是首次得见，据说这是中国唯一一所阿拉伯式的清真寺，看来哈尔滨的穆斯林不少。

哈工大、哈铁文化宫、哈铁公安处、哈铁军代处、哈局机关，是我挤时间最后瞻仰的一组老建筑，作为资深老铁，在千里之外的冰城，看到熟悉的单位非常亲切，只是不知哈局机关在哈尔滨市另有雅号：大石头房子，且来历曲折，历史厚重，给我的印象极为深刻。没想到哈局一直在底蕴如此深厚的老建筑里，指挥南来北往的铁路运输。这幢三层建筑均以大石块垒砌，厚实庄严，大气雄浑，沉稳典雅，全国罕见，此乃赫赫有名的中东铁路管理局旧址，遥想当年，多少惊心动魄的故事在这里发生，多少罪恶龌龊的勾当在这里上演。好在前院有一座毛主席雕塑，一袭风衣，威武轩昂，挥手屹立，雄风万丈，镇压着一切妖魔鬼怪。中国人民记忆深处的一切的屈辱，就此休矣。

第三天，坐公交到了阿城，参观金国博物馆。601路车乘客多，但车况好，都有座。到了阿城终点站后，我兴冲冲地打车到了博物馆，谁知大门紧闭，空无一人。疑惑间传达室传出一声"周一闭馆"的吼声，让我心情大坏。近在咫尺，不得而入，惜哉憾哉，莫此为甚。只得踏着一尺厚的积雪，在粘铭广场两边阅览了石刻的金国故事，驻足拍照，聊胜于无。博物馆周边三五里处，有一新修的寺庙和几个稀稀落落的农庄，前面公路上几无行人车辆，双目所及，皆是白雪皑皑广垠无边的农田。当年，老完他们和一帮玩命的铁哥们，就是从这里——金上京，挥鞭催马，一路南下，定都北京，建不朽功勋，创百年基业，不知如今北海公园的太液池下，是否还残留着金国的一鳞半爪。我孤独地缓步在故金国的田野，只有完颜阿骨打骑着高头大马，手持铁钺，在风雪中屹立，目送我孑然归去。

作为单人自助的驴友，免费的午餐是没有的，全套品味哈尔滨美食的愿望自是白日之梦，即使最简单的午餐也几乎泡汤。好在背包里装着列巴、红肠、格瓦斯，可以在墙角雪餐风饮，作随遇而安状。但杀猪菜还是一定要吃的，否则，见了王老弟没法交代。一家餐馆满足了我最低的虚荣心，吃杀猪菜的时候，正是我从太阳岛公园出来，两腿发软、饥寒交迫、口渴难耐之时，一小锅杀猪菜上来，但觉酸菜爽口，粉条软滑，血肠鲜嫩，肥肉解馋，菜汤热乎，米饭香糯，岂一个爽字了得。好像王老弟、孔和尚、郑绪岚、郭大头、朴清扬都坐在了我的桌前，看着我吃肉喝汤。饭饱面热之时，我和血肠的"血缘"更近了。

　　从阿城回到哈尔滨的时候，眼看火车时间尚早，大块美好宝贵的时光就要蹉跎为垃圾时间，郁闷间撩开车站附近一家饭馆的门帘，要了氽白肉和水饺，可能是得了车站的地利，厨子将自己的邋遢和老板的贪婪一起氽进了饭菜里，但觉白肉味同嚼蜡，水饺索然无味，这差不多是我吃过的最差的东北菜，距王老弟的手艺远矣，只能推盘停箸，一走了之。

　　连南坎大白梨到底是吃的还是喝的也没搞清，短短的行期就要结束了。虽然来去匆匆，走马观花，两三天的时间也基本印证了郭大头、王老弟、孔和尚对哈尔滨的评传，众言不讹，此行不虚。但就我的经验，如果用几天时间就了解一个城市，那是痴心妄想，即便长期在一地生活工作，如果不留心，不了解，不感受，不品味，基本也是瞎子摸象，一知半解。我本以纠结而来，奈何却要纠结而去。原本在我的计划中，是要闯闯关东的，此行准备以哈尔滨为支点，到漠河黑河满洲里转转，再去绥芬河和丹东走走，谁知大连那边召唤得紧。权衡再三，只得在稍感满足、意犹未尽之时，无奈地将惆怅、纠结和遗憾缠裹起来，和几根哈红肠一同打包，扔到背囊踏上了归途。

　　哈尔滨到大连的动车，温暖如春，但旅客奇少，不足三分之一，多个车厢空着，这是多大的浪费呀。我闭着双眼，回味着这次印证之旅，或许是我迟暮老迈，对美女的感觉迟钝了，或许是我移情别恋，对美女的姣好麻木了，在哈尔滨的日子里，我居然忽略了美丽的哈尔滨姑娘。车上我打起了瞌睡，再次走进了庄严的索菲亚大教堂，和广场的鸽子频频互动，又想起了那个小旅店，心里念叨：

松江飞雪冰发芽，

秋林无树铁开花。

驴友心阔马厩窄，

百年春风荡客家。

正思忖这打油诗要套格律，就像给马戴了嚼子一样难受。突然有人推了一下，把一群鸽子和马呀、驴呀都惊跑了。睡眼惺忪间，面前站着两位铁姐，身材高挑，微笑甜美，声音和柔，彬彬有礼："先生，请出示您的车票。"原来是查票了，真耽误事。

我问道："你们是哈尔滨市的吗？"

两个美女朗声道："是滴。有什么需要帮助的吗？"

我说："哪个区的？"一个说："道里区。"一个说："道外区。"

她们仔细查验着我的车票，见是同行，铁姐莞尔一笑，将票送还于我，并给我上了一杯热茶，如此热情大方的美女，真的不多，而且是两位同时鲜活娇艳地站在面前，不知和哈尔滨有没有关系！

她们问我对哈尔滨的感受，我说，此行憋了一肚子气，把老夫气得够呛。两个美女豹眼杏眼环睁曰：

"气从何来？"

"何气之有？"

我品着美女奉上的香茶，并不作答，两个美女催问得紧，只得缓缓道来："这气不是别的，那是中央大街的洋气，石头房子的大气，苏联红军的霸气，阿城上京的王气，索菲亚的"神气"，道台府的"老气"，清真寺的虎气，哈三中的雅气，松花江的寒气，杀猪菜的热气，大列巴的豪气，哈红肠的香气，拉客嫂的客气，店老板的脾气。"

杏眼美女摇摇头："不全。"她问我道："有首歌《哈尔滨之子》听过没？俺们哈尔滨人可是：夹小包穿小貂开个捷达喝小烧，那叫：牛气。"

车厢里顿时溢满了笑声。

各乐其乐

　　余长乎内陆，所居之城，或三面皆山，一面开原；或东西有岭，北临干涸无定之河；或四周高楼森森，封闭拥堵，遮目塞听也。旅途得见华北沃野，平平荡荡，畅快也，继之东北田陌，一望无际，舒展哉。心情信马由缰，欢愉油然而生，阔而眼开也。

　　及见大海，观乎海阔天空，芸芸众生之渺，诚沧海一粟也。老小嘻而泳之，与浪潮齐进退，男女赤脚捡贝，偕爱子共把玩。海风徐来，观日出日落，听传说掌故，惬意自得，愉乎快哉！登艇远行，浊浪拍客，冷风飒飒，波光粼粼，时见帆船巨轮，穿梭其上。水韵弥漫，海气蒸腾也。远望蓝天白云，百鸟齐翔，人与海鸥分同乐。海水幽深，神秘莫测，余等乘风破浪，随渔民共网之，鱼蟹海星跃乎甲板，虽数少体微，难掩失望，然悠闲自娱，渔获快乐，喜洋洋者也。时渔夫愧曰："欲获大鱼，非千里而不得。"风和日丽之日，睹海天一色，潮涨潮落，海市变幻，蜃楼魅影，瑰奇之风光，无不心悸魄动，壮哉其色，诚慷慨宏阔者也。而疾风暴雨之时，泰山压顶，其势惕然，怒潮汹涌，其状轩然，破竹卷席，其险骇然，睹闻惊涛骇浪，方得识龙威之一二也。某岁，余乘船跨海东至，途中故障，茫茫大海，风雨中侯援，船如小叶于波浪中颠簸，水下黑暗，水面不测，苦捱两时无果，老幼乘客，诚惶诚恐，哗然失色也，唯求菩萨海神龙王妈祖庇佑之。有智叟朗曰："大海无垠，生浪漫，长海啸；大洋底深，藏猎物，蕴凶险。静候其便耳。"海员极力宽慰，众乃安。吾深疑：人为陆生血肉，置之海水之上，风雨飘摇，莫名其妙之恐惧，岂与生俱来邪？

复观乎草原，天苍苍，野茫茫，缤纷野花，青翠小草，连天接地也，风吹草低，牛羊怡然，蝴蝶、蝗虫及无名小虫各得其乐，奶皮、肉干并奇瓜异果热情洋溢也。飘扬之苏力德，温馨之蒙古包，鲜见而新奇也。蝈蝈与蟋蟀共鸣，酥茶与烈酒斗香，尽显游牧风情矣。耳闻大漠传说草原故事，眼见神圣敖包洁白哈达，涤荡肺腑也。茂盛之双榆树，机警之牧羊犬，悠然啃啮之牛马，能歌善舞之牧民，目不暇接也。而骑马与乘船类似，同为颠簸，而情趣在焉，射箭与撒网仿佛，角力比智，得乎其巧，方有斩获。夜幕降临之时，仰望星斗满天，透明清澈，催人思绪飞扬，无限遐想。苍凉辽阔，万籁俱静中，吠声传来，倍增孤寂之感，然脚踏实地，并无恐惧之色。篝火旁烤全羊，犹渔船之煮螃蟹也，皆特产之物，食法迥异，须高歌劲舞，手持刀割食之，助以大碗豪饮，文弱小生皆壮士也，心情大悦，大呼过瘾。而天似穹庐，笼盖四野，一碧千里，茫茫莽莽，一马平川，无边无际，舒展而包容，辽阔而厚实。吾等慷慨豪迈之气顿生，舞之蹈之，信口疾呼："阔气快哉。"牧民观吾辈欢呼雀跃，得乐忘形，诚之曰："草原寒冬暴雪，盛夏酷旱，皆岸边海啸，都市水火也，尔辈蚊蝇袭扰犹难忍，况乎野狼临门邪！人得势就便，各居其所，足安命也；俱守其本、各精其业，足享福也；自得其乐、各喜其喜，不亦畅志乎？"余初闻之，诚然斯言，山岭可登高望远，田野能五谷丰登，都城乡村，各有其妙。再思之，宿命存焉。赖今日四通八达，往来南北，易如反掌，才啖东海鱼，复啃大漠羊，确乎幸甚快哉。

生命礼赞

　　2012 年，我与几位朋友，在遵化鹫峰山参加了一场文化夏令营，活动以弘扬传统文化、宗教文化、革命文化为主线，内容丰富而精彩。院长孔庆东先生、当地政府官员、文化学者、劳动模范等同志并高僧大德做了精彩的讲座，大伙以书会友，互称书友，一起学习讨论，并实地考察了当地的文化资源，参观了社会主义建设的先进典型沙石峪村，还游览了舍生台、古长城等名胜古迹，认识了众多书友，学到了很多东西，而鹫峰山禅林寺的古银杏群印象尤为深刻。

　　张志广先生是遵化当地的著名学者，也是鹫峰山的活地图，他为鹫峰山的保护和开发做出了很大的贡献，那天张先生亲自为我们导游。是日因个人原因，在游览禅林寺时，我落在了大部队后面，急急追上之时，张先生在一棵大树下给书友们讲得正欢，遗憾只赶了个尾巴。听书友小琴说，刚才有个感人的仪式，张先生代表景区赠予孔老师一个精美的根雕，并将两朵鹫峰山的千年灵芝，赠给了石菲美女和追梦妹妹，真羡慕这两个妹子也，只恨自己皮糙肉厚的不是美女喽。小琴还说，眼前这片林地是古银杏群，很是珍贵稀缺。想要听她妙解个中要义，却见张先生领着大队人马登高而去，小琴道一声，走喽！便像一只小燕，绝情而飞，只留下"走喽""走喽""走喽"无比闹心肝颤的蝉鸣聒噪。

这禅林寺建在五峰山中，距今1700多年，"禅林寺"院额为大辽皇帝钦赐，寺庙群落众多，但均于1942年被日寇焚毁，近年来在旧址重建，已建成三门六殿，两楼一塔，规模宏大，不少寺庙还有新鲜油漆的味道。山腰处的财神殿，正在新塑福禄寿神像，不少书友未曾亲见过塑像，好奇地停步细看。这里的庙宇虽然是新的，但佛祖却是一样的慈悲，普度众生，救苦救难。在大雄宝殿，书友们虔诚参观、肃然敬拜，在心中默默地为自己、为家人、为国家祈祷祝福，我和几个书友，恭敬地请了几册佛经，准备回去研读。

难得的是，禅林寺中殿、楼、门、台众多的楹联均出自张先生一人，遗憾的是只记得如下几副："古山古树古寺古城古老，今天今地今人今和今新""岭岭峰峰处处青青翠翠，云云雾雾时时渺渺飘飘""觉路一条看得破才进得去，禅门两扇悟不透便打不开"。我爱读景点楹联，置身其中，品味其韵，常有顿悟之感，也为楹联的作者所折服，但作者就在眼前，并为我们绘声绘色地讲解，此乃尚属首次，敬佩之情油然而生。想必张先生一定是看得破进得去悟得透打得开的人，否则，何能到此境界！

大部队继续向五峰山顶进发，可能是连日来同志们劳累过度，多人尽现疲态，不算陡峭的山路上，稀稀拉拉地摆开了长蛇阵，好在老孔和张先生抖擞精神，两马并驱当先，众人恋恋不舍，咬紧跟定。挥汗少饮、喘定小憩之后，顶峰扪星台终于来到了眼前，众人自是欢喜，争着留念合影。扪星台是顶峰上的数块巨石，千百年来在此仰望星空，想必也能得道成仙，鄙视着那些装模假样的仰望者。我想，在那茫茫星空之下，借助扪星石的神力，伸手便可将牛郎织女合在一起，了断他们的相思之苦，做一桩天大的好事，岂不快哉！只是违抗天条，少不了遭玉皇王母的责罚。胡思乱想间，却见老孔和一男一女作童子护法之状，老孔慈眉善目，单手置于胸前，口中念念有词，童男童女端坐左右，双手合十，神情庄严，虔诚护法，众人长枪短炮齐发，竟相留住了这绝版经典时刻。

扪星台之北，有平台曰神怡顶，两侧郁郁葱葱，后为悬崖峭壁，极目远眺，群峰起伏，长城蜿蜒，峰峦叠嶂，五峰拱翠，清风徐来，心旷神怡，赏之大有万事可抛的心境，张哥挽手美女在一空悬的石条上，饱览这无限风光，大呼美哉斯景。美眉小妮单人独往，昂首向前，巍然屹立，不愧书院之神女也。

下山就轻松多了，霏霏细雨中，凉爽宜人，大家搜寻着可能巧遇的祥瑞灵芝，观赏着石缝中的无名野花，辨认着石阶两侧的栗子树、橡树、柿子树、核桃树，怡然归来。未曾想半山处竟然圈养着几只花鹿，小鹿在我的心中向来不同凡物。地位神圣，顿生爱怜之意。

午餐时间尚早，书友们在会议室小憩，和孔老师张先生交谈。我则放不下山门处的古银杏树，便独自前去拜访，却见多株银杏，遮天蔽日，西有一株银杏，以汉白石条圈围，树身粗壮，气度不凡，胸径约达十米，数人难以合拢，腰身垂围着红色条幅，皆善男信女所系，旁立巨石，上刻"龙种"二字，鲜艳夺目。东侧一株，名叫"四世同堂"，却见一株古银杏中，前后生发出四株银杏，一根共生，根深叶茂，四世同堂，生机勃勃。周围之银杏，皆傲然挺立，形态健美，与周遭树木比之，大有鹤立鸡群凤鸣于野之感，想来定有来头。

驻足良久，个中深意未解，上得如意山庄，见有银杏陈列馆，便认真观看，以解心中疑惑。

原来古寺周围有古银杏树十三棵，植于汉代，岁越两千多年，阅尽世间春色，见证几多变幻。只有韩国京畿道的一棵古树比之高，只有山东的几株银杏比之老，其一雄十二雌，均为稀世珍宝，已列为国家重点保护树种。据介绍，银杏雄雌异株，雄树开花不结果，雌树开花雄树花开授粉之后方才结果。如此这般，那"龙种"定是雄树了，"四世同堂"定是母后了。"龙种"有十二个太太宠爱，儿孙绕膝，"四世同堂"，生活中的"龙种"自是威仪十足一言九鼎！

据管理员讲，日常观赏银杏，区别其雄雌的方法主要有三种：一看果实，无果自是雄树，结果定是雌树；二看树形，树干和树枝收拢的为雄树，比较离散的为雌树；三看树叶，先变黄落叶的为雌树，后变黄落叶的则为雄树。简单明了，便于实践，果然是好方法。

据介绍，银杏药用价值极高，有温肺益气，缩小便，止白浊，定喘咳之功，对气管炎、肺气肿、哮喘等肺疾疗效显著。在银杏中提取出的黄酮类化合物，比黄金还要昂贵，能显著改善心脑血管功能。银杏"缩小便"之功用，对老年人尿频、小儿尿床有显著的疗效，有意思的是，这种功效早在古代就被先人灵活运用。清朝陈淏子《花镜》记载，举子科举廷试时，为防止考试时间长，内急影响成绩，以"银杏果粥食之，可截小水。"而在朝廷，老臣恐议事较多，站立时间过长，预先食银杏白果来迟延小便时间。比之现在的尿不湿，既方便又文明。诚然"银杏稀世少，浑身都是宝，树形可观瞧，树叶可做药，果实能食疗，木材买不着。"（陈列室语）

更为神奇的是，银杏树有异常强大的生命力，抗逆力极强，具有抗旱抗寒、抗雷电扛辐射、扛病虫害的强大基因。大火烧而不死，当年日本广岛惨遭原子弹轰炸后，方圆周遭万木枯竭，生命不存，唯银杏树枯干新枝，书写出生命的奇迹，讴歌了不死的传奇，这又为其他渺小的生命形式所能何及？

陈列馆二楼墙上，挂有乾隆帝诗一首："古树不计数人围，叶茂枝孙绿荫肥，世外沧桑阅如幻，开山大定记依稀。"当时语焉不详，不知乾隆帝为那棵古树而题，我想既然挂在了遵化五峰山，就算为那棵"龙种"而题吧，想必乾隆不会介意的。后来到了北京西山的大觉寺游览，始知寺内不仅有四百年的白玉兰，还有一株植于辽代的千年古银杏，高达30余米，粗达7.8米，号称京师银杏之冠，主干周遭还有九棵粗细不一的小银杏环生，人称"九子抱母"，郁郁苍苍，独木成林，甚是壮观，而那首乾隆爷的银杏之诗，正是题咏此树也。

现在的银杏树，已成为城市街道公园绿化美化的重要树种，每到秋季，长街喜列摇钱树，满城尽带黄金甲，深受人们喜爱，而我国的古银杏树，之所以多存于寺庙之中，不仅因为银杏树形高大壮美，叶片洁净素雅，生命力强，树龄奇长，有长寿树之誉，更是因为佛门圣树菩提只能生长在南方，在北方佛门多以银杏代之，所以尊银杏为佛门圣树，从而也是智慧、觉悟的化身，使得银杏树倍加神圣，如意祥瑞。

午餐即安排在如意山庄，很是丰盛，道道都是精美的大餐，但我对银杏果、银杏粥、银杏茶情有独钟。这里的银杏果碧绿如翠，在众多乳白色为主的银杏果中，血统高贵，身价百倍，味道独特，食之味美堪比大闸蟹。更有一果两色雌雄同果的极品，席间有幸尝得数枚，但愿听孔老师讲课时，不论时间长短，均不以内急而尴尬。而以其熬制的银杏粥为国宴上品，2008 年曾用来招待参加奥运会的各国贵宾。据说遵化还有银杏酒，只是我们下午要听宗法大师讲法，不能一饮为快，引为憾事。

返回鹫峰山的路上，回味着银杏的美味，我想：寺庙可以烧毁，佛教教义不会烧毁；银杏树两千年屹立，郁郁葱葱，历核武而不枯；中华文化数千年传承，是世界唯一不曾中断的历史文化，这是多么强大的生命力啊，芸芸众生何其渺小，今天我们有幸成为生命奇迹的见证者，而怀有高度责任感的社会精英就像古银杏的枝干，不断地长出新的枝桠，为大地增添绿意，他们不仅是给中华文化这棵古银杏树浇水的人，他们本身就是古银杏林的一部分。

归返后，得知张先生有词一首，题咏五峰禅林，读之甚喜。为了给我的短文增色，姑且抄袭改编在此，请张先生不要生气哦。

西江月·禅林感悟

遥望五峰秀色，近闻禅寺经声。
善男信女尽虔诚，佛祖纹丝不动。

世事千变万化，路人来去匆匆。
是非成败任人说，福田自在心耕。

注：原词末两句为"是非成败转头空，尔等何须痴梦。"